FINCA NEGRA

Andalucía Thriller

EDUARD FREUNDLINGER

AVISO LEGAL

Eduard Freundlinger
Apto. de Correos 649
18690 Almuñécar
Granada
España

Diseño de portada: Marie-Katharina Wölk - www.wolkenart.com

Phongphan - Bigstockphoto.com, ©thanasus - Bigstockphoto.com, ©ooddysmile. Bigstockphoto.com, ©tilo - Bigstockphoto.com

NOTA DEL AUTOR

La trama de esta novela y sus personajes son ficticios. Solo el prólogo se basa en hechos reales.

SERIE DE EPISODIOS

Muchas gracias por su interés en mis novelas negras.

"Finca negra" es la segunda parte de la emocionante trilogía andaluza compuesta por los thriller:

- Pata negra (volumen 1)
- Finca negra (volumen 2)
- Costa negra (volumen 3)

Cada uno de los volúmenes ofrece una historia cerrada, independiente y contenida en sí misma. Pueden leerse por separado, siendo aconsejable seguir el orden.

Para Paul, el mejor de los hijos varones que nunca tuve y del que me enorgullezco como padrino.

PRÓLOGO

Samuel, fue el último de los cincuenta y seis pasajeros en ocupar un hueco en el bote. Un burundés, que había sido elegido como timonel, puso en marcha el motor fuera borda del bote de goma de siete metros de eslora. Y así, tras un agotador viaje de varias semanas, dio comienzo la última etapa de la travesía. Nadie volvió la vista. Atrás quedó el continente africano, donde dos hombres en la playa contaban su dinero. Todos mantenían la mirada en el horizonte bajo cúmulos de nubes de un blanco puro. El continente europeo atraía con un futuro esperanzador.

Samuel sostenía en brazos a su hija Alake, de tres años de edad. Su hijo de once meses Kayin, dormía sobre el pecho de su esposa Tanisha. Según el hombre blanco, el viaje duraría unas dieciocho horas. La salida estaba programada para que el barco llegara a la costa española bajo la protección de la noche.

La peor parte del viaje había quedado atrás: cruzaron Benin, Togo, Ghana y otros estados africanos desde Nigeria; en parte a pie y en parte en carros de bueyes. En el camino, Alake fue mordida por una serpiente y cayó en un coma febril del que despertó tres días después. Los rebeldes armados les quitaron todas sus pertenencias, y solo les dejaron seguir adelante tras abusar de Tanisha. Samuel tuvo que verlo con un Kalashnikov apuntando a su cabeza. En el último trayecto del viaje se alimentaron de reptiles, hierbas y desechos, hasta que la piel de sus sedientos cuerpos se tensó como cuero negro marcando sus costillas.

Samuel estaba deseando trabajar duro para poder alimentar a su familia de forma permanente, lo que ya no era posible como profesor en su tierra natal.

Ocho horas más tarde, cuando la costa africana se desvanecía y los refugiados divisaban los primeros bosquejos borrosos del continente europeo frente a ellos, el ambiente se transformó en algarabía: los folclóricos cantos simultáneos de Nigeria, Kenia, Camerún y Senegal, sonaban tan fuertes y alegres que, en un primer momento de esa maravillosa cacofonía, aparte del timonel de Burundi, nadie se percató de cómo empezaba a tartamudear el motor. Poco después, el motor falló. Solo cuando el bote de goma se ralentizó meciéndose en el agua dibujando círculos, los cánticos menguaron.

Los ojos de los pasajeros se posaron al unisonó en el timonel, que volvió a arrancar el motor. El barco tomó velocidad, y se limpió el sudor de la frente. Los refugiados miraron con vacilación hacia el ansiado destino que se vislumbraba en el horizonte: España.

Tres minutos después, el ruido del motor volvió a disminuir. Los pasajeros insultaron al timonel con los puños en alto, y solo la falta de espacio protegió al hombre de Burundi de los golpes. Pero él, no tenía la culpa. Había sido el único entre los andrajosos centroafricanos que levantó la mano cuando el hombre blanco de la playa preguntó cuál de ellos tenía experiencia con los barcos. Al principio, los refugiados bromearon y rieron cuando el hombre de Burundi declaró, que remaba diariamente por el lago Tanganyika en su canoa para pescar y poder alimentar a su familia. Pero ahora ya nadie se reía. El bote de goma se mecía entre Marruecos y España. No se divisaba ningún otro barco, y la ansiada costa europea desapareció tras ondas de engañosa niebla.

Alake comenzó a llorar como si entendiera el significado de todo aquello. Samuel trató de tranquilizar a su hija, evitando las miradas de preocupación de su esposa, en cuyos brazos Kayin, alterado por su hermana gimoteaba.

Por la noche la temperatura descendió abruptamente. El frío y la ropa húmeda hizo temblar a todos. Los niños gritaban, las mujeres lloraban y los hombres rezaban a sus respectivos dioses. Si el motor no hubiera fallado, ya habrían pisado el continente prometido. Pero ahora, a las tres de la madrugada, la esperanza de una pronta llegada a Europa parecía evaporarse. Todo lo que quedaba era la fe en Dios y en que un atento capitán de carguero, avistara el montón de figuras negras apiñadas en un barco igualmente negro. "Incluso si esta vaga esperanza se hiciera realidad, no significaría nada": afirmó un senegalés, aumentando así el desánimo. Ningún capitán bajo la presión de su compañía naviera cambiaría de rumbo solo para embarcar a refugiados ilegales.

En el segundo día de travesía, el sol ardía arrebatador. No existía brisa alguna que prometiera frescor, o eliminar el hedor de las heces y la orina. Samuel le dio a su esposa la botella de plástico, y Tanisha dividió el último sorbo de agua entre los niños. A la vista del bote pasaron cruceros y cargueros dirigiéndose al Estrecho de Gibraltar, pero los gritos y disturbios de los refugiados no ayudaron en nada. Los barcos mantuvieron su rumbo y el senegalés asintió engreído. Kayin ahora lloraba sin parar, y Alake, que ya podía hablar, exigía agua una y otra vez. Tanisha, quiso darle agua de mar para beber, pero Samuel la detuvo.

Ya no podía contener sus lágrimas, y cuando el segundo día llegó a su fin, y cayó a plomo la noche, el miedo y el frío le atravesó los huesos. Hasta ahora, había creído firmemente en un rescate, pero la idea de que los barcos que pasaban, no se dieran cuenta, o no quisieran salvarlos, era tan insoportable que Samuel se mordió la lengua sangrante por los escalofríos. Al amanecer del tercer día, despertó sobresaltado por un alarido. Una madre oprimía contra su pecho el cuerpecito flácido de su bebé mientras gritaba al cielo. El niño no sobrevivió a la noche. Samuel también dirigió su mirada al cielo e imploró a Dios antes de palpar a sus dos hijos en busca de señales de vida. Todo estaba bien. Solo el cansancio permitió que Alake y Kayin durmieran tan profunda y plácidamente que ni los lamentos pudieron despertarlos.

El padre del bebé muerto braceó tratando de trepar sobre la multitud. Quería llegar hasta el timonel. Este se apoyó en el motor fuera de borda y mantuvo los ojos cerrados, compungido ante la miseria de la que se sentía responsable. Como resultado, la barca comenzó a zozobrar y una mujer obesa cayó al agua. El hombre fue aplacado a fuerza de golpes. Su hijo, arrancado de los brazos de su esposa y arrojado al mar, donde flotó boca abajo junto al barco durante un rato. A la histérica madre la sujetaron para que no saltara tras su hijo. Solo cuando el niño se deslizó hundiéndose bajo la superficie del agua y la madre se desmayó, los hombres la soltaron y subieron a bordo a la mujer caída al agua.

Con el sol en pleno apogeo, y todas las reservas de agua agotadas, Samuel rezó mientras acariciaba la frente febril de Kayin. Alake susurraba siempre las mismas palabras en brazos de su madre: "Mamá, sed".

Dos hombres de Burkina Faso que sabían nadar, se tiraron al agua ignorando en qué dirección buscar la salvación. No pasó ni una hora, cuando una de las cabezas salió a la superficie del tranquilo mar, desapareciendo poco después.

Por la tarde, murió una joven de divertidas trenzas. Una vez más, la madre se negó a que le quitaran a su hija de los brazos. El padre, ya delirante, no se percató de que su mujer aferrada al cuerpo de su hija saltó del barco, hundiéndose en un abrazo mortal.

Por la noche, un carguero se acercó tanto, que cinco miembros de la tripulación pudieron ser vistos en cubierta. Algunos refugiados movilizaron sus últimas fuerzas. Se levantaron, gritaron, e hicieron aspavientos con sus brazos, hasta que la esperanza se fue alejando y empequeñeciendo como el carguero.

Samuel presionó a Kayin contra su cuerpo. Toda la noche lo estuvo abrazando con fuerza, lo calentó y le tomó el pulso. Tanisha gimió, y Alake, se lamentó en un lenguaje incomprensible. Poco antes del cuarto día en el mar, Kayin murió. Como si estuviera lejos, en un eco, Samuel se oyó a sí mismo lloriqueando y rogando a su hijo que volviera a la vida. No sirvió de nada. Tanisha despertó y giró la cabeza hacia ellos, pero rápidamente se perdió en un misericordioso desmayo.

Samuel arrodillado y en un eterno gemido se dirigió a través de los inertes cuerpos hasta el otro extremo de la barca. Allí, estrechó a su hijo por última vez contra él, lo acunó, besó y le susurró al oído cuánto lo amaría por siempre. Deslizó con mimo el cuerpecito de Kayin sobre el agua. El cuerpo se sumergió por un instante para resurgir de nuevo en la superficie. Antes de que el niño se hundiera de nuevo en las profundidades, sus brazos se extendieron y sus manitas se abrieron como si estuviera pidiendo un último abrazo a su padre.

CAPÍTULO UNO

Otra vez esos sueños... no pesadillas, sino fragmentos de recuerdos de un pasado mejor, a los que solo podía acceder de noche como bajo hipnosis, y de los que ya no podía acordarse por la mañana.

María se quedó acostada y examinó el techo manchado del sótano. Después de esos sueños, siempre estaba agitada. Incluso ahora sus ojos parecían arder. Lágrimas corrían por sus hundidas mejillas. «¿Cuándo vendrá?», se preguntó María.

María no sabía qué hora era, pero normalmente iba al mediodía. Entonces le llevaba la comida del día. Nunca algo caliente, solo pan y un trozo de salami, ayer un sándwich de queso seco y una tarta insulsa con mucho azúcar para que aumentara de peso. Pero María no engordaba. Una enfermedad la detenía. La imaginaba como un largo gusano: un gusano que se la comía por dentro y dejaba puntos dolorosos cada vez que chocaba contra su piel desde el interior. Sin embargo, el hombre se preocupó por ella. Se aseguró de que comiera, bebiera, ungiera su piel inflamada y se aseara.

Él, de quien solo conocía su voz ronca, tartamudeante, y un fétido aliento a podrido.

Él, cuyo nombre no conocía, y a quien no había visto la cara ni una sola vez.

María se bajó del colchón, se levantó con la ayuda del borde de la mesa y cojeó hasta el cubo de la esquina. Después de aflojar el cordón de sus pantalones de pijama, se inclinó hacia adelante y se agachó sin tocar las astillas de óxido. Sus manos estaban secas, al igual que sus muslos y el resto de su joven y atrofiado cuerpo. La tenue franja de luz que atravesaba el hueco enrejado del tamaño de un plato, se arrastraba cada vez más rápido desde el colchón hasta la mesa plegable. Por la tarde, las agujas de su reloj de sol se deslizaron por la pared rocosa de la mazmorra hasta las telarañas de la esquina, antes de que la última luz desapareciera y no dejara nada más que oscuridad.

«Afuera, el verano está llegando a su fin», pensó María. Ella no contaba los días. Solo las estaciones. Llevaba retenida cinco largos veranos y, sospechaba que este, sería el último. El hombre nunca la dejaría ir.

Sus lastimeros ruegos eran desoídos. Moriría allí por enfermedad, o porque él la mataría antes.

Al principio de esta pesadilla de la que había estado esperando despertar durante años, su cuerpo dolía con cada respiración.

"Nada malo, tal vez unas cuantas costillas rotas": dijo el hombre. Los rasguños, las costillas rotas, y otras lesiones no habían sido lo peor. Fueron sus heridas en la cabeza las que inicialmente le ocasionaron largas noches de vigilia. Todos sus pensamientos se habían centrado en su dolor. Cuando se calmó, sus pensamientos se dirigieron al vacío, y en parte, así permaneció hasta el día de hoy.

María estaba sola la mayor parte del tiempo entre muros podridos, donde su pregunta resonaba una y otra vez con melancolía: "¿Cómo he llegado aquí?" Pero nunca obtenía respuesta, y el hombre también la ignoró. Era como si su vida hubiera comenzado en la misma bóveda de aquel sótano siendo ya una joven mujer.

Al principio estaba tan furiosa, que el hombre tuvo que atarle las manos y los pies para que no se golpeara contra las paredes; después la amordazó porque no soportaba sus gritos.

Le llevaba libros y se los leía porque ella apenas sabía leer y escribir, le contaba historias, pero nunca le hablaba del mundo exterior. Un día frío y claroscuro que pasó envuelta en su manta, el hombre le regaló un peluche. "Feliz Navidad", le dijo solemnemente. Desde entonces, el perro de juguete ha absorbido sus nocturnas lágrimas. María sabía que el hombre se esforzaba a su manera para que no se volviera loca. Cuando su cuerpo se hubo recuperado hasta el punto de poder caminar atravesando su mazmorra en siete pasos, su mente nublada formó solo una palabra a intervalos cada vez más cortos: "Escapar".

Su único intento terminó con una herida en la cabeza al correr en la oscuridad hacia la puerta abierta durante una de sus numerosas visitas nocturnas. Pero eso fue hace mucho tiempo.

Ahora María sentía que estaba preparada para hacer lo que él le había advertido una y otra vez que no hiciera. Antes de que se debilitara demasiado y la muerte la liberara de su sufrimiento, tenía que hacerlo.

Te miraré a los ojos, pensó decidida. Quiero saber quién eres realmente...

Se sobresaltó al escuchar el primero de los tres golpes contra la robusta puerta. La señal de que él venía a visitarla, y que ella tenía que ponerse la venda en los ojos antes de que entrara en la bóveda.

Era la primera vez que Maite visitaba el hotel y restaurante "La Tartana". El patio interior, iluminado por antorchas y embellecido por arcos de medio punto irradiaba un aura muy especial. Se detuvo en medio del patio, justo al pie de la fuente iluminada por la luna, para besar a Rafael. Dijo que quería celebrar algo con ella, pero no le había dicho de qué se trataba.

En el bar bebieron mojitos a la luz de las velas y se deleitaron con los acordes del pianista. La velada ya había alcanzado las cinco estrellas antes de que realmente comenzara. Más tarde siguieron a la camarera que parecía mecer sus caderas especialmente para Rafael. Pasaron sobre varios niveles de terraza, cada uno con dos o tres mesas, palmeras iluminadas, buganvillas y naranjos, hasta una mesa en la que una antorcha iluminó la cara de Maite perfectamente empolvada, trabajo que le llevó más de una hora.

La vista sobre la bahía de La Herradura, le impidió estudiar el menú durante un rato. «Sí, "La Tartana", el lugar perfecto si tienes algo que celebrar o quieres impresionar a tu cita con buena comida en un romántico ambiente», pensó Maite. No estaba muy segura en cuanto al amor de Rafael. Tampoco tenía claro si lo que ella sentía realmente era amor, pero eso, no había sido diferente con sus anteriores amantes. Miró a la camarera mientras retiraba los platos de postre.

—¿Podrías decirme de una vez qué estamos celebrando, cariño? —preguntó ella—. Porque si bebo más vino...

—Un momento... —Rafael asintió a una segunda camarera. Ella pareció entender la señal y entró directamente al restaurante.

«Bueno, ahora tengo curiosidad», pensó Maite. ¿Qué estaba tramando? ¿Abriría una segunda tienda? ¿Reservó unas vacaciones juntos? ¿Ganó la lotería o heredó algo? Incluso pensó en una propuesta de matrimonio en su emocional frenesí, pero suprimió este último pensamiento incómodo con medio vaso de vino, era difícil para ella imaginar a Rafael como su novio. Aunque la había estado persiguiendo demasiado tiempo y con demasiada constancia como para guardarlo en el cajón de sus aventuras amorosas.

—¿No tienes frío, princesa? —Intentó conversar mientras la camarera ponía una botella de champán en la mesa. Un Moët-yo-qué-sé-Brut que parecía costar tanto como una langosta de cinco Kilos en un restaurante galardonado de París.

Mientras la camarera abría la botella con el cuidado que se maneja un petardo, y Rafael se fijaba en sus manos ¿o en el escote? Maite lo observó sigilosamente. Era un manjar su Rafa, con largos rizos color plata y un aura de artista. Aunque catorce años mayor que ella, pero más ágil que muchos jóvenes, e incluso más cultivado: desde la manicura hasta la depilación íntima y las cremas caras para hombres, pasando por una visita al gimnasio tres veces por semana. Participaba en todo lo que le prescribían sus revistas de salud masculina, que se amontonaban en el alféizar de la ventana de su baño.

«Pero quizás algún día ni siquiera me dé cuenta de eso, al igual que su guiño incontrolado», pensó y leyó el sabio dicho en el paquete de azúcar junto a su espresso: "No aprendemos a amar cuando hemos encontrado a la persona perfecta, sino cuando consideramos que los defectos de la persona son perfectos".

«Bueno, en ese aspecto todavía tengo que practicar mucho», pensó, y al momento siguiente se asustó por el ruido del descorche. Las copas se llenaron y la camarera se retiró.

Rafael levantó su copa y ella hizo lo propio.

—Maite... —comenzó diciendo mientras chocaba suavemente su copa contra la de ella, parpadeando y mirándola directamente a los ojos—. Maite.... Puede ser una sorpresa para ti. Puede que incluso pienses que es precipitado, pero nunca he estado tan seguro de una mujer...

«¡Dios mío!», pensó Maite horrorizada. «¿Adónde va a parar esto ahora, por favor? Espera un minuto, ¿no estabas seguro de tus dos ex también en su día?»

Rafael metió la mano en el bolsillo de su chaqueta azul marino y sacó una pequeña caja cúbica.

«Esto va realmente en serio...»

Rafael abrió la cajita.

—Y como estoy convencido de que quiero pasar el resto de mi vida a tu lado, y estoy igualmente seguro de que te haré feliz toda tu vida...

Rafael sostenía un anillo en el aire.

«Bien dicho Rafa», pensó Maite. «Pero, ¿realmente crees eso? Y ¡wow! ¿Esa borla es real?»

—Te pido que aceptes ser mi esposa.

«Oh, no, ¿qué coño voy a responderle?»

Sergio cambió el cubo de agua para la limpieza diaria y se sentó en el borde del colchón. Luego acarició las pantorrillas duras y tendinosas de María.

Ella apartó los pies y giró la cabeza hacia la pared.

«Hoy desafiante de nuevo...» Sergio pensó y preguntó en el tono de un cariñoso padre: ¿Te untaste con el ungüento?

No hubo respuesta.

—¿D-dormiste bien?

María se encogió de hombros.

Nunca hablaba mucho. Solo al principio, cuando le hizo todas esas preguntas que él nunca respondió. Cuando quería saber cómo había entrado en el sótano y por qué no le permitía salir de él... O cómo se llamaba y por qué solo podía encontrarse con él con los ojos vendados.

Porque de lo contrario te alejarías de mí, como todas las mujeres, le habría respondido furioso. María era su novia, ella no debería tenerle asco. Así que le mintió y fabuló que sus rasgos faciales se parecían a los de esos galanes de televisión que constantemente se rodeaban de mujeres igualmente bellas. En la escuela siempre le habían llamado "el tartamudo Quasimodo" por su frente demasiado grande, la boca torcida y sin labios, los ojos de sapo y su tartamudeo. Al menos los chicos buenos. Los compañeros de clase más despiadados y también algunas chicas inventaron nombres mucho peores para su apariencia.

En su infancia descargó su odio y rabia con animales pequeños, en su adolescencia lo había ahogado en alcohol, y a lo largo de los años con drogas cada vez más duras, de las que habría muerto hacía mucho tiempo, si María no existiera.

Le había salvado la vida, y por eso era su dueño.

Si no hubiera sido por él, María ya estaría muerta.

Pero ella también era su ángel de la guarda. Gracias a ella, se mantuvo alejado de la frontera del delirio y la sobredosis.

¿Qué sería de ella? ¿Quién cuidaría de María? ¿Alimentarla o hablar con ella? Tenía que mantenerse desenganchado al menos unas horas al día para poder visitar a su novia. Ella lo adoraba porque le debía la vida, en vez de mirarlo con desprecio, como la mayoría de las personas con las que se cruzaba cuando salía de su finca.

Delante de María Sergio era otra persona: le hizo creer que su boca era como la boca bien formada del tipo de las novelas de vampiros que le trajo para que no se volviera loca de aburrimiento. Su cuerpo, que rara vez lavaba y que ella, como su cara, nunca podía tocar, lo imaginaba detrás de su venda como el cuerpo atlético de un semidiós. Sí, era el héroe de María, y le gustaba el papel.

Nunca antes, en sus cuarenta y dos años, se había acercado tanto al amor como con María en su sótano. Pero esto, solo funcionaba mientras la venda no se desprendiera y pudiera seguir desempeñando su papel. Si María lo viera tal cual es, su relación se acabaría.

Entonces tendría que matarla, y María lo sabía.

—N-necesitas comer más, —la reprendió Sergio, mirando el plato de plástico de la mesa. Cogió el mohoso sándwich de queso y se lo puso en la mano.

—¿Cuándo me dejarás ir?

Fueron las primeras palabras de María en días.

—Cariño.... estamos b-bien aquí.

—Bien solo estoy de noche en mis sueños.

—Sabes que no puede ser. Te q-quiero, somos el uno para el otro, solo nos t-tenemos a nosotros.

—Entonces no quiero seguir viviendo. —María le lanzó el sándwich. Sergio le tiró de su pelo enredado y le dio un puñetazo en la cara. Ella levantó sus manos para protegerse, pero esta vez no vinieron más golpes.

—P-perdóname. Pero no puedes volver a decir eso, ¿me oyes?

María se quedó callada. —¿Me has entendido? —Repitió temblando, y cuando María no mostró ninguna emoción, llegó el momento de exorcizar de nuevo sus tonterías. Cómo funcionaba, era una de las pocas cosas que había aprendido de su padre. Sacó el cinturón de su único par de pantalones, aún de sus días de militar, y deshizo el nudo de la cinta de su pijama para exponer su trasero. María dejó que pasara. Cuando la cinta del pijama estuvo abierta y Sergio levantó la cabeza, le tomó un tiempo darse cuenta de lo que ella había hecho mientras tanto. Lo miró fijamente.

Por primera vez. Tenía los ojos desvendados.

CAPÍTULO DOS

Cuando Maite se despertó, Rafael ya se había ido.

«No es una buena señal...»

«Seguro que sigue enfadado. No es de extrañar, después de mi reacción de ayer», pensó y bostezó. Luego se levantó y fue al baño, lavó su resacosa cara y estrujó un grano en la base de sus pechos recauchutados.

Normalmente pasaban los domingos juntos, pero ¿por qué le había pedido que se casara con él? Solo llevaban juntos tres meses. Vale, después de tres *lindos* meses sin muchas discusiones y tabúes. ¿Pero casarse solo por eso?

Se hizo un espresso y se sentó frente a su Apple.

¿Joana estaba Online? Maite abrió su cuenta de Skype, se puso los auriculares, echó azúcar en el café y se conectó con su mejor amiga de Múnich.

—No te vas a creer lo que me pasó ayer... —Empezó y le contó la noche en "La Tartana", y con el último sorbo de café llegó al punto clave:

—Rafael me pidió la mano.

La línea permaneció en silencio. Luego crujió.

—¿Joana? ¿Estás ahí?

—Sí, perdona. Xavier está sentado en mi regazo y acaba de sacar el enchufe. ¿Qué has dicho?

—Dije que Rafael quiere casarse conmigo.

—No hablas en serio, ¿verdad?

—Rafael parece que sí. Incluso me regalo un anillo. No una chunga baratija, un auténtico anillo de diamantes por el que cualquier carterista te cortaría el dedo. Esta mañana desapareció. Rafael, quiero decir, no el anillo.

—Sí, pero... os conocéis desde hace poco tiempo. ¿No es un poco precipitado...?

—Eso es exactamente lo que pienso —interrumpió a Joana —. Pero por otro lado... —Maite se metió un buen trozo de donut en la boca—. Por otro lado, ya no soy una veinteañera, y Rafael es un bombón. ¿Crees que es el acertado? —preguntó mientras hacía girar en el dedo su anillo de diamantes.

—Apenas lo conozco, solo de unas cuantas veces cuando visité su tienda. Pero después de todo lo que has dicho... ¿Por qué no? ¿Qué le dijiste?

—Estoy segura de que él sería un padre cariñoso —continuó Maite sin responder a la pregunta de Joana—. Aunque me pregunto por qué no tiene hijos a sus cuarenta y cinco años y con dos ex esposas a sus espaldas. ¿Crees que es estéril? Entonces nos hartaremos de follar sin ver resultados.

A Maite le hizo gracia la idea, y no se percató de que alguien entraba en la habitación. Rafael le puso la mano sobre el hombro y tiro una bolsa de panecillos para el desayuno junto a su portátil.

Cuando María miró fijamente su repugnante rostro, la primera reacción de Sergio fue estrangularla en el acto con la venda de los ojos que acababa de quitarse. La arrojó sobre el colchón y apretó el vendaje elástico sobre su garganta. María resolló sin apartar la mirada. No se defendió, sino que acarició casi amorosamente su cabeza de escasos y grasosos pelos como si le estuviera haciendo un favor.

Llorando de dolor y rabia, Sergio apartó la mirada y apretó la banda elástica aún más fuerte sobre su cuello.

La playa naturista de Cantarrijan, era el lugar favorito de Maite para relajarse en los días soleados de otoño. Los turistas se habían marchado hacía tiempo, aunque este domingo tuvieron que compartir el lugar con unos pocos hippies, homosexuales y pensionistas norte europeos incrédulos de poder mostrar su piel rugosa al sol, mientras sus compatriotas estaban con la calefacción en casa.

El sol brillaba arrebatador, y el agua fría de color turquesa, funcionaba mejor contra la resaca de Maite que la aspirina. Se recogió la melena caoba en un improvisado moño. El cabello originariamente provenía de una niña sudamericana, y había sido tejido exclusivamente para Maite por el fígaro estrella de Almuñécar, por un precio con el que la niña podría alimentar a su familia en Bolivia durante un mes. Maite se embadurnó la cara de crema solar, sacó un espejo y se miró. Sus dientes no estaban del todo alineados, pero gracias a ocho sesiones de blanqueamiento casi brillaban como las teclas de un piano. Sus labios eran tan voluminosos, que algunas personas creían que estaban rellenos de silicona. Hubiera preferido que me enderezaran la nariz, solía responder ella, porque su nariz algo bulbosa, heredada de su padre, era lo que más le incomodaba, aparte de los quince centímetros de altura que le faltaban.

Maite guardó el espejo y acarició la parte interna de los muslos de Rafael, hasta que tuvo que darse la vuelta para ocultar su erección a los demás visitantes de la playa.

Enmarcado entre rocosos Acantilados, el mar se desbordaba tranquilizadoramente en la orilla. En el "Bola Marina", uno de los dos chiringuitos de la playa, la paella estaba reservada para las tres de la tarde, y su vino favorito, una botella de blanco de las Bodegas Calvente de Jete, ya había sido enfriado. Aunque esta mañana, después de la conversación con Joana, cuando Rafael entró inesperadamente en la habitación, las cosas fueron diferentes. "¿Yo estéril? ¡Qué tontería!", había exclamado con enojo. "¿No quieres casarte? ¡Pues bien! ¿Todavía tienes que pensártelo? ¡Yo también!"

Así continuaron por un buen rato, hasta que la lámpara de Ikea de la mesita de noche se rompió durante el violento sexo de reconciliación. Era la primera bronca y encima el día después de su fallida propuesta de matrimonio. Pero en realidad solo su reacción fue mala, no la petición de mano, tuvo que admitir. Cuando le preguntó si quería casarse con él, ella se atraganto con el champán y tuvo un ataque de tos. Quiso ir al baño y se enredó en la silla con su bolso. Y así sucedió que ella escupió parte del menú de cuatro platos delante de sus pies como respuesta. Había sido infinitamente embarazoso para ella, y en "La Tartana" ya no podría hacer acto de presencia.

Ese fue el final de la velada. Cuando se sintió mejor, ya en el interior del coche, dijo algo así como: "Tal vez deberíamos pensarlo un poco más". Él se quedó ensimismado mirando con obstinación el cono del faro de su elegante Mercedes, y ni siquiera le dio las Buenas noches antes de dormir.

Un chico atractivo de unos veinticinco años, con un monstruo fálico, salió del agua y la miró descaradamente.

«¡Madre mía!, hace apenas unos meses a lo mejor te hubiera invitado a la tumbona de al lado», pensó Maite, «pero ahora con Rafael ahí tirado, leyendo el periódico dominical es complicado», suspiró.

Maite se cubrió con una toalla y abrió una revista, el chaval pasó por la arena demasiado cerca de ella. Temía que en su excitación juvenil pudiera pensar que Rafael, con su pelo gris y sus gafas de lectura, fuera su padre, y seducirla ante sus ojos. No quería avergonzar a Rafael por segunda vez, su futuro....

Crujía al pasar las páginas del periódico. Maite se dio la vuelta e intentó echar un vistazo. El titular de la quinta página decía: "Nuevo drama de los refugiados". Debajo, una foto de escuálidos africanos envueltos en mantas y un paramédico con un niño pequeño en sus brazos. Rafael, no parecía estar interesado en la noticia, continuó hojeando y prefirió estudiar minuciosamente una página entera de publicidad de BMW.

Su futuro marido... La idea le resultó no del todo apetecible. Pero, ¿no debería confiar en su instinto para tomar esas decisiones, en lugar de sopesar los pros y los contras de un compromiso de por vida? ¿Cómo la inversión en una costosa ventosa para celulitis con garantía de cinco años para su pequeño salón de belleza?

Pensó en el sexo de por la mañana, que había sido completamente diferente al que solían tener. No hubo ternura en absoluto, sí, Rafael había sido grosero. Parecía más un acto de venganza por su comportamiento insensible, había durado poco más de cinco minutos, y estuvo tan lejos del orgasmo como de su decisión de casarse con él. Algo más fue diferente de lo habitual: no había tomado ninguna precaución, y eso, en el período más fértil de su ciclo.

Es como si estuviera tratando de hacerla entender: "¿yo estéril? ¡Vaya, te lo mostraré!"

«Quizás no todo es tan maravilloso». Se levantó de su colchón, notó la mirada del joven cinco tumbonas más allá pegada a su trasero, y corrió por la ardiente arena hacia el agua para refrescar su cuerpo y su mente.

No pasó mucho tiempo hasta que el chico de aspecto nórdico se paró junto a ella en el agua.

—Disculpe... pero, ¿no es usted Penélope Cruz? —Eso fue un poco torpe, pero no era el primero en preguntar. Maite agitó la cabeza a modo de negación y salpicó su cara con agua.

—Pero te pareces...

—Solo soy su hermana menor. —Trapaceó Maite saliendo del agua antes de que su futuro marido, un pelín celoso, se diera cuenta de que el rubio le estaba coqueteando y le cantara las cuarenta.

María sintió un extraño silencio. El hombre que acababa de ver por primera vez la estaba estrangulando. Intentó respirar.

No tenía nada en común con el joven que el mismo describía. Por supuesto que no. Siempre se lo había olido. Se veía horroroso. La frente arqueada y los ojos saliéndose de las orbitas, daban la impresión de que la cabeza estaba bajo presión interna. Tenía la mandíbula dislocada y los labios hacia adentro como si un ariete le hubiera rozado. Su mirada era desesperada y vacía, como si acabara de enterarse de la muerte de un ser querido.

Giró la cara y apretó aún más fuerte. Ella escuchó sus sollozos. Le acarició la cabeza como para consolarlo, esperando la anhelada absolución. Le apartó la mano antes de apretar aún más fuerte.

La bóveda del sótano parecía oscurecerse cada vez más, como si la noche la invadiera en segundos. Le pareció ver las estrellas y hasta la luna. Luego se acabó. Estaba muerta. Redimida. El dolor y la presión en su cuello y abdomen desaparecieron. Hasta que fue capaz de respirar algo de aire. «¿Por qué importa eso si estás muerta?» Oyó un extraño ruido. «¿Hay animales en el más allá? ¿animales heridos?» La presión en su pecho aumentó de nuevo. Un animal sobre su vientre aullaba.

María abrió los ojos. El hombre yacía llorando sobre su pecho. La goma elástica estaba rota.

«Que lástima», pensó María.

CAPÍTULO TRES

Aurelio Baena se puso la gorra de capitán, le parecía tan hortera que solo la llevaba de noche en su jardín mientras se deleitaba con las vistas de Salobreña. El pueblo de anidadas casas encaladas trepaba una colina en cuya cima, se coronaba el iluminado castillo morisco.

Normalmente, la sublime vista desde su jardín manicurado al centelleo nocturno de los menos privilegiados le apaciguaba; pero no hoy. Hoy deberían haber recogido una entrega, pero el jefe dijo que aún era demasiado pronto. El momento no era el adecuado. No dio más razones. Solo se encogió de hombros, e incluso Salvador no entendía por qué tenía que ser así, y este, se ganó sus lentejas con la policía. Solo las lentejas, sin embargo. Salvador, al igual que él, organizó el chorizo para las lentejas en un ámbito empresarial distinto al de la aduana. Más bien en un mercado libre de impuestos.

Aurelio agitó su copa al ritmo de Mozart. «Bueno, entonces mañana o pasado mañana», pensó y se levantó de su mecedora. Anduvo por el césped hacia la iluminada piscina, en la que una polilla desviada por una lámpara subacuática luchaba contra una muerte segura. Aurelio probó la temperatura del agua sumergiendo el pie, y con su peludo dedo gordo ayudó a la polilla, prolongando su vida. Bebió de su copa de vino y disfrutó de la brisa del mar de Alborán. Así era conocido en las cartas náuticas de sus barcos de patrulla la punta más occidental del mar Mediterráneo. La mariposa nocturna que acababa de rescatar, cruzó su campo de visión y se alejó. Otras criaturas tienen un destino menos afortunado, pensó y eructó, perfumando el ambiente a caviar fermentado de su estómago.

¿Cuántos de ellos podrían haber reventado ya? Mañana o pasado mañana lo sabrían. En el norte de México había muchísimos muertos, más que aquí en la contemplativa Costa Tropical. En la frontera entre México y América, las cosas eran mucho más duras que en las aguas entre Marruecos y España. Allí, dejaron colgar a sus enemigos de los puentes de las autopistas, y éstos fueron los afortunados entre las víctimas. Comparado a aquello, los daños colaterales apenas merecen ser mencionados. A nadie le importaban los pocos corderos que necesitaban sacrificar para llevar a cabo sus acciones de manera creíble; Aurelio tranquilizó su conciencia. «No tardarán mucho de todos modos...»

¿Había algo allí? Aurelio giró la cabeza y la gorra de capitán cayó. Fuera del círculo luminoso de su piscina, el jardín era solo un oscuro muro de cipreses que lo protegía de las lujuriosas miradas de su vecino cuando ocasionalmente se divertía con zorras eslavas de pago. «¿Quizás un gato? ¿Pero ese ruido?» Un sonido extraño que ahogaba el chirrido de las cigarras y las silenciaba en un crescendo final.

Aurelio derramó el resto de su vino de ciento cincuenta euros y sostuvo la frágil copa a modo de arma. Una figura saltó sobre él y lo empujó hacia atrás. Antes de que Aurelio pudiera ofrecer al atacante un taco de billetes de quinientos euros de la caja fuerte, su cuello fue presionado bajo el agua. Una lucha desigual. Aun así, consiguió dos veces sacar su barbilla fuera de la espuma del agua clorada, antes de que la figura forzara su cabeza bajo el agua por última vez.

Dos minutos más tarde, las últimas burbujas de aire de los pulmones de Aurelio Baena, junto a una plasta de caviar de Beluga no digerido, subieron a la superficie de su piscina.

Rubén de Freitas se lio un cigarrillo casero, cuya mezcla dominical consistía en cuatro quintas partes de tabaco y una quinta parte de hierba de su propia cosecha. La mezcla a veces podía subir a una proporción de uno a uno, pero hoy quería pasar por los pubs de los alrededores de Plaza Nueva buscando... Bueno, ¿buscando qué? ¿Una mujer a la que, si la encontraba, después de unas noches tenía que dejar claro que no quería una relación estable? Todavía no. Solo algo ocasional, tal vez. "Ajá. ¿Aún no? ¿Cuántos años dices que tienes? ¿Cuarenta y tres? ¡Pues madura, hombre!", le recomendaría antes de agarrar el bolso y desaparecer.

Con el mando a distancia, subió el volumen del reproductor de CD, sonaba el tema "No woman no cry" de Bob Marley. «No es tan fácil, Bob», pensó Rubén; y pasó la canción. "I shot the Sheriff", «este título tampoco invita a un investigador de homicidios a cantar».

«Mejor el reggae de Tyrone Thompson», más conocido como Papa San. Rubén cambió el CD y dio otra calada. La marihuana estaba mostrando lentamente sus efectos.

Le gustaba el nombre de Papa San. También había bautizado así a su velero de diez metros, y utilizaba el nombre con algunas mujeres a imprudentes horas de la noche, lo que le daba cierto anonimato. Debido a su encrespado cabello y su tez café con leche, que, junto con su apellido de Freitas, heredado de su abuelo de San Vicente de las Antillas Menores, el nombre de Papa San causaba sensación entre las chicas. Sus pocos amigos lo llamaban Lenny por su parecido con Kravitz.

Rubén se reclinó en su sofá con los brazos cruzados detrás de la cabeza. Si lograra que una mujer de rápidas decisiones le acompañara desde los pubs, por las calles empedradas, hasta su apartamento con vistas a la iluminada Alhambra, le creería aún más, de que no es un español tradicional, aunque haya nacido en Andalucía. Banderas caribeñas y pósters de las playas de Mustique, Tobago Cays, Palm Island y Mayreau, dominaban las paredes de la sala de estar. Quizás, la decoración era más apropiada para un piso de estudiantes que para el apartamento de un teniente del departamento de homicidios, a quien los reclutas saludaban con celeridad cuando lo veían, aunque se burlaran de su perilla de rastas a sus espaldas.

A las mujeres, a excepción de Lucía su compañera de trabajo, les resultaba extraño que comiera en el sofá con las piernas cruzadas porque su mesa se doblaba debajo de un invernadero móvil. En él, ocho plantas de cáñamo de la marca "Pride of Amsterdam" estaban en plena floración, mientras que el cactus del balcón hacía tiempo que se había secado.

Rubén cerró los ojos y cedió a sus sueños, la mayoría de los cuales eran sobre la isla Mayreau y el viaje en velero que se regaló a sí mismo hace tres años cuando cumplió los cuarenta. En aquella ocasión, exploró sus raíces caribeñas por primera vez y encontró la tumba de su abuelo. La foto de la desgastada lápida le mostraba con un enorme porro. Sí, él también quería ser enterrado en ese lugar de trescientos felices habitantes, después de haber celebrado su jubilación navegando entre las islas caribeñas. Ese era su sueño, que veía tan vívidamente gracias al canuto que se fumó. Hasta podía oír las hojas de las palmeras crujiendo por el viento mientras se relajaba en la hamaca con un cubata en la mano. Su teléfono móvil hizo que su sueño se desvaneciera.

El nombre en la pantalla le hizo dudar.

Los domingos, siempre prometían muertes.

Lucía Cienfuegos apretó la flecha en el momento en que el reloj de la cinta de correr saltó a veinte minutos, y su velocidad aumentó de nueve a once kilómetros por hora. Sacó su botella de agua del soporte y bebió sin perder el ritmo. El volumen de su iPod era tan alto que no podía oír las zancadas de sus largas piernas. La música de Coldplay, no encajaba con las imágenes del último ataque terrorista en Oriente Medio que se veía en la pantalla plana que tenía justo delante.

Mientras corría, no quería pensar en nada: ni en su trabajo, que le exigía cada vez más, ni en las facturas impagadas, ni en su complicada relación con Teresa, ni tampoco en Damián, su hijo adolescente a quien había criado sola y que ahora quería irse a Barcelona con su padre, porque a sus ojos ella era una "chalada tortillera".

Sus pensamientos se dirigieron hacia su compañero. Rubén y ella eran una exitosa pareja, con una cuota de resolución de casos impecable desde el comienzo de su relación como: "Señora y señor asesinato & homicidio". Pero no fue el aspecto profesional lo que la hizo aumentar progresivamente la velocidad de la cinta hasta llegar a los trece kilómetros por hora.

La llamada le pilló en la máquina de ejercitar la espalda. Sacó el móvil, apagó el iPod y escuchó los comentarios de su jefe: "Tenemos un cadáver con posible fuerza externa. Tú y Rubén, deberíais echar un vistazo... Sí, ahora mismo, y sé que es domingo... No, Rubén no ha sido informado todavía..."

«Esto es justo lo que necesitaba», pensó, mirando el reloj. Las ocho menos veinte. Se apresuró hacia los vestuarios y casi se topa con el tipo sudando a cascadas que la había acosado durante la sesión de entrenamiento, y que siempre aceraba su fofo cuerpo exactamente en el dispositivo contiguo.

Lucía Cienfuegos se dejó caer en el banco de madera, se apoyó en su casillero y marcó el número de su compañero Rubén de Freitas. Mientras escuchaba el tono de marcado, su pulso cayó por debajo de los cien latidos por minuto por primera vez en hora y media.

—Hay trabajo, Rubén. —Fue al grano en cuanto éste contestó—.

En la costa, en la zona residencial del Monte de los Almendros cerca de Salobreña. Un jardinero encontró al dueño de una villa ahogado en su piscina. El forense ha completado la inspección ocular del cadáver. No descarta fuerzas externas, tiene un hematoma.

—Muy bien, Honey Bunny, haremos una excursión a la costa mañana. Tengo que revisar mi barco de todos modos.

—¡No, ahora mismo! El jefe dio instrucciones a los de la costa de no retirar el cuerpo antes de que lleguemos nosotros. Los técnicos oculares están allí.

—Pero el hombre mañana seguirá muerto. Y para entonces, el forense y los técnicos podrían recabar más pistas.

—¡Olvídalo, delante de mi casa a las ocho y media!

—Lucía... yo...

—Ocho y media, ni un minuto más tarde.

—Hm, ¿podrías conducir tú?

—¿Por qué yo? Siempre conduces tú, además, cito tus palabras: "Incluso después de una botella de ron, conduzco mejor que tú".

—¿Dije eso? No lo recuerdo, seguramente fue después de una botella de ron. Bueno, estoy un poco colocado. Cómo iba a saber que esta noche...

—Tú... Eres tan... Vale, iré yo a las ocho y media a recogerte. Pero primero date una ducha con agua fría, ¿me oyes?

CAPÍTULO CUATRO

Lucía y Rubén estrecharon la mano al fiscal Puertas y al médico forense el Dr. Castillo, y asintieron a un grupo de guardias civiles que se encontraban un poco alejados y hablaban con un hombre regordete con sombrero de paja. Un uniformado de alto rango se les acercó y resumió los hallazgos hasta el momento. Rubén prestó atención, hasta enterarse de que el difunto había sido funcionario de aduanas en Motril. Giró sobre su propio eje, miró al jardín y el impresionante chalet de dos plantas de estilo moderno, y caminó hacia la piscina.

El uniformado no estaba seguro de si debía hacer una pausa en sus comentarios, pero Lucía le pidió que continuara. Rubén agarró la varilla de aluminio con red de malla fina para la limpieza de la piscina, y la sumergió en el agua hasta llegar al punto más profundo. Había algo ahí abajo que no debería estar. Los técnicos oculares estaban dispersos por el porche y el jardín, y probablemente, aún no habían examinado la piscina.

Agarró la varilla a nivel del agua con los dedos pulgar e índice y se dirigió hacia el cadáver, que estaba esperando junto a la piscina para ser transportado a la medicina forense. Rubén bajó la cremallera del saco mortuorio y puso la varilla junto al difunto. El agua le había llegado solo hasta la clavícula.

—No sabías nadar. Tenías la piscina hecha a tal profundidad, que tu cabeza siempre sobresaliera del agua. Así que no te ahogaste —le dijo Rubén al muerto, casi creyendo que la respuesta sería un ligero asentimiento de cabeza gracias a los últimos efectos de la marihuana que iban desapareciendo lentamente. Rubén cubrió el cuerpo. Luego regresó al lugar de la piscina donde había hecho un interesante descubrimiento. Sumergió la red en el agua y la arrastró por el fondo mientras todas las miradas caían sobre él. Sacó la red goteando y vertió el contenido sobre unas tejas de terracota. Cayeron agujas de pino, hojas, el resto de una tableta de cloro y cuatro gambas. Puso los mariscos en una bolsa y torció el gesto. Seguidamente entregó la bolsa a un compañero con mono blanco, y le ordenó que buscara tales gambas en todos los refrigeradores y congeladores de la casa.

Lucía le hizo un gesto con la mano, pero Rubén la ignoró y en su lugar, estudió el bodegón en la terraza cubierta: una botella casi vacía de Vega de Sicilia con una etiqueta de precio de ciento cuarenta y nueve euros sobre una mesita junto a un cuenco de galletitas saladas, un plato con algunos bocados de jamón que él identificó como un caro Pata Negra debido al color rojo vino y al grosor del veteado. A su lado tres trozos de queso camembert, media baguette y dos latas vacías de caviar de Beluga. Pero no gambas, ni crudas como las de la piscina, ni cocidas.

Caminó por el jardín y, como por casualidad, se paró junto al hombre con sombrero de paja que observaba la investigación desde una silla de jardín. El jardinero no hizo ningún esfuerzo por levantarse, y primero miró sospechosamente a la "barba rasta" de Rubén antes de mirarle a los ojos.

—¿Así que usted encontró el cuerpo?

—Sí, pero acabo de contárselo todo a sus compañeros.

—¿Cuánto le pagaba por sus servicios?

—Uh... ¿Perdón?

—Está bien, se lo preguntaré más claro. A cambio de su servicio botánico, ciertamente usted recibía una compensación económica, y me gustaría saber a cuánto asciende esa suma por mes.

—¿Es eso tan importante?

—De lo contrario, no se lo preguntaría.

El jardinero parecía estar considerando si bajar o no un poco la cantidad. —Quince euros la hora.

—¿Cuántas horas a la semana?

—Pero eso es... ¿A dónde quiere llegar? No sospechará de mí, el Sr. Baena...

—¿Podría responder a mi pregunta, por favor? Me importa un carajo si el Sr. Baena le pagaba en negro, pero si no responde estará obstruyendo una investigación de asesinato, y yo tendría cuidado con eso.

—De lunes a sábado de las cuatro hasta las nueve de la tarde.

—¿El Sr. Baena le pagaba casi dos mil euros al mes por regar un poquito el jardín con la manguera?

—Ahora escucha, recorto los arbustos, coloco nuevas plantas, cuido de...

—Vale, vale, solo una pregunta más: ¿sabe si tenía una caja fuerte?

—No. Nunca tuve nada que hacer dentro. Tendrá que preguntarle a la señora de la limpieza.

«¿Señora de la limpieza? Cómo no. El hombre residía en una villa de dos millones de euros, pagaba a su jardinero un salario principesco, cenaba caviar ruso, bebía vino de ciento cincuenta euros, y todo eso con un sueldo de funcionario de aduanas que seguramente era inferior a lo que cobraba él mismo en la Guardia Civil». Rubén tomó la mano del jardinero. —Mis sinceras condolencias por la trágica pérdida... De su trabajo —añadió, y se fue a buscar a Lucía.

El forense se acercó a Rubén y le enseñó una bolsa de doscientos gramos de gambas peladas precocinadas y congeladas. —No encontré nada parecido a esas gambas en ningún lugar que no sean éstas —explicó el hombre del mono blanco sosteniendo la bolsa con las cuatro gambas crudas de la piscina. Rubén le quitó la bolsa, le dio las gracias y se unió a Lucía que todavía estaba tomando notas, mientras el forense, el teniente y el fiscal especulaban.

Rubén le dijo a su compañera que lo siguiera, adelantándose

hasta el final de la propiedad donde se inclinó sobre la balaustrada. Pero Lucía no parecía tener ojos para la gran vista sobre el castillo de Salobreña.

—No es muy bueno que ignores al fiscal, al forense y al jefe de la Guardia Civil local como si fueran unos pesados de la prensa rosa, —le reprendió y se apoyó a su lado contra la balaustrada.

—Pero Honey Bunny, trataban de impresionarte a ti, a mí no me soportan. Además, de los dos, tú eres la de la concentración al estilo gran maestro de ajedrez ruso. Entonces, ¿qué tenemos?

—Por última vez: es genial que "Pulp Fiction" sea tu película favorita, pero eso no me convierte en tu "Honey Bunny". Así que reprímetelo en el futuro. Veamos, el Dr. Castillo, estima que después de un primer...

—De acuerdo, aunque te queda bien. Además, no has visto la peli, ¿cómo puedes...?

—¿Quieres escucharme, por favor? Como te decía: el Dr. Castillo estima la hora de la muerte ayer entre las once de la noche y las dos de la mañana. El difunto tiene hematomas en el cuello. Así que tuvo que haber una pelea. Los técnicos drenarán el agua de la piscina a través de un filtro especial... Pero ya veo que te adelantaste.

Señaló la bolsa de gambas.

—¿Es ésta su casa? —preguntó Rubén.

—El chalet pertenece a una empresa con sede en Gibraltar cuyo director general...

—...Era nuestro hombre de la piscina —Rubén terminó la frase.

—Muy perspicaz, Rubén, ¿se ha disipado la niebla?

—Solo aclarado un poco. Por lo que puedo intuir, nuestro funcionario de aduanas ha recaudado su propia tasa con algún trapicheo, y eso no puede ser poco si te fijas en este lugar. El hombre se hinchó de caviar como si fueran palomitas de maíz, y le pagaba a su jardinero casi dos mil euros al mes. Veamos, igual le tocó la lotería o heredó de un tío rico, pero como estamos en la costa, por donde la mayoría de las drogas se introducen de contrabando en el país, es más probable apostar por esta fuente extra de ingresos. Tendremos que cooperar con el Departamento de Narcóticos. Rubén sacó una gamba de la bolsa y la levantó por la cola. —Esta es una Gamba Blanca, por cierto. El cuerpo nítido y las largas antenas son características de esta especie de las aguas que rodean Motril —le explicó a Lucía, que venía de Madrid y no tenía ni idea de la biología marina local—. Cuestan más de cien euros el kilo. No se pueden comprar en todas partes, y en tiempos de crisis no se comen a gogó. Así que eso sería un enfoque.

—¿No creerás en serio que el asesino, asumiendo que fue un asesinato, trajo estas gambas y las tiró a la piscina después de ahogar a su víctima?

Lucía dio un paso en falso y se torció el puntiagudo tacón en la hierba.

Rubén la agarró por la parte alta del brazo. —Sí, exactamente, y quién sabe, tal vez esté tratando de decirnos algo.

Lucía se levantó y se volvió hacia él. Un foco en un borde del jardín deslumbró sus ojos marrones intercalados de verdes astillas. Se protegió del haz de luz con la mano, a modo que sus gafas de montura morada y su nariz, yacían a la sombra.

Debido a los tacones, superaba en altura a todos los demás investigadores que pululaban por el jardín de la víctima mirándola ocasionalmente a hurtadillas. —Ajá. Muy misterioso. ¿Puedo preguntar qué mensaje del asesino te viene a la mente con cuatro gambas podridas?

—Lo vamos a averiguar, Lucía. Pero ahora iremos a Almuñécar.

—¿A Almuñécar?

—Para una investigación más profunda en el restaurante "Casa Paco". Allí sirven los mejores mariscos de la Costa Tropical, y en este caso tenemos vía libre para incorporar la factura a la cuenta de gastos de la investigación.

Después de que Salvador Molina terminara una preocupante

charla, el cuarto trasero de la pescadería y marisquería "Gamba Blanca" cerca del puerto de Motril permaneció en silencio. Gamba Blanca era el nombre de la organización, fundada en ese mismo lugar hace tres años mediante un apretón de manos.

Allí podían planear sus lucrativas maquinaciones sin ser molestados y jugar póquer para pasar desapercibidos. Era un bareto en el que estibadores taciturnos comían sardinas, croquetas de jamón y ensaladilla rusa en el mostrador de metal, y escupían huesos de aceitunas, tiraban trozos de pan aceitoso y servilletas estrujadas al suelo, mientras seguían las idas y venidas de las vidas de los famosos por la ruidosa tele.

Una pareja de turistas ingleses perdida, alojada en el cercano "Robinson Club", estaba sentada en sillas de plástico frente a unos mejillones a la marinera y unos calamares fritos, para poder contar a la vuelta en Birmingham que almorzaron en un restaurante realmente típico, en vez de en el buffet todo incluido del hotel.

Junto a los aseos, una puerta con una placa prohibía la entrada "privado". Francisco, el jefe bigotudo del lugar, cuya presión arterial le daba a su cara el aspecto de gambas cocinadas durante demasiado tiempo, les abría solo para rondas de póquer con apuestas extra altas, y para aquellos que querían hablar discretamente de algo más que del juego de cartas, como hoy.

Diego Roca, el anguloso y rapado jefe de salvamento marítimo, dirigía a su equipo con un adiestramiento militar, inspirado en los reportajes televisivos sobre los duros instructores marines de los Estados Unidos. Nadie en su escuadrón lo había visto sonreír. Fijó la vista en Salvador Molina con una mirada que éste no pudo soportar durante más de dos segundos. Salvador, con problemas tanto de alcohol como cardíacos, era para los ojos de Diego el eslabón más débil y oxidado de su cadena.

—¿Así que estás seguro de que Aurelio fue asesinado? —preguntó Diego.

—¡Sí, maldita sea! Todo apunta a ello. Yo mismo estuve en la escena, cuando la lesbiana y el bicho raro de Granada husmearon por allí, y luego esas gambas que éste Rubén de Freitas encontró en la piscina. Exactamente la clase de gambas que le dan nombre a este bar. Uno de nosotros ha sido asesinado, y hasta un niño pequeño podría darse cuenta de la conexión...

Carlos interrumpió a Salvador Molina con un fuerte apretón de manos oprimiendo su muñeca sudorosa. Con una participación del cuarenta por ciento, era el fundador y jefe de la lucrativa asociación, mientras que Diego Roca, Salvador Molina y Aurelio Baena tenían el veinte por ciento cada uno. La parte de Aurelio estaba ahora disponible, y esa herencia, era un punto de la agenda del día que tendrían que abordar.

La apariencia de Carlos no dejaba lugar a dudas de quién era el jefe allí. Nunca se le veía sin chaqueta y corbata, ni siquiera en ese figón. Peinaba hacia atrás cuidadosamente su pelo ralo con gomina para disimular las partes calvas. Un enorme anillo dorado en su dedo anular, un Rolex del mismo metal en la peluda muñeca, y el Bentley frente a la puerta, subrayaban su estatus de líder.

—Esta es una interesante coincidencia. Pero ¿Qué debemos temer?, nosotros no lo matamos. ¿O alguno de vosotros tiene algo que ver con esto? —preguntó, y observó algunos rostros indignados—. Bueno, entonces yo sugeriría que sigamos como siempre. O como dirían los ingleses: "Business as usual". Diego, ¿Cómo entramos en la nave de la aduana sin Aurelio cuando el barco...?

—No tan deprisa, Carlos —le interrumpió Salvador con la voz ronca de un fumador empedernido—. ¿Queréis seguir como si no hubiera pasado nada? ¿Estáis locos? ¡Hay alguien que intenta vengarse de nosotros! ¿Quién sabía lo del simbolismo de las gambas? ¡Eso es una señal, joder! ¿Qué hay de Sergio y Zoco?, conocen el nombre convencional.

Pensaron en los dos esbirros durante un rato. Especialmente en Zoco, cuyos servicios de mediación no habían utilizado durante semanas, cerrándole así el grifo. ¿Quería vengarse Zoco de ellos? Había otros candidatos además de él: zagueros, remolcadores, amantes del soborno, drogadictos.

Después de un sorbo de coñac, Salvador rompió el silencio.

—Os digo una cosa bien clara: ¡estoy fuera! Podéis seguir llenando vuestros bolsillos, pero yo...

Diego dio un puñetazo en la mesa y silenció a Salvador. —¡No digas tonterías!, simbolismo, ¡y una mierda! Al bribón de Aurelio seguramente se le cayeron las gambitas a la piscina antes de poder metérselas en la boca, y es probable que se ahogara por sí mismo. Apuesto a que ni siquiera sabía nadar el barrigón, y para responder a la pregunta de Carlos: creo que *tú*, mi querido Salvador, deberías entrar en el depósito de aduanas en lugar de Aurelio, tan pronto como el barco atraque allí.

Salvador dio un salto, lo que junto con la rabia acumulada le quitó el aliento, así que primero tuvo que respirar profundamente. —¿Has perdido la cabeza por completo? ¿Cómo se supone que voy a entrar? ¡Olvídalo! Tenemos que encontrar a alguien más adecuado en la aduana que... Pero de qué estoy hablando, *tenéis* que encontrar a alguien, porque yo no sigo con esto. Lo dejo, ¡adiós!

Tomó el resto del coñac, pero antes de llegar a la puerta, se detuvo por el trasfondo amenazador en la voz de Carlos. —No deberíamos terminar esto así, Salva. Sé que te jubilas dentro de unos meses y, por supuesto, quieres mucho a tus nietos. Pero si sales de aquí ahora, tus superiores de la Guardia Civil puede que reciban un soplo. ¿Qué será de ti entonces? ¿Qué pensaran tus compañeros, tu esposa, tus amigos, tus hijos? Creo que, en vez de una bien merecida jubilación, te irías derechito a la cárcel.

—Eso, eso es... Eres un hijo de... —gruñó Salvador con sus alquitranadas cuerdas vocales, pero Carlos no se dejó interrumpir; se apoyó en el tambaleante respaldo de la silla de madera y cruzó los peludos antebrazos en la nuca.

—Pues es así, Salva... Todos estamos en el mismo barco, y hablando de barcos, permíteme recordarte que hace casi una semana se encontró un bote averiado y repleto de refugiados a escasas ochenta millas náuticas de Motril, a los que Diego con su equipo se encargó de rescatar. Tenemos que cerrar este negocio juntos, amigo mío. Diego tiene razón: para ti, lo más fácil sería entrar en la nave de aduanas. ¿Quién más sino tú podría? Con tu uniforme incluso a plena luz del día, mira, te identificas ante el vigilante, le hablas de un control de la Guardia Civil y te pones manos a la obra. Este será tu último trabajo. Lo prometo. Por ello recibirás el trozo de pastel de Aurelio, además de tu parte por esta última misión, una indemnización por despido y un pequeño tributo a tus servicios, por así llamarlo.

Salvador abrió la puerta, pidió en voz alta el sexto coñac y se sentó de nuevo con Carlos y Diego a la mesa.

CAPÍTULO CINCO

Diego Roca ya no estaba tranquilo sentado al escritorio de Salvamento Marítimo del puerto de Motril. Caminó por su oficina adornada de banderines, medallas, cédulas, y se detuvo frente a la foto enmarcada del barco color naranja de rescate. Estaba esperando un radiograma que llegaría en pocos minutos.

Entonces él y su equipo se pondrían en acción, volverían a "salvar vidas".

La mayoría de sus misiones giraban en torno a las pateras. Siete mil ilegales intentaron llegar a las costas españolas el pasado año. Novecientos de ellos fallecieron en el intento, incluyendo muchas mujeres y niños. Además de innumerables personas que perdieron la vida en el viaje a través de África desde el inicio del flujo de refugiados. Oficialmente en toda Europa, cuarenta mil personas han muerto en el mar Mediterráneo o antes de alcanzar las Islas Canarias.

Él y su equipo habían salvado numerosas vidas, como certificaban los documentos colgados en la pared; hasta tenía una foto con el rey, galardonándolo por tal meritorio servicio. La nostalgia se apoderó de él. Aquellos eran otros tiempos, cuando aún se sentía orgulloso de su trabajo. Cuando su destino junto con el de sus compañeros, era salvar a personas en peligro de naufragio a cambio de un digno salario a fin de mes. Él, que tanto amaba el mar, solo podía permitirse una hipoteca de un apartamento sin vistas, e invitar a su esposa los sábados por la noche a comer pizza. Pero eso fue antes de que ella lo engañara a él, el muy condecorado capitán del equipo de salvamento marítimo, concretamente con el socorrista de la piscina municipal. Antes de que su virtud se convirtiera en avidez, y comenzara a sacrificar personas en vez de salvarlas.

La radio se desintonizó. Diego se ajustó la gorra de béisbol negra con el emblema de un ancla dorada y las iniciales SM y corrió hacia el escritorio donde puso sus pies calzados con botas impermeables, imitando a sus duros y admirados colegas estadounidenses de la Infantería de Marina.

—¡Guardia Costera, Guardia Costera, Guardia Costera! Aquí yate Michelle II. ¿Puede oírme? —un acento francés traspasó el canal de emergencias.

—Esta es la Guardia Costera. Puedo oírle —respondió Diego, recordando que todas las llamadas de socorro se grababan y el equipo al completo le estaba escuchando—. ¿Cuál es su emergencia, yate Michelle?

Hubo un silencio en el que Diego se imaginó a Carlos sentado en su yate a motor de cuarenta y seis pies en el puerto deportivo Marina del Este, enviando la falsa llamada de emergencia e imitando un acento francés.

—¿Yate Michelle? ¿Me recibe?

—Estoy navegando treinta millas al este de la isla de Alborán y diviso un barco con africanos a bordo. Parece que tienen serios problemas.

—¿Cuál es su posición exacta, yate Michelle?

—Un momento...

Diego se subió la cremallera del mono y esperó, aunque estaba al igual que Carlos perfectamente informado sobre la posición de la patera equipada con un rastreador oculto.

—35°57'28 Norte y 03°27'46 Oeste.

—Recibido. Gracias. ¡Cambio y corto!

«¡Bien hecho, Carlos!»

Diego cambió su viejo chicle por uno nuevo con sabor a

menta y dio un mensaje interno por radio para instruir a su equipo.

Pilotaría el bote salvavidas él mismo.

Los refugiados llevaban hacinados en el bote y a la deriva una larga semana.

Diego expresamente no desayunó esa mañana.

Imaginaba una terrible escena.

Por la tarde, Rubén y Lucía se sentaron en la tetería "Kasbah", situada en uno de esos emblemáticos y estrechos callejones en pleno corazón de Granada, donde uno parecía estar en el centro de Marrakech debido a los numerosos zocos y bazares. Lucía vertió té de jazmín en un vaso, mientras Rubén degustaba sueño de Alhambra y se concentraba en el sabor a mango, naranja y jengibre.

El salón de té marroquí estimuló los sentidos de Rubén más, que su triste despacho en el edificio de la Guardia Civil de Granada donde estuvo poco tiempo, el justo para hacer el papeleo e informar al jefe. Lucía se disculpó y desapareció por el pasillo de bóveda esférica decorado con espléndidos tapices dirección a los baños. Halim estaba ocupado en la cocina, mientras los mochileros en la entrada ojeaban inclinados un mapa de la ciudad.

Rubén metió la mano en su bolso de grueso lino y sacó el resto del porro de por la mañana. Dio tres caladas y lo apagó bajo la mesa con la puntera de las deportivas. Se tumbó sobre los coloridos cojines bajo el efecto calmante de sus queridas plantas de maceta y esperó a Lucía, mientras escuchaba una musiquilla andalusí que salía por unos rudimentarios altavoces.

Estaba medio dormido cuando Lucía se sentó en el taburete, olfateó como un pastor belga del escuadrón de drogas y le miro enfadada.

Rubén esperó el sermón moral obligatorio que no llegaba.

—Entonces, ¿qué tenemos? —lanzó Rubén directamente.

—Tenemos a un hombre que no puede abstenerse de fumar

sustancias ilícitas y, al mismo tiempo, viola la prohibición de fumar en lugares públicos —se quejó Lucía—. Así que dos delitos a la vez. Y no es el batería de una banda de reggae, sino nada menos que un teniente de la Guardia Civil, quien necesitaría todo su cerebro para resolver un asesinato.

«Podría darme cuartelillo al menos una vez», pensó Rubén, y se enderezó antes de sacar del bolsillo los documentos del caso.

—¿Podemos empezar o me esposas primero? —dijo con una socarrona sonrisa.

Lucía desvió la mirada a la tetera, cruzó los brazos e hizo un gesto tipo: "bésame el culo". En ese momento Rubén cayo en la cuenta que el tema "esposas" no era nuevo, y tuvo que sonreír.

Entonces también los rasgos faciales de Lucía se relajaron.

Hace un tiempo lo esposó e incluso le vendó los ojos con sus medias.

—Podríamos mantener un trato más personal de nuevo —intentó Rubén. Pero Lucía ignoró su sugerencia, sacó su iPad de la funda y abrió sus notas. Sabía que su compañera expresaba su preferencia de género actual a través de la longitud de su cabello: largo = hombres, corto = mujeres. Desde hace algún tiempo, Lucía llevaba un corte al estilo paje justo a la altura de los hombros, del cual no sacó conclusión.

Lucía se aseguró la atención mirando por encima del borde de sus gafas. —Breve resumen: Aurelio Baena, de cincuenta y nueve años, fue encontrado muerto por su jardinero cuando fue a reparar los aspersores el domingo por la mañana. Hora del crimen el sábado alrededor de la medianoche. El jardinero estaba en una boda en ese momento. Así que tiene una coartada. Nuestra víctima era un aduanero de profesión. Pero su salario no correspondía a la vida de lujo que intentaba ocultar tras una empresa fantasma. Las declaraciones de sus colegas y superiores no revelaron ninguna irregularidad, pero debe haberla, porque cuando revisamos sus movimientos bancarios no encontramos otra fuente de ingresos que su salario en la aduana, y había más de cien mil euros en efectivo en su caja fuerte. El forense confirmó señales de una pelea y arañazos en el cuello de la víctima. El agua clorada en sus pulmones, indica que la pelea tuvo lugar en la piscina. Aparentemente Baena fue ahogado. Las casas colindantes estaban vacías, y ninguno de los vecinos del Monte de los Almendros notó o escucho algo. Los forenses encontraron muchos pelos en la piscina. Podrían provenir de sus hijos o sus nietos, ya que lo visitaron recientemente. La investigación continúa en curso. Seguimos la pista de las cuatro gambas. Se venden en un radio de treinta kilómetros de Motril en once pescaderías y puestos de mercado. Las entrevistas con los vendedores no revelaron nada. Aun así, deberíamos seguir investigando esa pista. ¿Tal vez nuestro asesino no tuvo que comprar las gambas porque es pescador?, ¿quizás se cayeron en la piscina de la víctima en una alocada fiesta? Por otro lado... ¿Rubén?

Su colega, que se había perdido buena parte del monólogo pensando si poner su velero en dique seco este invierno, se enderezó de golpe. —Sí, sí, las gambas son importantes porque el asesino debió haberlas llevado con él. En ningún otro lugar de la casa se encontraron esos bichos. Debemos preguntarnos: ¿por qué una especie tan rara? ¿Y por qué cuatro? ¿El número tiene algún significado? ¿Y por qué no tres mejillones o cinco sardinas? Además de cómo este tío consiguió tanto dinero. Este misterio hay que resolverlo. ¿Puedes entrar con ese cacharro al Internet?

Lucía murmuró algo que le sonó a: "Ni siquiera mi abuela me haría una pregunta tan tonta". Se conectó a la red y le pasó el iPad a Rubén. —Quieres buscar en Google: ¿quién mató a Aurelio Baena el sábado pasado a medianoche en Salobreña?

No respondió nada, la punta de su lengua se movía sobre el labio superior como un limpiaparabrisas. Algo que solía hacer cuando estaba concentrado. Primero busco: "cuatro gambas blancas", luego "gamba blanca Salobreña", después "gamba blanca Almuñécar" y finalmente "gamba blanca Motril". Empujó el dispositivo hacia ella, y decidió no volver a renegar sobre su afición por los productos de Apple.

—Tú pagas el té, y yo conduzco —repartió las tareas y se puso su parka verde militar.

—¿Qué? ¿A dónde?

—Cerca del puerto donde trabajaba nuestra víctima, hay un restaurante llamado "Gamba Blanca", y vamos a ir porque no tengo ganas de encerrarme en la oficina. ¿Alguna pregunta más?

—¿Por qué quieres conducir? ¡Has estado fumando tus cosas!

—¿Yo? ¿Qué te hace pensar eso?

—¡Venga ya!, lo olí.

—Purgaba mi calzado un rato. ¿Ya está prohibido también?

—Idiota —murmuró y puso un billete de cinco euros dentro del cuenco plateado.

Con viento del oeste y el rocío salpicando la cubierta de proa, navegaban a cuarenta nudos a través de las encrespadas olas. Llegarían al objetivo en diez minutos. Apenas era posible apuntar con los prismáticos al barco negro que desaparecía una y otra vez en el horizonte entre las crestas de las olas. Diego solo lo vio una fracción de segundo antes de que el campo visual volviera a vagar por el nublado cielo. «¡Maldita sea!» Esta vez habían ido demasiado lejos y retrasado mucho debido a la muerte de Aurelio. No se veía a nadie a bordo. Un barco fantasma. Según el remolcador marroquí, treinta y seis refugiados habían abordado el barco en la costa norte de África. Diego guardó los binoculares y se fijó en su tripulación que estaba revisando los cinturones salvavidas con manijas practicadas, y en los tres paramédicos con chalecos anaranjados que miraban el punto negro en la distancia.

Se mareó. Entregó el timón y llegó a duras penas a la barandilla escupiendo amargos jugos gástricos. Sintió las miradas de sus compañeros. Seguramente sorprendidos de que su capitán, duro, maratonista, levantador de mancuernas, con voz de mando, no fuera inmune a la cinetosis.

Pero no fue el agitado mar lo que le dio náuseas. Se dio asco a sí mismo.

Por un momento pensó en lanzarse por la barandilla y reventar sus pulmones buceando hacia el fondo del mar, en el que tantas personas yacían por su culpa. Pero tenía demasiado miedo, si había algo como el cielo y el infierno, el infierno sería seguro para él.

Poco después, su buque amarraba junto a la zódiac. No estaba vacío del todo. Diego contó catorce africanos tumbados en el interior del bote de goma que no podían ser vistos desde lejos. Algunos se volvieron hacia ellos, otros parecían estar muertos. Los supervivientes probablemente carecieron de fuerzas para arrojar los cadáveres al mar. Ninguno de los refugiados pudo agarrar la cuerda que se les lanzó.

Las olas requirieron una cierta cantidad de acrobacias por parte de su tripulación, hasta que el barco fue amarrado a un costado y los refugiados pudieron ser izados al barco de salvamento. Un joven temerario de su tripulación cayó al agua entre los barcos, pero no resultó gravemente herido.

De los treinta y seis, solo nueve habían sobrevivido. «Veintisiete muertos», pensó Diego mientras amarraba la zódiac negra en la popa para remolcarla. Luego atravesó la cubierta oscilante hacia el timón, dio la vuelta al barco y puso rumbo al puerto de Motril. Los supervivientes, entre ellos dos mujeres y un niño, tiritaban en popa envueltos en mantas. Se les ofreció agua, pero no respondieron. Los muertos yacían en la proa del barco bajo sábanas levantadas una y otra vez por el viento, como si quisiera mostrarle incesantemente su crimen.

CAPÍTULO SEIS

Maite se despidió de la última clienta y repasó las citas del día siguiente: por la mañana manicura y pedicura para la parlanchina de la mujer de su médico de cabecera, depilación de piernas con Josefina, y por la tarde el tratamiento de acné de una adolescente.

Cerró su cuaderno y tiró de la perla del lóbulo de su oreja. «Eso no es suficiente», pensó. «¿Para qué estudié turismo y hotelería, con diplomas en inglés, francés, portugués y una licenciatura en gestión de eventos?»

A menudo se hacía la misma pregunta en momentos frustrantes desde que perdió su trabajo en el "Costa Tropical Palace" debido al cierre por una serie de misteriosas muertes. Durante semanas había intentado encontrar un trabajo adecuado en la industria del turismo, pero en vano. Se vio obligada a mantenerse a flote montando un salón de belleza que instaló en su pequeño apartamento por cuestiones económicas.

Lo que en un principio era una solución provisional, pronto se convirtió en un plan para un salón de belleza en una buena ubicación, equipado con una máquina ultramoderna para combatir la celulitis de las señoras de la localidad.

Incluso tuvo en mente la idea de contratar a un auxiliar.

Pero tres bancos rechazaron el préstamo necesario.

De alguna manera le resultó comprensible... El mes anterior

solo le quedaron cuatrocientos setenta euros después de deducir los gastos. Nunca habría llegado a fin de mes si Rafael no la hubiera apoyado económicamente. Incluso habló de prestarle el dinero necesario para su ampliación del negocio. ¿Pero luego qué? dependería de él, y no le gustaba la idea. Aunque... Si se casaran sería distinto.

Maite se sentó frente al portátil y se conectó a su Facebook. Revisó los emocionantes estados de sus doscientos cuarenta y tres mejores amigos: las vacaciones de Miriam habían terminado y no sentía ningunas ganas de volver al trabajo. Jorge acababa de salir del gimnasio. Leticia horneó un delicioso pastel. Concha se sentía algo indispuesta. Joana había publicado una foto de su pequeño Xavier. Maite hizo clic en "me gusta" y estaba a punto de comentar la imagen cuando se abrió la ventana de chat.

—Hola, Maite, ¿no estás trabajando?

—Hola, Joana, hoy no había mucho que hacer. La crisis ni siquiera da tregua a la piel de naranja y a las uñas deterioradas.

—Saldrá bien. ¿Y cómo estás tú? ¿Ya te has decidido?

—Qué va. Desde su propuesta, nuestra relación se ha enfriado un poco. Pero después de tres meses en periodo de prueba, ¿debo prometerle que le seré fiel por el resto de mi vida, solo para que no se enfade?

—¿Qué pasaría si dices "no"? ¿Sería el final de vuestra relación?

—Podría ser, pero no quiero que eso me presione. Prefiero esperar unos meses más antes de decidirme, me da igual si le parece bien o no.

—Yo haría lo mismo en tu lugar.

—Aunque podría ser que... —Maite presionó accidentalmente la tecla Enter con su pulsera de coral y envió la conversación de forma incompleta a Múnich. Ni siquiera su madre lo sabía y tampoco quería hablar con Joana al respecto.

—Aunque, ¿qué podría ser?

—Olvídalo. Por cierto, colgaste una foto preciosa. Ya va siendo hora de que te haga una visita en Múnich para conocer al pequeño.

Después de eso, se instaló el silencio en la ventana de chat durante un rato.

—Bueno, tengo que irme.

—Maite, ¿podrías decirme primero qué está pasando, por favor? Te conozco. Aunque, *¿qué* podría ser?

No fue tan fácil deshacerse de Joana.

Maite dudó. —Puede ser que Rafa no me quiera en absoluto, y que solo me utilice para lucir una mujer joven a su lado. —Pero no presionó "Enter", pensó, y borró todo lo escrito.

—Puede ser que no lo ame lo suficiente como para casarme con él —escribió Maite, haciendo círculos con el dedo índice sobre la tecla "Enter" antes de borrar esta banal afirmación.

—Podría ser...

«¡Déjate de tonterías y cuéntale tus verdaderas preocupaciones!»

—Mi regla es siempre puntual, y alrededor del día diez me tendría que haber bajado. Hoy estamos a dieciséis, y aún sin el más mínimo rastro en mis braguitas.

Rubén aparcó unos callejones antes del restaurante "Gamba Blanca" cerca del puerto de Motril.

—Por fin —refunfuñó Lucía desabrochándose el cinturón de seguridad.

—No, mejor quédate aquí —decidió Rubén.

—¿Estás loco? ¿Me haces bajar a la costa para esperar en el coche?

—Me temo que debe ser así. Por la misma razón por la que no tomamos un vehículo oficial: no quiero que sepan que soy de la Benemérita.

—Ajá. ¿Sin mí, pensarán que eres Lenny Kravitz de turismo por España en una Volkswagen verde del año en que se inauguró el Woodstock festival, o qué?

—Tardo solo diez minutos, y si todo sale bien, tendrás una actuación para ti solita después.

Rubén dejó sus gafas de sol en el salpicadero del fiel vehículo que le había acompañado en innumerables ocasiones hasta Tarifa o Almería para surfear, se bajó y cerró la puerta del conductor con el símbolo de paz estampado.

Taberna portuaria; posiblemente drogas, el nombre; "Gamba Blanca", la aduana; donde trabajaba la víctima, ni siquiera a quinientos metros de distancia. Por supuesto, no podía saber si esta sospechosa combinación llevaba a alguna parte, pero valía la pena intentarlo. Puso una cara ensayada que habría espantado a todos los habitantes de una favela brasileña, y entró en el restaurante. Detrás del mostrador atendían una mujer con cara de porcino y un hombre con bigote, nariz de alcohólico y problemas de tensión arterial.

Rubén se plantó en la barra, donde el propietario acababa de limpiar dos vasos y un plato manchado de aceite. En lugar de saludar y preguntar por los deseos de su cliente, simplemente levantó la barbilla en su dirección.

—Cerveza —contestó Rubén secamente.

El hombre tomó un vaso, lo llenó de cerveza y lo puso frente a Rubén. Su esposa cojeando atravesó la puerta de vaivén de la cocina, con lo cual, un fuerte olor a pescado frito entró en la sala. Algo más tarde, una tapa de cuatro calamares fritos, unas aceitunas y dientes de ajo encurtidos estaban frente a él. Rubén se comió la tapa y bebió la cerveza antes de dirigirse al jefe.

—¿Eres Francisco? —pregunto, aunque acababa de informarse del nombre del dueño en un quiosco cercano.

—¿Quién quiere saberlo?

Rubén negaba con la mano como si su nombre no importara. En jerga sudamericana que dominaba desde su relación con una venezolana, respondió:

—Llámame "el colombiano" o si prefieres "el hombre de Medellín". Me envía mi jefe por negocios.

Rubén esnifó el dorso de su mano para ilustrar el área de negocios en cuestión. Francisco le miró como si Rubén hubiera meado contra la barra. —Estás en el lugar equivocado chico. Aquí solo hay mariscos. La cerveza hace uno ochenta —dijo y levantó la palma de la mano. Rubén se desabrochó la parca y abrió a la vista su arma de servicio.

Francisco se tragó un Big Mac imaginario y levantó las manos como si fuera un atraco.

Rubén sacó una bolsa transparente de cierre hermético llena de harina del bolsillo interior de la parca, un atrezo de la tiendecilla de la esquina, y señaló por la ventana hacia el puerto.

—Afuera hay un barco con tres toneladas de esto, y desde el triste fallecimiento de nuestro amigo Aurelio Baena de aduanas, hay ciertos problemas para descargar la mercancía. El Sr. Baena era desafortunadamente nuestro único enlace en esta costa, y sabemos que entraba y salía de aquí asiduamente. —Él no lo sabía, pero como era uno de los bares con menú del día más cercanos al puesto de trabajo de la víctima, no creía estar tan equivocado.

El rubor en la cara de Francisco se desvaneció. Abrió la espita y se sirvió una cerveza que bebió con mano temblorosa. Rubén se inclinó sobre la barra de metal y habló entre susurros.

—Necesito los nombres de sus compañeros. Porque los hay, como nos aseguró en sus días de vida. Lamentablemente falleció antes de revelarnos quiénes son. Pero mi jefe me dijo que tú podrías ayudarme con algunos nombres. ¿Conocías a Aurelio Baena?

—Sí, pero solo como cliente. Como a mucha gente que trabaja en el puerto. Pero con eso... —señaló la bolsa de harina — no tengo nada que ver. Tienes que creerme. Baena se pasaba por aquí algunos días al mediodía para...

—Francisco... no estás tratando con alguien que vende un poco de hachís en el patio de la escuela. Si salgo por la puerta y doy la señal, una bazuca vuela por tu ventana. Tienes hasta mañana para pensártelo. Para entonces quiero los nombres de los demás, ¿comprendes? —Rubén puso dos euros en el mostrador y se fue del bar.

Para pasar el tiempo de espera, Lucía jugaba "Fortnite" en su iPad y estaba a punto de batir su récord cuando Rubén abrió la puerta del conductor y el dispositivo casi se le cae del regazo del susto.

—¿Es posible tomar fotos con este i-chisme?

—Sí, se puede. ¿Pero no te gustaría compartir los resultados de tu investigación primero?

—Por supuesto. Además, luego te tocara a ti terminar el follón que he empezado en el bar, pero primero, ¿qué te parece si vamos a comer algo? ¿O qué tal si...?

Lucía siguió la mirada de Rubén hacia la parte trasera de la furgoneta. Había una caja de herramientas, varios bidones y un neumático de repuesto junto a un camastro y una sábana arrugada.

—Definitivamente comer. Además, apestas a ajo.

Rubén, que invertía buena parte de su sueldo en delicias culinarias y en la bodega de vinos del sótano de su apartamento, llevó a su colega a un Steakhouse en Salobreña.

Dos horas más tarde, llenísimos de churrasco argentino, se colocaron de nuevo a una distancia prudencial de la taberna portuaria. Su corazón palpitaba como si estuviera trotando en la cinta de correr de su gimnasio.

Tenía un mal presentimiento.

Desde que empezó a trabajar con Rubén, se había vuelto casi normal no investigar exactamente según las reglas, pero esto se pasaba de rosca. Aun así, volvería a hacerlo. Si su jefe se enterara, le degradaría por lo menos en dos rangos.

Rubén se lo explicó durante la cena de forma pragmática: "Tómate nuestro trabajo como un partido de fútbol, al final nadie se preguntará si la pelota estaba en fuera de juego antes del gol o el penalti estaba justificado. Solo cuenta la victoria".

—Entonces explícaselo así al jefe durante la próxima bronca que nos eche —respondió, pero su instinto raramente lo traicionaba, y quizá esta operación, les conduciría al autor del crimen. Rubén tenía razón en una cosa: si el dueño del bar sabía algo comprometedor sobre sus clientes o estaba involucrado en algo ilegal, nunca hablaría de ello con la Guardia Civil. Pero con un peligroso colombiano era otra cosa.

—Bueno, que se levante el telón para Lucía —dijo Rubén.

—Si nos pillan, ni siquiera encontrare trabajo como vigilante de seguridad en un centro comercial —se quejó y dio un portazo. Se alejó unos pasos, dio la vuelta y abrió la puerta del conductor.

—¡No te emporres mientras tanto! No puedo conducir hasta Granada esta tartana de vehículo hippy.

Lucía caminó por las calles vacías de la zona portuaria. Eludió las entradas oscuras de edificios y notó cómo su mano se deslizaba sola hacia la pistola. Debería concentrarse en la tarea que tenía por delante, pero no tuvo éxito.

Todavía estaba lejos de superar los acontecimientos de hace ocho años: el camino a casa después de hacer su trabajo como patrulla de tráfico, las tres y media de la madrugada... sola... de uniforme, pero sin arma reglamentaria... una emboscada... dos hombres enmascarados que la agreden...

Como guardia civil de tráfico había retirado numerosos permisos de conducir, de modo que se especuló que podría haber sido un acto de venganza. Sin embargo, los autores nunca fueron capturados. Hasta el día de hoy seguía estremeciéndose cada vez que se cruzaba con un joven de ojos oscuros y pelo castaño corto.

Después de la hospitalización, se negó a ponerse el uniforme, y pasado un año de incapacidad para ejercer como agente de tráfico, fue trasladada al departamento de homicidios, donde un puesto vacante la esperaba redactando informes.

Con el tiempo, le asignaron algún que otro caso de investigación de poca complejidad, contribuyendo dos veces en la resolución del caso. Después de dos años de formación adicional alcanzó el rango de teniente y, después de otros cuatro, fue ascendida a subjefe del departamento de homicidios.

En realidad, antes quería ser escritora o actriz de teatro. Pero después de un tercer manuscrito rechazado en todas partes, el fallido examen de acceso en una escuela superior de arte dramático en Madrid y el fallecimiento de sus padres en un accidente de coche causado por un camionero con más de dos gramos de alcohol por litro en sangre, encontró una nueva vocación:

ayudar a reducir el número de muertes en la carretera y, por lo tanto, también el sufrimiento de los familiares.

Quería ascender en el cuerpo a un nivel alto para poder influir en la seguridad vial. Tenía muchas ideas que quería presentar al Ministro de Interior en una carta personal. Pero después del asalto, todo se truncó.

Andaba tan perdida en sus pensamientos que casi se pasa el restaurante.

Su tensión aumentó. «Ahora algunas habilidades básicas de actuación me serían de gran ayuda», pensó y entró en la taberna de los trabajadores, donde se sentía tan fuera de lugar como en la cantina de una plataforma petrolífera.

El restaurante en hora nocturna estaba lleno de clientela. El nivel del griterío y la retransmisión de un partido de fútbol no facilitaron su tarea. Lucía se abrió paso entre varios clientes y se encaminó directamente hacia el hombre detrás de la barra. Llevaba amplias manchas de sudor en su camisa, y según Rubén se llamaba Francisco.

Sostuvo su placa sobre el mostrador.

—Guardia Civil. Homicidios. Necesito hacerle unas preguntas. ¿Hay un lugar más tranquilo por aquí?

El propietario no ocultó su desagrado en absoluto.

—¿Homicidio? —contestó en voz alta forzando a algunos hombres a hacer comentarios—. Ya han pasado algunos agentes por aquí a lo largo de la semana. Sí, Aurelio vino unas cuantas veces para almorzar, la oficina de aduanas está a la vuelta de la esquina. Eso es todo. Ahora tengo que seguir trabajando.

—Esto no va de Aurelio Baena.

—¿Entonces de qué?

—De algo mucho peor. ¿Tiene un cuarto tranquilo por aquí, o deberíamos ir a la Comandancia de Granada para el interrogatorio?

Lucía siguió al refunfuñón de Francisco hasta un almacén repleto de cajas de gaseosa, barriles de cerveza y polvorientos taburetes de bar. El suelo estaba pegajoso por el contenido de una botella de Coca-Cola rota sin limpiar.

—¿Conoce a este hombre? —Lucía fue directa al grano y

sostuvo el iPad frente a la nariz bulbosa de Francisco. La pantalla mostraba una foto de Rubén con aspecto de guerrillero, el torso desnudo, una banda de sudor en la frente y apuntando con un arma. Parecía tomada en un escondite rebelde en plena selva colombiana, pero era de hace media hora en la parte trasera de la furgoneta. Se centró en la gesticulación del hombre.

Frente levantada = susto. Frotar la barbilla = fingir pensar.

—Nunca lo había visto antes —contestó y desvió la mirada hacia la izquierda baja = a mentira.

—¿Está seguro?

—Sí, pero ya ve la movida que tengo ahí dentro. Tampoco puedo recordar todas las caras.

—Pero esta cara es inolvidable, ¿no lo es? fíjese en esa barba con esas gruesas rastas colgando. Un poco llamativo, diría yo. ¿No lo cree?

—No conozco a ese hombre. ¿Quién se supone que es?

—Oh, mejor no saberlo. Colombiano. Creemos que es del Cártel de Medellín. Uno de los peores, y muy bruto. Recibimos un soplo de que está esperando una carga de un barco del puerto. El tipo pasa por encima de cadáveres, y creemos que el funcionario de aduanas era uno de ellos. Pero probablemente también mató a otros cuantos.

Francisco puso los brazos en jarras y mirada felina.

«¡Mierda!, no me cree». "Lo único que tienes que buscar en nuestra academia de arte dramático es la salida de emergencia", le aconsejó la directora en aquel entonces, y probablemente tenía razón. Pero ahora era demasiado tarde, y ni siquiera había terminado con el ridículo plan de Rubén.

—Sabemos que hizo negocios con Aurelio Baena y que este al parecer no quiso revelar sus contactos al cártel. Creemos que el colombiano está buscando desesperadamente a los socios del Señor Baena, porque el Cártel de Bogotá quiere entrar a gran escala...

—¿No dijo que era del Cártel de Medellín?

Lucía notó cómo su desodorante de veinticuatro horas la abandonaba antes de tiempo. —Uhm, sí, claro, del Cártel de Medellín. Me confundí. Es que también estamos buscando a otro colombiano, uno de Bogotá... Bueno da igual. De todos modos, quieren entrar a lo grande, y el que se interpone en su camino parece tener una pésima esperanza de vida. La búsqueda se está realizando meticulosamente, pero el tipo parece invisible. Nuestro Departamento Antidrogas sospecha que se esconde en Motril, concretamente por la zona del puerto...

—¿Pero no ha dicho que es de Homicidios?

—Es que...

—Pero si es agente de la Guardia Civil, ¿no? ¡Muéstrame su placa!

Su estómago se removió tanto que el churrasco del steak-house parecía tener vida propia. Sacó su identificación y la puso frente a la nariz de Francisco. Se la quitó de la mano y la sostuvo contra la luz de la desnuda bombilla.

—Soy de Homicidios. Pero en este caso estamos trabajando conjuntamente con el Departamento de Narcóticos. Si el hombre aparece por aquí, llámeme inmediatamente. Es por su propia seguridad —añadió con decisión entregando una tarjeta al dueño del bar y sin saber si su historia era creíble.

—Otra cosa: ¿sabía algo de los negocios ilegales del Sr. Baena?

Sacudió la cabeza vigorosamente.

—¿Entonces no conoce a sus socios o a las personas con las que hizo negocios?

La misma reacción de negación.

—Está bien. Si recuerda algo, llámeme. Y cuídese, por favor.

Francisco no dio la impresión de estar atemorizado. Lucía salió del local con la cabeza gacha al encuentro de Rubén.

—¿Y cómo te fue, dime?

—Creo que la he cagado.

De camino a Motril, Salvador Molina hizo una parada a las dos de la madrugada en el bar "Medina" abierto las veinticuatro horas. Como conocía bien a su cliente, el camarero le sirvió en la barra un café con un chorrito de anís y una copita de brandy sin que se lo pidiera. Cuando salió del bar, Salvador se sentía con más ánimo para afrontar la tarea que tenía por delante. Quería terminar con esto para siempre.

Dos compañeros uniformados lo saludaron. Los jóvenes cabos estaban dos rangos por debajo de él, sin embargo, Salvador se sintió incómodo al ir uniformado y en coche patrulla sin estar de servicio esa noche. Se subió al Nissan y se puso en camino. «Ojalá no me hubiera involucrado en esto», pensó. Pero alguien tenía que ir al almacén de aduanas, donde el barco de refugiados había sido remolcado por la tripulación de Diego después de rescatar a los africanos. De uniforme era el que lo tenía más fácil para pasar desapercibido las barreras del puerto y entrar en la nave. Todos habían recibido una llave del almacén; al menos en eso pensó Aurelio antes de estirar la pata. Sin embargo, el muy cabrón de Carlos no debería haberle amenazado cuando dijo que quería marcharse. Después de la muerte de Aurelio, el asunto se volvió demasiado caliente para su gusto. Carlos le prometió que esta sería su última operación y le había ofrecido las acciones de Aurelio, el cuarenta por ciento de la mayor transacción hasta la fecha.

Luego tendría que permanecer de servicio durante unos meses más hasta su jubilación y sería completamente libre. Mil cuatrocientos euros de pensión y cerca de dos millones si la operación salía bien, la cual ocultaría a su esposa. Abandonaría España por primera vez en su vida y viajaría a Italia, Francia o los Alpes en Austria. ¿O tal vez al Caribe? Se subiría por primera vez en un avión, o haría un crucero. Para que su mujer y sus hijos no hicieran preguntas, dos meses después de su jubilación ganaría la lotería online; su mujer no sabía nada de ordenadores.

Al principio tenía planeado esconder toda la fortuna para que sus hijos no sospecharan de él. Pero si moría, su familia no estaría al corriente de su riqueza y el dinero se pudriría bajo tierra sin ni si quiera poder pagar la educación de sus nietos. Antes de morir, quería disfrutar de una buena parte de los billetes. ¡Así de claro!

Carlos y Diego residían en lujosos chalets con piscinas, se hinchaban de caviar y se tiraban a putas de veintitrés años.

Mientras él luchaba con la hipoteca de su destartalada casa en el casco antiguo, comía guisos recochos, y no tocaba a su esposa desde el trigésimo quinto aniversario de bodas. Por otro lado, no podía presentarse en el cuartel de la Guardia Civil con un Porsche descapotable. Sería lo mismo que confesarse al jefe del Departamento Interno.

No, la ficticia ganancia de lotería era la solución perfecta.

—Pronto llegaremos al puesto de control, a partir de ahora ni un ruido —dijo dirigiéndose a la parte trasera del vehículo, donde Sergio se ocultaba bajo una manta. No hubo respuesta.

Sergio era su peón y casero. Escondían la mercancía en un antiguo depósito de agua en su finca. «¿Estará hasta el culo de drogas o solo duerme? Antes parecía estar sobrio, de lo contrario Carlos lo habría echado, al igual que Zoco el lameculos que cada vez pide más por sus servicios de intermediario». Salvador se giró para comprobar que Sergio estaba bien oculto. «Mi cubo de basura después de tres días bajo el sol huele igual», pensó Salvador, y se dirigió a la caseta de vigilancia de la autoridad portuaria.

La barrera se levantó sin tener que bajar la ventanilla y dar una explicación ensayada. Respiró aliviado y pasó por la tienda náutica hasta la parte trasera del puerto industrial donde los contenedores se amontonaban y las naves se alineaban. El almacén de aduanas era el penúltimo en la tercera calle lateral. No se veía a nadie.

Tenía dos opciones. Si hubiera registrado su visita en la oficina de aduanas durante el día para realizar investigaciones le hubieran abierto la puerta del almacén, pero alguien lo tendría que haber acompañado y controlado. Por eso optó por la opción B: usar su copia de llave en plena noche, llevar a cabo el trabajo y esfumarse.

Salvador paró frente a la nave. Abrió el portón, apagó los faros del coche y lo metió dentro. Luego cerró el portón y abrió la puerta trasera del Nissan. —Ya hemos llegado, Sergio. —No hubo respuesta otra vez.

«Estoy a punto de tener un ataque al corazón, y este cabrón durmiendo tan tranquilo».

Le quitó la manta. —Vamos, joder. ¡Tenemos que estar fuera en veinte minutos! —Salvador sacudió los pies de Sergio en vano. El tiempo planeado para cargar la mercancía lo necesitaría para despertar a este tipo que sí parecía haber consumido algo.

Salvador pasó el haz de luz de la linterna por el almacén y encontró la zódiac negra a la derecha pegada a la pared. Subió al Nissan, condujo marcha atrás hasta llegar a ella y apagó el motor. Ahora solo se oía el aliento jadeante de sus pulmones maltratados durante cuatro décadas con Ducados. Llevaba poco más de un año sin fumar, pero si en ese momento se encuentra un paquete de tabaco en el bolsillo de su camisa, recaería sin dudarlo.

Salvador se apresuró hacia el portón de entrada para comprobar que afuera todo estuviera tranquilo antes de poner manos a la obra. Cortó con un cuchillo a ambos lados de la parte trasera de la zódiac, las tapas de las mangueras que en realidad solo la mitad era de goma. En las cámaras de aire traseras, se habían introducido cilindros de aluminio del mismo diámetro que los tubos de goma. Salvador empezó a desatornillar las tapaderas de estos tubos, pero los tornillos estaban incrustados y un poco oxidados por la sal. Pasaron diez minutos antes de que se soltaran. Se inclinó contra el casco con la frente sudorosa; estaba al final de sus fuerzas.

Además de a goma, olía a algo más, como miedo, muerte y perdición. «¿Cuánta gente pudo haber muerto en ese bote durante la travesía? ¿Veinte? ¿Treinta? ¿Cuántos en total habían sido desde que a Carlos se le ocurrió la idea de usar las pateras para un propósito diferente?» Entonces el transporte de drogas por mar era casi nulo porque en la mayoría de las operaciones se descubría el pastel incluso escondiendo la mercancía de la forma más ingeniosa. El número de buques de narcotráfico disminuyó a medida que aumentó la afluencia de barcos de refugiados. Así que a Carlos se le ocurrió la brillante idea de dar a los remolcadores de Marruecos una parte del pastel si se les permitía utilizar las pateras para transportar su mercancía. Su plan también preveía suministrar la justa cantidad de gasolina a los barcos para que se les agotara fuera de aguas marroquíes y antes de aguas territoriales españolas. Como resultado, ninguno de los dos Gobiernos se sentiría responsable incluso si el barco era descubierto en las pantallas de radar. El barco, equipado con un dispositivo de rastreo, cabeceó en alta mar durante unos días antes de que Diego y su tripulación rescataran a los africanos que aún estaban vivos.

El revuelo por el destino de los inmigrantes era grande: paramédicos, Seguridad del Estado, prensa, organizaciones humanitarias, Guardia Civil... todos estaban involucrados. Pero a nadie le importaba el barco, que apestaba a heces y vómitos. Se llevó al almacén de aduanas y se subastaría por poco dinero a un padre de familia que el próximo verano lo usaría para remolcar a su hijo adolescente en esquís acuáticos.

Salvador recuperó el aliento y comenzó a sacar con un bichero los paquetes sellados herméticamente de las mangueras. Veinte minutos más tarde, treinta y seis bolsas se hallaban en el suelo entre el barco y el coche. Cada una pesaba veinte kilos. Salvador tenía el corazón desbocado y temió que su sonoro jadeo pudiera tener el mismo efecto que un sistema de alarma. «¿Cómo se supone que voy a meter todo esto en el coche yo solo?, maldito yonqui». Salvador golpeó a Sergio con el bichero hasta que logró que abriera los ojos.

—Tienes que ayudarme, ¡jodido huevón! Ya no puedo más.

Sergio no parecía saber dónde estaba, y se espabiló justo cuando un rayo de luz atravesó una grieta del portón de entrada. Le hizo señales a Sergio para que se escondiera debajo de la manta y salió de detrás del Nissan. El rayo de luz le deslumbró, y se protegió los ojos con la mano.

—¿Qué hace aquí? —resonó en la entrada.

—¡Guardia Civil! —gritó Salvador, a pesar de que estaba de uniforme frente a un coche patrulla. Con la linterna que siempre llevaba en el cinturón, iluminó al vigilante de seguridad de uniforme marrón.

—¿Qué hace aquí? —repitió, mientras jugaban a deslumbrarse el uno al otro.

Incluso la gorra de Salvador estaba sudorosa, pero trató de aparentar calma:

—Estoy siguiendo una pista anónima, pero todo parece estar bien. Gracias. Puede continuar su ronda.

El vigilante se pellizcó las cejas e iluminó el Nissan que estaba tan cerca del barco que parecía a punto de ser remolcado. Los paquetes blancos no podían ser vistos desde ese ángulo. Salvador se dio cuenta de que su vida dependía de los siguientes segundos.

—Escucha, como dije, todo está bien aquí, y ahora puede...

El vigilante lo ignoró y se dirigió hacia la zódiac.

«Listo. Se acabó. Ya está. ¡Diez años en prisión, por lo menos!

A menos que...»

Decenas de personas habían muerto por su culpa. Solo eran negros ilegales, eso sí, pero uno más, aunque blanco y legal, ya le importaba un carajo. ¡No iría a la cárcel por culpa de ese fisgón!

Sacó el arma y apuntó a la espalda del hombre.

CAPÍTULO SIETE

El *escuchado por Dios* aprovechó la protección de la noche. Llevaba un fino traje de neopreno con capucha, guantes y escarpines, que el hombre le dio para que no dejara huellas. Se deslizó entre la maleza hasta que la villa de la urbanización de Los Pinos en Almuñécar ocupó su campo de visión. Su víctima no estaba en casa.

Según le informaron, esa noche estaría de servicio en Salvamento Marítimo hasta las seis de la madrugada. La fachada la componía: un garaje, la puerta principal de entrada y una ventana con barrotes. Recogió un gato escondido el día anterior por su contacto tras un cubo de basura. Trepó el muro de dos metros de altura y saltó a un patio con barbacoa y mobiliario de terraza. Accedió al jardín por una escalera y se paró frente a la parte trasera de la casa. La fachada de ventanas, que suponía eran del salón, estaban enrejadas y las persianas bajadas.

Podía escalar las ventanas hasta el piso superior donde estaban los dormitorios. Pero prefirió rodear la casa y subir las escaleras del otro lado. A media altura había una ventana con barrotes. Con el haz de luz de la linterna alumbró un cuarto de calderas. Colocó el gato entre las varillas. Después de cinco minutos de esfuerzo se doblaron con suficiente distancia.

Golpeó el gato contra el vidrio. Hubo un ruidoso retintín, pero mientras quitó las astillas del marco no se encendió ninguna luz en el vecindario. Se abrió paso por la abertura amortiguando el salto. Atravesó la puerta de la sala de domótica y entró en un pasillo, dio la vuelta a la esquina y subió las escaleras hasta los dormitorios. Los dos primeros estaban sin usar, en el tercero la cama estaba deshecha y en el baño había ropa para lavar. Se paró junto a la ventana. A la luz de la luna, las olas que rodaban contra la costa parecían plateadas. El mar...

Sacudió una lágrima con el guante de neopreno.

«No debería estar aquí. Tendría que dejar descansar el pasado».

Pero desde que el hombre entró en su vida y le contó todo, no podía descansar hasta ver a todos muertos. Buscó un lugar para esconderse. La víctima usaría el baño antes de acostarse y colgaría la ropa en el armario. Pensó un sitio adecuado. *El escuchado por Dios* optó por meterse bajo la cama para esperar a Diego Roca.

El turno de Diego terminó a las seis de la mañana. No hubo operaciones de rescate, aun así, estaba cansado. Como jefe, solo tenía turnos de noche una vez por semana. Lo odiaba, como odiaba su trabajo en general que ya solo ejercía para ocultar sus contrabandos.

Entró en una cafetería que ya estaba abierta a esas horas y pidió un café y una tostada de paté. Hojeó el periódico del día anterior hasta encontrar el artículo que ya había leído: "Barco de refugiados con solo nueve supervivientes a sesenta millas de la costa... Diego Roca dice... Desde principios de año más de... Bla bla bla".

Diego cerró el periódico e intentó comunicarse con Salvador, pero su móvil seguía apagado como toda la noche. Necesitaba saber si Salvador había retirado la mercancía del depósito aduanero, o si por el contrario se había arrepentido en el último momento. Esperaba que Salvador a esas horas ya estuviera roncando en la cama junto a su anciana y rolliza esposa, y que la mercancía estuviera a salvo en el escondite de la finca de Sergio.

Pagó, se subió a su flamante Audi Biturbo, y se dirigió a su solitario hogar. Metió el coche en el garaje y se quedó sentado sin apagar el motor. Se fijó en el indicador de combustible. Tres cuartos llenos. «¿Cuánto tiempo tardaría si cerrara la puerta del garaje, bajara las ventanillas y dejara el motor en marcha? Dos, tres o más horas hasta que los gases de escape... ¡Tonterías!»

Era rico, guapo, bien entrenado y estaba lejos de los cincuenta. Le quedaban muchos años por delante para disfrutar de la vida al máximo. Salió y cerró el portón del garaje. Abrió la puerta del chalet y se dirigió al gimnasio ubicado en el sótano. Sin calentar ni quitarse el conjunto funcional de trabajo, golpeó el saco de arena, levantó noventa kilos en tres series en el banco de pesas, trabajó sus bíceps con mancuernas, e hizo abdominales y dominadas hasta que su frustración se redujo a un nivel soportable.

En el baño junto a su dormitorio se desnudó, y de una patada hizo volar el mono sudoroso hasta la esquina donde la limpiadora tendría que recogerlo por la mañana. Se metió en la ducha y giró a tope el mando azul. Orinó en el sumidero y se masturbó apático y congelado de frío. Entró al dormitorio frotándose la espalda con una toalla, se detuvo y olfateó. Apenas era perceptible, pero olía un poco... extraño. A la camisa sudada de un pescadero. Pero su sentido del olfato probablemente le jugaba una mala pasada después de veinticuatro horas sin dormir.

Se asomó al balcón. El amanecer llegaba por el Cabo Sacratif. Las estrellas se habían desvanecido y las casas de Salobreña y Motril asumían el pálido resplandor de los cadáveres que tantas veces había tenido que sacar del Mediterráneo. A sus pies, su jardín de dos mil metros cuadrados con esculturas, una fuente, el pabellón y diecisiete palmeras. La piscina caliente a veintisiete grados disponía de un sistema de contracorriente para mantenerse en forma. Pero Diego ignoró el lujo; cerró los ojos y pensó en el pequeño piso en el que fue feliz con su familia antes de sucumbir a la avaricia. Pero eso fue hace mucho, y los tiempos cambian; intentó convencerse a sí mismo y volvió al dormitorio.

Diego deslizó la puerta corrediza de vidrio templado hasta

cerrarla y bajó las persianas para que la habitación quedara tan oscura como sus pensamientos. Se metió en la cama y trató de no pensar en nada. Ni en Salvador, ni en el asesinato de Aurelio y las gambas encontradas en su piscina, ni en Carlos con quien tenía una discusión pendiente por querer participar en el veinte por ciento de Aurelio, ni en ese olor extraño que ahora percibía más claramente.

Poco después de su apertura, Rubén regresó a la "Gamba Blanca" en su papel de miembro de un cártel de drogas colombiano en busca de los socios del difunto Aurelio Baena.

A Francisco casi se le cae la bandeja de tazas de café cuando lo vio entrar. Le pasó la bandeja a su mujer y le hizo a Rubén una señal para que lo siguiera a la trastienda. «Parece que Lucía no desempeñó su papel tan mal como me dijo», pensó Rubén.

—Bueno, pana, ¿has pensado un poco? —preguntó.

—No tengo nada que ver con esto, te lo juro. Yo solo... —Rubén levantó la mano y Francisco se apresuró a añadir:

—Solo puedo decirte que Aurelio a veces se encontraba aquí con tres hombres para jugar al póker. No conozco a dos de ellos, pero al tercero sí, porque también trabaja en el puerto.

—¿Cómo se llama?

—Es el jefe de Salvamento Marítimo. Se llama Diego Roca. No sé los nombres de los demás. ¡De verdad que no!

Rubén no quiso exagerar su actuación y se conformó. Después de que Francisco describiera a los dos desconocidos se fue del bar. Unas calles más abajo se subió al vehículo donde Lucía lo esperaba. Le informó del éxito parcial de su intento de intimidación, y un beso en su mejilla expresó el alivio de Lucía por no haberla cagado después de todo. —Entonces, el jefe de salvamento marítimo se reunía allí regularmente con la víctima. ¿Crees que eso significa algo?

—Precisamente eso le vamos a preguntar ahorita mismo, así que mueve el carro sin alma al puerto —dijo, e hizo reír a Lucía con su jerga colombiana.

Pero Diego Roca no estaba allí.

Un joven en la sala de guardia les contó que Roca había permanecido de servicio toda la noche y que no volvería hasta mañana. Después de examinar sus placas oficiales, les dio a regañadientes la dirección de su comandante que seguramente dormía a esas horas.

Veinte minutos más tarde se situaron frente a la villa de torreta andaluza y arcos de medio punto. Después de tocar el timbre varias veces, no hubo respuesta. —O está dormido profundamente, o no quiere abrirnos —sospechó Lucía mientras Rubén se asomaba por la translúcida vidriera del portón del garaje.

—Su cochazo está dentro. Será comandante y todo lo que tú quieras, pero tiene salario de funcionario, y fíjate cómo vive el tío.

Lucía pulsó el botón del timbre durante un minuto.

Esta vez hubo reacción. No en la casa, sino en la parte trasera.

Sacó su arma.

—¿Qué fue eso? Sonó como...

—Como hacer la bomba en la piscina desde la torre de cinco metros —añadió Rubén.

—¡Señor Roca! —gritó Lucía varias veces hasta que, en el balcón del chalet contiguo, con Land Rover aparcado en la puerta y matrícula inglesa, una señora en bata se asomó mirando a su alrededor en busca de la fuente del ruido. Cuando se fijó en el jardín de su vecino empezó a gritar.

CAPÍTULO OCHO

Se quedó dormido debajo de la cama mientras esperaba a su víctima. Fragmentos de una vida pasada afloraron. Fue un sueño hermoso, y quería volver a dormirse para escapar de la realidad por unos minutos más. Pero ya era la hora.

Flechas de luz penetraron a través de las grietas de las persianas. *El escuchado por Dios* salió de su escondite. Permaneció agachado junto a la cama hasta escuchar roncar de nuevo al hombre. Entonces se levantó y alzó el gato.

Dudó, preguntándose si Diego Roca merecía morir. ¿Quién era él para impartir tal castigo como si fuera Dios? Bajó el gato que cada vez le pesaba más. Todavía podía huir. Pero su vacilación llegó en mal momento.

El timbre resonó por toda la casa, obligándole a decidir entre volver a esconderse o terminar lo que había empezado.

Sonó de nuevo durante más tiempo. Diego se revolvió en la cama, maldijo y buscó a tientas la lámpara de la mesita. Cuando se encendió la luz, dio un grito aterrador.

Pero ya era demasiado tarde para arrepentirse y sentir comprensión por la víctima. No había vuelta atrás.

El primer golpe con el gato rompió el codo con el que Diego Roca protegía su cabeza.

Los que le siguieron le dieron de lleno en el cráneo.

Cuando los pies de su víctima temblaron bajo las sábanas

por última vez, se volvió a oír el timbre de la puerta, esta vez especialmente largo. No tenía nada que temer o perder desde hacía mucho tiempo. Subió con calma las persianas y abrió la puerta corrediza de cristal. Después, levantó a su víctima de la cama y la tiró por encima de la balaustrada a la piscina un piso más abajo. Tras el cuerpo lanzó las gambas.

Salió del dormitorio con ceremoniosa parsimonia, bajó las escaleras y atravesó el pasillo hacia la sala de domótica. Se subió sobre una repisa y se asomó entre los forzados barrotes.

No vio a nadie. Solo oyó el gritó histérico de una mujer. Se deslizó entre los barrotes y agazapado esperó el momento adecuado. Escuchó a alguien al otro lado de la casa saltar el muro y bajar corriendo las escaleras.

Cauteloso, se fue acercando a la esquina inferior de la vivienda desde donde tenía visibilidad del jardín. Un hombre sacaba a la víctima del agua mientras una mujer hablaba a gritos por su móvil. El *escuchado por Dios* se alejó. Subió sigilosamente los escalones, se tiró por encima del muro y desapareció entre los arbustos al final del callejón.

Maite dejó la prueba de embarazo en el borde del lavabo. En pocos minutos lo sabría. Si aparecían dos líneas paralelas de color violeta, significaría que estaba embarazada.

Salió del baño, se acomodó en el sofá del salón, se puso los auriculares y se conectó con Joana de Múnich a través de Skype.

—¿Y qué?

—Lo sabremos en un minuto. El test está en el baño decidiendo sobre mi futuro.

—¿Y Rafael? ¿No está ahí?

—Está en su tienda —dijo Maite en un tono como si estuviera hablando de un tío lejano.

—¿Hablaste con él sobre la ausencia de tu...?

—No.

—¡No me digas! ¿Pasáis una crisis?

A Maite le llevó tiempo admitirlo.

—Uh, sí, un poco...

—Vaya. ¿Entonces esperas que la prueba sea negativa?

Bueno, ese era el quid de la cuestión. En realidad, ella quería un hijo. Pero tal vez no en esta situación y con este hombre...

—Voy a echar un vistazo. Espera un minuto. —Maite fue al baño y miró el resultado de la prueba antes de desplomarse sobre la tapa del inodoro. No podía ser verdad. ¿Cómo era eso de las líneas?

Hojeó el prospecto del paquete y fue dando tumbos hasta llegar al portátil.

—¿Joana?

—¿Sí?

Maite sollozó ante el micrófono convenciéndose a sí misma de llorar de felicidad.

—No lo hagas tan emocionante, Maite...

—¿Quieres ser madrina?

María formó un cuenco con sus manos y bebió agua turbia del cubo oxidado. ¿Cuántos días habían pasado desde que se quitó la venda de los ojos y vio su cara? ¿Cuatro? ¿Cinco? ¿Una semana? Desde entonces no regresó para alimentarla, sacar sus excrementos o estrangularla con una cuerda más fuerte.

¿Quería hacerla morir de hambre? El agua del cubo destinado a su higiene personal se estaba agotando. ¿Cuánto tiempo podría sobrevivir en su estado sin comida ni bebida? No le importaba. Quería morir de todos modos; cuanto antes mejor.

María había golpeado la puerta de hierro insistentemente hasta caer de cansancio e impotencia al suelo. Estar sola allí abajo durante tanto tiempo era lo más duro para ella. Al romper las reglas del juego, probablemente lo ofendió tanto que la abandonó a su suerte.

María esperó en vano el regreso y la ayuda de una muerte rápida. El día anterior había intentado cortarse las venas contra el borde oxidado del cubo. No tuvo éxito. Sabía qué hacer para quitarse la vida, sin embargo, no recordaba tantas otras cosas.

María cogió la venda del suelo.

El elástico no resistió la presión y él fue demasiado cobarde para estrangularla.

Se miró a sí misma.

Tenía un fuerte cordón a su disposición.

¿Pero a qué atarlo? Se sacó el cordón de los pantalones de pijama y lo anudó a una eslinga. En su mazmorra no había ningún gancho ni cualquier otra cosa a la que poder atar el cordón. El inventario consistía en un colchón, dos cubos, una silla y una mesa.

Amarró la cuerda al respaldo de la silla. Hizo una lazada y trató de meter su cabeza por ella, pero le quedó demasiado estrecha. Reflexionó, cogió sus pantalones de pijama y anudó sus piernas.

«Eso debería funcionar».

CAPÍTULO NUEVE

Lucía y Rubén desayunaron en el restaurante "David" en la idílica Marina del Este. Txema, que llevaba más de veinte años atendiendo a sus clientes a diario, les sirvió café y tostadas de tomate. El curioso camarero de barba de chivo gris y media calva quemada por el sol, quiso saber los avances de las investigaciones de asesinato, pero Rubén le hizo entender con un guiño que no se les permitía hablar de ello.

Lucía se estiró en su silla y bostezó. No había dormido bien en el "Papa San", el velero de diez metros de eslora en el que Rubén pasaba todo su tiempo libre, a no ser que vagara por los pubs tratando de atraer seguidoras a su filosofía de vida poliamorosa. En su opinión, todo eran ventajas: con el consentimiento de la pareja para amar a alguien más y viceversa el amor se mantenía vivo, se evitaban celos, cuernos, peleas, molestias cotidianas y reclamaciones de derecho de propiedad.

Lucía pensaba que era una verdadera tontería. El tema ya había causado acaloradas discusiones entre ellos varias veces. A pesar de los problemas amorosos con Teresa, pasó la noche en el barco de Rubén solo para no volver a Granada después de un largo día en la costa. Le asignó la litera trasera que era más grande y él durmió en la pequeña cabina delantera. Aparte de ducharse en un pequeño habitáculo con manguera de jardín y agua fría, resultó una experiencia agradable.

Lucía miró la hora en su móvil. A las diez de la mañana tenían que estar en el cuartel de la Guardia Civil de Almuñécar donde establecieron temporalmente su central de operaciones costera tras el segundo asesinato. La reunión de análisis de situación junto a seis agentes que les fueron asignados, comenzaría en media hora.

Observó a Rubén reclinarse en la silla, cerrar los ojos y cruzar los brazos. Parecía deleitarse con sonidos familiares: el viento soplaba por la marina, golpeaba cabos sueltos contra los mástiles, zumbaba cuerdas de acero e hizo flamear las sombrillas de restaurantes. Esta melodía la mantuvo despierta la mitad de la noche, y en las pocas horas que durmió, soñó que caía en una piscina llena de gambas asesinas con dientes como pirañas. Mientras daba vueltas de un lado a otro de la litera, hizo repaso mental del caso en el que trabajaban: tenían los cadáveres de dos hombres que, aparentemente hicieron una fortuna con negocios ilegales.

Uno trabajó en aduanas; otro en salvamento marítimo. Ambos fueron encontrados en sus respectivas piscinas junto a cuatro gambas en el caso de Salvador Baena y tres en el de Diego Roca. ¿Era una pista indicando más asesinatos? ¿Con la siguiente víctima encontrarían dos gambas y luego solo una?

En el caso de Roca casi sorprenden al asesino. Arrojó el cuerpo y las gambas a la piscina desde el balcón. Rubén sacó a la víctima del agua, pero solo pudo certificar su muerte; el autor salió por una ventana con barrotes forzados y escapó trepando el muro. Se les escabulló por algunos segundos.

La vecina declaró que un hombre con un traje de neopreno negro desapareció entre los arbustos. Eso explicaba por qué no encontraron huellas aprovechables en el dormitorio de Roca.

Como destacó el registro de la vivienda, las gambas no eran la única conexión entre los dos asesinatos.

—¿Qué opinas de los móviles? —preguntó Lucía sacando a Rubén de su ensimismamiento, en el que seguramente, una playa de arena blanca y un bikini estrecho eran los protagonistas.

—Los teléfonos son nuestro rastro a seguir más importante

junto a las gambas, porque pueden señalarnos a dos víctimas más: "Delta" y "Alpha".

Eso no sonaba tan descabellado. Ya habían encontrado un móvil en la casa de Baena. No uno regular en el que se almacenan los números de decenas de amigos y se usa para escribir WhatsApp, sino un segundo teléfono móvil de prepago, en cuya lista de contactos solo aparecían cuatro números camuflados por seudónimos y almacenados bajo las cuatro letras del alfabeto de las banderas náuticas: Alpha, Bravo, Charlie y Delta. "Charlie" creían que podía ser Aurelio Baena, y en la villa de Diego Roca encontraron sobre la repisa de la chimenea junto a su smartphone un teléfono móvil con los mismos cuatro contactos, con los que se podía identificar a Roca como "Bravo".

—Cuatro personas se han comunicado con móviles secretos, y dos de ellos están muertos. También podría ser que Alpha y Delta no sean las próximas víctimas, sino que tengan algo que ver con los asesinatos —objetó, con la esperanza de que tuviera razón. Las llamadas a los dos números almacenados en Alpha y Delta no resultaron fructíferas. Uno estaba apagado y el otro no contestó. El seguimiento de los números no aportó nada, y el proveedor no pudo ayudarles—. ¿Acaso el orden de las letras significa algo? Primero C de Charlie, que a su vez representa a Aurelio Baena, luego B de Bravo, que era Diego Roca... Quizás alguien nos quiere entretener con algún tipo de acertijo —propuso Lucía. Su colega enroscó una rasta de la barbilla mientras parecía pensar en otra cosa—. Bueno, hablaremos de todo esto después en la reunión. Deberíamos irnos ya —decidió Lucía y sacudió las migas de pan del traje pantalón azul marino —. Tendrás que cambiarte de ropa.

—Con su mono amarillo de navegación, Rubén parecía venir del turno de noche en una plataforma petrolífera.

—Irás a la reunión sola.

—¿Disculpa? ¿Qué harás mientras tanto? ¿Una actuación del peligroso colombiano en la taberna del puerto?

—Voy a navegar, hoy tenemos buen viento.

—Dime... ¿Estás loco o qué? Estamos buscando a un doble

asesino, y tú quieres dar un paseo en barco... estás bromeando, ¿verdad?

Rubén donó el último bocado de su tostada a un gato callejero y pidió la cuenta a Txema.

—No, en absoluto. Es favorable para la investigación, porque puedo concentrarme al aire libre mejor que en una sala viciada entre pensadores llanos. Llámame si realmente tenéis algo nuevo.

Zoco terminó el expreso y metió el periódico en el revistero. Pagó la cuenta y salió de la cafetería "Italiana" de Almuñécar. Todo salió bien. Muy bien de hecho. Dos estaban muertos, y ahora quedaban dos más antes de que él fuera el jefe. La Guardia Civil asumió un doble asesinato, pero no tenían pistas ni sospechosos, y las gambas probablemente no fueron mencionadas en la prensa por razones tácticas de la investigación. «Salvador y Carlos estarán meados, pero no se chivarán. Aunque si lo hicieran, tengo coartadas para ambos asesinatos».

Zoco se subió al coche y llamó a Sergio, pero el huevón aún tenía el móvil apagado y dormía. Poco a poco se acercaba el momento de reclutar nuevos miembros para su propio cártel, o hacer cambiar de equipo en el caso de Sergio.

No le tenía mucho aprecio, pero era uno de los traficantes de la organización a la que él mismo perteneció hasta hace poco. También tenía que hablar con él por otro asunto. Se le estaba acabando la pasta desde que Carlos lo echó a la calle, y le urgía hacerse de mercancía que pudiera vender a sus clientes.

Zoco condujo la N340 hasta Motril. Antes del centro de la ciudad siguió la carretera hacia el Hospital de Santa Ana, y después giró por un camino sin pavimentar que conducía a la finca de Sergio. El Land Rover abollado de Sergio de color arena, parecía formar parte del montón de chatarra que habitaba la explanada; consistía en una nevera vieja, sillones raídos, un sofá del que crecían malezas, un remolque y una pila de neumáticos gastados. La casa estaba igualmente desolada: el yeso desmoronado por muchas zonas, los ladrillos porosos, que fueron tapiados hace cinco o seis generaciones, se abrían como heridas inflamadas, y las malas hierbas nacían de las tejas blanqueadas por el sol.

Hace años hubo una gran deflagración. La vieja albañilería resistió las llamas. Solo el hollín negro de la fachada atestiguaba el incendio que Sergio provocó con un cigarrillo. Por supuesto, nunca se había molestado en pintar su casa, y los lugareños la llamaban "Finca Negra". Según la unánime opinión, eso encajaba perfectamente con su habitante, de quien uno se alejaba si tenía la desgracia de cruzarse en su camino. Sin embargo, esto ocurría solo en raras ocasiones, porque la finca se hallaba en un lugar remoto.

Los chismosos de la zona no hablaban bien de Sergio. Que de niño ahogara a su hermana en el pozo, era de lo más agradable que podían contar. Sus numerosos biógrafos relataban como tuvo que acostarse con su madre cuando esta, todavía vivía, y cómo echó una mano a su padre con la cuerda en el suicidio. Zoco tocó el claxon y esperó en vano una reacción. Salió del coche y llamó a la puerta de madera quemada pero robusta. Nada. Tenía que estar en casa. Era tan feo que nunca salía a ningún lado. Empujó la puerta; no estaba cerrada con llave.

Entró en la penumbra del pequeño salón.

«¡Mierda! Sergio no está en condiciones de hablar».

Lo encontró tirado en el sofá. Su pálido y desnudo vientre se movía dando una señal diferente a la de sus ojos entreabiertos y volteados que encajarían mejor con un muerto. Zoco respiró a través de su manga y sacudió el hombro de Sergio, pero su única reacción fue abrir la boca y presentarle sus últimos raigones negros.

La naturaleza muerta en la mesa consistía en: una botella vacía de whisky barato, jeringas, cánulas, cocaína, mechero, cuchara y un plato de sopa lleno de colillas.

Se puso un poco de coca en el dorso de la mano y se la metió por la nariz. Era suya de todas formas. Él fue quien enhiló todo en aquel entonces y ahora lo querían echar fuera.

«Bueno, amigos, eso no va a pasar», como dos de ellos ya intuían. Asqueado, se fijó en Sergio. ¿Cómo iba a poder trabajar con aquel monstruo?

De todas formas, ya no importaba.

No había nada más que hacer con él. «A menos que...»

Zoco giró sobre su propio eje.

«¿Dónde pudo esconder Sergio la merca?»

Registró la sucia cocina, dos dormitorios y el baño que parecía estar sin agua corriente desde los tiempos de Matusalén. Nada.

Fijó la mirada en una empinada escalera de piedra que bajaba. «Qué extraño. Las antiguas fincas casi nunca se construían con sótano».

Zoco bajó las escaleras y se encontró en un almacén sin interruptor de luz. Con la pantalla de su teléfono móvil iluminó lo que probablemente era un antiguo granero. Estaba lleno de cajas de madera vacías y trastos de todo tipo sin valor alguno. Registró todo, pero no encontró lo que buscaba. Al fondo del sótano había una puerta de hierro asegurada con un candado. La llave estaba puesta.

Zoco abrió el candado, corrió el cerrojo y empujó la puerta que rozaba sobre el suelo de piedra.

Olía a moho y podredumbre, como si un gato o unas ratas estuvieran descomponiéndose allí dentro. Un rayo de luz atravesaba un hueco de ventilación y caía delante de sus pies como un foco. En esta habitación se encontró un colchón, una silla, dos cubos y una mesa, «pero... ¡Qué diablos!»

Una chica colgaba de un lazado bajo la mesa.

«¿Qué clase de pervertido es Sergio?»

«¿Tiene una prostituta encerrada con la que se divierte haciendo masoquismo?» Tiró hacia atrás de la cabeza de la joven, vestía unas bragas y un pantalón de pijama anudado, la levantó en sus brazos y la soltó sobre el colchón. Gimió sin poder abrir los ojos.

Le dio una palmadita en la mejilla, pero probablemente estaba tan drogada como Sergio. «Lo sabía, solo consigues a tus mujeres con billetes», pensó.

Se fijó en la chica. Tenía bonitos rasgos, pero estaba demacrada por el consumo de drogas, descuidada y desteñida como si no hubiera visto el sol durante mucho tiempo. Su cabello negro estaba enredado y apelmazado por completo. Paseó la mirada sobre los senos atrofiados hasta llegar a la sucia braguita, de la cual, sobresalía un espeso felpudo y unas huesudas piernas. La chica se movió y Zoco observó incrédulo uno de sus tobillos.

Tardó un rato antes de que la implicación de su descubrimiento penetrara en su conciencia. Se arrodilló frente al colchón y le levantó la cara.

La chica abrió los ojos.

Él saltó y se tambaleó hacia atrás.

«¡No puede ser verdad! ¡Es ella! ¡En realidad es ella!»

Zoco salió corriendo de la finca.

CAPÍTULO DIEZ

Lo que el hombre feo no consiguió, ella tampoco logró. Podía respirar de nuevo. No estaba muerta. María abrió los ojos y vio a un hombre frente a ella. Otro hombre. Al principio pensó que era una alucinación en el camino de regreso del túnel que la llevaba hacia la luz que habría sido su salvación. Poco a poco se dio cuenta de que seguía en el sótano y que alguien se inclinaba sobre ella. Alguien que conocía de alguna parte...

Quería decir algo, pero solo logro fijarse en él sin articular palabra. El hombre se asustó tanto que salió corriendo. María cerró los ojos. El rostro del hombre le resultaba familiar. Intentó capturar fragmentos de su memoria. El término "hermana" vino a su mente. Junto a eso, se formó una imagen borrosa que no tardó en desvanecerse.

«El nuevo hombre volverá pronto, de lo contrario no habría dejado la puerta entreabierta». «Quizás me traiga algo de comer después de que el otro haya dejado de cuidarme».

María miró la puerta. Un pensamiento fugaz cruzó por su cabeza.

Se arrastró hasta llegar a la mesa y se ayudó del borde para ponerse en pie. Caminó tambaleante paso a paso hacia la puerta. Se detuvo en el marco. Dio algunos pasos más y se adentró en un cuarto claroscuro. Osciló hasta la escalera. Se detuvo delante del primer escalón y miró hacia arriba; hacia la luz. ¿Hacia la libertad? Se arrastró con esfuerzo escaleras arriba y minutos más tarde apareció en una habitación desordenada. El hombre que la tuvo encerrada durante años dormía en el sofá. Deseaba examinarlo bien, pero le daba miedo que despertara.

La habitación olía como él: a tabaco, alcohol y sudor.

Se acercó a una puerta de madera y la abrió.

María miró a través del marco como si se tratara de un hermoso cuadro: el cielo azul, las nubes, el sol, los arbustos, las colinas, un pájaro... Cruzó el umbral sin prestar atención al escalón. Cayó de bruces, se levantó, y dio sus primeros pasos en libertad.

Rubén giró el chigre y apretó la escota del trinquete. El "Papa San" surcaba las olas que el poniente empujaba a veinticinco nudos hacia la costa. Se sentó en el lado de estribor que se elevó del agua y expuso su cara a la espuma del mar. El traje de navegar lo mantenía seco. El aire fresco, el gorgoteo del casco a su paso por el mar revuelto, el flameo de las velas y los graznidos de las gaviotas sobrevolando un barco de pesca, eran su elemento. En ninguna parte podía pensar mejor. Ciertamente no en una habitación entre media docena de agentes tratando de destacar, de los cuales algunos lo miraban como si él fuera el delincuente. Rubén se dio la vuelta.

Los pueblos de Nerja, La Herradura, Almuñécar, Salobreña y Motril parecían disponerse en fila; detrás se encontraba la árida y poco poblada zona del interior que se dirigía al altiplano de Granada, su ciudad natal. Sierra Nevada se elevaba grandiosa en el este.

Rubén se obligó a enfocar sus pensamientos en el trabajo: «El primer asesinato tuvo lugar en el Monte de los Almendros, Salobreña. El segundo en la urbanización Los Pinos, Almuñécar. Incluso a ocho millas náuticas de distancia puedo ver los dos chalets donde se cometieron los crímenes». Pero no serían las ubicaciones de las casas las que darían la pista del asesino. En la reunión del día anterior, Lucía y él suponían que el número de gambas indicaba el número de víctimas. Si no atrapaban al autor de los crímenes a tiempo tendrían dos asesinatos más.

Como la evaluación de las huellas en las escenas de los crímenes no mostró nada relevante, y según una vecina el intruso llevaba un traje de neopreno, las dos pistas más importantes se redujeron a los teléfonos móviles de prepago encontrados en las viviendas, y el restaurante "Gamba Blanca" cerca del puerto de Motril. Allí Baena y Roca se reunían con dos tipos más, a los cuales ahora buscaban. ¿Estarían involucrados en los crímenes, o serían las próximas víctimas que esperaban? ¿Eran al mismo tiempo los contactos que faltaban en los teléfonos móviles? ¿Alfa y Delta?

¿De qué tenían que hablar los cuatro?

Después de su numerito como miembro del Cártel de Medellín, no podía presentarse en el bar portuario para apretar las tuercas de forma oficial a Francisco.

Por lo tanto, dos de los agentes de la Guardia Civil que le asignaron se hicieron cargo de esta tarea, pero no lograron sacarle nada más al jefe. Decidieron entonces vigilar la tabernucha. Agentes camuflados de obreros portuarios o pescadores se turnaron para visitarlo, pero hasta el momento no pudieron detectar nada inusual. Rubén miró el agua. «La solución tiene que encontrarse más bien por el mar que en tierra», pensó.

«Salvamento marítimo con sus buques anaranjados, la aduana con barcos patrulleros azules, las gambas blancas, las primeras cuatro letras del alfabeto de las banderas náuticas en los móviles anónimos... Todo parece estar de alguna manera relacionado con el mar. Asumiendo que las víctimas ganaban su fortuna en el negocio de las drogas, lo más probable es que se movieran por mar. Pero, ¿qué tienen que ver Diego Roca y Aurelio Baena? ¿Encubrían a alguien o sabían demasiado? Baena, como agente de aduanas, podría ser útil para el contrabando de drogas. ¿Pero Roca de salvamento marítimo?»

«Alguien, junto a su equipo dedicado al rescate sobre todo de refugiados en peligro de naufragio. La última vez, no hace mucho se contó en el periódico "Ideal" lo de los refugiados. El barco en el que pretendían alcanzar la costa quedó varado debido a la falta de combustible. Se estima que nueve personas perecieron a consecuencia de ello», recordó.

Rubén encendió el piloto automático y bajo a la cabina. Encontró el periódico en el que venía el artículo en la basura. Demasiado viento afuera para leer. Rubén se aseguró por el ojo de buey de que el "Papa San" no se cruzaría con otro barco en los próximos minutos, extendió el periódico sobre la mesa de cartas y comenzó a leer.

Los escasos detalles y la sobria descripción de los trágicos incidentes se asemejaban a un texto estándar copiado de artículos similares. Tres imágenes complementaban el reportaje de una página entera. Una mostraba a un grupo de africanos envueltos en mantas y miradas perdidas. La segunda mostraba a Diego Roca en la que sería su última misión en alta mar antes de ser asesinado. Y en la última, se veía el bote neumático rescatado. Rubén se concentró en la foto de la zódiac y en la de Diego Roca. «Tu última operación de rescate», pensó «¿Tu muerte tuvo algo que ver con esto?»

¿Estaba todo conectado? ¿Barcos, naufragio y drogas?

Volvió a meter el periódico en el cubo de basura, salió de la cabina y se puso al timón.

A consecuencia de que la Guardia Civil confiscaba cada vez más barcos de contrabando en los últimos años el tráfico de drogas en el mar se estancó. Pero «¿Lo hizo de verdad? ¿O los traficantes encontraron una mejor solución de transporte entre la costa Norteafricana y la española?»

«¿Quizás a través de los botes neumáticos de refugiados?»

«El número de barcos de droga capturados disminuyó en la misma medida en que aumentó el número de pateras. ¿Se revisan las zódiacs? En los cascos neumáticos hay suficiente espacio. ¿Podría ser la solución tan simple? Si Diego Roca estaba involucrado, eso explicaría sus lujos. Tal vez su intención no era la de salvar a esos pobres inocentes, si no la de poder acceder a las drogas en alta mar bajo este pretexto con la tapadera perfecta». Rubén tuvo una sensación de hormigueo.

Sentía que no podía estar tan equivocado al respecto.

«Embarcaciones neumáticas. Refugiados. Africanos. Drogas.

Había algo más... ¡Correcto, el sujeto negro!»

Rubén recordó el interrogatorio de la vecina de Roca que vio huir al asesino:

"Una figura totalmente negra, de la cabeza a los pies. Llevaba un traje de neopreno. Para bucear o nadar. Con capucha. Solo se le veían los ojos. Todo lo demás era negro como la noche. De alto un metro ochenta aproximadamente, pero todo sucedió muy rápido. Su físico delgado, atlético. Pero con el traje es difícil de decir".

Rubén se golpeó la frente.

No podía creer que no se hubiera dado cuenta hasta ahora.

Hizo una maniobra brusca con el timón, aflojó la escota de proa, agachó la cabeza para que el mástil que giró no lo golpeara y apretó la escota de estribor. Cuando terminó la maniobra de giro llamó a Lucía, que no pudo resistirse a uno de sus comentarios sarcásticos:

—¿Estás en peligro de naufragio?, pues mala suerte, porque el jefe de salvamento marítimo fue asesinado y aquí hacemos todo lo posible para resolver el caso mientras otros se divierten.

—Lo más probable es que sea africano.

—¿Qué te hace pensar eso?

—La inglesa nos lo dijo.

A pesar del sonido del viento, escuchó a Lucía suspirar.

—No deberías fumar tanto de tu hierba. Habló de una "figura totalmente negra" porque el hombre llevaba un traje de neopreno negro y solo sus ojos sobresalían.

—Exacto. —Arrancó el motor para poder moverse más rápido—. Solo se le veían los ojos porque la frente, las mejillas y la nariz, que no están cubiertas por una capucha de buzo eran negras. O se cubrió la cara con pintura de camuflaje, o buscamos a un africano.

Zoco saltó al interior de su coche. La grava salpicó la parte trasera. No quería tener nada que ver con eso. «Este pervertido gilipollas tiene cautiva a una chica menor de edad en un lamentable estado. ¿Serán ciertos los rumores del pueblo sobre Sergio?»

Se obligó a ir más despacio. Salir del camino por una empinada pendiente podría terminar en vuelco. Por supuesto no podía ir a la Guardia Civil. Tendría que responder a muchas desagradables preguntas sobre Sergio de cuya benevolencia dependía más de lo que le hubiese gustado. Además, tras delatarlo, ni siquiera recibiría un paquete de tabaco.

«¿Debería volver y dejar en libertad a la chica?»

Zoco frenó. El ABS se activó.

Después de su expulsión del clan necesitaba dinero para mantener su alto estilo de vida, y con un poco de imaginación podría hacerse de oro con el descubrimiento. Continuó un kilómetro antes de poder girar en el estrecho camino. Alguien le pagaría mucho dinero a cambio de la chica, y sabía perfectamente quién.

Volvió rápidamente hasta la finca del asqueroso que tenía a la joven encerrada como un animal. Entró en la explanada y hundió el pedal de freno. Casi la atropella.

En su huida, no pensó en bloquear la puerta del calabozo. Zoco saltó del coche y corrió hasta la entrada de la casa. Después de asegurarse de que Sergio seguía en delirio, agarró a la joven indefensa, le tapó la boca y la arrastró de nuevo al interior del sótano.

—Si gritas, te mataré —la amenazó y le quitó la mano de la boca. Apenas parecía darse cuenta de lo que pasaba a su alrededor, lo miró sin decir palabra.

Sacó su móvil y fotografió la cara y una de las pantorrillas de la chica. Revisó las imágenes y sonrió. No cabía duda, si lo hacía bien, las fotos recaudarían un montón de dinero. Soltó el teléfono y levantó a la joven empuñándola por la apelmazada cabellera.

—Ni una palabra a Sergio, ¿me oyes? ¡Ni una palabra! De lo contrario...

Zoco la soltó, la dejó caer al suelo y salió de la bóveda. Esta vez no sin echar el cerrojo y colocar el candado. Pasó por delante de Sergio que se rebulló en el sofá sin darse cuenta de la inesperada visita, y abandonó la destartalada casa.

CAPÍTULO ONCE

Maite disfrutaba con Rafael en el "Big Bang Ocean Club". El sol se puso lentamente sobre el peñón de Almuñécar. Tanto el paseo como la playa estaban repletos de adolescentes, parejas enamoradas, padres felices y pensionistas cogidos de la mano.

Los últimos días y parte de las noches los pasó reflexionando sobre el tema de la boda y había tomado una decisión: era hora de formar una familia y dejar de resistirse. Siempre habrá pequeñas disputas en una relación, pero en lugar de salir corriendo como siempre, ahora tendría que trabajar en ello. Rafael hizo una señal a la camarera y pidió dos mojitos. El viento había despeinado sus grisáceos rizos.

—Solo un mojito y un zumo de naranja, por favor —corrigió el pedido y le dijo a Rafael:

—Hoy no tengo ganas de beber.

Ya había pasado una semana desde que se hiciera la prueba de embarazo, y hasta ahora solo su madre y Joana lo sabían. A Rafael no se lo quiso contar para que no creyera que aceptaba casarse con él solo por hacerle un bombo.

—Rafa... —comenzó a decir Maite cuando las bebidas estaban frente a ellos girando su anillo de diamantes en su dedo —. Lo que me preguntaste el otro día en "La Tartana"...

Él, hizo un gesto como queriendo decir que ya no estaba enfadado con ella por ese asunto.

—Estuve pensando y... bueno, ¿por qué no? ¡Casémonos, Rafa!

Su elegido tomo un sorbo y puso su mojito lentamente sobre la mesa. Si había alguna emoción en su cuerpo estaba oculta bajo sus gafas de sol Armani.

—¿O ya no quieres casarte conmigo?

Se quitó las gafas y guiñó incontrolablemente con ambos ojos, lo que siempre hacía cuando algo lo excitaba o se ponía nervioso.

Se levantó, levantó a Maite de la silla y abrazó a su prometida.

Una vez más Salvador y Carlos se encontraron en la trastienda del restaurante “Gamba Blanca”. En su penúltima reunión asistieron cuatro, en la última tres, y ahora quedaban solo ellos dos.

Salvador estaba fuera de servicio. Vestía un chándal del Real Madrid y deportivas. Carlos llevaba un traje negro, como si acabara de llegar del funeral de Diego Roca o como si estuviera de luto por él.

Pero Salvador lo conocía bien, y sabía que solo le interesaba su ventaja financiera.

—Escucha Carlos, casi le meto una bala al vigilante nocturno, menos mal que se dio la vuelta en el último momento. Se acercó demasiado al coche patrulla y detrás estaba toda la mercancía. Si hubiera dado tres pasos más... ¿Qué le habría dicho? ¿Se trata de harina, es que soy panadero aficionado? ¡Me habrían caído diez años! ¡Diez malditos años! Pero antes le habría metido un tiro, así que la cosa se montaría a quince años mientras que tú estarías agustito de la vida...

—¡Cálmate ya, coño! No pasó nada, ¿verdad? No deberías cabrearte tanto, no es bueno para el corazón. De lo contrario, no vivirás ni diez años de todos modos. —Carlos sonrió.

—¿No pasó nada?, ¿te estás escuchando? ¡Dos de nosotros

han sido asesinados y yo no me he convertido en asesino por un pelo! Quiero mi dinero, lo que me pertenece y ¡adiós!

—¿Tu dinero?

—Exactamente. Mi veinte por ciento y el veinte de Aurelio que me prometiste. Si compartimos la parte de Diego, me toca en total el cincuenta por ciento. Salvador se limpió unas gotas de coñac del bigote y resistió la mirada de Carlos.

Carlos se quitó las gafas y las pulió con una servilleta, aunque ya brillaban. —Para repartir dinero, primero tenemos que vender la mercancía, ¿no crees, Salva?

—No, maldita sea, quiero mi dinero y lo quiero ya. A partir de ahora no quiero tener nada que ver con esto. Hace tiempo que el asunto se volvió demasiado caliente y no me quiero quemar. Alguien nos está eliminando de uno en uno. Yo estuve en la escena del crimen de Diego. Tú no viste su cara. ¡Como un tomate aplastado, te lo digo yo! Y otra vez esas malditas gambas en la piscina. ¿No lo encuentras alarmante? ¿Es que no temes por tu vida...?

Salvador enmudeció de golpe. Su cabeza empezó a elucubrar: «¿Por qué Carlos reaccionó con tanta calma ante los dos asesinatos?, ¿tendrá algo que ver con eso? ¿Cuál sería su motivo? ¿No tener que compartir la pasta? Pero ¿Quién haría el trabajo sucio por él? De lo contrario no vivirás diez años de todos modos, me dijo antes sonriendo. ¿Era una amenaza?»

Francisco entró con cara de pocos amigos. Salvador aprovechó para pedirle un coñac, el séptimo desde el desayuno. El dueño estrujó compulsivamente una servilleta y vaciló. —Lo siento, pero tenéis que iros ya. ¡Y no quiero que volváis por aquí jamás!

Salvador quería responder, pero Carlos imponiendo su liderazgo se le adelantó:

—¿Acabo de oírte bien?

Francisco asintió mirando las punteras de sus zapatos.

—Interesante. ¿Puedo preguntar los motivos?

—Es asunto mío.

Carlos, cuya naturaleza no le permitía quedar por debajo de un tarado tabernero, no se conformó:

—¿Así que nos echas de tu miserable figón por capricho?

—No quiero tener nada que ver con vuestros líos. A esta cuenta invito yo, pero ahora, por favor, ¡largaos!

Carlos se levantó. —¿No quieres tener nada que ver con *qué*?

—¿Me preguntas en serio? —saltó Francisco—. Dos de los vuestros han sido asesinados, y un colombiano armado y peligroso vino preguntando por vosotros dos veces. Además, la Guardia Civil está entrando y saliendo de aquí buscando al colombiano y a vosotros. No quiero tener nada que ver *con esto*, ¡joder! ¿Es tan difícil de comprender?

«¿Un peligroso colombiano?» se preguntó Salvador. ¡Las cosas se estaban poniendo cada vez peor! Sus compañeros husmeando y pisándole los talones, y él sin enterarse. Aunque había estado en los lugares de los crímenes, no formó parte del equipo encargado de las investigaciones.

—¿Qué colombiano? —quiso saber un alterado Carlos.

—¿Yo que sé? ¡Pues un colombiano, coño!, llevaba una bolsa llena de droga y un arma. Me amenazó con disparar una bazuca por la ventana. Un tipo moreno de pelo rizado y barba rara con... —Francisco retorció pelo imaginario en su barbilla.

—¿Con rastas? —preguntó Salvador.

—Exactamente. Un tío chungo, de todos modos.

¿Rastas?, ¿colombiano? Salvador Molina se incorporó de golpe sin decir nada dejando creer al idiota del tabernero y a Carlos que eran perseguidos por un peligroso colombiano. Así Carlos, que acaba de limpiarse la frente con un pañuelo de seda, sabría por fin lo que significaba cagarse de miedo. El "colombiano", sin duda, solo podría ser el famoso Rubén de Freitas.

—No puedo creerlo —respondió Joana.

—Pues sí, es cierto, ¡nos vamos a casar! En el "Albayzín del Mar". Lo conoces, ¿verdad? Qué lugar más idílico. ¡Tenéis que venir!

—Pero si hasta hace poco estabas bastante indecisa, Maite.

—Sí, ya, pero debido al embarazo...

—¿Y qué dice el futuro padre de eso?

Buena pregunta... Maite se sentía cada vez peor al pensar que aún no había compartido su dulce secreto con Rafael. «Lo descubrirá a su debido tiempo, y entonces su alegría será aún mayor» se convenció. Fue al salón y se sentó en el sofá con su portátil.

—Ni siquiera lo sabe. No quiero que piense que esa es la única razón por la que acepté casarme. De todos modos, Rafa no entiende por qué le rechacé, para ahora querer sellar mi destino al de él de forma tan precipitada. Pero ¿Quién quiere casarse con un vestido premamá?

—¿Ya tenéis la fecha?

—Aún no. Quería casarme el año que viene en abril o mayo, pero estaría en el séptimo u octavo mes de embarazo, así que tiene que ser en invierno. Tal vez incluso antes de Navidad.

—¿Antes de Navidad? ¡Vaya!, qué pronto suena eso. Entonces, ¿el día de vuestro enlace cuanto tiempo hará que os conocéis?

—Ni siquiera seis meses. Un poco precipitado, lo sé, pero ya no hay vuelta atrás. Joana... después de todo lo que pasó en su día, entendería que no quisieras volver a Almuñécar, pero yo estaría súper contenta si asistieras a mi boda.

—Tendré que consultarlo con Kilian primero, pero es muy posible que asistamos. Estoy tan feliz por ti y por tu embarazo.

Después de unos minutos se despidieron y cortaron la conversación por Skype. Sí, su vida cambiaría, pero de eso se trataba la vida.

«Encontraré la felicidad con Rafa», pensó Maite mientras pinchaba en la carpeta "preparaciones de boda". Abrió el fichero "lista de invitados", y añadió los nombres de Joana, Kilian y Xavier. Tenía mucho trabajo que hacer en las próximas semanas: elegir un vestido de novia, acordar una cita en la iglesia, imprimir invitaciones, escoger las flores y un sinfín de otras cosas. No podía esperar el apoyo de Rafael, que prefería renunciar a cualquier tipo de celebración para casarse con ella en Las Vegas.

—Claro, como es tu tercera vez. Qué poco romántico. —Le

dijo, imponiendo con vehemencia su deseo de una boda de ensueño vestida de blanco.

Zoco no era un informático brillante, pero sabía que las direcciones IP podían ser rastreadas. Por eso no llevó a cabo su plan desde el ordenador personal, en su lugar entró en un destartalado locutorio. Una ecuatoriana mantenía conversación entre lágrimas con la vieja patria, y una mujer con pañuelo en la cabeza leía un periódico online con caracteres árabes. Zoco se sentó en una desgastada silla entre tabiques y metió dos euros en la ranura. Abrió el explorador con el ratón, que tenía adherida la misma capa marrón de miles de yemas sucias que el teclado, y por primera vez en su vida entró en Facebook.

El registro bajo un perfil falso no fue nada fácil. Primero tuvo que crear una cuenta de correo electrónico. Zoco repuso cuatro euros antes de terminar con su metamorfosis. En Facebook era ahora Rocío Campos de veintisiete años de edad, empleada de una tienda de zapatos en Motril, soltera, con las emocionantes aficiones de leer, bailar y jugar con su perro. Encontró la foto de una morena y regordeta chica con la edad adecuada que ni apoyándose en un Maserati de color rosa llamaría la atención.

Zoco la guardó como su imagen de perfil.

Luego buscó a su primera "amiga", alguien en concreto, pero tampoco fue fácil, demasiados nombres idénticos. La reconoció en la tercera página gracias a su foto. Le envió una solicitud de amistad y se recostó satisfecho como un pescador que acabara de lanzar al agua una caña de pescar con un sabroso cebo. Para su asombro, no tardó ni cinco minutos en morder el anzuelo. Sonrió y metió más monedas en la ranura. Necesitaba tiempo para sacar su pez del agua.

CAPÍTULO DOCE

María estaba tumbada en el colchón. Una fina capa de polvo se filtraba con la luz y caía en su mazmorra.

El zumbido de una mosca le hizo levantar la mirada. Envidiaba a la mosca. Podía atravesar la ventanita enrejada y volar en libertad; recorrer el mismo sitio donde ella estuvo hace poco. El recuerdo del sol, el cielo, la vista al mar y el aire fresco rozando su cara le hizo estremecerse.

Durante unos momentos disfrutó en libertad; hasta que el hombre regresó. No el hombre feo que la mantenía cautiva y empezó alimentarla otra vez después de muchos días, no, el otro hombre. El que conocía de algún lado. Lo sabía con seguridad. ¿Pero de dónde? Al principio no cerró la puerta para que pudiera escapar, pero poco después volvió para encerrarla de nuevo. Sin embargo, creía que pronto la liberaría. Después de descubrir lo maravilloso que era el exterior ya no quería morir. Quería ser libre. Se cansó de no tener nada en que pensar, porque no tenía recuerdos anteriores. Así que se preguntaba una y otra vez lo mismo: "¿de qué conozco a este hombre?"

Aún no había llegado a ninguna conclusión cuando pensamientos confusos cruzaron por su mente sin encontrar ninguna conexión. Ni siquiera sabía si eran recuerdos: una habitación con niños y niñas de su edad, una mujer que escribía algo en una pizarra, un niño con el que compartía un helado y despertaba en ella un sentimiento que iba más allá de la amistad, un baño en el cálido mar, una sala con gente vestida de fiesta.

Aprendió a distinguir entre buenos y malos recuerdos, porque a menudo se dejó llevar por los pensamientos hacia ámbitos que no quería recordar: dolor, sangre, agua, miedo... angustia mortal.

Entonces María pensó de nuevo en el día en que el otro hombre apareció y liberó su cabeza de la ropa con la que quería estrangularse.

Apenas estuvo consciente, pero aun así resonaba en su cabeza lo que exclamó mientras salía corriendo de la mazmorra sin cerrar la puerta tras él.

Dijo el nombre de una chica.

No fue hasta horas después de la fallida fuga que pensó en lo que eso significaba. El hombre también parecía conocerla.

Por eso la llamó por su nombre.

Pero no fue el de María.

Joana metió a Xavier en su cuna y se quedó con él hasta que se durmió. Acarició el cabello de color rubio pajizo de su hijo de catorce meses y le tapó los piececitos con una manta. Encendió el intercomunicador para bebés y cerró la puerta del dormitorio.

Se preguntaba qué hacer mientras su hijo dormía la siesta. Su novela era aburrida, los programas de televisión de la tarde eran horribles, y la cocina estaba recogida.

Joana seguía de baja por maternidad, pero algunos jueves y viernes, tan pronto como Kilian llegaba a casa se marchaba al restaurante "La Tasca" para echar una mano.

Puso una cápsula en la cafetera. Se sentó con un expreso delante del ordenador y comprobó en eBay las pujas recibidas por la cuna de Xavier que ya se le quedó pequeña. Seguía en cincuenta euros. Después visitó algunas páginas de noticias de su tierra, que no había vuelto a pisar desde los trágicos acontecimientos de hace tres años. Solo encontró titulares negativos: "Nueva tragedia de refugiados en el mar de Alborán, doble asesinato en la provincia de Granada, aumento del desempleo en comparación con el año anterior...”

Joana suspiró. Decidió no leer los artículos para no abrir viejas heridas. En su lugar, descargó las fotos de la excursión dominical al Königssee del Smartphone al portátil. De unas doce fotos mandó a la papelera aquellas en las que no salía bien. La mejor imagen la eligió como salvapantallas.

Un japonés con un sombrero de traje tradicional bávaro, se ofreció para sacarles algunas fotos. Posaron junto al muelle, en la capilla de Sankt Bartholomä con la montaña Watzmann cubierta de nieve como fondo. Kilian llevaba su ropa preferida: botas, vaqueros, camiseta, chaqueta de cuero y a su hijo sobre los hombros.

La gorra del Bayern de Múnich de Xavier se había movido, por lo que solo uno de sus ojos azules miraba al objetivo. Estaba agarrado al pelo de Kilian como si estuviera subido en un poni y sonreía a la cámara.

Joana era bastante crítica con su peso. Cogió algunos kilos durante el embarazo y le costaba recuperar su antigua figura. Vestía ropa de excursionista para sentirse más cómoda.

La melena negra, por la cual muchas veces en Alemania era considerada latina, había crecido de nuevo después de una fase con un corte de mamá.

Apoyada en el hombro de Kilian sonrió en el momento en que el japonés echaba la foto. Xavier le había hecho cosquillas con el pie en el cuello. Su sonrisa de bonitos hoyuelos era sincera y no forzada como cuando le exigieron que fuera amable como recepcionista en el “Hotel Costa Tropical Palace”. Debido al luto por su hermana menor desaparecida, cualquier emoción alegre era difícil en ese momento. Hasta que el asesino hizo una confesión y pudo empezar a superar la pena.

Joana se dio cuenta de que pensó en su patria y en su pasado por primera vez en mucho tiempo. Tomó su taza de café y salió al balcón de su apartamento situado en el suburbio de Feldkirchen, en Múnich. Ya habían pasado dos años desde que se mudaron. Suelos de parqué, amplios ventanales y muebles claros, hicieron de este lugar un hogar perfecto para la felicidad de su familia. Además, a Joana le gustaba el modo de vida de la periferia este de la ciudad, a solo quince minutos del centro en tren urbano. Disfrutaba charlando con las otras madres de la guardería, dando una vuelta por las mañanas alrededor del laguillo cercano a casa, o tumbándose en una hamaca en el balcón viendo a su hijo jugar con una excavadora y ladrillos Lego. Le iba bien en Feldkirchen, pero a veces echaba de menos Andalucía.

Habló con Kilian, y sí, viajarían a Almuñécar para la boda de Maite. Al lugar donde todo había comenzado para ambos, aunque de manera trágica.

«La boda de Maite, que ilusión». Todavía no podía creerlo. «Veamos si está en línea», pensó Joana, y llevó su portátil al balcón. Abrió Facebook, pero no la encontró conectada. Recorrió los post de las amistades que se acumularon a lo largo del tiempo, de las madres de la guardería, de amigos comunes de Kilian, clientes habituales de "La Tasca" y algunos viejos contactos de España.

Joana estaba a punto de cerrar sesión cuando una solicitud de amistad apareció. Venía de una tal Rocío Campos. Una mujer de unos veinticinco años, cuya ascendencia andaluza se podía apreciar incluso con pocos píxeles. Se preguntó si la conocía del instituto o de algún otro lugar. Pero en ese momento no recordaba de qué. Para recibir más información abrió el perfil. La joven era de Motril, a veinte kilómetros de Almuñécar. La cuenta era reciente, creada solo hacía unos minutos. No daba mucha información: profesión, edad, lugar de residencia, aficiones y la foto de perfil, que ni remotamente provoco una reacción de ¡Ah, ahora caigo! en ella. Hasta ahora, Rocío Campos no era amiga de nadie en Facebook.

«¿Entre tantos usuarios quiere ser justamente mi amiga?»

No habría aceptado la de un hombre desconocido, pero ¿Por qué iba a rechazar la solicitud de una joven de Motril? «Seguro que la conozco de algo y no puedo recordarla porque ha cambiado de aspecto. Deberías tener tu primera amiga en Facebook», decidió. Hizo clic en "confirmar" y colgó un post agradable en la página de Rocío Campos.

CAPÍTULO TRECE

La llamada le cogió a Maite por sorpresa en el vestuario de una boutique de vestidos de novia de Granada. Era Rafael, quería saber sobre sus planes para la noche. Le prometió que lo llamaría más tarde porque en esos momentos no podía hablar. Rafael le pregunto dónde estaba, y como no tenía que enterarse de que se estaba probando vestidos de novia de más de dos mil euros desde hace horas, contestó: "en la peluquería cariño".

Maite se puso el velo y caminó hasta la sala donde su madre y dos dependientas esperaban sentadas en un banquillo como el jurado de un concurso de talentos, haciendo comentarios y valoraciones al verla llegar.

Su madre, que para estar presente asumió un viaje de una hora y media en autobús desde un pequeño pueblo de Jaén, agitó la cabeza a modo de negación. —Sigo pensando que el cuarto vestido es el apropiado.

Las dos dependientas asintieron obedientemente al unisonó, esperando que el cansino desfile llegara pronto a su fin. Maite dio vueltas con el vestido tipo sencillo & sexy delante del espejo.

—Pues, yo no creo que este sea tan feo mamá. Imagínatelo con las medias y... Una empleada miró el reloj de reojo con el ceño fruncido. Faltaban cinco minutos para la hora del cierre. Maite entendió la indirecta y desapareció en el probador donde se puso su ropa tipo corto & ajustado que tampoco recibió la aprobación de su madre.

—¿Por cuánto me saldría el cuarto vestido que me probé con todos los complementos? Preguntó sentándose al lado de su madre.

—¿Con zapatos, bolso, velo, guantes, tocado, cinturón y pendientes a juego?

Asintió valiente con la cabeza y sostuvo la mano de su madre mientras una de las dependientas ojeaba el catálogo y acercaba la calculadora. Maite estaba preparada para lo peor. Se fijó en el escaparate, a través del cual se podía ver la frecuentada zona peatonal entre maniquís vestidas de novia.

¿Pero qué diablos? ¿Ese no era...? A pesar del ajetreo, le pareció reconocer a alguien entre la multitud.

Se asomó desde el interior del escaparate haciendo tambalear y caer el maniquí con el vestido de novia número siete, pero ya había desaparecido a la vuelta de la esquina.

La segunda dependienta se acercó con una sonrisa congelada y arregló el desastre.

—¿De qué iba todo eso? —preguntó su madre.

—¡Rafael, acabo de verlo pasar! —le explicó, pero no pareció alterarse por la noticia.

—2884 euros en total —dictó la empleada su dura sentencia.

Pero Maite estaba en otro mundo. ¿Qué hacía Rafa en Granada después de decirle por teléfono que estaba en su tienda, en Almuñécar, a setenta kilómetros de distancia?

Joana estaba a punto de cerrar sesión en Facebook cuando se abrió la ventana del chat. Acababa de aceptar la solicitud de amistad de Rocío Campos de Motril, y la joven quería hablar con ella directamente. Qué extraño.

—Gracias por aceptarme —escribió.

—De nada. Pero ¿Cómo me encontraste, Rocío? ¿Nos conocemos de antes?

Rocío tardó en responder. Joana miró el intercomunicador para bebés mientras tanto, pero Xavier seguía durmiendo.

—No necesariamente.

Qué respuesta más curiosa. No sabía de qué hablar con su paisana y tampoco tenía ganas de hacerlo, pero por cortesía preguntó:

—¿Cómo está el tiempo en Motril?

—No me puse en contacto contigo para charlar sobre el tiempo.

«¿Perdón? ¿De qué iba todo esto?»

Estaba a punto de buscar la opción de poner fin a la joven amistad con Rocío, pero su curiosidad prevaleció.

—¿Entonces de qué?

—¿Te suena el nombre de Carmen?

—Así se llamaba mi hermana. ¿La conocías?

Se fijó en la pantalla y esperó una respuesta.

—Sí, la conozco.

—Supongo que quieres decir que *conocías* a Carmen...

—No, lo has leído correctamente.

—Debe haber algún malentendido. Vivo en Múnich y llevo tres años sin pisar España. Mi hermana se llamaba Carmen, pero falleció. Así que te equivocas. Ahora te dejo, tengo que cuidar de mi hijo.

«La próxima vez, presta más atención a quién le envías tus solicitudes de amistad», pensó Joana.

La motrileña estaba escribiendo. Probablemente una disculpa.

—No creo que me equivoque. Eres la ex recepcionista del "Costa Tropical Palace", ¡Cuya hermana desapareció después de la boda de su prima sin dejar rastro! Esa eres tú, ¿verdad?

«¡Ya basta!» —Mi hermana murió hace tiempo, y si esto es una broma de mal gusto, no tengo la más mínima intención de seguirte el rollo.

—¿Cómo sabes que está muerta?

"¿Pero de qué está hablando este gilipollas? ¡Esto ya se pasa de la raya!", pensó en voz alta. No quería enfrentarse a los dolorosos acontecimientos vividos en Almuñécar.

—¡Carmen murió hace cinco años! ¡Adiós!

Joana cerró la ventana de chat y pisó el parqué tan fuerte que el indicador del intercomunicador de bebés saltó como un sismógrafo en un terremoto.

«¡Pero qué insolencia!»

La ventana se abrió de nuevo antes de que Joana pudiera cerrar su portátil.

—No, Carmen está viva, ¿eso no te hace feliz?

Furiosa, hizo clic hasta la opción "eliminar de mi lista de amigos", pero no fue lo suficientemente rápida.

—Entra en mi perfil y compruébalo tú misma.

Joana ignoró la invitación.

—Allí encontraras dos fotos recientes de tu hermanita.

«Déjame en paz quienquiera que seas», pero por supuesto no pudo resistirse.

«¿Dos fotos recientes de Carmen?»

Incrédula, hizo clic en el perfil. Su corazón palpitaba como después de correr una vuelta récord alrededor del laguillo. En un álbum recientemente publicado titulado "fotos Carmen" había dos fotos subexpuestas. Joana amplió las imágenes.

«¿Quién es esa? ¡Ciertamente no mi hermana!»

Pero entonces reconoció el lunar que cubría gran parte del tobillo de la joven descuidada, y los rasgos de su rostro de repente empezaron a encajar con los de su hermana fallecida hace cinco años. Joana se deslizó de la silla.

Le tomó bastante tiempo asimilar las imágenes antes de volver a escribir con manos temblorosas. —¿Quién eres? ¿Qué quieres?

La respuesta no tardó en llegar:

—no importa quién soy. Quiero 150 000 euros por la vida de tu hermana.

Kilian viajaba sentado en el abarrotado tren urbano. Las puertas se abrieron en una parada y subió un hombre con muletas. Kilian cedió su asiento.

Miró por la ventana a un centro comercial. El letrero "McFit" le provocó mala conciencia. En las últimas semanas apenas tuvo tiempo de entrenar debido a todo el trabajo que tenía acumulado. Su página de Internet www.coupon24.de, con la que ofrecía vales y descuentos en todos los ámbitos exigía tiempo, y su familia toda su atención.

Eran las ocho de la tarde. Esperaba llegar a casa y encontrar a Xavier todavía despierto para poder achucharlo y jugar con él un rato.

Debido a la falta de tiempo, durante la semana se alimentaba de salchichas con salsa de curry, kebab y hamburguesas, lo que resultó en unos cuantos kilos de más, pero con la ropa de otoño apenas se notaba. Jenny, la inteligente y atractiva licenciada en informática que trabajaba para él desde el verano para disgusto de Joana, le echó treinta años. Parecía sorprendida cuando admitió que pronto celebraría su trigésimo séptimo cumpleaños. Tu empleada solo quiere hacerte la pelota, se burló Joana cuando se lo contó. Esta fue la señal de partida de sus disimulados celos andaluces, que siempre germinaban cuando llegaba más tarde de lo habitual a casa. Para él solo contaba la capacidad que tenía Jenny en mejorar la presencia de su empresa en Internet, lo que le había llevado a la adquisición de dos clientes importantes. Pero después del trabajo no quería pensar en Jenny; eso también le provocaba mala conciencia.

Kilian se bajó del tren en Feldkirchen, cerró su chaqueta de cuero y cruzó por debajo del paso a nivel. Subió las tres plantas de su edificio a pie; al menos algo de deporte había que hacer. Dejó el maletín en el rellano y sacó su llave; en ese momento Joana abrió la puerta.

Se asustó al ver su llorosa cara.

—¿Le pasa algo a Xavier? Sin esperar respuesta, entró rápidamente en el apartamento, su hijo estaba sentado en su mantita Winnie the Pooh, cargando el camión amarillo con ladrillos Lego sin darse cuenta de la agitada llegada de papá.

Lo levantó y lo besó en la mejilla.

—Vamos, dime qué está pasando.

Joana se quedó mirando fijamente el salvapantallas del

portátil, cuya imagen era ahora una foto del viaje dominical a Königssee.

Kilian puso a Xavier entre sus juguetes y abrazó a su esposa.

—Cariño, dime que ocurre.

—Creo que Carmen sigue viva —susurró.

—Joana... lo superaste. Hace mucho tiempo. Somos felices, tenemos un hijo maravilloso...

—La vi.

—¿Qué?

Joana retorció un rizo negro entre sus dedos y le contó lo de la solicitud de amistad de Rocío Campos, que al parecer era un perfil falso. Le informó de las fotos, la exigencia de rescate, y le dejó leer el transcurso de la conversación.

—¡Pero eso es una tontería! ¡Una broma de muy mal gusto, nada más! ¿Quién podría estar detrás de esto?

—La reconocí. Tenía un aspecto horrible, pero era mi hermana. Alguien la tiene retenida en alguna parte. Incluso la marca de nacimiento de Carmen era la misma a la de la foto. ¡Es ella!

—Muéstrame las fotos entonces.

—Fueron borradas inmediatamente.

—Ajá. ¿No pudiste guardarlas antes?

Joana no contestó. Su cara expresaba desilusión. No se le ocurrió guardar las fotos después de verlas.

—¿Y dices que alguien te pide 150 000 euros?

—Sí.

Kilian se enfadó. No con Joana, sino con estos descarados estafadores en línea. Todos los días recibía algún que otro correo electrónico informándole de que había ganado grandes sumas de dinero en la lotería, o que la viuda de un ministro africano del petróleo quería transferirle doce millones de dólares. Estaban tratando constantemente de estafarlo a él y a millones de otros usuarios de Internet. ¡Pero esto iba demasiado lejos!

Este era un ataque personal en el que alguien con conocimientos básicos de photoshop ofendía gravemente a su Joana. ¿Pero quién podría ser? En todo caso ninguno de sus amigos alemanes. No sabían nada de Carmen. ¿Alguien de España? ¿Después de tanto tiempo?

—Tienes que borrar el perfil de tus contactos y denunciarlo como abuso, aunque sería mejor contárselo a la Policía.

Kilian se dio cuenta de que no se había quitado el calzado al entrar en el apartamento, algo que a su esposa le molestaba. Se sentó en una silla y se desabrochó las botas mientras cambiaba la conversación para distraer a Joana:

—Cariño, ¿qué hay para cenar? No he comido casi nada desde el desayuno. Estoy muerto de hambre.

—No puedo borrar el perfil, porque por esa vía el secuestrador me va a dar instrucciones. ¿No lo acabas de leer?

Kilian pateó sus botas bajo la mesa y se levantó de un salto. Joana se enfrentó a él con los brazos cruzados moviendo la cabeza en señal de negación. Su negra melena rozo la cara de Kilian que olio el champú de miel de su esposa. No era la primera vez: "Temperamento andaluz choca contra terquedad bávara".

—Oye, cariño, no te creerás esa estupidez, ¿verdad?

—Sí, lo hago. Si hubieras visto las fotos como yo también lo creerías.

—¡Pero las fotos se pueden retocar como quieras! Cualquier chaval con un iPhone me puede convertir en Brad Pitt en cuestión de segundos...

—Puede ser, pero tengo que averiguar si Carmen aún está viva.

—Joana... ¿Me permites recordarte el SMS engañoso que casi nos cuesta la vida hace tres años? También decía que Carmen seguía con vida. Lo siento mucho, ¡pero está muerta! La carta de tu madre lo confirmaba, no puedes haberlo olvidado. Por favor, recobra el sentido común.

Pero Joana miró al portátil que trajo una tormenta sobre su idílica vida suburbana tan repentinamente como después de un largo y caluroso día de verano.

—Vale, ¿entonces qué crees que deberíamos hacer con los tres mil euros en descubierto de nuestra cuenta corriente? ¿Pedimos un préstamo de 150 000 euros al banco, transferimos el dinero a España bajo el concepto "chantaje por Facebook" y esperamos en el aeropuerto hasta que Carmen se baje del avión procedente de Málaga? —dijo alterado, pero se arrepintió inmediatamente.

—¡Tú no tienes que hacer nada! Mañana volaré a Almuñécar para averiguar qué le paso a mi hermana de una vez por todas.

Entonces, fue cuando Kilian se dio cuenta de la maleta preparada junto a la puerta del dormitorio.

CAPÍTULO CATORCE

E*l escuchado por Dios* durmió tres horas seguidas. El valle de Otívar todavía permanecía en la oscuridad. A través del techo de una ruinosa vivienda abandonada, vio cómo las estrellas se iban desvaneciendo. Pronto amanecería.

Esta vez no podría llevar a cabo el trabajo bajo la protección de la noche, le explicó el hombre. Su próxima víctima vivía en el casco antiguo de Almuñécar rodeada de vecinos y familiares. Pero en sus días libres solía aislarse en un cortijo de su propiedad cercano a Otívar para cosechar chirimoyas y aguacates. Salió de la ruinosa vivienda y recogió una chirimoya madura del suelo que le sirvió de desayuno. Por la noche había seguido el arroyo dirección Otívar hasta encontrar la ruina marcada en el mapa. Desde allí, la finca de su próxima víctima estaba a solo un kilómetro de distancia. Esta vez no se puso el traje de buzo, sino un mono verde de una empresa de construcción. Si cometía el asesinato a plena luz del día y huía a través del campo, un traje de neopreno sería demasiado llamativo.

Una vez más, el hombre cuyo nombre no conocía, consiguió persuadirlo e incitarlo a continuar. Quiso parar después de su último asesinato, el cual ni siquiera quería ejecutar. Recordó el momento en el que estaba a punto de irse de la villa, cuando el timbre despertó a su víctima... Apretó sus puños contra las sienes para desterrar las siguientes imágenes de su memoria.

Pronto se acabaría todo y encontraría la paz.

Solo esta víctima y después... una última más.

El cielo empalideció. "El desafortunado comenzará a trabajar muy temprano, así que ponte en marcha antes del amanecer": dijo el hombre. De dónde sacó la información no lo sabía. Solo hablaban de cómo, dónde y cuándo debía eliminar a su próximo encargo. Encendió la linterna e iluminó el mapa. Siguió el curso del arroyo unos cientos de metros hasta llegar a un sinuoso meandro. Todavía no se había cruzado con nadie y no se le veía desde la carretera por donde a cada rato circulaban camionetas que se dirigían a una cercana fábrica de frutas. Corrió a través de un campo humedecido por el rocío, cruzó un camino y desapareció entre los árboles frutales.

Volvió a mirar el mapa y se encaminó hacia el este hasta toparse con un cortijo en mitad de un calvero. Medía unos ocho metros de largo por cinco de ancho y estaba recién pintado de blanco. Junto a la puerta de madera rústica, con la inscripción "Año 1904", había cubos de pintura vacíos.

Tal como le explicó el hombre.

Entró en el soto en busca de un árbol adecuado. Las copas de los olivos eran poco frondosas para su intención, y las ramas de los chirimoyos demasiado débiles para aguantar su peso. Encontró un aguacate robusto con una copa densa. La distancia hasta el cortijo era de unos cien metros. Si el desafortunado quisiera cosechar ese día, tendría que pasar por el árbol tarde o temprano. El *escuchado por Dios* trepó al árbol y le esperó oculto entre las ramas.

Salvador Molina se despidió de su esposa en la madrugada del 12 de octubre; fiesta nacional que también se celebra en la mayoría de países latinoamericanos conmemorando la llegada de Cristóbal Colón al Nuevo Mundo en el año 1492. A pesar de que libraba, Salvador no tenía cara de domingo. Para él solo significaba que sus nietos Sandra, Paula y Hugo no tenían escuela y querrían acompañarlo al cortijo, por lo que se levantaron de la cama incluso antes que en un día lectivo.

Desgraciadamente también implicaba que, siendo un día festivo, su esposa Amelia decidiera celebrarlo en la finca con la familia al completo. Amelia iría más tarde con su hija Merche para prepararlo todo. Hubiera preferido aprovechar su día libre para cosechar aguacates. En vez de eso, bajó la escalera cargado con una paellera de treinta raciones y todos los ingredientes. No se reunían desde el cumple de Merche en verano y tal vez la fiesta lo distraería.

Cuando la mitad de la despensa estaba metida en el vehículo y los niños discutían en el asiento trasero sobre a quién se le permitiría subirse en el tractor con el abuelo, sus pensamientos se desviaron como tantas otras veces en los últimos tiempos: «¿habrá una conexión entre la muerte de Aurelio y la de Diego? ¿Cómo puede afectarme? ¿También estoy en peligro? ¿Quién estará detrás del asunto? ¿Sergio? ¡Qué va! Ese yonqui de mierda no sería capaz de planear y llevar a cabo los asesinatos de una manera tan profesional. ¿Zoco? Algo más probable, pero tampoco puedo imaginarlo. ¿Carlos? Es mi favorito, pero ¿Cuál sería su motivo?»

«Encima ese maldito Rubén de Freitas husmeando por el bar del puerto, haciéndose pasar por un colombiano».

«¿Sospechará algo?»

«Pero es teniente de homicidios, no de drogas...»

—Abuelo, ¡dile a Hugo que me deje jugar con la Nintendo! —se quejó Paula de siete años y artísticas trenzas.

—¡Ya has jugado antes! —se defendió Hugo de diez años, corte de pelo al rape y pichichi de los Benjamines del FC Almuñécar 77.

—Yo todavía no jugué nada —refunfuñó la propietaria de la consola, Sandra, de nueve años, con lazos azules en el cabello, tirando de la camiseta del Real Madrid de Hugo.

—Tranquilos chicos, ya casi llegamos. —Intentó calmar la situación mientras conducía por un camino de tierra. Cinco minutos más tarde aparcó la furgoneta en la finca y miró el reloj del salpicadero. Eran las siete y media de la mañana, quedaba tiempo antes de que los rayos del sol entraran en el valle entre las montañas y alejaran la frescura de la mañana.

Desde la muerte de su padre a los noventa años, se hizo cargo del trabajo de la finca. Sus hermanos, uno en Barcelona, otro en Mallorca y el tercero con Parkinson, no se preocupaban de nada, solo tenían interés en vender la propiedad lo antes posible. Y su esposa no entendía o no quería entender que los frutos no llegaban al mayorista por sí solos. Quería disfrutar de la finca reuniendo a toda la familia cada vez que se le presentaba la ocasión.

En pocas horas llegarían los hermanos de Amelia con sus familias, con quienes no tenía buena relación y le impedirían cosechar.

—¿Quién me ayuda a descargar la furgo?

Pero sus nietos ya alborotaban entre árboles frutales mientras la Nintendo piaba abandonada en el asiento trasero.

Salvador abrió la puerta y encendió las luces. El cortijo consistía en una sola habitación con chimenea. A la derecha estaba situada la cocina con una mesa de comedor, y a la izquierda el sofá y la televisión. Descargó el vehículo y soltó todo en la encimera de la cocina. Fue al cobertizo adosado a la parte trasera en busca de leña de olivo. El anexo, con puerta metálica y dos candados, estaba mejor protegido que la casa. Salvador abrió y entró. Bajó la mirada al suelo de tierra firme. Medio metro bajo sus pies, se hallaba enterrado un cofre de aluminio. Dentro, en bolsas herméticas 1 260 000 euros, el valor equivalente a la venta de su conciencia.

El dinero del último trato apenas cabría en el cofre. Todo lo que tenía que hacer era esperar hasta que se vendiera la mercancía y repartir el beneficio con Carlos. Al final pactaron que se quedaría con el cuarenta por ciento de las ganancias, su parte y la de Aurelio. Insistió también en la mitad de la parte de Diego, pero Carlos se negó. Se conformó con el reparto; de todas formas, obtendría bastante dinero, y para él se acabarían los chanchullos definitivamente. Lo juró durante semanas por todo lo que aún podría ser sagrado para un delincuente como él.

Salvador apiló troncos dentro de una caja de frutas, cerró la puerta del cobertizo y llevó la leña al cortijo. —¡HUGO! —gritó —. ¿Me ayudas a hacer el fuego? Pero esperó en vano la respuesta.

Confiaba en que no hubieran ido al arroyo, lo tenían prohibido.

Volvió a llamarlos, pero nada. «Ya aparecerán», se tranquilizó, y volcó la leña junto a la chimenea. Después de todo, los tres conocían cada árbol de la finca y nunca se habían perdido.

Esperó hasta que su jadeo disminuyó. El médico le tenía dicho que no hiciera esfuerzos debido a sus problemas de corazón, y él ya se había dado la paliza antes del amanecer. El sudor goteaba de su calva y su bigote al suelo de mármol colocado durante la reciente renovación. Amelia insistió entonces hasta en construir una piscina, pero no pudo convencerlo. Salvador estrujó el periódico del día anterior y lo metió entre ramitas secas. Prendió el papel y al rato echó pequeños troncos al fuego. Necesitaba una buena brasa para hacer la paella. Pero cocinar era cosa de Amelia; él tenía que trabajar un poco antes de que comenzara la bulla familiar.

Lo primordial era mirar por los niños.

Salvador echó tres gruesos troncos al fuego y se ayudó del borde de la repisa de la chimenea para levantarse lo más prudentemente posible para no dañar aún más sus discos intervertebrales. Un sobresalto le hizo girar tan bruscamente que un dolor punzante le atenazó la espalda.

Su nieta Paula, gritaba desde la entrada.

—Abuelo ven, ¡corre! —balbuceó entre sollozos—. ¡Algo terrible pasó!

La siguió resollando. La adrenalina hizo su lumbago más soportable. No sabía que ocurría. Paula corría en zigzag entre los frutales, y ya temía no poder seguirla cuando se detuvo bajo un árbol.

Hugo estaba tendido en el suelo y se quejaba.

—¿Qué pasó?

—Se cayó del árbol —dijo Sandra.

—¿Por qué te has subido al árbol, no ves que es peligroso?

Le recriminó en su función de supervisor temporal y se arrodilló al lado de su nieto.

—Bueno, vamos a ver, ¿dónde te duele, Tarzán?

Hugo se agarró el tobillo y Salvador le giró el pie. Su nieto protestó gritando. —Tampoco es para tanto quejica, anda levántate.

Volvió a sentir el dolor en su espalda y tardó más en ponerse en pie que su nieto. Mientras tanto, Hugo con cara de enfadado cojeaba en círculos.

—Ya ves, ¡ya estás como nuevo!

—El partido... ¡jugamos por la tarde contra el Padúl! —lamentó su nieto, que no podía dejar colgado a su equipo en el partido clave por la tercera posición en la tabla.

—Te encontrarás bien para entonces. Es solo un esguince. Cogió de la mano a Hugo y Sandra y volvió al cortijo.

Las lágrimas de susto de Paula se secaron. Recogió chirimoyas, las lanzó al aire y trató de cogerlas antes de que tocaran el suelo. Ya en el interior, Salvador sentó a sus nietos frente a la tele y buscó por los canales algo idóneo hasta encontrar consenso en "Bob Esponja".

—Os quedáis aquí sentados hasta que vengan mamá y la abuela. Luego les ayudaréis con los preparativos, ¿de acuerdo?

Los tres miraban ensimismados la pantalla, solo Paula asintió.

Salvador entró en el cobertizo y se puso manos a la obra. Cargó cubos y banastas para la recolección y cogió el palo de cosecha. Primero se dirigió hacia los árboles del lado norte de su finca. Cuando tuvo recogidos los aguacates de dos árboles hizo una pausa y llamó a Amelia. Se encontraba en un supermercado que abría domingos y festivos haciendo compras de última hora y no tenía tiempo de hablar.

El sol aún no había llegado al valle y su camisa ya estaba empapada en sudor. Se levantó a duras penas y se encaminó al siguiente árbol. Se posicionó junto al tronco con el palo en alto y... ¡Qué demonios! Se le cayó el palo de la mano.

Una figura saltó de entre las ramas y lo tiró al suelo. Salvador gritó socorro hasta que unas manos en su garganta ahogaron cualquier sonido.

CAPÍTULO QUINCE

Maite y Rafa hacían manitas antes de entrar en el hotel "Albayzín del Mar". Había pasado cientos de veces en coche sin imaginarse la magia oriental que se desplegaba más allá de la fachada. Hasta que hace un año, un sueco llamado Mats que se alojaba en el hotel le tiró los tejos en la playa.

No era precisamente su tipo, pero supo arreglárselas con mucho humor para convencerla de tomar una copa con él por la noche. Gran parte de que el coqueteo tuviera éxito, se debió al ambiente romántico de los exteriores del hotel.

Desde entonces, este ha sido uno de sus lugares favoritos de Almuñécar y pronto se convertiría en el sitio donde su vida daría un vuelco.

Maite se acurrucó contra Rafael en el puente que cruzaba la iluminada piscina y contempló los alrededores: un restaurante al estilo cabaña caribeña, fuentes de varios tamaños entre decenas de palmeras iluminadas. Las cúpulas espejadas de los vestuarios y la barra, reflejaban un popurrí de destellos por efecto de la luz de la luna, la piscina y las antorchas.

Maite se fijó en su príncipe de rizos plateados. Con motivo de la cita con el gerente del hotel, vestía de chaqueta negra y corbata color ciruela. Sus pensamientos parecían estar en otro lugar, probablemente con el presupuesto que les acababan de presentar.

—¿En qué estás pensando, cariño?

—Hm, en nada... Es hermoso el sitio.

—Sé en qué piensas: en los 145 euros por invitado y en desconvidar a la mitad de mi familia, ¡admítelo! —dijo pellizcándole el costado.

Rafael sonrió. —Que va mujer, ya lo resolveremos de alguna manera. ¿Vamos a tomar algo? Se volvió hacia el bar, pero ella se quedó apoyada en la balaustrada.

—Rafa...

—¿Hum...?

—¿Me ocultas algo?

—¿Disculpa?

—¡Ya me has oído!

—¿Por qué iba a...? Vaya tontería, vámonos ya.

—Pareces tan tenso y ausente últimamente. ¿Es por la boda?

—Maite... Por favor, ¿tenemos que discutirlo ahora? Sí, estaba en otro lugar por un instante, ¿y qué? ¿Pasa algo?

Maite sabía que sus próximas palabras arruinarían la velada, pero no podía guardárselas por más tiempo. —Anteayer estabas *en otro lugar* también —soltó y se atusó el pelo, tras lo cual una de sus numerosas pulseras se enredó y tuvo que soltarla moviendo la mano interrumpiendo el silencio con un tintineo.

—¿Cómo? ¿Qué se supone que significa eso?

—¿Recuerdas que me llamaste cuando estaba en la peluquería?

—Sí, ¿y qué?

—Dijiste que estabas trabajando en tu tienda.

—¿Podrías decirme de una vez a dónde quieres llegar?

Puso los brazos en jarra. Su tic nervioso aumentó de frecuencia. Todavía estaba a tiempo de decirle: "¡olvídalo, cariño!", pero prefería aclararlo en esos momentos.

—¡No estabas en tu tienda! Porque diez minutos después te vi en Granada.

—Vaya... ¿Cómo te fue posible verme si te encontrabas en una peluquería de *Almuñécar*?

—No estaba en la peluquería, estaba mirando vestidos de novia en secreto. Lo hice porque dijiste que tu hermana, la modista, podría "remendarme algún vestido" para ahorrar dinero. Está bien, solo quería ver algunos modelos para tener una idea de los cortes actuales, es por eso que te engañé, lo siento. De todos modos, pasaste por delante del escaparate de la boutique diez minutos después de la llamada. ¿Qué hacías en Granada anteayer?

—Dime, ¿me estás... espiando?

—No cariño. Te vi por casualidad. Se supone que deberíamos confiar el uno en el otro, así que...

—Si ya empiezas con las dudas mejor que nos olvidemos de eso. Rafael hizo un gesto despectivo con la mano dirección a donde se iba a celebrar el banquete de boda dentro de unas pocas semanas. —¿Hablas de confianza cuando tú misma me mentiste? Vale, te lo contaré: fui a El Corte Inglés de Granada e hice algunas compras. Conociéndote, sé que no te conformarás con esto -dijo apuntando con el dedo índice al amuleto que colgaba del cuello de Maite y le trajo de Marruecos—. Por supuesto querrás saber qué es lo que compré: ¡pues un regalo de cumpleaños! ¿Ahora adivina para quién? Al igual que tú, no quería que te enteraras porque se suponía que iba a ser una sorpresa. Bueno, ¿qué me dices? ¿Ya estás satisfecha?

«¡Mierda! ¡Mierda! ¡Mierda! Con mi estúpida desconfianza siempre la cago», pensó Maite.

—Lo siento Rafa, no podía saber que fuiste por...

Pero Rafael ya se había largado.

Corrió tras él y lo abrazó.

—¡Por favor, no te ofendas!

Le quitó las manos y se fue al bar.

El escuchado por Dios cayó sobre su víctima. El hombre gritó. Le apretó el cuello con una mano hasta que solo se escuchó un débil gemido. Con la otra cogió el cuchillo, pero el hombre apartó el arma de un manotazo. Lo estranguló con ambas manos esperando que su mirada se congelara pronto y le llegara la muerte.

—¿Abuelo...? Abuelo, ¿dónde estás? —gritó una niña.

El escuchado por Dios aflojó las manos y levantó la vista.

—Abuelo, ¿acabas de gritar? ¿No te habrás caído de un árbol, *Tarzán?* Un chaval soltó una sonora carcajada y dio una patada a su pelota. «¡Los niños de antes! ¿Eran los nietos del desafortunado?» El chaval dijo algo, pero ya no pudo escucharlo.

El dolor que las voces infantiles le provocaban era demasiado intenso. La niña tenía más o menos la misma edad que su hija tendría ahora, y su hijo estaría persiguiendo una pelota de fútbol al igual que el chaval, si estuviera vivo. Pensó en cómo sería jugar a la pelota con su hijo, o leerle un cuento a su hija.

Nada más hubiera deseado de la vida.

¡Nada más!

Sudor y lágrimas se entremezclaron goteando sobre su víctima.

Percibió a los niños desdibujadamente.

Estaban buscando a su abuelo en la dirección equivocada.

Niños, tan alegres, felices y despreocupados, como los suyos podrían ser si no fuera por culpa del hombre a cuyo lado se arrodilló.

—¿Qué estás haciendo con mi abuelo?

El escuchado por Dios se dio la vuelta. Una segunda chica se paró a su lado mirándole con grandes ojos. Aflojó las manos del cuello de su presa.

—Es solo un juego —respondió.

—¡Gracioso juego! ¿Cómo se llama?

El desafortunado jadeó. No... delante de niños inocentes no podía matar a su abuelo. No quería confrontarlos con el mal. «Deben seguir siendo alegres, felices y despreocupados, como deberían de ser todos los niños del mundo».

—Ngoli —fue lo primero que se le ocurrió, un juego de canicas que le gustaba cuando era niño.

—¡Gracioso nombre! Me llamo Paula y tengo siete años. Pero no desde hace mucho tiempo. ¿Cómo te llamas?

—Me olvidé de mi nombre.

—¡Eres gracioso! ¡Hugo, Sandra! Encontré al abuelo —gritó la chica de las trenzas.

Se acabó. Nunca más haría caso al hombre que le impulsó a cometer terribles actos. Que le había sacado la maldad, como nunca lo había creído posible.

El abuelo de los niños forcejeó con su agresor desgajándole el mono. Las dos gambas cayeron al suelo. *El escuchado por Dios* se soltó y huyó del desafortunado, de los niños, del hombre que le convertía en una bestia, e incluso de sí mismo. Se alejó tan rápido como pudo.

Joana siguió a la mujer de la inmobiliaria por el interior del chalet. Desde la calle parecía una mezcla de cubos de vidrio y granito gris oscuro, que un arquitecto había proyectado en esta lujosa urbanización con el fin de eliminar cualquier estilo andaluz y sensación acogedora. Xavier se quedó dormido en el viaje en coche desde el aeropuerto de Málaga. Lo tumbó en el sofá de diseño del salón. La agente inmobiliaria, una escandinava extremadamente maquillada con traje de negocios y el pelo recogido alabó la villa mientras descorría cortinas, abría las ventanas y la puerta del balcón para ventilar. Olía como si no se hubiera alquilado en meses.

—Por supuesto, pueden usar el jardín y la piscina comunitaria. El agua está un poco fresquita, pero hay a quien le gusta así. Los dos apartamentos de la planta baja no están alquilados en este momento, por lo que ustedes podrán disfrutar de más intimidad. ¿Dijo que no sabe cuánto tiempo se quedarán?

Joana asintió. —En principio unas dos semanas, tenemos cosas que hacer y puede que nos lleve más tiempo —contestó en voz baja para que Kilian, que estaba sacando el equipaje del coche de alquiler no pudiera oírla.

—No hay problema en absoluto. La cocina funciona con gas butano, y por aquí...

—Gracias, ya nos organizaremos señora Löfgren, solo necesito la clave del Wifi.

La agente le entregó los libros de instrucciones de los aparatos y dispositivos electrónicos y un detallado folleto de qué hacer por la zona. Anotó el código Wifi, y sacó del bolso el contrato de arrendamiento. —Solo falta que firme aquí, por favor.

Joana puso mil doscientos euros sobre la mesa de cristal, el precio de dos semanas por reserva de última hora y firmó el contrato sin más dilaciones. Encontró el chalet por Internet y pudo regatear de ochocientos cincuenta a seiscientos euros por semana.

Una ganga, como la agente le aseguró.

Teniendo en cuenta que podrían haberse quedado en su antiguo domicilio del casco antiguo de Almuñécar o en el apartamento de su difunta madre, el chalet les salía caro, pero no quería volver a su viejo barrio. Tendría que estar dando explicaciones constantemente de su vida en Alemania y de su regreso a España. No, la lujosa y remota urbanización donde nadie conocía su pasado era la mejor opción.

La sueca le entregó su tarjeta de visita y las llaves. —Les deseo una buena estancia, y si necesitan cualquier cosa, no duden en ponerse en contacto conmigo, ¿de acuerdo?

—Gracias, así lo haremos señora Löfgren.

La agente asintió y se despidió de Kilian que entraba por la puerta cargado de equipaje. Joana colocó su portátil en la mesa junto al sofá y lo enchufó en una toma cercana. No se tomó ni un momento en examinar las habitaciones que parecían consistir en: suelos de mármol claro, muebles minimalistas, acero inoxidable y frentes de cristal.

Solo le interesaba saber si tenía algún mensaje de la persona que se escondía tras el nombre de Rocío Campos. Mientras su laptop se encendía, observó a Kilian apoyado en la barandilla del balcón mirando hacia la bahía de La Herradura. Desde que vio las fotos de Carmen en Facebook y el mensaje de rescate, se sentía confrontada con Kilian. Era como si un grano de arena se hubiera colado en la bien lubricada caja de cambios de su matrimonio. Se agarró a la esperanza de que por razones desconocidas su hermana aún siguiera viva, por improbable que eso fuera.

Kilian descartó el asunto como fraude, y le aconsejó que lo desplazara inmediatamente a la carpeta de su spam mental.

¡Como si fuera tan fácil...! A pesar de una larga discusión nocturna no fue capaz de disuadirla de viajar a Almuñécar, y por supuesto no la dejó volar sola con Xavier.

Joana se conectó a Internet y abrió Facebook. No había noticias de Rocío Campos. «¿Quién se escondería tras ese nombre? ¿Un secuestrador, un chantajista? ¿Pero quién podría mantener cautiva a Carmen tanto tiempo sin ser vista?» Joana trató de no pensar en las malas condiciones en que estaría Carmen después de cinco años de cautiverio. Las fotos, por muy subexpuestas que estuvieran le hicieron temer lo peor.

La chica de las fotos se veía tan diferente a su guapa y alegre hermana de antaño. Las instantáneas mostraban a una escuálida, desnutrida y pálida criatura. Pero como signo distintivo tenía un gran lunar en el tobillo izquierdo. Por eso su padre llamaba a Carmen de pequeña "Pata Negra".

¡La marca de nacimiento podría estar pintada! Fue la evaluación de Kilian. ¿Tendría razón? Si en realidad era un secuestro con la intención de pedir rescate, ¿por qué esperar cinco años para ponerse en contacto? Todo el mundo en la ciudad sabía que no eran una familia adinerada ¿Por qué elegirla a ella entonces? Además, el responsable de la muerte de Carmen admitió su culpa, aunque la confesión no hubiera servido de mucho delante del juez, ya que se cuestionaron las circunstancias. Según su confesión, estaba borracho el día de los hechos, atropelló a Carmen hiriéndola gravemente. En lugar de llevarla a un hospital o llamar al 112, la metió en el maletero del coche, condujo hasta la playa, la subió a su barco y...

¿Le estarían gastando una broma de mal gusto?

La ansiada reunión con su hermana suprimía su sentido común y le permitía argumentar contra Kilian. Después del primer contacto con Rocío Campos necesitaba más. Si no lo hacía se sentiría ingenua.

Escribió un mensaje:

—¡Ya estoy en Almuñécar! ¿Dónde está mi hermana? —Era lo único en lo que podía pensar. ¿Qué más se podría preguntar a un fantasma?

Kilian entró a la estancia. —Creo que un conocido tuyo vive al lado.

¿Un conocido? Joana salió a la terraza y se asomó. Al otro lado de los cipreses, que deberían servir de protección visual, reconoció a un hombre en una tumbona junto a la piscina leyendo un periódico.

«Justo lo que me faltaba», pensó, y recordó que tenía un chalet en la Punta de la Mona, aunque estaba en venta hacía tres años. Aparentemente sin mucho éxito.

Excepto por unos cuantos kilos de más, apenas había cambiado: su cabello engominado, gafas de concha, excesiva vellosidad y el Rolex de oro, eran distintivos inconfundibles incluso a larga distancia.

Tenían el honor de tener como vecino a Carlos Roig, su antiguo jefe en el hotel "Costa Tropical Palace". Varios episodios desagradables en su época como recepcionista en el hotel de cinco estrellas tuvieron que ver con él: solía regañar a su entonces compañera Maite y a ella cuando las veía charlando, aunque no hubiese clientes que atender. Sermoneaba al personal, incluso delante de los huéspedes si no seguían al pie de la letra sus instrucciones. Despidió a un ayudante de cocina por llevarse a casa un muslo de pollo de las sobras. Negó el alojamiento a una pareja gay. Careció de toda sensibilidad cuando el hermano de Kilian fue encontrado sin vida en la habitación nº328. Seguramente pensando: "¿por qué este idiota no fue a la competencia a morir?", pero sobre todo recordó los momentos en que la citaba borracho en su "oficina", una suite en el quinto piso, e intentaba llevársela a la cama king size rozando el acoso sexual.

Se sacudió esos pensamientos y volvió al portátil. Tal vez ya había respuesta a su mensaje.

Rubén de Freitas pasó el soleado 12 de octubre con su compañera Lucía Cienfuegos en la sala de reuniones de la Guardia Civil de Almuñécar. Desde las nueve de la mañana, rumiando los escasos resultados de la investigación como cabras montesas hierba seca. Necesitaba un descanso. Rubén le hizo una señal a Lucía acercando a su boca los dedos índice y corazón. Ella le devolvió una mirada tipo: "espero que solo sea tabaco".

En la explanada, la bandera izada con motivo de la fiesta nacional ondeaba alegremente al ritmo que marcaba el viento. Muy bien, pensó Rubén. Una o dos horas como máximo y estaré en el velero.

Un coche patrulla aparcó. Un agente uniformado de nariz aguileña arrastraba a un hombre africano fuera de la parte trasera enrejada del vehículo. Vestía un mono verde con el monograma de una empresa de construcción local. Su físico y su cara chupada se asemejaban a la de un corredor de fondo keniano. Según su ropa no era uno de los vendedores ambulantes del paseo marítimo de los que huyen tan rápido como pueden al ver acercarse a la Guardia Civil. Dos de esos manteros se encontraban retenidos en el cuartel junto a la mercancía confiscada envuelta en sábanas. Rubén sabía que se les pillaba regularmente, pero desde las investigaciones de los recientes asesinatos carecían de recursos para proceder contra el comercio de falsificaciones y productos pirateados.

Aunque Rubén no sabía los motivos de la detención, no le gustó la forma en que el agente dobló el brazo del africano por la espalda mientras lo empujaba haciéndolo caminar.

—¿Qué pasa con él? —preguntó.

—No puede identificarse y no abre su puta boca.

Rubén agarró la muñeca del oficial tan fuerte que éste se estremeció y soltó su agarre. Llevó la mano del agente al brazo del africano y cerró sus dedos alrededor del bíceps.

—Mucho mejor así, ¿no te parece? Si vuelvo a ver eso, me aseguraré de que dones tu próxima paga a Amnistía Internacional, ¿estamos?

El uniformado puso cara de ardor de estómago agudo. A pesar de los vaqueros y la camiseta de Rubén, parecía estar consciente de su rango, por lo que no se atrevió a contradecir a un teniente.

—¿Éste hombre trabaja en esa constructora? —preguntó

Rubén tan amable como si no hubiera pasado nada, señalando el logo del mono.

—Ya hemos preguntado allí, pero dicen que no lo conocen. Nunca lo admitirían de todas formas.

—¿Así que es un inmigrante ilegal?

—Eso parece. Lo detuvimos cerca de Otívar. Corría a través de un campo. Tal vez trabaje para un agricultor o se dedique a mangar aguacates de los árboles. Sabe Dios lo que hacía por esos lugares.

Rubén sintió compasión por el hombre que, con la cabeza gacha, se rindió a su destino. Durante los últimos días había entrevistado a algunos africanos. Debido a la declaración de la vecina de Diego Roca, seguía considerando que el asesino podría encontrarse entre los inmigrantes ilegales de Almuñécar. Eran gente amable y de buen trato, pero ninguno pudo o quiso ayudarlo.

—¿Qué pasará con él? —Esa pregunta le interesaba desde que vio una operación policial frente al restaurante "Pepe Dígame" en la playa de San Cristóbal. Incluso antes de que los uniformados pudieran saltar del coche patrulla, media docena de africanos habían envuelto en sábanas CDs y DVDs piratas, gafas, bolsos, camisetas y perfumes falsificados; y salieron corriendo. Al rato volverían a ofrecer el género en el mismo lugar a los turistas.

—Buena pregunta. La deportación sería la mejor solución, pero ¿A dónde, si ni siquiera sabemos su nombre ni el país de origen? Encerrarlo por correr por el campo como si el diablo lo persiguiera no son motivos suficientes. Lo interrogaremos siguiendo el protocolo, no responderá, y lo soltaremos hasta que lo volvamos a pillar de nuevo, a él o a alguno de sus colegas. Es nuestra rutina. No tiene sentido en absoluto lo de esta gentuz... uh... lo de estos caballeros de África —se quejó del problema de los refugiados empujando al hombre por la entrada del cuartel.

Rubén dio una última calada a su cigarrillo y los siguió. Quería terminar cuanto antes la pesada reunión y relajarse en su velero.

Pero cuando de camino a la sala de reuniones el equipo

entero corrió en sentido opuesto, sospechó que tendría que olvidarse de sus planes.

—¡Tenemos que irnos! —le gritó Lucía.

—¿Qué pasó?

Recibió la respuesta ya en el interior del coche patrulla. Un joven cabo con problemas de acné conducía. Parecía disfrutar sobrepasando el límite de velocidad bajo el pretexto de la urgencia.

Lucía gritó por encima del estridente ruido de sirena:

—¡Hay una tercera víctima! ¡Esta vez uno de los nuestros!

—¿Qué quieres decir con "uno de los nuestros"?

—Hablo del sargento Salvador Molina de Almuñécar. Estuvo en la escena del crimen de los dos asesinatos. Es al que una vez llamaste "el hiperventilador" porque respiraba fuerte y ruidosamente, ¿recuerdas?

Rubén cerró los ojos. La mayoría de los miembros del cuerpo le consideraban chulo e inaccesible. Aparte de Lucía, casi nadie sabía que detrás de esa dura fachada se ocultaba un hombre sensible y cargado de emociones. «¿No tenía Molina una familia con varios nietos y estaba a punto de jubilarse?» Se preguntó.

Pero su sensibilidad ahora no les beneficiaría. Cambió a la modalidad de investigador sereno:

—¿Qué más sabes? ¿Otra vez se trata de...?

—No sabemos mucho todavía, excepto que la víctima tiene marcas de estrangulamiento y que se han encontrado dos gambas cerca del cuerpo. Parece que tratamos con un...

—¡Maldito asesino en serie! —Rubén terminó la frase. Hasta ahora, el detalle de las gambas milagrosamente no había llegado a la prensa. No quería ni imaginar los titulares en vista del tercer asesinato.

—¿Dónde lo encontraron?

—Molina tenía un cortijo y algo de terreno colindante. Estaba cosechando. Sus nietos lo encontraron entre los árboles.

El cabo condujo tan rápido, que Rubén se puso por primera vez en su vida el cinturón de seguridad en la parte trasera de un vehículo. La sinuosa carretera de Almuñécar a Granada pasaba junto a un arroyo casi seco que bajaba de las montañas. Dejaron atrás el pueblo de Jete sin reducir la velocidad, ofreciendo el espectáculo del día a los aburridos ancianos sentados frente a sus casas. Un perro callejero salvó el pellejo en el último momento saltando detrás de un cubo de basura.

Después de otros diez minutos a toda pastilla llegaron al cruce de un camino rural, donde una patrulla Nissan de la Guardia Civil permanecía estacionada en plena curva. Justo enfrente de la señal de Otívar.

Espera un minuto... ¿es aquí? ¿En *Otívar*? ¡Maldita sea! Rubén golpeó el hombro de Fernando Alonso desde atrás. El conductor se asustó tanto que casi se salen de la carretera.

—¡Date la vuelta! ¡Volvemos al cuartel! ¡AHORA MISMO!

—Pero... ¡estás loco¡ —chilló Lucía—. Ahí abajo está la escena del crimen. No le hagas caso y sigue adelante, estamos cerca.

Rubén se soltó el cinturón y se metió con fuerza entre los asientos delanteros. Con la palanca de cambios en el ombligo, cara granos no tuvo más remedio que parar el coche.

—¡Rubén! ¿Qué demonios estás haciendo? —preguntó Lucía.

No contestó y extrajo el micrófono del soporte de la radio.

—¿Cuál es el canal del cuartel de Almuñécar, cabo? ¡Rápido!

—Um... ¿setenta y tres?

Rubén ajustó el canal y apretó el botón de hablar.

—Soy el teniente de Freitas. El africano... ¿aún sigue ahí?

Hubo interferencias antes de que le respondieran:

—¿Se refiere al ladrón de frutas de Otívar?

«¿Ladrón de frutas? Ese es probablemente nuestro triple asesino, ¡idiota!» —Sí, al que fue detenido en un campo de Otívar.

—¿Por qué? ¿Qué pasa con él? —se atrevió el sargento al otro lado de la línea a preguntar, cosa que no habría hecho si hubiera visto la cara color tomate de Rubén frente a él.

—¡ESTÁ AHÍ O NO, JODER! —gritó Rubén por la radio.

—Tendré que preguntar. Espere un momento teniente...

De los cinco agentes en el Nissan, el vertiginoso cabo al volante fue el primero en admirar el ingenio de Rubén:

—Ahá, el crimen se cometió en Otívar y al neg... um... al hombre de África lo encontraron cerca, ¿por eso intuye que es el asesino? ¡Impresionante, jefe!

Rubén lo ignoró, al igual que las preguntas de Lucía.

Llevaba tres minutos esperando respuesta desde Almuñécar.

—¿Holaaa? Houston, ¡vamos! ¿Me recibe?

La radio sonaba como si alguien hubiera cambiado el canal antes de que el sargento contestara con áspera voz:

—Lo soltamos enseguida. No sirve de nada retener a esos tipos por mucho tiempo.

CAPÍTULO DIECISÉIS

El cerrojo se abrió, y el hombre que la mantenía cautiva entró con el torso desnudo. La celda olía a vinagre y a queso apestoso. María esperaba al otro, a aquel cuyo descuido le permitió respirar aire fresco por un instante. Su "novio" la visitó solo dos veces después de quitarse la venda de los ojos. Le llevó un tazón con agua y pan duro que primero tuvo que remojar para poder morderlo. No le hacía compañía como antes, y ya no tenía que vendarse los ojos.

Al menos las tantas vueltas que dio a la cabeza le ayudaron a no volver a perder el juicio como al principio de su cautiverio. El asco por el hombre y su olor le quitó el hambre, pero de todos modos no le trajo nada para comer, solo un tubo de plástico rojo y algo que parecía una pistola con un cañón largo y delgado. Puso ambas cosas en la mesa y se sentó en la silla.

María miró la puerta entreabierta. ¿Qué significaba eso?

Nunca la dejaba abierta cuando venía.

¿Iba a liberarla?

Sus ojos de sapo que nunca parpadeaban decían lo contrario. ¿Podría cogerlo desprevenido? Tendría que abrirse paso, salir del calabozo, cerrar la puerta, echar el cerrojo, y dejarlo encerrado.

Al menos tenía que intentarlo. María se levantó tambaleante hasta la mesa. Se sentía mareada por la falta de alimentos, pero solo tenía seis pasos por delante hasta la puerta. Fingió interés por los utensilios de la mesa.

—¿Qué es eso? —preguntó señalando al tubo en que ponía "espuma poliuretano".

—Estaba f-fuera en el almacén, y m-me pareció adecuado.

—¿Para qué lo necesitas? —preguntó por distraerlo mientras se ponía detrás de la silla y fuera de su campo visual. Cinco pasos más, solo cinco.

—Desde que te quitaste la v-venda nuestra relación se terminó. S-siempre te he d-dicho qué pasaría entonces.

—Nunca tuvimos una relación. Me encerraste aquí y has hecho lo que has querido conmigo. Eso no es una relación. María retrocedió. Faltaban tres pasos.

—Para mí sí lo f-fue. Hasta que te quitaste la v-venda. No deberías haberlo hecho, C-Carmen.

«¿Carmen? ¿Por qué Carmen?», pensó mientras atravesaba de espaldas y puntillas la puerta empujándola con todas sus fuerzas. Apenas había luz en el almacén. Antes de poder encontrar el cerrojo se abrió la puerta de un golpe. La cogió por los pelos y la arrastró hasta el interior de la mazmorra. La abofeteó tan fuerte que cayó al suelo. No sintió dolor. Ni siquiera le importó el fracaso de su fuga. «¿Carmen? ¿Ha dicho Carmen?»

El nombre le resulto familiar. La levantó, la obligó a empujones a sentarse en la silla y la maldijo, pero ella no le escuchaba. Estaba intentando encajar el nombre en su rompecabezas mental.

—¿Por qué antes me llamaste Carmen?

—Porque ese es t-tu nombre.

—¿Entonces por qué siempre me has llamado María?

—Porque al principio no s-supe quién eras. Fue mucho después cuando me enteré por la t-tele de tu n-nombre.

¿Se lo estaba inventando también? ¿Era otro de sus enfermizos juegos? Esperó a que continuara, pero se quedó callado. Parecía estar con la mente en otro sitio.

—¿Qué dijeron en la televisión?

—Ma-María era mi hermana. Se ahogó en el p-pozo de niña. —Sus dedos temblaron mientras atornillaba la pistola al tubo—. Dicen, que yo la e-empujé. Pero no es v-verdad. ¡La quería mucho! ¡Igual que a ti!

No sabía de qué hablaba, solo le interesaba las respuestas a las preguntas que se había hecho tantas veces en soledad:

—¿Por qué estoy aquí y cómo llegué?

Fijó una palanca, apretó el gatillo y disparó sobre la mesa. Salió una protuberancia amarillenta que se hinchó rápidamente.

—Es una l-larga historia.

—¡Entonces cuéntamela!

Agitó la cabeza a modo de negación y tocó la pegajosa masa.

—No vas a v-vivir mucho más de todos m-modos.

—Por favor —suplicó. Tenía que saber quién era. No tener pasado era peor que no tener futuro.

—Salí con una lancha p-para recoger droga en alta mar. La mercancía estaba escondida bajo una b-boya. Te encontré agarrada a esa b-boya.

Inmediatamente algo parpadeó dentro de ella. Un recuerdo lejano que no se dejó capturar, pero que le dio la sensación de que podía ser cierto. No quería elucubrar más sobre cómo llegó al mar. Quería oírlo de su boca de una vez. Pero él volvió a acariciar la masa, que parecía estar aún más firme.

—¿Cómo llegué allí? ¡Dímelo!

—¿Cómo v-voy a saberlo?

—¿Entonces qué? ¿Qué pasó después?

—Te subí a la l-lancha y te traje hasta aquí. Estuviste inconsciente mucho tiempo. Curé tus heridas y c-compré medicamentos. Te estaban buscando por t-todos lados. Pero yo...

—¿Quién me buscaba?

—Los de la t-tele.

—Sí, pero *¿quién?*

—Yo que sé. Tu f-familia supongo. Tu madre y tu hermana lloraron en la t-tele.

—¡Déjame ir con ellas! ¡Déjame salir ya... *por favor*!

—Te salvé la vida, M-María. Sin mí, estarías m-muerta hace mucho t-tiempo.

—No soy María. ¡Jamás me vuelvas a llamar así! —gritó y levantó la mano para abofetearle, pero la agarró del brazo.

—Tú eres m-mía, me perteneces. Cuidé de ti, nos amábamos, n-nos... Su labio inferior temblaba, y sus llorosos ojos evitaron su mirada.

—No me amaste, y yo mucho menos. Me usaste y me trataste como un juguete. Estás enfermo, y tan solo ahí arriba como lo estoy yo aquí abajo.

Sergio cogió la pistola con espuma dura adherida.

—Todo era t-tan bonito entre nosotros... —susurró mirando el borde de la mesa—. Hasta que lo r-rompiste.

«¿Mi madre y mi hermana?» Cerró los ojos. Lentamente se formaron dos imágenes en su cabeza. La foto de su hermana acompañada de un nombre, emergió del mar de su subconsciente que creía seco.

«¡Joana!»

«El nombre de mi hermana es Joana», pensó.

—V-amos a t-terminarlo —dijo el hombre; y le abrió la boca.

Fue la operación más compleja que la Guardia Civil de Almuñécar había llevado a cabo. Con el apoyo de agentes de los municipios vecinos, el equipo que buscó al africano elegido como principal sospechoso de triple asesinato contaba unas doscientas fuerzas operativas. Barricadas en caminos rurales, registros de viviendas habitadas por africanos, unidades caninas peinando campos, arboledas y zonas remotas de Almuñécar no produjeron el éxito esperado.

Se realizó una rueda de prensa en la sala más amplia de la casa de la cultura, al lado de la iglesia. Como siempre, Rubén se negó a participar, porque era teniente, no entrenador del Real Madrid, y tenía mejores cosas que hacer. En cuanto a eso, Lucía estaba totalmente de acuerdo con él, por lo que el comandante de la Guardia Civil local y el fiscal tuvieron el exclusivo privilegio de explicar a todos los medios allí congregados, los motivos de dejar al presunto asesino en libertad después de solo diez minutos retenido.

Intentaron argumentar que el interrogatorio del africano se basó únicamente en la sospecha de inmigración ilegal, y que el sargento responsable no tenía conocimiento de una tercera víctima en aquel momento. Sin embargo, esta explicación no convenció para nada a los representantes de la prensa. Pronto se haría evidente que tres años después de la serie de asesinatos no resueltos en Almuñécar, los titulares volverían a ser devastadores.

Al menos, se tomaron huellas dactilares y fotos del sospechoso durante su corta estancia en el cuartel de la Guardia Civil. Estas imágenes fueron mostradas en las noticias de las cadenas de televisión locales y nacionales. La transmisión en Canal Sur, llamó la atención del señor Velázquez que descansaba en su sofá con un bocadillo de chorizo en la mano. El señor Velázquez era una buena persona. Vivía de alquilar un cuchitril de cuarenta y seis metros cuadrados con necesidad de reforma y sin agua caliente a inmigrantes ilegales por solo ochocientos euros al mes. Ofrecer asilo a estas pobres criaturas le hacía sentir bastante misericordioso. Al reconocer en la pantalla curva al tío que buscaba todo el mundo por su cara triste y mejillas chupadas como uno de sus catorce inquilinos, casi se ahoga de un bocado de pan con chorizo ibérico de bellota.

Pasó una noche en vela antes de decidirse a poner en juego su mejora de pensión por darle un soplo a la Guardia Civil. El factor decisivo fue la recompensa ofrecida de quince mil euros, con la que por fin podría comprarse una nueva dentadura. Antes de un mes de que los oficiales se llevaran a la chusma, encontraría otros refugiados a los que dar asilo en su piso.

La unidad especial identificó al sospechoso sin problemas y lo sacó de la casucha donde se escondía sin oponer resistencia. Al no haber sala de interrogación en el cuartel, Rubén utilizó la oficina vacía de un sargento que había salido de urgencia al Hospital Santa Ana porque su mujer estaba a punto de dar a luz.

El sospechoso vestía un chándal blanco, y no apartó la mirada de la mesa. En una hora Rubén ni siquiera averiguó su nombre, aunque se lo preguntó en español, inglés, francés y árabe. ¡Nada! No movió ni un musculo, no asintió, no mostro ninguna emoción ni consiguió contacto visual con él.

«¿Y ahora qué? ¿Localizar intérpretes con conocimientos en dialectos tribales?» Sospechaba que el hombre hablaba español y lo entendía perfectamente.

¿Llegó demasiado lejos con sus sospechas que solo se basaban en encontrar a un hombre corriendo por las inmediaciones de la escena del crimen?

Aunque también habían conseguido un testimonio.

Paula, la nieta de siete años del fallecido, le contó a una psicóloga infantil que un hombre al que solo vio de espaldas jugaba con su abuelo. No podía recordar el nombre del juego.

Era un hombre gracioso que incluso había olvidado su propio nombre, declaró la pequeña Paula. La psicóloga echó la culpa al shock sufrido por la niña, y ni siquiera se molestaron en adjuntar el testimonio de Paula al expediente.

Rubén se arriesgó al iniciar la persecución a gran escala. La prensa habló en sus páginas web recientemente actualizadas del "monstruo de Almuñécar", provocando una desagradable discusión sobre los refugiados e inmigrantes.

Si no lograban corroborar sus sospechas, no le quedaría otra opción que emigrar al Congo junto con su sospechoso. ¿Pero cómo poder probar la culpabilidad del "sordomudo"? En el caso de las dos primeras víctimas, no encontraron más evidencias que las gambas blancas. Aurelio Baena y Diego Roca fueron asesinados en sus respectivos chalets, mientras que Salvador Molina fue estrangulado cuando trabajaba en el campo. ¿Tal vez no había conexión entre la última víctima y las dos primeras? ¿Pero las gambas? ¿Además, cómo encajar a su compañero asesinado con los otros dos que obviamente estaban involucrados en el tráfico de drogas y residían en chalets de lujo, mientras que Salvador Molina curraba en el campo en su día libre? Rubén esperaba que los del Servicio de Criminalística encontraran pruebas fehacientes al registrar el piso donde se ocultó el sospechoso.

Preferiblemente un traje de buceo manchado de sangre.

De nuevo trató de obtener una respuesta del africano. No hubo resultados. El grupo encargado de interrogar a los compañeros de piso del sospechoso regresaron con un sonoro vocerío y pataleo. Según el jaleo, imaginó que el interrogatorio había sido tan improductivo como el suyo.

La puerta se abrió bruscamente y cuatro uniformados con evidente inclinación por el linchamiento entraron. Su compañera Lucía que iba detrás de ellos se quedó en el pasillo, la única a la que quería ver en ese momento.

—¿Es este el maldito hijo de puta? —preguntó un cabo con bigote y los puños apretados, que ante la muerte de un compañero y amigo se olvidó del rango de Rubén.

—Eso no se puede afirmar todavía. Hasta ahora el hombre se ha negado a testificar —respondió Rubén con calma.

Los uniformados lo miraron perplejos. Rubén pudo leer sus mentes: "Él, que también tiene un hombre negro en su árbol genealógico, trata al asesino con guantes de seda".

—Bueno, eso está a punto de cambiar —decidió un corpulento sargento. Arrancó al sospechoso del asiento y levantó la mano que Rubén pudo agarrar en el último momento. Pasó un rato antes de que él y Lucía, que fue corriendo a ayudarle, tuvieran el asunto bajo control. Rubén instruyó a su compañera para coordinarse con el comandante de Homicidios de Granada y el fiscal. En cuanto tuvieron luz verde se abrieron paso con el sospechoso entre la congregada multitud de prensa, lo empujaron al interior del furgón celular y lo llevaron a Granada en detención preventiva como medida cautelar. Rubén y Lucía, que acababan de hacerse todavía menos populares entre sus compañeros de la costa, siguieron al vehículo sorteando el convoy de prensa.

—Terminemos de una vez con esto, —dijo Sergio.

—¡No!

Carmen cerró la boca e intentó librarse de la mano que tiraba de su mentón agitando la cabeza vigorosamente. ¿Cuántas veces quiso morir para escapar de su miseria? Pero ahora quería vivir, quería volver a ver a su hermana y a su madre y saber más sobre su borroso pasado.

—No te d-defiendas, se acabará pronto. Ahora abre la b-boca. Le agarró la mandíbula con fuerza y le clavó los dedos hasta hacerle daño con sus largas y sucias uñas.

Saber que fuera de esas paredes alguien la echaba de menos le dio fuerza. Atacó, pero Sergio se defendió de sus golpes y la arrojó al colchón. Apretó contra su frente y le abrió la boca con la otra mano. Ahora le faltaba una mano para meterle el cañón de la pistola en la boca, apretar el gatillo y llenar sus vías respiratorias con espuma para que se asfixiara.

—¡No te muevas! ¡Q-QUIETA! ¡M-maldita P-P-PERRA! —gritó. Carmen de un arrebato le mordió la mano.

—Has estropeado t-todo —lamentó. La giró bocabajo y se sentó sobre su espalda. —Entonces t-tendrá que ser de otra manera. ¡Pues s-sufrirás más, j-joder!

Le bajó los pantalones de pijama hasta las rodillas y puso el frio cañón entre sus nalgas. Quería meterle la espuma hasta las tripas.

—¡Quédate quieta niñata de m-mierda! —Le abrió las piernas entre pataleos. Logró insertarle el cañón dos veces, pero ella se resistió retorciéndose por debajo de él tanto, que se escabulló antes de que pudiera apretar el gatillo.

Hasta que llegó al final de sus fuerzas y dejó de resistirse. Le introdujo el frío acero por el recto. Pronto sus intestinos se bloquearían y moriría lenta y dolorosamente.

El hombre sollozó. Sacó la pistola y se bajó de su espalda.

—No p-puedo hacerlo.

«Porque eres demasiado cobarde», pensó, y se giró bocarriba respirando con dificultad. El hombre evitó su mirada y se limpió las lágrimas con la manga. Empujó la mesa contra la pared donde se encontraba la rejilla de ventilación. Subió a la mesa, introdujo el cañón entre la rejilla y apretó el gatillo. *Fffrrr*. Solo una vez se dio la vuelta por si ella intentaba otra fuga. Pero ni siquiera tuvo fuerzas para levantarse del colchón.

Fffrrr, resonó por la mazmorra hasta no entrar ni un rayo de luz por el agujero de ventilación. ¿Era ese su castigo por arruinar su estúpido juego de rol? ¿De ahora en adelante tendría que vivir en la oscuridad?

Una luz tenue entraba por la salida al almacén. Vio borroso cómo Sergio sacaba la mesa y la silla de la mazmorra.

¿Para no tener nada donde poder subirse y quitar la masa? Se detuvo en la puerta. Su cara estaba empapada en sudor y lágrimas. Su cuerpo flacucho tembló.

—T-te quiero... Adiós —masculló y cerró la puerta tras él. Echó el cerrojo y se escuchó el mismo sonido que antes, solo que más lejano y acompañado de sus lamentos: *Fffrrr... Fffrrr...*

Ahora entendía lo que estaba tramando.

Sellaba la puerta.

Pretendía asfixiarla...

CAPÍTULO DIECISIETE

Después de llegar a La Herradura, Kilian se fue con su hijo al supermercado en el coche de alquiler y dejaron a Joana sola en la casa. Estaba cansada, se pasó la mitad de la noche en vela levantándose a cada instante para comprobar si había respuesta a su mensaje. ¿Cuánto tiempo deberían de estar esperando las instrucciones antes de volver Múnich? Joana echó un vistazo al Messenger aunque solo habían pasado unos minutos desde la última vez.

En lugar del mensaje esperado, le llegó otro.

—Buenos días, Joana. Cuéntame, ¿cómo te va todo? ¿Ya hace frío en Múnich? —preguntó Maite.

Oh, no. Maite era su mejor amiga, aunque desde los incidentes de Almuñécar de hace tres años solo hablaban por Skype o Facebook, no quería verla, ni a ella ni a nadie, no era el momento oportuno. Sus sentidos estaban únicamente en Carmen y en seguir su pista. Por eso se ocultaron en la urbanización Punta de la Mona.

—¿Estás ahí?

Joana decidió contarle la verdad a medias.

—Hola, Maite. No estoy en Múnich. Ayer llegamos a España, a La Herradura.

—¿Queeé? ¿Me estás tomando el pelo a que sí?

—No, lo decidimos de repente.

—¡Genial! ¡Tenemos que vernos ahora mismo! Pero ¿por qué tan de repente y por qué no me dijiste nada?

—Encontré una oferta ridículamente barata en Internet y Kilian necesitaba un descanso, así que reservé el vuelo a bote pronto. Escribió Joana, no sintiéndose bien al mentir a su amiga.

—¡No te imaginas cuánto me alegro! ¿Y sabes qué? Ya que estáis aquí, organizaré un fiestón en vuestro honor. Invitaré... Pero espera, ¿cuánto tiempo os quedaréis? Porque Rafa y yo celebramos nuestro compromiso dentro de tres semanas. Pero si hace falta ¡lo adelantamos por vosotros!

«Tendría que habérmelo imaginado», pensó Joana. Dadas las circunstancias, no sentía las más mínimas ganas de celebrar nada. Además, si ésta Rocío Campos, detrás de la cual sin duda se escondía un tío no se ponía de nuevo en contacto, volverían a Alemania en un par de días.

—¿Cómo puedo comunicarme contigo? ¿A través de tu número de móvil alemán? De todas formas, ¡ahora mismo pasaré por tu casa! Estáis ahí, ¿no? Ay mujer, ¡estoy tan feliz de poder achuchar a tu peque! Espero que Xavier esté con vosotros, ¿u os lo estáis montando en modo segunda luna de miel con el primer numerito antes del desayuno?

Joana contuvo la respiración, otra ventana de chat se abría: Rocío Campos.

—Te llamaré pronto, ahora no puedo —le escribió a su amiga.

—¿Eh, disculpe? Voy a montarme en mi moto e iré volando para veros, pero ¿dónde estáis?

—Tengo que irme ahora, y hoy no puedo quedar, pero te veré mañana en el café "Luciano", ¿de acuerdo? Te llamaré más tarde. ¡Ciao!

Joana cerró la ventana de chat sin tiempo a réplica y abrió el otro, que ahora era más importante.

—¿Conseguiste los 150 000 euros? —escribió Rocío Campos.

—Ahora escúchame, quienquiera que seas. Vi dos fotos borrosas y oscuras de una chica durante unos instantes, y empiezo a creer que se trata de un timo o una broma de mal gusto. Así que, o me consigues mejores pruebas o iré a la Guardia Civil.

—¡Entonces tu hermana morirá!

—¡MI HERMANA MURIÓ HACE CINCO AÑOS! —tecleó tan enérgicamente que la pantalla vibró; y lo envió con un golpe de su dedo índice al espacio virtual.

—No, sigue viva, y en cuanto consiga el dinero la volverás a ver.

—¿Por qué ahora? ¿Por qué no me chantajeaste mucho antes?

—¡Sin preguntas! El dinero por la vida de Carmen, ¡es así de simple!

«Maldita rata...» Joana resopló hinchando sus carrillos. La idea de que Carmen aún estuviera viva era tentadora. Pero no quería pecar de ingenua otra vez, como cuando Kilian y ella atraídos por un SMS engañoso siguieron una pista falsa de Carmen hasta Sevilla y casi les cuesta la vida.

—Necesito más pruebas. Quiero ver un vídeo. Su cara debe ser claramente visible y tiene que hablar. Quiero que pronuncie su nombre y diga que se encuentra bien.

—No, con las fotos es suficiente.

—¡Entonces no hay dinero! ¡Ahora déjame en paz!

Durante un buen rato no pasó nada. Probablemente el tipo estaba pensando en cómo salir del aprieto. «Si rechaza hacer el vídeo, no será más que un despiadado embustero».

La nariz de Joana estaba a pocos centímetros de la pantalla esperando la reacción decisiva.

—Tendrás el vídeo —escribió la presunta Rocío Campos, y se desconectó.

Lucía y Rubén se sentaron en la terraza de un bar de Plaza Nueva, Granada. Los turistas repanchingados en sillas de plástico tomaban el sol de últimos de octubre en bermudas y camiseta exactamente alineados con la posición del sol. Al contrario que Rubén, que llevaba una parka con el símbolo de la paz cosido y unas gafas de sol espejadas que Lucía usaba para arreglar su melena francesa despeinada por el viento. El traje de pantalón negro entallado le dio calor a Lucía. Se quitó la chaqueta y, a pesar de las gafas, se dio cuenta de que la mirada de Rubén se le hundía en el escote como si se tratara de una cita y no de una reunión externa sobre el último giro en el caso de Salvador Molina. Acababan de enterarse por el forense de que su última víctima básicamente no era ninguna víctima. El sargento Molina no había sido asesinado, al menos no directamente.

—¡Vaya sorpresa! ¿Ha sido un infarto?, pero ¿Entonces por qué las gambas junto al cuerpo? Además, ¿por qué el forense encontró marcas concretas de estrangulamiento en su cuello? —preguntó Lucía.

—Esa es una buena pregunta, y tengo otra para ti: ¿qué hacemos con el africano que, según nuestro único testigo, la nieta de siete años del fallecido, jugó con su abuelo a un juego gracioso cuyo nombre no recuerda?

Lucía dio un trago a su copa de vino blanco. La situación era confusa. ¿Quizás Molina había sido atacado y tuvo un infarto antes de que el agresor pudiera estrangularlo? ¿Quizás la chica no había fantaseado en estado de shock y simplemente juzgó mal la situación? En este caso su otra declaración a la psicóloga infantil también encajaría: "después el hombre se fue corriendo, y mi abuelo se durmió porque estaba muy cansado de trabajar. Luego vino mi mamá y se puso a llorar y gritar muy fuerte".

Pero eso era pura especulación que todavía no explicaba las gambas y cuál era la conexión con las otras víctimas. Desde su detención el sospechoso no dijo ni pío. Ignoró al abogado de oficio al igual que a los intérpretes de varias lenguas tribales africanas.

En el caso de los sospechosos "normales y corrientes" uno podía buscar motivos en su entorno social, poner la vivienda patas arriba en busca de bienes robados u otros rastros, e incluso interrogar a conocidos y familiares. Lo habían intentado, pero en ese cuchitril vivían catorce hombres repartidos en dos habitaciones pequeñas, y nadie parecía saber el nombre del sospechoso, de dónde venía y qué hacía durante el día.

Lleva poco viviendo aquí, y evitaba cualquier contacto; dijeron algunos. Lucía se preguntó cómo era posible que catorce adultos convivieran en literas, en una vivienda de cuarenta y seis metros cuadrados. Todas las pertenencias del detenido consistían en una mochila igual de grande que el equipaje de mano permitido en los aviones.

La evaluación del contenido de la mochila y el registro de las modestas posesiones de los otros residentes, no arrojó ningún resultado. No encontraron rastros de sangre ni ninguna otra prueba y, desde luego, tampoco el traje de neopreno con el que la vecina aseguró ver huir al autor del segundo crimen.

¿Qué se debía hacer con alguien cuyo nombre, edad u origen no podía averiguarse sin su cooperación? ¿Cómo se condena a un sospechoso que se supone no existe porque no tiene un número de identificación fiscal, social ni documento de identidad? ¿Debería ser deportado a su país de origen? ¿Pero cuál era su tierra natal?

Sonó el móvil. Era Concha Beltrán, la única mujer de su equipo provisional junto a Lucía en Almuñécar. A Lucía le gustaba delegar en ella tareas de investigación porque Concha tenía el talento de llevar los resultados a un contexto significativo y presentárselos sin adornos.

Lucía escuchó un rato y anotó una dirección en una servilleta. Después de agradecérsela y despedirse de ella, levantó el teléfono móvil apretando el puño. —¡Tenemos la conexión entre los tres!

Lucía le hizo una señal al despistado camarero y le pidió la cuenta efusivamente en mitad de la plaza antes de contarle a Rubén la información recién sacada del horno.

—¿Recuerdas los móviles de prepago que encontramos en las casas de Baena y Roca? Pues en la taquilla del sargento Salvador Molina de Almuñécar, también se encontró un teléfono móvil. Sus compañeros querían entregárselo a su esposa junto con el resto del contenido, pero ella afirmó no haberlo visto antes, ni tampoco conocía el número. Así que debe de tratarse de un segundo móvil anónimo...

Lucía fue interrumpida por un africano que se sentó a la mesa para ofrecerles Rolex, Breitling y Cartier del tipo bueno, bonito y barato. Lucía sacudió la muñeca enseñando el pulsímetro que olvidó quitarse después de ir al gimnasio al mediodía.

—Gracias, amigo, pero ya tengo. —El hombre sacó perfumes de Gucci y Chanel hasta que Rubén le mostro su placa y le aconsejó largarse antes de que terminara su hora de almorzar. Cuando estuvieron solos, Lucía continuó—. Concha comprobó ese teléfono móvil, y adivina a quién corresponde el número con el nombre de la clave "Delta": al sargento Salvador Molina. Ya tenemos nuestra conexión. Además, en su móvil están grabados los mismos números de teléfono bajo las mismas claves del alfabeto náutico que en los otros dos, lo que podría significar...

—...Que nuestro compañero tenía trapos sucios —completó Rubén la delicada suposición.

Lucia asintió. —Y hay algo aún mejor: Concha dio un tirón de orejas al proveedor y, ¡agárrate! descubrió el nombre verdadero de "Alfa", el número cuatro que nos faltaba en la lista. También tengo la dirección de nuestro macho alfa. —Lucía levantó la servilleta como un trofeo—. Yo propongo hacerle una visita ahora mismo para preguntarle de qué tenía que hablar tan secretamente con los tres fallecidos.

El café "Luciano" en La Herradura, era el lugar de encuentro por las tardes para las jóvenes madres que tomaban té, café o una copa de vino mientras sus niños jugaban en la playa.

Maite saludó a Mónica, Kika, Fátima, Mikaella y se sentó en la última mesa libre de una esquina de la terraza para esperar a Joana. Estaba bastante nerviosa. Habían pasado tres años desde que ella y Joana hicieran "algo" en el hotel "Costa Tropical Palace", por lo que todavía seguirían en prisión si la benemérita se hubiera enterado de sus tejemanejes.

Tres años ya, desde que se despidieran sin decir palabra en el aparcamiento del hotel. Desde entonces solo se habían visto por webcam. A menudo pensaba en viajar a Múnich para visitarlos, pero siempre terminaba posponiéndolo. Aunque habría sido más fácil para ella que para Joana, a quien seguramente le costó mucho volver a Almuñécar. Tuvo que distanciarse de su tierra natal, y después intervino el nacimiento de Xavier. Tanto más sorprendente, era que Joana volviera con su familia a España sin habérselo contado de antemano.

Maite pidió un té de frutas a Luciano. El sol descendía filtrándose entre las hojas de las palmeras que servían como improvisadas porterías de fútbol a los niños que jugaban en la playa. Lanchas de madera color verde y rojo yacían con la quilla hacia arriba en la arena. Unas niñas apoyadas en una de ellas cuchicheaban. Una de ellas que aparentaba unos catorce años y llevaba una gorra, no quitaba los ojos de encima a un chico de la misma edad al que los demás jugadores llamaban Paul y que parecía ser el pichichi playero. Dos pescadores sentados en sillas plegables lanzaron sus cañas de pescar al mar en calma.

Maite pensó en la pelea con Rafa en el "Albayzín del Mar" que ella misma provocó con su desconfianza. El hecho de que le hubiese comprado un regalo de cumpleaños fue una explicación concluyente, pero a pesar de sus disculpas, el ambiente entre ellos resultó tan opresivo como en una mina sepulta. Afortunadamente se calmaron los ánimos.

Maite estaba tan absorta en sus pensamientos que ni siquiera se dio cuenta de que Joana se acercó a la mesa. La ceremonia lacrimosa del reencuentro duró un buen rato. Después, el pequeño Xavier fue achuchado al máximo, lo que soportó valientemente mientras su gorra roja del Bayern de Múnich caía al suelo.

—Por dios, Joana, el próximo año también tendré una monada de niño o una princesita dulce, ¿no es genial? —se inclinó hacia un lado para recoger la gorra y ponérsela a Xavier.

—Me alegro por ti —dijo Joana sonriendo.

—Te ves estupenda.

—Gracias. Tú también.

—Me alegro tanto de verte, y de conocer a Xavier.

—También me alegro, Maite.

«¿Qué clase de palabrería superficial fue eso?», pensó Maite. Se fijó en su amiga. Solo era parcialmente cierto que Joana se veía bien. Las sombras bajo los ojos y la expresión triste de su rostro, le recordaron a la época en que Carmen desapareció y Joana tuvo dificultades de sacar una sonrisa cuando llegaban clientes a la recepción.

Maite decidió que no era el momento de andarse por las ramas:

—Bueno, suéltalo, ¿qué te pasa?

Joana bebió a cortos sorbos de su té y puso una sonrisa que parecía implantada. —¿A mí? Pues nada. ¿A qué viene eso?

—Por favor, no me digas que vuestra relación...

Joana agitó la cabeza, pero sus ojos se llenaron de lágrimas como si acabara de cortar una cebolla.

—Oh, tonterías, es solo... nada. No me siento bien. Creo que me contagié de un virus, además tengo la regla. Pero ahora dime: ¿cómo vas con Rafael y el embarazo?, y ¿cuándo es concretamente la boda?

Maite conocía a su amiga lo suficientemente bien para saber que tenía otros problemas aparte de molestias menstruales. Pero no insistió, y mientras el sol descendía en el horizonte y las nubes cambiaban a tonos rojizos y anaranjados, Maite le contó la versión extendida de la a veces complicada relación con Rafael. Sin pronunciar la palabra "amor" ni una sola vez. Joana no habló casi nada de sí misma. Se limitó a escuchar o a estar absorta en sus pensamientos, a lo que Maite le preguntó varias veces si la seguía escuchando.

Intentó de nuevo averiguar qué era lo que le preocupaba, pero aparte de una evasiva mirada con ojos vidriosos, no obtuvo respuesta.

Incluso con sus bobadas habituales no pudo hacer sonreír a su amiga, así que saco el tema de adelantar la fiesta de compromiso para que Joana y Kilian pudieran estar presentes, solo por distraerla.

—No sé cuánto tiempo nos quedaremos... —dijo reservada.

Poco después, cuando ya hacía frío y Xavier, envuelto en una mantita empezó a refunfuñar en su carrito, Joana se despidió de ella. Maite se quedó atrás con la conclusión de que no solo el amor era un andamio bastante inestable, sino también su lazo de amistad con Joana no era tan indestructible como siempre pensó.

Carlos, acababa de llegar de Madrid donde pasó mucho tiempo con una brasileña a la que doblaba la edad. Se conocieron por Internet, concretamente en la página web de "Dream Escort". Solo salían del lujoso hotel para ir a comer al restaurante. Hacer el mejor uso posible de la tarifa de fin de semana era físicamente a su edad cualquier cosa menos relajante, pero bueno para la mente, porque Gabriela tenía la habilidad de distraerlo de sus problemas cotidianos con su exuberante cuerpazo y su mágica lengua.

Después de visitar varios restaurantes de moda de cocina creativa en la capital, Carlos tuvo ganas de comer algo típico en el mesón "El Tinao" en La Herradura. Modesto, el chef y amigo suyo por ser cliente habitual, acababa de servirle uno de sus platos favoritos que en ningún otro lugar preparaban tan exquisito: "rabo de toro". Con Gabriela a su lado, lo último en lo que pensaba era en seguir las noticias; así sucedió que, entre un bocado de tierno rabo y exquisito sorbo de Gran Reserva, se enteró de la muerte de Salvador Molina al escuchar la conversación entre Modesto y dos clientes de una mesa cercana.

¿Salvador muerto? Carlos rápidamente se metió el resto del rabo en la boca, pagó la cuenta, compró un periódico en el quiosco de al lado y se fue directo a casa.

Algún maníaco se la tenía jurada. Pero ¿quién podría ser y por qué? La lista era larga. Sumando contrabandistas, esbirros y traficantes, tanto en Marruecos como en España, se encontró con más de veinte sospechosos. Además, ¿qué hay del misterioso colombiano del que Francisco les habló antes de echarles de su tabernucha? ¿No será que los del Cártel de Medellín quieren apoderarse de su organización? Pero a ellos su negocio les debe de parecer "la tienda de la esquina". Esos tipos no contaban dinero, ¡lo pesaban! Tal vez Francisco se inventó a ese colombiano para deshacerse de ellos.

De todos modos, las cosas se volvieron cada vez más confusas.

En el coche reflexionó sobre sus problemas más urgentes:

«La Guardia Civil seguramente estará buscando una conexión entre las víctimas. Descubrirán que las drogas eran el nexo de unión». Aunque se mantuvo en la sombra, no se podía descartar que en la investigación apareciera su nombre. Su segundo problema era que el negocio no funcionara sin un enlace en Aduanas, Salvamento marítimo y Guardia Civil. Debía reclutar nuevos contactos en las tres unidades, lo que suponía un riesgo. ¿O retirarse? Pero ni la Guardia Civil ni el colapso de su cártel le causaron tantas preocupaciones como el agudo presentimiento de encontrarse en peligro de muerte.

Carlos aparcó su Bentley en el garaje de su chalet ubicado en la Punta de la Mona. En los pocos metros de distancia hasta llegar a la puerta principal miró hacia atrás por encima de su hombro dos veces y echó el cerrojo de seguridad por primera vez. Incluso activó tres de las cuatro zonas del sistema de alarma, por lo que solo podía moverse por el salón y cocina sin que saltara.

Agarró su portátil y el periódico y se tumbó en el sofá del porche para leer todo lo que pudiera encontrar en el "Ideal" y en Internet sobre el último asesinato. Solo cuando se encontró con la pregunta sensacionalista de un bloguero: "¿Quién será la próxima víctima del asesino en serie?", cerró el portátil.

Esa pregunta le fue fácil de responder, porque solo quedaba uno: ¡él mismo!

Dio vueltas de cómo proceder, pero antes necesitaba refrescarse la cabeza y decidió nadar unos cuantos largos en la piscina. Se quitó la camisa y los pantalones, pero justo cuando se bajó los calzoncillos, notó que un hombre rubio con un niño pequeño estaba sentado en el balcón del chalet contiguo. Odiaba que alguien cortara su privacidad espiando entre los pinos del jardín. Afortunadamente, la casa de su vecino en bancarrota solo se alquilaba en el verano. Ahora en otoño era bastante inusual.

Fue al dormitorio en busca de un bañador y saltó la alarma. Por sus crispados nervios se asustó tanto, que necesitó tres intentos de introducir el código correcto en la caja de control del pasillo. El aullido ensordecedor paró y solo se escuchaban sus maldiciones. Carlos esperó la llamada de control de la compañía, dio la contraseña y aseguró que todo estaba en orden. Aunque nada en absoluto lo estaba...

Se puso el bañador, cuyo botón superior no podía cerrar ni metiendo barriga, y saltó al agua de diecisiete grados de temperatura atrayendo la atención del hombre en el balcón.

—Ocúpate de tus asuntos y déjame en paz —murmuró. Incluso sin gafas el tío le resulto familiar de algo, y encima le saludó con la mano como si fuera un viejo conocido. Carlos lo ignoró, nadó en la dirección opuesta y salió del agua.

Se frotó su peludo cuerpo, se puso sus gafas de concha y se tumbó en el sofá. Cogió el periódico y miró por encima del borde hacia el balcón del vecino.

«¿Quién coño será ese tipo?»

Carlos no podía recordarlo. «¿A lo mejor uno de los clientes del "Costa Tropical Palace" cuando fui el director?»

Bajó el periódico y pensó en la época en la que todavía era un honorable gerente de hotel, y no un capo de un cártel de droga con un potencial de más de diez años de prisión.

¿Cuándo se apartó del buen camino? ¿Cuando su mujer lo abandonó y se mudó a Barcelona con las dos hijas y él empezó a hincharse de coca para soportar la pena? ¿O fue después, cuando la gente moría como moscas en el hotel y hasta hoy nadie sabe por qué? Como consecuencia, el "Palace" estuvo cerrado durante meses y perdió su puesto, lo que lo frustró aún más aumentando así el consumo de cocaína.

Esto lo puso en contacto con la mafia de la droga local, que contrabandeaba sus mercancías procedentes de Colombia en barcos vía Marruecos-España. Una de cada tres cargas se perdió en el proceso. Les dio creativos consejos sobre cómo pasar la merca de manera más segura y, a cambio, recibió más polvo blanco del que su nariz podía esnifar.

Había sido él quien aconsejo a esas cabezas huecas que no escondieran las drogas en el interior del barco, sino que las fijaran al casco bajo el agua. En caso de control, solo tendrían que cortar un cabo y el paquete se hundiría en las profundidades enganchado solo a un fino e invisible sedal de pesca. Después de que la lancha patrullera desapareciera, podrían subir la mercancía a bordo. Era más listo que esa pandilla desorganizada de aficionados contrabandistas. Incluso fueron tan tontos de revelarle sus contactos en Marruecos y los principales traficantes en España.

El problema de ellos era, que no movían grandes cantidades, y se preguntó cómo multiplicar el volumen de negocio. Tuvo la genial idea de cooperar con los traficantes de refugiados y utilizar las pateras para transportar las drogas. Pero ¿por qué compartir esa ingeniosa y sencilla idea con un puñado de yonquis colocados? ¿Solo para recibir a cambio unos cuantos gramos más para uso propio? ¿O, en el mejor de los casos ganar una insignificante parte del beneficio?

Carlos Roig, ¿un peón?

¡No, él era el señor director! Lo había sido en el hotel y seguiría siéndolo en el futuro. Mandar formaba parte de su naturaleza, no importaba a qué oficio se dedicara.

Así que el momento en que se apartó del buen camino probablemente, fue cuando dio el chivatazo, enviando a siete camellos locales a la cárcel por varios años.

Desde entonces lo consideraban el Pablo Escobar de la provincia de Granada. Aprovechó los contactos de los encarcelados y reclutó a Aurelio Baena, Diego Roca y Salvador Molina, que conocía de jugar póquer, y parecían adecuados para sus propósitos. Y ahora estaban los tres muertos. «¿Qué mano se esconde detrás de esos crímenes?, no pudo ser una venganza por mi traición de aquel entonces, todos siguen entre rejas».

Carlos fue estorbado en sus pensamientos por el crío del balcón; su coche de juguete se destrozó en pedazos al caer al porche de terracota.

Una mujer se apresuró a consolar al niño gritón.

«Espera ¿Esa no era Joana, la recepcionista del hotel?»

Eso le ayudó a situar al tío rubio: era el alemán cuyo hermano se había suicidado en el "Palace" y que babeaba tras Joana como un San Bernardo.

Le había molestado un montón, porque en aquel momento como hombre de buena posición, en su mejor edad y recién divorciado se hizo ciertas ilusiones con ella.

«¿Y ahora tiene un crío de ese perdedor?»

No la había visto desde que ella y su íntima amiga Maite renunciaran a sus puestos de trabajo como recepcionistas, dejándolo tirado con todo el trajín de los trámites de salidas después del último asesinato en el hotel.

«¿Qué estarán haciendo aquí? ¿Vacaciones? ¿Me habrán reconocido?» No sentía las más mínimas ganas de charlar sobre tiempos pasados. Agarró su portátil, fingió no ver a nadie y entro al salón. Sacando del armario de la cocina con una cucharita algunos miligramos escondidos, sonó el timbre de la puerta de entrada.

Se sobresaltó tanto que la mitad del valioso polvo nevó al suelo. Injuriando, esnifó el resto y se limpió la nariz de camino a la entrada. Recordándose que un asesino en serie merodeaba por los alrededores, se agachó para mirar por la mirilla.

«¿Quién diablos serán esos dos personajes?»

Al otro lado de la puerta, había un cubano y una tía alta con gafas moradas. No tenían mucha pinta de testigos de Jehová.

—¿Qué queréis? —preguntó con gruesa voz.

—Guardia Civil. ¡Abra la puerta!

Cuando Carmen despertó, no sabía si era de día o de noche. Desde que el hombre malo obstruyó el agujero de ventilación, ni siquiera un tenue rayo de luz de luna se filtraba en su mazmorra, la oscuridad era tan impenetrable como si ya estuviera muerta. Incluso ruidos lejanos como el canto de los pájaros o el ladrido de los perros que a veces le daban consuelo dejaron de entrar. El único sonido era su jadeante respiración. «¿Cuánto tiempo llevo sin aire fresco? ¿Dos días, tres, o solo algunas horas?» Eso fue tan imposible de responder como la pregunta de cuánto tiempo le quedaría de vida.

Saber que tenía una hermana que la echaba de menos despertaba su deseo de seguir viviendo, pero ¿cómo poder escapar de la muerte que anheló hasta hace poco? Su única oportunidad consistía en arrancar la endurecida espuma de las rejillas del conducto de ventilación. Pero él se llevó la silla y la mesa, y todo lo que le dejó fue el colchón. Lo apoyó contra la pared donde estaba el hueco sellado e intentó trepar, pero se doblaba una y otra vez hasta que, exhausta y jadeante por falta de oxígeno se rindió.

Carmen trató de recordar un sueño que se repetía. ¿O no era un sueño? ¿Eran recuerdos? Aumentaron cuando el hombre feo que nunca dijo su nombre le dio pistas sobre su pasado y le abrió una esclusa a su memoria.

Miró a la oscura nada y esperó a que llegaran los recuerdos que en su mayoría fluían de una sensación o de un objeto, como en su última pesadilla.

Un vestido rojo con el que había asistido a una celebración, pero ¿cuál? Un paseo nocturno. Un coche que se acerca. El chirrido de los neumáticos... dolor.

Dos caras se formaron ante su ojo mental: un hombre calvo y una chica apenas mayor que ella. Intentó recordar nombres. Los dos peleaban. Era por ella. La chica quería llevarla al hospital y el hombre se negó... Un portazo cuando bajó la tapa del maletero, dolor y después, nada... El olor al despertar: a sal y sardinas... El balanceo de un barco de pesca... Las planchas duras y mojadas... Un pesado cinturón que el hombre ató alrededor de su cintura... Miedo, mucho miedo... Presión en sus oídos cuando se hundió en las profundidades palpando a tientas el cinturón... Falta de aire antes de poder abrir la hebilla y patalear a la superficie... Frío al aferrarse a una boya... Dolor en las costillas y no poder gritar socorro.

Se detuvo en sus pensamientos. «¿No habló el hombre feo de una boya en su última visita? ¿A lo mejor no fue una pesadilla, sino un fragmento de memoria?» Trató de pensar en vano. La película terminaba allí y empezaba otra en la mazmorra.

Ya había llorado y gritado muchas veces, pero nunca antes sus gritos resonaron tan fuertes como ahora, desperdiciando el poco oxígeno del habitáculo. Quería rellenar los últimos huecos vacíos de su memoria, quería ir con su familia, ¡quería vivir! Carmen trató de levantarse y golpear la puerta; unos segundos después cayó sobre el colchón sin aliento.

Antes de perder el conocimiento, tal vez para siempre, quiso evocar otro recuerdo: el de su hermana Joana.

Al menos su último pensamiento debería ser hermoso.

CAPÍTULO DIECIOCHO

—¿Pueden identificarse? —preguntó Carlos a la extraña pareja tras la puerta. Los dos se hicieron pasar por agentes de la Guardia Civil y colocaron sus placas frente a la mirilla. Leyó los nombres. Lucia Cienfuegos y Rubén de Freitas. «¿Qué querrán de mí? ¿Serán del departamento de drogas?»

Abrió la puerta y los dejó entrar. Echaron un rápido vistazo al salón de cien metros cuadrados y observaron con interés la ambientación africana: esculturas y trofeos de caza mayor de sus viajes a África en tiempos pasados. Se sentaron sin pedir permiso en el sofá cubierto con piel de cebra.

—Señor Roig, ¿se puede imaginar por qué vinimos? —preguntó el hombre que le recordó a un músico cuyo nombre no se le venía a la cabeza. Kenny o Benny o algo así...

—No, ¡ni idea! Se arrepintió de haberse empolvado la nariz momentos antes, ahora necesitaba estar alerta.

—¿Le suenan los nombres de Aurelio Baena, Diego Roca y Salvador Molina?

«El tío va al grano», pensó.

Fue difícil para Carlos, que incluso en su tiempo libre vestía con camisa almidonada y corbata, tomar en serio a ese sirviente de Estado con sus coloridos trapos al estilo "paz en la tierra".

Pero algo le hizo intuir que sería mejor no subestimarlos. Deseó que el nerviosismo que mostraba en gotas de sudor por la frente y el picor de nariz, no se percibiera. Admitió haber leído sobre los asesinatos en el periódico.

—Tiene un chalet realmente bonito —cambió el tipo de tema.

—Gracias, pero lamentablemente no es de mi propiedad.

—Por supuesto que no... Seguramente pertenece a una sociedad limitada de Gibraltar, cuyo único socio es usted, ¿a que sí?

«Vaya listillo. Pero mi asesor es más listo que tú. Con eso no me podrás agarrar por las pelotas», pensó Carlos.

—Al igual que Aurelio Baena y Diego Roca —continuó el tipo pesado—. ¿Sabe qué más tienen en común estos dos con el recientemente fallecido sargento Salvador Molina?

Carlos agitó la cabeza y, tras una dramática pausa, el cubano llegó al punto:

—Todos tenían un teléfono móvil...

—¿Y qué? —salto Carlos—. Cualquier niñato de diez años tiene un IPhone.

—No hablo de móviles de contrato fijo para hablar con la familia o pedir pizza. Estoy hablando de móviles de prepago sin registro, los que solo se usan para llamar a ciertos números en casos excepcionales...

«Mierda. Ya sabía lo que pretendían», pensó Carlos.

—En las listas de llamadas de esos móviles encontrados en los domicilios de las víctimas que, por cierto no son tan anónimos como uno piensa, descubrimos cuatro números de teléfono guardados bajo los seudónimos de Alpha, Beta, Charlie y Delta. Conseguimos asignar tres de ellos a los señores Baena, Roca y Molina. Todavía estamos buscando al dueño de la cuarta línea, y pensábamos que usted podría ayudarnos. Tiene toda la pinta de ser un macho alfa, ¿no está de acuerdo conmigo?

La coca estaba empezando a hacer efecto. Intentó contestar despacio para evitar tartamudear. —Me estoy preguntando por qué habéis venido. Porque no tengo ni la más mínima idea de qué quieren de mí.

—Porque suponemos que el cuarto número es el suyo —

dijo su compañera estirando sus largas piernas bajo la mesa de cristal frente a él, estimulando así su imaginación.

Rechazó la acusación con decisión y autoridad entregándoles su tarjeta de visita. —Tomen mi número de teléfono móvil. Es todo lo que me queda por decir, y ahora si son tan amables... tengo trabajo que hacer.

—¿Así que este número no le suena de nada? —dijo la mujer enseñándole un papelito. Carlos estaba a punto de amenazarlos con sus contactos de más alto rango de la Guardia Civil, cuando el agente hippie sacó un antiguo Nokia de una bolsa de lino y marcó dígito por dígito el número que figuraba en el papel.

Se puso el móvil en la oreja y sonrió descaradamente, mientras Carlos que consideraba a Dios como un pasatiempo para ancianas e idiotas inestables, rezaba y pedía que la batería del maldito aparato estuviera agotada. Pero el Todopoderoso no le hizo mucho caso. En el vestidor del pasillo colgaba una de sus chaquetas. Del bolsillo interior sonó una melodía. Algo débil, pero suficiente para que los dos agentes se levantaran y le pidieran que les acompañara.

Zoco conducía por el polvoriento camino de tierra hasta la "Finca Negra". Su cámara en el asiento del pasajero saltaba al ritmo de los baches. «¿Por qué esa puñetera tía tuvo que insistir en un vídeo? ¿Cómo puedo hacerlo? Sería algo delicado preguntar a Sergio si puedo rodar un cortometraje de la chica secuestrada que descubrí en mi última visita para intentar robarle las drogas mientras estaba colocado hasta el culo», pensó Zoco.

Paró frente a la casa y salió del coche. Se escuchaba la tele desde fuera. Tocó a la chamuscada puerta, pero Sergio no respondió. La abrió y entró en la tenue habitación. Sergio dormía despatarrado en el sofá. Su silueta parpadeaba al ritmo de un documental sobre iguanas. Olía fatal.

Zoco se abrió paso de puntillas por el pegajoso suelo hasta

llegar al sofá. Cucharas, jeringas, botellas vacías y sustancias indefinibles en la mesita, sugerían que Sergio no dormía por efecto del aburrido programa de la tele. ¡Perfecto!

Agitó su hombro, pero nada. ¿Estaba muerto? Zoco puso sus dedos índice y corazón en el cuello para tomarle el pulso. Estaba vivo, pero completamente por las nubes. Sacó su cámara de vídeo del coche y bajó por la escalera de piedra. Se abrió paso entre la chatarra hasta llegar a la puerta de hierro tras la cual, ese cerdo pervertido retenía a la chica encerrada durante años. Soltó el cerrojo de su anclaje en la pared, pero la puerta no se abrió. Se dio cuenta del problema, unas protuberancias sobresalían de entre el marco y la puerta. Cogió del suelo un tubo de plástico fijado en una pistola. "Espuma de poliuretano". Zoco intentó quitar la masa con los dedos, pero estaba demasiado dura. Incluso el resquicio entre puerta y suelo estaba sellado.

«¿Por qué coño hizo esto?», pensó «¿Cómo voy a entrar ahí, si...?» Poco a poco comprendió.

El subnormal le había cortado el suministro de oxígeno.

Zoco tocó a la puerta y puso el oído.

Nada... «¡Mierda!»

Martilleó con el puño contra el hierro, esperando no despertar a Sergio. De nuevo puso el oído, pero no lograba escuchar nada. ¿O sí hubo algo?, ¿un sonido apagado?, ¿cómo un lloriqueo?

«¡Sí! Aún sigue viva».

¿Ahora qué? Si no actuaba rápido la chica moriría. Pero si forzaba esa puerta, el idiota de arriba se enteraría.

«¡Ese perverso hijo de puta!».

Excepto...

Podía hacer que recayera sobre él la responsabilidad del rescate. Después de todo, era su carcelero.

Subió las escaleras. Sergio seguía igual. "Muerte por sobredosis" anotaría el médico sin duda en el certificado de defunción, siempre y cuando alguien encontrara el cadáver de este provinciano. Las evidencias estaban esparcidas por la mesita.

Zoco se arrodilló junto a él. Apretó la nariz de Sergio con los dedos pulgar e índice de una mano y con la otra tapó con fuerza su torcida boca. Durante unos segundos no pasó nada. Hasta que una pierna resbaló del sofá. Momentos después levantó sus manos como para ahuyentar a un mosquito. Solo entonces abrió los ojos y trató de quitar la mano de Zoco de su boca. Se miraron a una distancia de medio brazo. Se escuchó un quejido apagado: *Uuuhhmm.*

Su agonía duró dos minutos, hasta que la mirada de pánico se desvaneció y las uñas negras clavadas en la muñeca de Zoco se aflojaron.

Zoco se levantó. Su primer asesinato directo. «Matar a una mosca a veces es más difícil», pensó cerrando los párpados de Sergio.

Registró la asquerosa vivienda buscando la herramienta adecuada, y se puso a quitar la dura espuma de la puerta del calabozo con un cuchillo de cocina. Tardó más de lo que pensaba, y esperaba no llegar tarde. Cuando retiró la mayor parte, empujó fuertemente la puerta hasta abrirla de golpe. El interior estaba oscuro y asfixiante, «el muy cabrón selló también el conducto de ventilación».

—¿Carmen?

—Sí —susurró débilmente.

Se sentó junto a ella, la enderezó y puso su brazo alrededor de sus huesudos hombros. No se resistió. Acababa de cometer un asesinato, y minutos después salvaba una vida a cambio.

—Se acabó. Ya no puede hacerte daño. Está muerto.

Como respuesta, un tartamudeo apenas audible.

—¿Qué has dicho?

—Pregunté, ¿que si puedo irme ahora?

Zoco contestó con prudencia.

—Pronto. Tu hermana ahora vive en Alemania y tiene que venir a recogerte. Pero a ella primero le gustaría ver que estás viva y te encuentras bien. Por eso voy a grabarte en vídeo para mostrárselo. ¿Estás de acuerdo con eso?

Carmen asintió.

—Pero primero, dejaremos que entre más luz y aire fresco —dijo Zoco en tono paternal.

Cogió una silla del almacén, se subió en ella y perforó un

hueco con el cuchillo. Una corriente de aire pasó a través de la bóveda. Quito el resto de la masa y se dio la vuelta. «Muy bien, parece que confía en mí», pensó. «No intenta escaparse estando la puerta abierta. Bueno, tampoco sería capaz de hacerlo».

Se fijó en la joven totalmente indefensa y a su merced. Su cabello estaba enredado como si no se lo hubiera peinado o cortado en años. Bajo otras circunstancias, su cuerpo habría indicado graves trastornos alimentarios. Pero solía ser bastante guapa, y podría volver a serlo si cuidara de ella y la alimentara como es debido.

Mantuvo vivo ese pensamiento...

En pocas semanas, Carmen podría cumplir con sus altos estándares. «Lo demás lo resolverá con maquillaje, lencería y peluca». «Faltaría una buena cama con sábanas de seda». Sintió que le venía una erección. ¿No había soñado con aquello? ¿Con una joven belleza que estuviera a su servicio siempre que él quisiera?

Zoco encendió la cámara de vídeo.

Carmen protegió sus delicados ojos del flash.

—Ahora sonríe y saluda a tu hermana Joana. Dile cuánto la echas de menos y que tienes muchas ganas de volver a verla.

Zoco pulso el botón rojo de grabación.

Carmen hizo muy bien su papel. Lacrimosa y convincente.

«Con ese talento podría ser actriz», pensó.

¡Hoy era su maldito día de suerte!

—Hiciste un gran trabajo, Carmen. Tendré que dejarte sola un rato, pero volveré pronto y te traeré algo de comer y beber. También te compraré ropa nueva y cosméticos. No te faltará de nada —prometió y cerró la puerta tras él. Esta vez no se olvidó de echar el cerrojo. Lo único que no sabía era qué hacer con el cadáver de Sergio. Buscó una pala, pero no encontró ninguna. Además, el suelo era demasiado rocoso para sus intenciones. De ninguna manera podía correr el riesgo de llevarse a Sergio en el coche. Ni tampoco podía dejarlo allí tirado. El hedor sería insoportable cuando visitara a su amiguita. Recordó haber visto un rollo de plástico en el almacén. Lo cogió, envolvió el cuerpo y ató el paquete con cinta adhesiva.

¿Pero dónde esconderlo? Aquí arriba no podía ser, por si acaso alguien miraba por la ventana.

El mejor escondite de la finca seguía siendo...

El único problema, era que el plástico transparente no ocultaría la descomposición del muerto. Al menos el hedor la mantendría alejada, se dijo cargando el cuerpo de Sergio. Bajó con cuidado las escaleras y metió al muerto en la mazmorra.

Carmen se acercó curiosa al paquete. Al mismo tiempo tropezó cayendo sobre el regalo. Apretó los puños contra la boca y ahogó un grito sacudiendo la cabeza con ojos espantados.

—No harás luto por ese monstruo, ¿verdad? —dijo, y cerró la puerta tras de sí. «Al menos ya no estará tan sola aquí abajo», pensó.

Kilian fue a la playa con Xavier. Le pidió varias veces que los acompañara, pero Joana ni siquiera quería salir al jardín o nadar en la piscina. Pasó todo el rato frente al portátil, esperando noticias de la persona que se hacía pasar por Rocío Campos y que afirmaba que su hermana aún seguía viva.

—Tendrás el vídeo —prometió el chantajista en su último contacto. Esperó tres días, en los que Kilian intentó hacerla razonar y persuadirla de volver a Alemania.

Por la tarde por fin llego el ansiado mensaje.

—¿Estás ahí? —escribió Rocío Campos por el Messenger.

—Sí —respondió Joana segundos después.

—Ahora te enviaré el enlace de un vídeo. Dura noventa segundos. Puedes verlo una sola vez, luego lo borraré.

Quiso tragar, pero le faltó saliva y ya tenía un enlace en la ventana de chat. Hizo clic en él. El vídeo estaba un poco oscuro, pero esta vez la chica era más reconocible.

¡Dios mío! ¿Era ella? Tan... tan... flaca.

La joven vestía un pijama sucio, estaba sentada en un colchón en el interior de una pequeña bóveda, y parpadeaba a la cámara con ojos de anciana. Joana acarició en la pantalla su pelo y sus mejillas chupadas.

—¿Qué te han hecho? —susurró.

Entonces la joven comenzó a hablar.

Con eso desaparecieron sus últimas dudas.

Al menos la voz de Carmen no había cambiado.

—Tengo tantas ganas de volver a verte, Juuana.

Solo había una persona que pronunciara su nombre de esa manera desde la infancia: "su hermanita Carmen".

—¡CARMEN VIVEEE! Su gritó penetró en cada rincón del estéril apartamento.

Sin embargo, no fue solo un grito de alegría.

A pesar de la mala calidad de las imágenes, pudo adivinar bajo qué condiciones horribles mantenían a su hermana con vida en los últimos años. El júbilo de saber que aún estaba viva, se empaño de rabia y preocupación por Carmen.

Miles de preguntas cruzaron veloces su cabeza: «¿cómo es posible que estuviera viva si el asesino afirmó su muerte? ¿Qué papel desempeñó? ¿Por qué se inventó la historia del barco si no había matado a Carmen?» En cualquier caso, quedaba descalificado como secuestrador, por el simple hecho de estar muerto desde hacía tres años.

«Pero si no fue él, ¿quién fue entonces? ¿Un cómplice? ¿Pero por qué? ¿Por dinero? ¿O por otra razón? ¿Dónde la tendrían oculta? ¿Habrán abusado de ella?»

Joana suprimió el último y terrible pensamiento. Se preguntó en su lugar cómo alguien podía mantener a Carmen cautiva durante todo este tiempo sin que nadie se diera cuenta.

Solo dos personas tenían la respuesta a estas preguntas: el cobarde que se escondía detrás del seudónimo "Rocío Campos", y su hermana.

El vídeo se terminó y no pudo volver a abrirlo.

—¿Eso te vale como prueba? —fue el siguiente mensaje.

—¿Cuándo soltarás a mi hermana?

—En cuanto me pagues los 150 000 euros.

—¡No tengo tanto dinero! Déjala ir, ¡POR FAVOR!

—Lo conseguirás. Tienes una semana de plazo. Digamos hasta el próximo viernes. Seguramente tus amigos ricos de Múnich estarán encantados de ayudarte.

—¡Tengo diez mil! Puedo dártelos hoy mismo, si dejas a mi hermana libre.

—No estás en buena posición para negociar, cariño. 150 000 el próximo viernes y tendrás a Carmen. De lo contrario...

—De lo contrario, ¿qué? —Joana martilleó el teclado con los dedos y se rascó nerviosa el cuello hasta que obtuvo la respuesta.

—Si no pagas el viernes, cortaré un dedo a Carmen por cada día que pase.

CAPÍTULO DIECINUEVE

Maite y Rafael esperaban en la sacristía de la iglesia de Almuñécar frente al robusto escritorio del sacerdote. La estancia estaba repleta de cuadros con imágenes religiosas, una cruz de gran tamaño y otras piezas barrocas. El señor Olmeda acababa de terminar la misa vespertina.

Los últimos acordes melodramáticos del órgano resonaban en la iglesia. Se quitó la sotana blanca y dorada impregnada de incienso, la colgó en el armario y se sentó frente a ellos con parsimonia.

—¿Así que os queréis casar? —preguntó el cura tras echar un ligero vistazo a su agenda.

Maite y Rafael asintieron al unísono.

—Muy bien. La primera pregunta que suelo hacer a parejas como vosotros, a los que no he visto jamás ni a la novia ni al novio en mi iglesia y que les faltan todos los sacramentos católicos excepto el bautismo, es: ¿por qué de repente os interesa un matrimonio *religioso*?

Con su ropa de paisano parecía algo fuera de lugar. El sacerdote vestía camisa de leñador a cuadros, vaqueros y una barba sin recortar. Incluso su mirada, que a menudo se perdía en el escote de Maite que para esa ocasión era bastante pudoroso, no era digna de un cura.

El "Marca" y una consola de PlayStation descansaban en su mesa. «Buena pregunta», pensó Maite y le intento explicar sus motivos: —Por un lado, su bonita iglesia es mucho más romántica que la oficina del juzgado, y mi vestido de novia resaltará más delante del altar que de un escritorio. Además, al enlace asistirá mi abuela que es súper católica, ¿y dice que no tenemos sacramentos para contribuir? De eso nada, ¡una tía de Rafa se llama así, Sacramento! Y ella y su marido siempre asisten a misa, son muy devotos. Por otro lado, aquí caben más invitados y estarán más cómodos.

El sacerdote posó su mirada en la imagen de la Virgen María y pareció reprimir un sermón.

—Entiendo... ¿Y cuándo tiene pensado casarse esta parejita romántica en mi *bonita* iglesia?

Maite intercambió una mirada con Rafael, pero este dejó la negociación con el pastor en sus manos. —Bueno, tan pronto como sea posible.

El sacerdote consultó su agenda. Mientras pasaba las hojas, su cara expresaba: "odio a las ateístas que se sirven de la iglesia como telón de fondo solo para lucir sus ropas y sus fiestas".

—Podría ofrecerles el sábado 14 de mayo.

Maite levantó los dedos índices e imitó un limpiaparabrisas.

—¡No, me temo que no puede ser! No podemos esperar tanto.

Esto trajo a Rafael de vuelta de su mundo paralelo. Seguramente pensó: "¿Eh, perdona? Tardó semanas en llegar a un ¡sí!, y de repente tiene prisa?"

Todavía no conocía su dulce secretito, ella quería esperar a decírselo el día de la boda.

—¿Qué tiene de malo mayo? Es el mes preferido de la mayoría de las parejas —intentó convencerla el cura. Probablemente quería deshacerse de ellos lo antes posible para jugar fútbol con la consola.

«Porque para entonces estaré embarazada de nueve meses», pensó Maite. Encima no quería poner en juego un hijo ilegítimo, lo que probablemente colmaría el vaso de agua bendita.

Así que tuvo que tirar de imaginación y esperar que el Todopoderoso le perdonara este pequeño pecado con un guiño de ojo. El tema seguía siendo el mismo, solo había que tergiversar un poquito los hechos.

—Mi futuro esposo desafortunadamente es estéril —le explicó al sacerdote, notando cómo Rafa a su lado casi se cae de la silla—. Como sin embargo queremos tener un hijo, decidimos adoptar uno. Nos prometieron una monada de niño de un orfanato vietnamita, pero solo nos lo entregarán una vez que estemos casados. Las autoridades nos han fijado una fecha límite para principios de enero, de lo contrario se lo darán a una pareja de gais franceses que están en lista de espera.

La miró durante mucho tiempo sin que su barbudo rostro de pastor, diera pista alguna de creerse o no la rocambolesca historia.

Maite puso sonrisa misericordiosa al estilo "Madre Teresa" y esperó una reacción. Por lo menos Rafa le seguía el rollo y no defendió su virilidad bajo el cuadro con la imagen de la Virgen María.

—Pues bien —suspiró el cura y volvió a hojear su agenda. Esta vez se detuvo después de unas cuantas páginas.

—Los sábados y domingos están todos ocupados, pero podría ofreceros un viernes. ¿Qué tal el viernes 16 de diciembre?

Maite se volvió hacia Rafa, cuya expresión decía que al salir de allí le cantaría las cuarenta por sus piadosas mentiras. Al final asintió al sacerdote como si acabara de aceptar un mal negocio.

—¡Trato hecho! —exclamó Maite, y se inclinó sobre el escritorio para expresar su agradecimiento besando sus sagradas mejillas.

—¡Fantástico! Entonces nos vemos el 16 de diciembre.

El sacerdote repitió el gesto del limpiaparabrisas con los dedos índices. —No, querida, me temo que nos volveremos a ver antes. ¡Necesitáis recuperar el sacramento de la confirmación y asistir al seminario de matrimonio! Además, quiero veros en mi iglesia todos los domingos desde ahora hasta la boda. ¡Ese es el trato!

Maite reprimió una maldición y se despidió del sacerdote que sonreía diabólicamente.

Después de conversar con el secuestrador y ver la prueba del vídeo, Joana se tomó media hora de tiempo para poner bajo control sus emociones, estaba hecha un mar de lágrimas. Vaciló entre el alivio de saber que Carmen estaba viva, la rabia de que la apartaran de su lado durante cinco años, y la esperanza de volver abrazarla pronto.

¡Carmen seguía viva! Eso era lo más importante.

«Lo demás, se solucionará de alguna forma. ¿Pero cómo? 150 000 euros dentro de una semana. De lo contrario, le cortará un dedo a Carmen por cada día...» Se negó a pensar en eso y en lo que podría pasar si no pagaba el rescate en su totalidad. Tenía que ser fuerte, dejar de llorar y actuar de forma racional.

Sacó una libreta y un bolígrafo de su maleta. Al lado del punto uno escribió: *llamar a la Guardia Civil, ¿SI o NO?* Joana pensó en los hechos de hace tres años. En aquel entonces, los agentes no le habían podido, o querido, ayudar. ¿La tomarían en serio ahora? ¿Qué evidencia podría mostrarles de que su hermana se encontraba viva y de que alguien la mantenía encerrada en algún recóndito lugar? Ninguna en absoluto. Las fotos y el vídeo fueron borrados momentos después de visionarlos. Lo único que tenía era el chat de una tal Rocío Campos. No, al igual que Kilian, la Guardia Civil lo tacharía de broma macabra y no se tomarían la molestia de averiguar nada. Solo le harían perder un valioso tiempo.

Joana tachó SI y subrayó NO.

Decidió resolver el problema sin la Guardia Civil de por medio.

El segundo punto era más difícil de responder.

Escribió la cifra de 150 000 y adjunto la pregunta clave:

¿de dónde sacarlo?

—¿Cómo vamos a conseguir tanto dinero? —preguntó Kilian a su mujer a la mañana siguiente en el desayuno, metiendo una cucharada de avena en la boca de Xavier.

—Pensé que podríamos hablar con nuestro banco el lunes, de todas formas, tienen el piso como garantía.

—Cariño, nuestro piso está hipotecado a tope, y la cuenta está en el límite del descubierto permitido. No podemos esperar ninguna ayuda del banco. De todos modos, eso es una... —Kilian se interrumpió. No quería volver a echar leña al fuego, especialmente no delante de su hijo.

—Eso es una *¿qué?* —saltó Joana.

—Joana... el vídeo... es cierto, no lo vi, pero por favor, entiende que cualquier aficionado a la informática podría grabar a una chica parecida a Carmen, y después editar el archivo con un software adecuado. Incluso se puede manipular la voz. Así que ese vídeo está lejos de ser la prueba definitiva de que Carmen sigue...

Joana lo interrumpió con una patada a la pata de su silla. Una cucharadita de papilla cayó en los vaqueros de Kilian.

—La chica del vídeo era mi hermana Carmen —dijo Joana en voz baja para no asustar a Xavier—. La reconocí. No hay ninguna duda al respecto. ¿Qué quieres que haga?, ¿eh? ¿Volver a Múnich? ¿Irme a la cafetería como si nada hubiera pasado? ¿Esperar a que el cartero me entregue un sobre con los dedos de Carmen?

Joana no pudo contener las lágrimas. Cuando Xavier se dio cuenta de que su mamá estaba triste, empezó a llorar.

—Sí, ya veo. Siento molestarte. Sí, no, no hay problema. Adiós.

Joana colgó y tachó el penúltimo nombre de su lista. Era el séptimo rechazo. Marcó el número de la última persona antes de que Kilian, quien no debería enterarse de lo que estaba haciendo, volviera de un paseo con Xavier.

Odiaba hacer esto, pero se trataba de la vida de su hermana, razón suficiente de olvidarse por un momento de su pundonor.

Georg contestó la llamada después del cuarto tono. Vivía en un chalet en Feldkirchen, y era propietario de la mayor empresa de construcción del este de Múnich. Su hijo Maximiliano, de tres años de edad, estuvo a punto de ahogarse en el laguillo Heimstetten en un momento de distracción de sus padres. Joana se dio cuenta del peligro y sacó al niño del agua. Desde entonces Georg se sentía en deuda con ella. Cada vez que se veían solía decirle: "Sabes, si algún día te hace falta cualquier tipo de ayuda, ven a mí. ¡Has salvado la vida de mi hijo, jamás lo olvidaré!"

Joana y su familia fueron sus invitados en varias ocasiones, se lo pasaban bien juntos, pero las reuniones empezaron a menguar en el momento en que Georg mostró un interés demasiado evidente en engañar a su esposa con ella, algo que Joana rechazó con rotunda claridad.

—Hola, Georg, soy yo, Joana.

—¿Joana? ¡Aaah, Joana! Vaya, ¡qué sorpresa! ¿Cómo estás?

—Sinceramente, no muy bien y por eso te llamo.

—¿Te pasa algo con Kilian?

—No, es... algo más complicado que eso. Tampoco puedo hablar de ello por teléfono.

—¿Nos vemos? Puedes hablar conmigo de todo, ya lo sabes.

—Me encuentro en España, Georg. Dijiste, que si algún día necesitábamos ayuda, podíamos contar contigo...

—¡Claro que sí! ¿En España estás? Joder, que suerte. Por aquí estamos a diez grados y con llovizna.

Joana tenía preocupaciones más importantes que el mal tiempo en Múnich y fue directa al grano:

—Georg, necesito dinero. No puedo explicártelo ahora, pero por supuesto te lo devolveré cuanto antes y con intereses.

—¿Cuánto?

—Ciento cincuenta mil euros...

La línea quedó en silencio por un momento, después se oyó un largo silbido.

—¿Tanto? Chiquilla, ¡Uf! Eso me viene muy mal ahora mismo... De cara al invierno habrá como siempre una tremenda caída en el sector de la construcción. Tengo que ver cómo ir tirando con la empresa. Pero, ¿para qué necesitas tanto dinero? ¿Te quieres comprar una soleada casa por allí abajo?

—No, pero da igual. ¡Olvídalo! Siento haberte molestado con eso. Adiós.

En la noche, de nuevo sin pegar ojo, se le ocurrió una idea de cómo conseguir el dinero sin el apoyo de bancos o amigos: "a través del piso de su difunta madre".

Joana recordó las cartas de un abogado de Almuñécar que administraba el legado de su madre. «¿Cómo se llamaba?» En su función de única heredera tuvo que firmar documentos y aceptar la herencia. Desde entonces se ocupaba de pagar el IBI, luz, agua y comunidad del piso. Pero luego, recordó que con eso la herencia todavía no estaba formalizada. La última carta del abogado decía que, en su próxima visita a España tendría que firmar más papeles, esta vez ante notario, e ir a la oficina del Registro de la Propiedad para inscribirlo como legítima propietaria. Así que, al amanecer, tras poder dormir un par de horas, la esperanza se convirtió de nuevo en resignación.

¿Cómo podría realizar todos los trámites en solo cinco días?

Transferir el piso de su madre a su nombre, registrarlo y encima encontrar un comprador para la propiedad. La probabilidad era muy escasa, pero al menos tenía que intentarlo.

Después de unas cuantas llamadas, se enteró quién era el abogado de su madre: un hombre obeso de unos cincuenta años, con motricidad de tortuga y articulación lenta. La agilidad brillaba por su ausencia.

Joana se ocultaba tras unas gafas de sol anchas y una pamela, no quería que la reconocieran por la calle y tener que parar a charlar cada cien metros con conocidos de su barrio. Impaciente, acompañó al abogado que jadeó y cojeó hasta la notaria, donde tuvo que firmar un poder que lo autorizara a resolver este asunto en su nombre.

Después, el señor Peralta le aseguró que en dos o tres semanas, a más tardar a finales de mes, el piso de su madre estaría debidamente transferido a su nombre. Lo siguiente sería buscar un comprador aunque, en vista de la actual situación del mercado inmobiliario, tendría que ser bastante paciente.

El resto del lunes, lo pasó tratando de estimular a su abogado a que trabajara lo más rápidamente posible en su asunto. De improviso se inventó un drama conmovedor. Le confió al hombre barbudo de ciento cincuenta kilos, que necesitaba el dinero para la cirugía a corazón abierto de su esposo, que debía haberse realizado hace tiempo en una clínica especializada estadounidense.

El señor Peralta, conmovido y con los ojos llenos de lágrimas, creyó la historia. Hizo algunas llamadas telefónicas y mandó a su asistenta a visitar varias autoridades para agilizar los trámites. A última hora, estaba confiado en que el papeleo pudiera estar listo antes del jueves.

El martes, Joana esperaba sentada en una agencia inmobiliaria. Esa mañana ya había visitado cuatro, pero en esta quinta le daban esperanza por primera vez.

—¿Un apartamento de tres dormitorios en el edificio huerta del Barco? —repitió el agente inmobiliario.

—Sí, pero tendría que ser muy rápido —añadió Joana como única condición. El hombre parecía estar acostumbrado a los clientes con prisa y se volvió hacia su pantalla.

—Hace algunas semanas, un dentista de Granada nos visitó. Estaba buscando una propiedad adecuada en Almuñécar para un consultorio...

Joana se movió inquieta en la silla, esperando hasta que el agente inmobiliario de cara virolenta, gafas de John Lennon, camisa de color lila y cabello rubio teñido encontró lo que estaba buscando. —Aquí está.... doctor Alfredo Morales Lima. Dentista. Ya tiene una consulta en Granada y le interesa abrir otra en Almuñécar, preferiblemente por la zona de la estación de autobuses.

—¡Perfecto! —saltó Joana—. El apartamento está situado justo enfrente de la estación de autobuses. El agente inmobiliario compartió su entusiasmo solo hasta que encontró otro requisito en la ficha:

—Sin embargo, parece que no quiere gastarse más de 180 000 euros...

—Sí, sí, no hay problema en absoluto. ¡Se lo puede quedar por 150 000!

El agente se tomó su tiempo en responder. Parecía vacilar entre formalizar un trato rápido, o asesorar honestamente a su clienta. Le dio la impresión de que Joana no tenía la más mínima idea del valor de la propiedad, así que intentó informarla de cómo estaban los precios por esa zona:

—Un piso tan céntrico de esas características vale al menos doscientos cincuenta mil, e incluso más. Si yo fuera usted, yo...

—Pero le acabo de decir que tengo mucha prisa. Por favor llame a su cliente ahora mismo, y dígale que puede comprar el piso por ciento cincuenta mil más su comisión, ¡y bajo la condición de recibir el dinero antes del viernes!

—¿Hasta el viernes de plazo? ¿Dentro de tres días?, —el agente inmobiliario se reclinó en su asiento y sonrió hacia al techo de la oficina. Después, apoyó la barbilla en sus puños, y la miró, como mira un instructor de autoescuela cuando le preguntan si es posible obtener el carné de conducir en una semana estudiando mucho.

—Permítame explicarle brevemente el procedimiento, por favor: primero debemos comprobar la legitimidad de la propiedad e incluirla debidamente a nuestro porfolio. Para ello necesitamos una nota simple del Registro, un extracto del Catastro, facturas de electricidad y agua, un contrato de corretaje entre nosotros, y por supuesto, tengo que inspeccionar el piso antes de mostrárselo al cliente. Si después de un período razonable de consideración, el comprador decide adquirir su propiedad, se firmará un contrato de arras, y usted recibirá un depósito del diez por ciento del precio acordado. Después depende de si el comprador necesita una hipoteca o no. En el caso de necesitarla, un perito del banco tendría que estimar el valor de la propiedad. Normalmente tarda de dos a cuatro semanas hasta que el banco tome una decisión. Solo entonces se puede concertar una cita ante notario para formalizar la compraventa —dijo.

—¡Para el viernes es totalmente imposible! Incluso si el cliente se decidiera rápidamente, la venta no podría completarse antes de diciembre.

CAPÍTULO VEINTE

Inesperadamente los trámites se agilizaron: el dentista no trabajó el miércoles por la mañana, y bajo la insistencia de Joana, el agente inmobiliario le convenció de echar un vistazo al inmueble. Joana había estado limpiando el piso desde primeras horas de la mañana. Tras abrir todas las ventanas, quitó las polvorientas fotos familiares de encima de la cómoda y las guardó en los cajones. Solo entonces empezó la limpieza. Con cada pasada de bayeta, los recuerdos se le iban agolpando en la memoria, y no podían ser desterrados tan fácilmente en cajones mentales, como las fotos de la familia.

A las once y media el corredor inmobiliario y su cliente tocaron el timbre. El doctor Morales era un hombre flaco, con cabello ralo teñido de negro, al contrario que los pelos grises que proliferaban de sus orejas. Caminaba de habitación en habitación con las manos cruzadas detrás de la espalda y chirriando su calzado sanitario.

El agente inmobiliario le siguió, comentando los posibles usos de las habitaciones:

—Esta estancia sería ideal como sala de tratamientos o gabinete, mientras que el dormitorio podría convertirse en una magnífica sala de espera. El salón sería perfecto para el despacho de dirección. La cocina podría servir de almacén, mientras...

Una hora más tarde llegaron a un acuerdo en la oficina de la agencia. El Dr. Morales estaba satisfecho con el precio ganga de 165 000 euros. El corredor quedó encantado con los 15 000 de comisión, y para Joana resultó un milagro que el Dr. Morales no necesitara ninguna hipoteca y la transacción pudiera realizarse ante notario el viernes. Su abogado, tuvo la genial idea de registrar el piso de su madre directamente a nombre del comprador, lo que le ahorró molestias y trámites que retrasaran el proceso. Por lo tanto, todos los documentos para la cita del viernes a las once de la mañana en la notaría estaban preparados.

Por la tarde escribió un mensaje al seudónimo Rocío Campos, diciendo que tendría a su disposición el dinero el viernes, y que tan pronto como fuera posible quería cambiarlo por Carmen. Después Joana se tranquilizó por primera vez desde su llegada a España, y dedicó la tarde a su familia. Para no cruzarse con viejos conocidos en Almuñécar se fueron a Nerja, y trataron de pasear por el municipio como corrientes turistas. Nerja estaba repleta de británicos que comían espaguetis a la boloñesa y bebían numerosas jarras de cerveza en restaurantes con menús ilustrados, cuyas ciudades de origen se podían reconocer gracias a las camisetas de fútbol de los niños.

Kilian y Joana le compraron al pequeño Xavier un helado de chocolate en el Balcón de Europa, un precioso mirador con imponentes vistas al mar. Intentaron hablar de cualquier cosa menos de la razón de su estancia en España, pero después de que el buen clima y la gran variedad de tiendas y restaurantes fueran suficientemente tematizadas, reinó el silencio.

A la mañana siguiente, Joana visitó a su abogado y al corredor, para asegurarse de que todo estaba correctamente preparado para el viernes, y que el comprador no hubiera cambiado de opinión en el último momento. Cuando salía del banco de notificar el pago del cheque casi choca con Maite.

—¡Joana! Pero bueno, ¡qué alegría verte! Y mi pequeño príncipe también está aquí.

Sacó a Xavier de su carrito, lo levantó, abrazó y besuqueó hasta que el pequeño con las manos estiradas buscó la ayuda de mami. Desde su último encuentro, Joana no volvió a ponerse en contacto con ella. ¿Cómo estar con su amiga y *no* contarle que

Carmen seguía viva y que un chantajista le pedía dinero por soltarla?

—No me has llamado para nada. Pero lo entiendo, probablemente estéis demasiado ocupados buscando una hermanita para este muñequito —sospechó Maite. Que a pesar del cielo nuboso y los quince grados de temperatura, andaba por las calles con un vestido de verano y taconazos. Seguramente, nunca había estado tan equivocada con una conjetura.

—No, pero de hecho he estado muy ocupada y todavía tengo muchas cosas que hacer. He decidido vender el piso de mi madre, y mañana tengo cita con el notario. Después tendré tiempo libre para quedar.

—¡Qué va! Ahora mismo vamos a ir al mesón "Gala" para tomarnos unas tapitas, y allí me pones al día de tus asuntos.

Joana quería objetar algo, pero Maite ya empujaba el carrito del niño atravesando el paso de peatones. El restaurante estaba situado a pocos pasos del banco, en la plaza Antonio Gala.

Joana pidió dos aguas minerales, aunque le apetecía una caña; Maite estaba embarazada y ella andaba con Xavier y tenía que conducir.

—Nos tomamos esto y me marcho, de verdad tengo que irme, porque...

—Pues relájate chica. Supongo que esa bulla se te ha pegado de los alemanes. Dime, ¿por qué quieres vender el piso?

Cómo le hubiera gustado charlar relajadamente con Maite, a la que, excepto por la última vez en La Herradura, no veía en tres años. Pero pronto, ojalá pasado mañana, por fin quedara arreglado. Y entonces tendría buenas noticias para su amiga y podría abrirse y contárselo todo. Pero aún no. Hasta que Carmen no estuviera a salvo tenía que mentirle, pero fingir estar relajada como le aconsejó Maite, era, en vista de la amenaza del secuestrador mucho menos posible.

Cada día que pasara del viernes significaría un dedo menos...

—Kilian tiene un proyecto por Internet en marcha. Empezó bien, pero todavía faltan algunas inversiones, y como no creo que vayamos a usar el piso de mi madre en el futuro, pensé que la mejor opción era venderlo para ayudarlo.

—Ah, ya veo. ¿Y dónde está Kilian?, —otra pregunta que no pudo responder con sinceridad. Desde que Rocío Campos entró en sus vidas, empezaron las discusiones y la primera crisis conyugal seria. Pero estaba convencida de que todo volvería a la normalidad una vez que su hermana fuese liberada.

En ese momento Kilian estaba sentado en la terraza, bebiendo una cerveza tras otra para ahogar su frustración. Pensaba que su esposa corría en vano tras los espíritus del pasado, poniendo en peligro con su ingenuidad la felicidad y estabilidad de su familia.

—Kilian está trabajando. Se trajo su portátil, no puede desconectarse ni en vacaciones.

Maite cogió una de las botellas de agua como si fuese un micrófono:

—Pregunta, ¿sigue estando todo esponjoso entre vosotros dos?

Joana le quitó la botella de la mano y vertió el contenido en el vaso. Exprimió la rodaja de limón, lamió el zumo de sus dedos y no respondió.

—¡Por favor, no me hagas esto! Rafa y yo acabamos de concretar la fecha de la boda con la iglesia. Si vuestro matrimonio ejemplar está en crisis, ¿cuáles serían nuestras perspectivas de éxito? Ah, antes de que se me olvide: la fiesta de compromiso tendrá lugar el jueves dentro de dos semanas en el restaurante "El Gallinero" y, por supuesto, vosotros sois los invitados de honor. ¿Joana? ¿Me estás escuchando?

Joana balanceaba el carrito de Xavier que se acababa de dormir, pero sus pensamientos estaban con Carmen, imaginándose la entrega del rescate y preguntándose cómo sería el reencuentro con su hermana. Trató de concentrarse en el monólogo de Maite.

—¿No es terrible? —preguntó esta.

—Uh, ¿qué?

—Bueno, lo que te acabo de contar: ¡que la gente muere como moscas en cuanto pisáis España!

—¿Qué quieres decir con eso?

—¿Queeé? ¿No me digas que aún no te has enterado? ¡Un

asesino en serie anda suelto por la costa! Por suerte solo se carga a tíos viejos. Lleva tres hasta ahora, y la benemérita no tiene ni puta idea. —Joana recordó un titular en "El País" digital.

Fue en Múnich y no leyó el artículo para no recordar su propio y trágico pasado. Los asesinatos no fueron un tema agradable, pero sintió alivio de que Maite le diera un reporte exclusivo de estos sucesos, en lugar de insistir en temas personales y preguntarle constantemente qué le pasaba.

El viernes a las once y media de la mañana, Joana se reunió con su abogado, el comprador, y el agente inmobiliario en la sala de espera de la notaría. A las doce en punto, un asistente les acompañó al despacho.

La señora Velasco tenía los rasgos tensos pero atractivos de una mujer de cuarenta y tantos años con una conciencia nutricional exagerada. Conocía a Joana de antes y cambiaron algunas palabras amistosas. Luego invitó a todos a sentarse en las sillas de cuero tapizadas. La notaria comenzó a leer la escritura tan rápidamente que Joana perdió la concentración.

Solo cuando la señora Velasco se detuvo volviéndose hacia su abogado, Joana volvió a prestarle atención de nuevo.

—Señor Peralta, el apartamento será transferido directamente de la madre de la heredera aquí presente al señor Morales, pero este certificado de heredero no es suficiente...

La señora Velasco levantó el documento en cuestión.

—En el Registro de la Propiedad, debe quedar constancia al menos de una referencia a la herencia, porque según el párrafo...

—¿Qué significa eso? —interrumpió Joana.

—Que no pueden firmar la escritura hasta que la herencia no esté inscrita.

Joana miró a su abogado, que se mordió el labio y evitó su mirada. —Por favor, esto realmente tiene que tramitarse hoy. Es muy, muy importante. ¡Por favor! —suplicó a la señora Velasco.

La notaria probablemente se preguntaba, como unos días más o menos podían ser razón de tanta excitación. Cogió el teléfono y llamó al director del Registro de la Propiedad describiendo el caso. Escuchó atenta sus observaciones, y al final le hizo la pregunta clave:

—¿Puede realizarse la inscripción de la herencia hoy mismo? Ya veo ¿Y no se puede hacer nada al respecto? Entiendo. Miércoles. Gracias, e igualmente, buen fin de semana. —Se volvió hacia Joana—. Ya lo ha escuchado. Lo siento muchísimo, pero las firmas tendrán que esperar hasta la semana que viene.

La señora Velasco comenzó a ordenar los papeles.

—¡No, tenemos que encontrar otra solución! Me prometieron que todo estaría preparado, y ahora... —La voz de Joana se rompió.

La notaria intercambió una cómplice mirada con el abogado.

—Cabría una última posibilidad. Podría entregar la anotación de la herencia posteriormente. En este caso tendríamos que apuntar la falta de ello en un párrafo de la escritura antes de que la firmen. Tan pronto como la herencia sea anotada en el registro, presentan una nota simple y firman la escritura actualizada de nuevo. Es la única manera de...

—¡Entonces perfecto, hagámoslo así! —decidió Joana.

—Por supuesto, la parte compradora debe de estar de acuerdo con este procedimiento —dijo la notaria.

El doctor Morales no se veía entusiasmado con la idea.

—Disculpen, pero no veo ninguna razón para firmar una escritura incompleta precipitadamente. Prefiero esperar hasta que los papeles estén completamente en regla y luego...

—Escuche, doctor Morales —Joana objetó tan calmada como pudo en ese momento—. Usted quiere comprar la propiedad casi por la mitad de su valor real, pero la oferta solo es válida *hoy*. Hay una buena razón personal para ello, pero no voy a entrar en detalles. O firma ahora mismo o retiro mi oferta. Si no consigo mi objetivo, la venta ya no me urge y subiré el precio a cien mil más. —Se arriesgó Joana, agarró su bolso y estrecho la mano por turnos, a la perpleja notaria, al corredor y a su abogado.

Cuando dio la mano al doctor Morales, su farol mostró

efecto. El dentista le pidió con un gesto que se sentara de nuevo. Luego asintió a la señora Velasco.

Después de firmar la escritura con mano temblorosa, entró en el banco a la una menos cuarto. Varios clientes hacían cola delante de ambos mostradores.

Supuso que una suma tan elevada no se entregaba por caja, sino a través del propio director. La puerta de su oficina estaba abierta, pero no había nadie dentro.

Se volvió hacia un caballero del fondo que estaba pegado a la pantalla de su ordenador. Una placa en la mesa lo identificaba como "Eugenio Martillo. Asesor de cuentas y negocios".

—Disculpe, estoy buscando al director.

—¿No está en su oficina?

—No.

—Entonces supongo que ya se habrá ido.

Los bancos a menudo hacían rotar a sus empleados dentro de la red de sucursales, por lo que no le sorprendió que después de tres años de ausencia ya no conociera a nadie en esa oficina.

—Tal vez pueda ayudarme, es para cobrar este cheque.

—Me encantaría ayudarla, pero tendrá que hacerlo por ventanilla.

Joana asintió y se puso en cola detrás de un belga exageradamente bronceado, que vestía pantalones cortos y chanclas.

Pasaron diez minutos hasta que le tocó al belga, y diez más hasta que pudo explicarle a la empleada con un pésimo español, que le habían cobrado la misma factura de luz por dos veces, y que quería que le abonaran la diferencia. Cuarenta minutos antes de que el banco cerrara, por fin llegó su turno.

—Buenos días. Me gustaría cobrar este cheque, por favor.

Joana lo empujó por la abertura del cristal de seguridad.

La joven, de cabello rubio natural y numerosas pecas, tenía pinta de haber acabado los estudios hacía poco. Se fijó en el papel y levantó una ceja al ver el importe.

—¿Dispone de una cuenta corriente en nuestra sucursal?

—Sí, pero no me la sé de memoria. Tal vez podría buscarla con mi nombre...

Joana le pasó su DNI por ventanilla y la joven tecleó los datos.

—Perfecto. Ya la encontré. Firme aquí, por favor.

Joana respiro aliviada y firmó un formulario.

—Gracias. Que tenga un buen fin de semana.

—Igualmente, pero... ¿Y el dinero?

—El cheque será verificado, y el importe se ingresará en su cuenta a mediados de la semana que viene...

—¿QUÉ? Nooo, ¡eso no puede ser! Acordé con su director que hoy podría cobrar el cheque.

—El director ya se ha ido.

—Entonces tendrá que llamarlo. ¡Es urgente!

—No estoy autorizada a hacerlo. La joven empleada se puso nerviosa al ver la expresión de Joana, pero esa suma excedía con diferencia sus competencias. Marcó una extensión interna y poco después, el asesor de cuentas se acercó a la ventanilla y le explicó la situación.

El señor Martillo cogió el cheque, lo miró un segundo, y se lo devolvió a Joana echando una mirada de reproche a la empleada.

—¡La señora tiene toda la razón! Se trata de un cheque certificado que podría cobrarse inmediatamente.

—¿*Podría*? ¿Pero entonces cuál es el problema?

—Teóricamente no existe ningún problema, pero prácticamente sí, por una simple razón: no disponemos de tanto dinero en este momento, especialmente no durante el fin de semana.

—No habla en serio, ¿verdad? ¡El miércoles anuncié el cobro expresamente al director!

—Puede que sea así. Pero recibimos esas sumas por medio de un transporte de dinero proveniente de Granada. Quizás el gerente simplemente se olvidó de pedirlo. Por desgracia, tengo que hacerle esperar hasta la próxima semana. ¿Hay algo más que pueda hacer por usted?

Cuando Joana llegó a casa, encontró una nota escrita a mano en la puerta del salón: "*No pude localizarte. Dimos un paseo por La Herradura. ¿Nos vemos luego en el chiringuito "El Rebalaje" para tomar unas tapas?*"

El banco cerró a las dos de la tarde, pero se había negado a salir y discutió con los empleados hasta las dos y media que lograron echarla. Hasta el lunes no recibiría el dinero para poder pagar el rescate. Todo lo que podía hacer, era esperar que el secuestrador entendiera su situación, y que los dos días de más, no los tomara en cuenta.

Tenía un mensaje por Messenger:

—¿Tienes el dinero?

Masticando un mechón de pelo pensó en qué responder. Tenía que ganar tiempo y calmarlo.

—¡Sí! No fue nada fácil, vendí el piso de mi madre tan rápido como pude.

—Muy bien. ¿Hablaste con alguien sobre esto?

—¡No! —Y a excepción de Kilian, decía la verdad.

—Entonces sigue mis instrucciones y pronto volverás a ver a tu hermana. ¿Conoces la capilla en la Punta de la Mona, cerca del faro?

Allí fue donde Kilian celebró el funeral de su hermano. Después tuvo lugar el fatídico esparcimiento de las cenizas en el mar.

—Sí, sé dónde está.

—Justo a la derecha de la entrada hay un cubo de basura. Dentro vas a depositar una bolsa con el dinero a las doce en punto de la noche. Entonces soltaré a tu hermana. ¡Nada de Guardia Civil u otros trucos! De lo contrario, ¡está muerta!

—Hay un pequeño problema. Aunque encontré un comprador, no podré cobrar el cheque hasta el lunes, porque el banco hoy no disponía de tanto dinero en efectivo.

—Teníamos un trato: ¡hasta el viernes y ni un día más!

—Pero, ¿qué debería haber hecho? ¡No es culpa mía! Podemos aplazar la entrega hasta el lunes. ¿Qué más da?

La respuesta tardó tres enervantes minutos:

—¿Dónde vives?

«¿Cómo? ¿Para qué necesita saberlo?»

No quería implicar a su familia aún más en el asunto, y mucho menos poner en peligro a Xavier. Pero tampoco quería provocar al chantajista innecesariamente.

—Camino del Moro 17 en la Punta de la Mona. ¿Por qué?

—Para hacerte llegar un paquete.

Sintió su estómago como si estuviera lleno de una bolsa de cubitos de hielo.

—¿Qué paquete? —escribió con hormigueantes dedos.

—Estoy de acuerdo con la entrega el lunes, aunque acordamos otra cosa. Sin embargo, ¡yo cumpliré mi parte del trato! Sábado y domingo significan dedo meñique y anular de la mano izquierda de tu hermana. Pásate este fin de semana por el buzón para enterarte cómo de en serio me tomo yo este asunto.

CAPÍTULO VEINTIUNO

Tras un largo día de conferencias sin resultados, Rubén invitó a Lucía a cenar en el restaurante "El Barco" en el puerto deportivo Marina del Este. Mientras él degustaba un sabroso solomillo y ella un lenguado acompañado de un buen Ribera del Duero, volvieron a revisar los resultados de la investigación.

Las luces de las velas y el reflejo de la luna dieron a la cena un toque romántico, lo que causó una sensación de hormigueo expectante en Lucía que sabía que Rubén solo la llevaba a cenar tan fino si tenía planeado algo especial de postre.

Los temas de trabajo se resumieron rápidamente: el sospechoso detenido permaneció en silencio todo el tiempo, pero incluso sin su declaración sabían que había estado en el lugar del hallazgo del cadáver, ya que los técnicos encontraron allí sus huellas y fibras de ropa. El problema era que no lo podían catalogar como un crimen, ya que el señor Molina había fallecido de un infarto. Incluso al abogado de oficio más inexperto podría venirle la idea de que su cliente quería practicar primeros auxilios al difunto. Como su esfuerzo no daba resultado y se encontraba ilegal en el país, se esfumó porque temía ser expulsado.

¿Quizás fue así de verdad?

Era difícil de saber, si no abría la boca...

En los otros dos casos no habían encontrado rastros de él,

por lo tanto, no pudieron incriminarlo ni se les permitió retenerlo por más tiempo sin acusación oficial. ¿Y después qué? ¿Qué hacer con el tipo? ¿Subirlo en el próximo avión a África?

Lucía pensó en el pícaro de Carlos Roig. Su abogado lo había sacado del cuartel en noventa minutos porque el fiscal no se había atrevido a detenerlo solo por un teléfono móvil de prepago. En ocasiones se habían reunido los cuatro en el bar "Gamba Blanca" de Motril para jugar al póquer, afirmó Roig, y el tabernero lo testificó.

Lucía y Rubén estaban convencidos de que tenía que haber otra conexión: los chalets de Baena y Roca no cuadraban con sus salarios, pero no encontraron irregularidades al analizar ordenadores, extractos bancarios y otros documentos. Deben haber sido cuidadosos. Pero ¿cómo diablos encajaba el difunto Salvador Molina? Un agente de la Guardia Civil honrado, que aparentemente no vivía por encima de sus posibilidades, que pagaba mes a mes la hipoteca de una casita en el casco antiguo y conducía una vieja furgoneta. No muy típico para alguien metido en el negocio de las drogas, ¿o era esa la tapadera perfecta?

Ni siquiera tenían claro si Molina era víctima o autor.

El forense había especulado sobre un impacto externo premortem debido a un leve hematoma en el cuello. Tal vez alguien intentó estrangularlo y Molina sufrió un ataque al corazón antes.

Pero ¿quién? ¿El africano?

La unidad de operaciones especiales encabezada por Rubén, aumentó con tres agentes más asignados. Con ellos ya eran una docena de agentes investigando el caso. "A toda máquina en todas direcciones": fue la expresión del fiscal por la mañana en una rueda de prensa muy concurrida.

Rubén pidió la cuenta. «Ya era hora», pensó Lucía. Desde que Teresa y ella pusieran hace unas semanas su complicada relación en modo de espera, no se había metido en la cama ni con una mujer ni con un hombre. Ni siquiera con Rubén, su habitual consolador en esas pausas de pareja, porque durante una investigación le gustaba separar lo profesional de lo privado para poder concentrarse a tope en su trabajo. Pero después de cuatro copas de vino en ese ambiente marítimo no le importaba un carajo.

Caminaron despacio por el puerto acelerando el paso más y más rápido cuanto más se acercaban al "Papa San".

—¿Otra copa de vino? —le pregunto Rubén en la bañera del barco para crear ambiente.

Ignoró el ofrecimiento y se cacheó las caderas como si buscara algo. —Vaya cabeza —le susurró al oído y empezó a desabrochar su camisa.

—¿Qué pasa?

—Olvidé mis esposas en Granada...

Rubén sonrió y levantó la tapa de un banco de la bodega; dentro había cabos de amarre, cuerdas y una cadena de anclaje.

—No deberíamos preocuparnos por eso.

Poco después yacía atada con una escota a un pasamanos en el camarote de proa. La luz de la luna que se filtraba por la escotilla les puso en escena como actores en una vieja peli en blanco y negro. El mar agitado, salpicando contra el casco, servía como perfecto ruido de fondo, e hizo que la litera se balanceara como una cama de agua.

Lucía apoyó los pies contra la pared que la separaba del salón, le tendió la pelvis y esperó a su lengua en el lugar correcto, pero tardó mucho en llegar. Primero Rubén chupo los dedos de sus pies, beso el interior de sus pantorrillas y muslos, su vientre trazando círculos alrededor de su ombligo con piercing, el cuello, los lóbulos de las orejas y sus pechos.

—Rubén, por favor... no lo hagas tan emocionante —se quejó. Encorvó su espalda e intento librarse de la cuerda erizada para empujar su cabeza hacia la meta, pero el nudo aguantó. Rubén bajó con su lengua por su tembloroso cuerpo y le hizo cosquillas en el interior de sus muslos con la mano antes de lamer su húmeda vagina por un instante. Lucía se estremeció como si hubiera sufrido una descarga eléctrica.

Se detuvo y la hizo girar boca abajo.

—¡Rubén!, —jadeó—. Vamos ya...

—Shh, —le susurró, y se abrió paso a tientas con la lengua hasta el sensible orificio que desafortunadamente era tabú para

Teresa. Se zambulló entre sus nalgas antes de darle la vuelta por fin llegando donde quería tenerlo.

Al rato cerró la escotilla por razones de insonorización para dedicarse de lleno a sus puntos calientes, hasta que Lucía tiró con un pie algunos libros náuticos de la estantería, antes de que su cuerpo convulsionara lanzando gritos de placer.

Deslumbrada, sorprendida y desbordada, no se dio cuenta de cómo Rubén se metía entre sus piernas.

—No, una segunda vez no funcionará. Será mejor que me desates y me dejes hacer a mí con la boca...

Rubén la ignoró y comenzó tan lentamente como antes con su lengua. Cuando dejó sus protestas poco entusiastas, la desató. Lucía le agarró el trasero y comentó cada empujón con un grito de placer. Cuando lo sintió embestir de nuevo Rubén buscó a tientas el interruptor en la cabecera y encendió la luz. La acercaba a él tirándole del pelo y le pedía que se pegara a su cuerpo con toda su alma en el momento más íntimo, mirándole profundamente a los ojos durante el clímax. Sus bocas quedaron abiertas de par en par, pero no pronunciaron palabra. Solo sus jadeos rompieron el silencio.

Lucía apartó los ojos primero, se dejó caer en la litera y comenzó a sollozar. Tras un orgasmo tan fuerte esto no era nada inusual, pero ahora se daba cuenta de que su drama emocional con Rubén solo acababa de empezar.

Y la desenvuelta lesbiana de Teresa se apartó por un momento hacia la lejanía.

«Esa hija de puta creerá que me puede tomar el pelo», pensó Zoco.

«¡Pues está muy equivocada!»

No creyó ni una palabra de lo que dijo Joana. No había conseguido el dinero, ni lo haría hasta el lunes. Solo trataba de ganar tiempo. Zoco dio una patada al frigorífico, sacó una lata de cerveza y se la llevó al balcón. A la misma altura en el edificio de enfrente, una ama de casa marchita en bata colgó los calzoncillos y el mono azul de su marido en el tendedero.

Dio un largo trago de cerveza y pensó en cómo proceder. No había que dar muchas vueltas porque una cosa era segura: más amenazas serian inútiles si no cumplía la primera.

No le quedaba otra opción, ¡tenía que cortar dos dedos!

Después Joana, seguro que pagaría...

Zoco vació la lata de un trago. Una tijera de jardinero sería perfecta, pero no disponía de esa herramienta. En la cocina, sin embargo, encontró algo apropiado para Carmen: unos viejos y olvidados alicates. Pasó un dedo sobre la superficie de corte algo oxidada, pero suficiente para sus intenciones. Se acercó al bonsái que decoraba un rincón de su salón. Eligió una rama con anchura de un dedo y la cortó como si fuera de mantequilla. «Ensayo general aprobado», pensó, y sacó un sobre del cajón del escritorio. Lo metió junto a los alicates en el bolsillo del abrigo y se puso en marcha. Al llegar al aparcamiento se dio cuenta de su error.

«¡Joder! Tendría que estar más enfocado». Volvió al piso y tiró el sobre a la basura. Debía evitar huellas dactilares, pero ¿cómo? En el armario del pasillo encontró guantes de esquí. No se le ocurrió nada mejor. Ahora tenía que etiquetar el sobre, pero por supuesto no a mano, ni con la impresora, podrían ser identificadas, lo sabía de las pelis, lo mejor era con letras cortadas de revistas. Eso también lo aprendió de las películas de gánster. Con los guantes acolchados, Zoco intentó cortar y pegar letras; maldijo y al rato se dio por vencido. La comparación con un boxeador que tuvo que ir al baño con guantes atados justo antes de la pelea le vino a la mente.

En un armario de la cocina encontró guantes de nitrilo desechables ya podridos que utilizó una antigua ex, pero se rompieron al intentar meter la mano. «¡Maldita sea!» Quería acabar con esto lo antes posible. Salió corriendo al Mercadona, echó detergente, friegasuelos, limpiacristales y trapos de limpieza en el carrito con el único fin de camuflar la compra de los guantes desechables XL.

—Pero bueno, Zoco, ¿hoy estas de maruja o qué?, —

preguntó la rolliza cajera en voz alta. Asintió suspirando y se largó.

De vuelta en el piso se puso los guantes. Cortó letras de titulares de periódicos y revistas, y las pegó en el sobre.

Satisfecho, contempló la parte incruenta de la tarea:

ParA JoaNa:

dInERo LUneS O ReciBIraS mAS paQuETes

cAda dIA UN DeDO dE ManO DeSPUeS dOS dEdOS dE PiE pOR CadA DiA

sOLo dEpENDe de TI.

Ahora solo faltaba el contenido del sobre.

Zoco se encaminó a la "Finca Negra".

Carmen estaba sentada en su nueva silla tapizada evitando mirar a la esquina donde el hombre que la había encarcelado se iba pudriendo envuelto en plástico transparente. En la estrecha bóveda, sin embargo, esto era casi imposible de evitar. El muerto estaba ya cubierto de manchas y de alguna manera... más aplastado. Como si el aire se le hubiera escapado.

El cadáver en descomposición hizo de sus noches una tortura. Cada sonido que entraba por el pozo, fuese el chirrido de las cigarras, el aullido de los perros o los ruidos siniestros que el viento causaba silbando entre los arbustos lo relacionaba con el cadáver. En la oscuridad imaginaba cómo volvía a la vida y entre crujidos trataba de liberarse de su ataúd de plástico. En la noche creyó oír el ruido de una silla o las patas de la mesa deslizarse por el suelo y gritó de horror. Tal vez sólo fuera su cama en la que dio vueltas sin parar hasta que al amanecer se quedó dormida por un par de horas.

Tras todos estos años de tormento debería estar contenta por su muerte, pero excepto la esperanza, todos sus sentimientos se habían ido borrando con el tiempo. Carmen pensó en el hombre que metió al muerto en su mazmorra. Le resultaba conocido, pero incluso con el lento despejar de las nubes de su memoria, no recordaba de dónde. Mejoró las comodidades de su celda y prometió dejarla pronto en libertad. Se suponía que debía estarle agradecida, pero ese era otro sentimiento que no sentía.

En vez de la vieja cubeta oxidada, ahora tenía un inodoro portátil, además de suficiente agua y jabón para lavarse. Donde antes yacía un colchón polvoriento y desgastado, ahora había una cómoda cama con sábanas limpias, una mullida almohada y un acolchado edredón. Estuvo tentada varias veces de cubrir el cadáver con la ropa de cama. Pero necesitaba el edredón para abrigarse, la celda era fría y sentía más miedo de taparse con una "mortaja" por la noche, que de apartar la vista del cadáver durante el día.

Sabía perfectamente que el hombre no solo estaba interesado en que tuviera una estancia cómoda. Necesitaba un ambiente limpio para abusar de ella.

Esto también lo aplicaba a su cuerpo: tenía que hincharse de chucherías, patatas fritas y tartas de chocolate para "volver a tomar formas" decía el hombre, de lo contrario no le permitiría ver a su hermana en mucho tiempo. Debía pintarse las uñas, lavarse asiduamente y embadurnarse de cremas. Le trajo maquillaje, lápiz labial y colorete. Además, le regaló lencería que le exigía ponerse siempre que la visitaba: medias, braguitas, sujetadores transparentes, y hasta diferentes tipos de pelucas que utilizaba desde que le cortó el pelo al rape.

El hombre feo nunca la tocó de esa manera. Al principio se resistió, pero él era mucho más fuerte. La primera vez le dolió y sangro, pero después no sintió nada. Mientras la tomaba escapó con su mente a otro mundo. Mantuvo los ojos cerrados y pensó en su hermana intentando visualizar su rostro. Trató de recordar vivencias juntas y sintió ilusión por el reencuentro.

¡Pronto la dejaría en libertad! Se lo prometía cada vez antes de irse y echar el cerrojo. A la pregunta de por qué le trajo la cama y las demás cosas, si pronto se le permitiría salir, no hubo respuesta.

Aun así, se agarraba cada día a esa esperanza, hasta que volvía a visitarla y una vez más, fallaba en cumplir su promesa.

«Tal vez hoy», pensó, enderezándose en la silla y alisándose el pelo al escuchar desde afuera rozar metal contra metal. La puerta se abrió y el hombre entró sin saludarla. Carmen espero que se desnudara y la empujara a la cama como era costumbre. En vez de eso, puso los alicates en la mesa y se sentó a su lado.

—¿Para qué es eso? —le preguntó.

Cogió su mano y le acarició los dedos con las uñas pintadas.

—Pronto serás libre, Carmen, pero por desgracia tu hermana me ha decepcionado mucho, así que...

«¿Decepcionado? ¿Mi hermana?», pensó.

—Ahora será mejor que cierres los ojos...

Carmen le hizo caso, aunque sin saber de qué le serviría eso. «¿Qué estará tramando? ¿Y esos ruidos? Como si la herramienta se hubiera caído de la mesa», pensó. Patas de silla arañando el suelo. Una honda respiración. Un crujido, crac...

Carmen abrió los ojos antes de que el dedo cayera al suelo. Un profundo grito se formó en su diafragma atravesando la garganta y saliendo por su boca justo en el momento en que el hombre cortó un segundo dedo.

CAPÍTULO VEINTIDÓS

Kilian necesitaba aire fresco. Quería escapar de su frustración. Xavier dormía, y Joana estaba a punto de colapsar desde que el chantajista amenazó con cortarle dos dedos a Carmen. No tenían noticias desde entonces. «Ese cabrón...», pensó Kilian.

"Se trata solo de una amenaza jactanciosa", intento tranquilizar a su mujer, pero ella sacudió cualquier apoyo espiritual con las palabras: "No me crees de todos modos". En lo que no estaba tan equivocada.

¿Cómo iba a aparecer Carmen de repente? ¿Tras cinco años sin dejar rastro? En menos de una hora su informática podría convertir cualquier foto vieja en imágenes convincentes y grabaciones de vídeo diletantes en una película de terror. Y todo ello sin cobrar 150 000 euros por su trabajo como el tío que estaba detrás de esta farsa. Por otro lado, podía comprender la posición de su esposa: Le era imposible pensar tan racionalmente como él y creía lo que quería creer: que Carmen seguía viva y que pronto podría abrazarla.

Kilian se ató sus deportivas y echó a correr. Tenía la sensación de que los terribles acontecimientos de hace tres años lo estaban alcanzando a él y a su pequeña familia. Además, de tres misteriosos asesinatos en la zona, de los que se enteró unos días atrás en "El Tinao" de La Herradura. Después se informó por

Internet sobre los casos y leyó sobre un arresto. El sospechoso era un inmigrante ilegal que aún no había confesado.

Kilian siguió calle abajo y corrió hacia el faro. Cuando llegó a la cima de la colina se paró jadeando. Este lugar le despertó recuerdos de su primera estancia en Almuñécar. Lo visitó con Joana. Caminaron lentamente alrededor del faro y disfrutaron del panorama: al sur se podía ver el mar y en buenas condiciones meteorológicas hasta Marruecos, al este y oeste pueblos blancos y playas desiertas entre acantilados, y en el lado noreste se elevaba Sierra Nevada.

Pero ahora era de noche y estaba solo. La luz del faro en el que se apoyó de espaldas destellaba cada pocos segundos. En este lugar, sus almas se habían acercado por primera vez con un suave sentimiento, Joana colocó una mano sobre su hombro y señaló a un punto en la distancia, su melena negra acarició su cara. Algo melancólico, le pareció volver a oler el champú de miel de Joana.

Después de duras pruebas del destino se encontraron el uno al otro y desde entonces todo fue perfecto: su amor les llevo al altar y un año después Xavier completó su felicidad. Superarían su primera crisis y crecerían con ella, al menos eso esperaba. El lunes será el día crucial. Entonces Joana cobrará el dinero de la venta del piso y por fin sabremos lo que recibirá a cambio: una hermana con diez u ocho dedos, o la certeza final de que Carmen lleva muerta mucho tiempo.

Kilian deseaba lo primero, pero creía en lo último.

Después podrían irse a casa.

Volverían a sus cotidianas vidas, con mucho trabajo en su empresa y Joana ejercería de madre cariñosa y ama de casa.

Y vivieron felices y comieron perdices...

No sería tan fácil como él se lo imaginaba, independientemente de lo que pasara el lunes. Lo que su mujer estaba sufriendo en esos días la atormentaría por mucho tiempo. El dinero perdido sería el mal menor.

Kilian empezó a sentir frío y decidió volver a casa. Eran las once de la noche. Joana seguramente seguiría frente al ordenador esperando noticias del misterioso hombre que, bajo el seudónimo de Rocío Campos la maltrataba psíquicamente. Nunca antes había sentido tanta rabia e impotencia como con este fantasma que sacudía los pilares de su bastión de la felicidad a través de Facebook sin ni siquiera poder luchar contra ello. Joana rechazó su consejo de recurrir a la Guardia Civil y de pedir ayuda a su técnico informático Clemens de Múnich. Ciertamente podría descubrir la dirección IP del cabrón, y con eso averiguar su dirección... Pero cualquier cosa que pudiera poner en peligro la vida de Carmen era tabú para Joana. El hecho de que su hermana perdió la vida hace mucho tiempo no le valía como argumento.

Kilian giró en su empinada calle residencial que se alzaba cuesta arriba por dos kilómetros, dándose cuenta de lo mucho que el cuerpo y la mente se influenciaban mutuamente. El año pasado solo le faltaron diez minutos para terminar el maratón de Múnich en menos de cuatro horas. Ahora con la preocupación por Joana, se sentía tan agotado que tuvo que subir el último tramo a paso de tortuga. Cerca de una curva, el cono de luz de un coche cayó sobre los pinos del otro lado de la calle. Según el ruido del motor el conductor tenía prisa, y segundos después un coche entró en la curva invadiendo el arcén de su lado del camino.

Kilian dio un saltó apartándose del borde. «No ha faltado ni un pelo», pensó. Pero con el chándal negro, no era exactamente un ejemplo de cómo vestirse para correr de noche.

Como era de esperar, la luz del salón todavía permanecía encendida. Joana aún no se había acostado. Kilian sacó la llave cuando notó que había un sobre medio colgando de la apertura del buzón. Seguramente destinado al dueño del chalet. Aunque... no estaba allí antes, y Correos no repartía cartas a esas horas. Lo extrajo cuidadosamente.

Era un sobre marrón, de esos comunes acolchonados con burbujas. Le dio la vuelta. Kilian se desplomó en el escalón de la entrada. Su monitor de frecuencia cardíaca dio un salto de ochenta y siete a ciento veintitrés pulsaciones. Por favor, que no sea verdad... Leyó el mensaje escrito con letras recortadas de revistas por segunda vez:

ParA JoaNa

dInERo LUneS O ReciBIraS mAS paQuETes

cAda dIA UN DeDO dE ManO DeSPUeS dOS dEdOS dE PiE pOR CadA DiA

sOLo dEpENDe de TI

En la esquina inferior palpó algo que se parecía a...

Volvió a rezar el padrenuestro por primera vez desde que Joana y el lucharan por sus vidas en una finca de Sevilla.

Después abrió cuidadosamente el sobre.

La sangre seca adherida a las burbujas de plástico demostró de un cruel zarpazo que su oración no había servido para nada. Separó las caras y puso el sobre abierto bajo la débil luz del farolillo de entrada. Al principio no pudo distinguir lo que había en el fondo envuelto en un sucio plástico, pero después... «¡Dios mío! ¿Cómo podía alguien hacer algo así?»

No cabía duda: dos dedos con las uñas pintadas de rojo.

Kilian cruzó la calle corriendo hasta el borde del pinar donde tosió, se arqueó y vomitó hasta llegar al desayuno.

—¿Qué te pasa? —preguntó Joana desde la puerta de entrada.

«¡Oh, mierda!», trató de disimular... Escondió el sobre en la parte delantera del pantalón de chándal y lo cubrió con la chaqueta de deporte. —Supongo que me esforcé demasiado, cariño. Pero ya estoy bien.

Joana respondió algo, pero no le prestó atención. De ninguna manera podía mostrarle el espantoso hallazgo. Se desmayaría de la impresión sin más. La siguió al interior de la vivienda.

—Me voy a duchar —le dijo y despareció en el baño. Abrió el grifo de la ducha y salió a hurtadillas del baño hasta el final del pasillo donde había un lavadero. Abrió el cajón inferior del congelador y escondió el sobre bajo dos bolsas de cubitos de hielo.

No lo sabía con certeza, pero tal vez los dedos podrían volver a coserse a la mano. Solo sabía que el asunto había tomado una nueva y terrible dimensión.

—¡Tengo el dinero y quiero a mi hermana! —escribió Joana en el quinto mensaje—. ¿Por qué no se pone en contacto conmigo? —le preguntó a su marido las mismas veces. Kilian estaba detrás de ella, masajeando sus tensos hombros.

Por la mañana el banco le hizo entrega del dinero, y desde entonces esperó delante del ordenador con una bolsa llena de billetes bajo la mesa las instrucciones del chantajista. Desde su última amenaza no habían tenido más contacto.

Eso en el fondo era una buena señal, ya que no había recibido ningún paquete. Casi cada hora se asomaba temblando al buzón, pero gracias a Dios se mantuvo vacío todo el fin de semana.

Kilian se ocupó más de Xavier; el pequeño sentía un cambio en su mamá, por supuesto no entendía por qué no jugaba con él todo el tiempo como lo hacía en Múnich. Kilian compró calmantes en la farmacia para Joana. Ella lo notaba diferente, alterado, nervioso. Un poco más comprensivo, e incluso parecía que por fin creía en la versión de que Carmen estaba viva. Al menos no volvió a cuestionarle constantemente esa posibilidad, como lo hizo al principio del viaje.

Él insistió en estar presente en la entrega del dinero, pero ella se negó, no quería que el secuestrador pudiera notar su presencia, y ¿quién cuidaría de Xavier mientras tanto?

La Guardia Civil también fue un punto de discordia en sus discusiones. Kilian quería informarles, pero ella se posicionó en contra. Solo pondría a Carmen en peligro y era poco probable que creyeran la historia. Uniformados con la sirena encendida se presentarían en el lugar de entrega y al no ocurrir nada pensarían que ella era una loca. Entonces el chantajista cumpliría su amenaza de cortarle dedos, objetó a su marido, que parecía aturdido por esta idea. Por lo cual, este tema quedó zanjado.

A las siete de la tarde por fin llegó un mensaje.

—¡Ya está aquí! —gritó Joana. Kilian acudió deprisa.

—¿De verdad tienes la pasta? —escribió Rocío Campos.

—Sí, tengo los 150 000 aquí conmigo.

—Bueno, ya ves, ¿así que te animaron mis dos argumentos?

No sabía lo que este chiflado pretendía, la tentación de insultarlo era abrumadora, pero se contuvo, no quería arriesgarse a nada que pudiera poner en peligro la liberación de Carmen.

—¿Qué tengo que hacer? —preguntó en su lugar.

—Hoy a medianoche en punto, colocas el dinero dentro del cubo de basura que hay junto a la capilla de la Punta de la Mona y desapareces. Después dejaré a tu hermana en libertad.

«¡Pero bueno!, ¿este tío se cree que soy gilipollas?», pensó.

—¡De eso nada! ¿Quién me garantiza que la soltarás después? No te daré el dinero hasta que vea a Carmen frente a mí.

La ventana de chat se cerró.

—No debería haber escrito eso, ¿verdad? —le preguntó a Kilian, pero él lo veía de la misma manera: no podían confiar en el tipo, y sin señales de vida de Carmen no le entregarían el dinero.

Lamentablemente, el tipo que retenía a Carmen estaba al mando.

Joana esperó una enervante hora antes de que aparecieran nuevas condiciones en la pantalla.

—El intercambio tendrá lugar en la colina del Cerro Gordo. Empaqueta impermeablemente el dinero, y mételo en una bolsa junto con los manguitos inflados de Xavier. Lleva una linterna encendida contigo para que pueda ver tu posición. Encontrarás a Carmen atada a una silla al borde del acantilado. Un sedal estará anudado al respaldo, y el otro extremo bajará cien metros en vertical donde terminará amarrado a una lancha. No te acerques a Carmen más de diez metros y arroja la bolsa con el dinero por el abismo. Estaré muy cerca para vigilarte. Si te acercas a ella sin haber arrojado el dinero, o si no apareces sola, le haré al botero tres señales de luz. Pondrá el barco en marcha y arrastrará a tu hermana por los acantilados. ¡Así que nada de trucos! Cuando mi cómplice saque la bolsa del agua y la tenga en su poder, parpadeará su linterna dos veces. Solo entonces podrás desatarla. Te esperamos en los acantilados a las tres de la madrugada en punto.

No podían creer lo que leían agitando la cabeza al unísono.

¡Ese tío tenía que estar chalado perdido!

Kilian se acercó y tocó el nombre "Xavier" en la pantalla.

—¿Cómo sabe el nombre de nuestro hijo?

«Buena pregunta», pensó Joana, que respecto a la descabellada propuesta escribió:

—Eso también está fuera de discusión.

Esta vez su reacción no tardó en llegar:

—Solo queda la tercera opción: ¡te quedas con el dinero y tu hermana morirá!

—¿Qué se supone que debo hacer entonces? ¿Lo que pide? —preguntó Joana a su marido.

—Me temo que no hay elección para nosotros.

Ese "nosotros" le hizo algo de ilusión. Indicaba que Kilian la apoyaba, aunque no sabía de dónde surgía su cambio de opinión.

Joana, se mordió la muñeca y buscó su mirada antes de escribir:

—Okey. Allí estaré.

CAPÍTULO VEINTITRÉS

Ya no había vuelta atrás. Kilian se fue a comprar una linterna, cinta adhesiva, bolsas de congelador y unos manguitos.

Junto con los manguitos inflados de Xavier... ¿Quién en España conocía el nombre de su hijo? ¿De dónde sacó este tipo la información? ¿Facebook? Allí tenía publicadas fotos de su hijo, eso sí, ¡pero sin poner su nombre!

Como si todo lo demás no fuera lo suficientemente aterrador encima tendría que preocuparse de que un secuestrador y chantajista mencionara expresamente el nombre de su hijo. El chalet no disponía de sistema de alarma, y las ventanas normalmente las dejaban abiertas por la noche.

De ahora en adelante, lo cerraría todo a cal y canto las veinticuatro horas del día.

Los minutos pasaban lentos. Después de preparar la bolsa, Xavier se echó en la cama; Joana trató de dormir un rato. Las últimas noches incluso con tranquilizantes no dejó de dar vueltas en la cama sin poder conciliar el sueño. Por supuesto ahora tampoco podía, a pesar de que nunca antes se había sentido tan agotada.

Se sentó en el balcón con una taza de café. En el otro extremo de la bahía de La Herradura sobresalía el Cerro Gordo.

De niña recorría con su padre un sendero que llegaba hasta la torre medieval, que había servido en siglos anteriores para advertir con señales a las torres cercanas de la llegada de galeras enemigas. Cerca de esa torre, estaba el sitio donde abrazaría a su hermana por primera vez en años.

Joana trató de ver el punto exacto desde el balcón, pero la luz de la luna nueva era demasiado débil para eso. Solo se dibujaban los contornos del cabo del Cerro Gordo, que en el extremo sur caía más de cien metros verticalmente hacia el mar. No estaba precisamente contenta con la forma en que se iba a llevar a cabo la entrega, pero el chantajista no quiso desviarse de estas condiciones.

Kilian volvió a intentar convencerla de poner el tema en manos de la Guardia Civil para que se acercaran con fuerzas especiales, incluyendo buzos. Al final prevaleció la seguridad de Carmen. Sin embargo, no era tan ingenua como para tener la certeza que el secuestrador cumpliría su promesa de liberarla después de lanzar el dinero al mar. Desafortunadamente, no tendrían más remedio que esperar que lo hiciera. Tenía la sartén por el mango y podía dictar las condiciones. Recordó las instrucciones infantiles de las señales de luz y pensó: «Quienquiera que seas, de niño te gustaba jugar a policías y ladrones y, por supuesto, fuiste el ladrón».

«Todo estará bien», se convenció cuando la manecilla del reloj saltó a las 01:40 p.m. Cumplió todas sus condiciones y organizó el dinero hasta el último euro. «Dentro de ochenta minutos tendré de nuevo una hermana», pensó entusiasmada.

Joana no dejó escapar esta ilusión, y media hora más tarde se puso en camino hacia el lugar de la entrega.

Zoco miró el reloj, las 2:50 de la madrugada. Faltaban diez minutos. Su bote neumático se mecía con las olas, el único detalle que no había calculado.

El agua entró por encima de los cascos de goma. Sus vaqueros y el suéter negro se mojaron casi por completo tras navegar por el mar revuelto. Hasta ahora, solo había salido en días soleados y en aguas calmas a pescar con la zódiac. Tenía frío y ya sentía las primeras molestias gástricas por náuseas y nervios.

Lo demás estaba planeado al detalle: si la vigilancia costera se extrañaba de verlo por la noche en los acantilados de Cerro Gordo, tenía preparada una caña de pescar sin cebo para disimular. Se asombrarían de su incómoda pesca nocturna, pero no estaba prohibida. Del otro sedal que estaba atado al barco y subía verticalmente por los acantilados, colgaba un cebo que cortaría con la navaja preparada si hiciera falta.

Estaba contento de que Joana finalmente aceptara sus términos. ¿Qué otra opción tenía? El único inconveniente en su plan era el cómplice. Por supuesto que no había ninguno. Pero tuvo que fingir uno. De lo contrario, no podría hacerle creer a Joana que la vigilaba desde la colina y al mismo tiempo amenazarla de matar a Carmen tirando del sedal desde el barco si intentaba algún truco. Solo esperaba que no se hiciera la heroína y tratara de joderle el plan. El riesgo era demasiado alto para ella. Levantó la vista por el acantilado.

Las estrellas se movieron lo que aumentó sus náuseas.

Había fijado un puntero láser en la silla para determinar la posición de esta. El rayo de luz verde se sumergía en el agua frente al barco para ayudarle a estimar la distancia entre la silla y la linterna de Joana. No podría acercarse demasiado sin tirar la bolsa con el dinero por el abismo. Detrás del saliente de la roca en la que montó la silla, el terreno subía empinado hacia la antigua torre antes de que la tierra se allanara. Dos horas antes bajó hasta allí con cuidado por la rocalla hasta el borde del acantilado y lo dejó todo preparado. Tuvo un resbalón y se deslizó algunos metros por la pendiente antes de que pudiera aferrarse a una roca justo a tiempo. Después de un segundo de reacción, se le ocurrió la idea de un pequeño cambio de planes:

"Después de sacar el dinero del mar, no apretaría el acelerador del motor como estaba previsto, sino que atraería a Joana hacia la pendiente con dos señales luminosas. Tal como acordaron."

Un mal paso por la emoción y los nervios o el sedal tensado

a la altura del tobillo, podrían traer consecuencias fatales allí arriba.

CAPÍTULO VEINTICUATRO

Joana aparcó frente al restaurante "El Mirador", donde cogió el sendero. Mantenía el haz de luz de la linterna bajado a dos pasos por delante de ella. Aun así, no avanzó tan rápido como a la luz del día y perdió varias veces el camino. Sabía que tenía que darse más prisa para llegar puntual, aceleró el paso se dobló el tobillo y cayó de bruces en una espinosa maleza. Ignoró el dolor y se levantó a duras penas. A su izquierda refulgían las luces de La Herradura, que se extendían a lo largo de la bahía hasta la Punta de la Mona donde pasaban sus "vacaciones".

El faro destellaba recorriendo la bahía.

En lo alto del cerro no había fuentes de luz, solo arbustos y rocas que en su imaginación formaban contornos fantasmales.

¿Estaría el secuestrador escondido detrás de esos arbustos?

A veces se detenía porque creía oír un crujido o un susurro entre la maleza, pero solo el ruido lejano del mar y el canto de las cigarras determinaban el sonido nocturno de fondo. Llevaba recorrido la mitad del camino. Después de un ascenso el terreno se hizo más plano y reconoció el mar detrás del cabo por las crestas de las pálidas olas. Al fondo del Cerro Gordo empezaban a destacar los contornos de la torre medieval.

"Dirígete al lado izquierdo de la torre y dibuja un círculo con la linterna", escribió ese idiota. "A mi señal puedes llamar a

Carmen. Una vez que te haya contestado, tiras el dinero por el acantilado y esperas mi okey. Después te puedes marchar con ella".

Joana se volvió de un repullo. ¿Había algo allí?

Algo crujió en una elevación cercana.

Dirigió la linterna hacia la elevación, pero la luz no llegaba tan lejos. De repente escuchó otro ruido, una piedra rodando cruzó el sendero delante de sus pies. ¿La tiró el chantajista?

—¿Hola...? —Su voz era un débil susurro.

Entonces alguien salió corriendo de entre la maleza en su dirección.

Joana se tiró al suelo.

«Te va a arrancar la bolsa del dinero de la mano. Te metiste en una trampa, ¡imbécil!», pensó, y agarró una piedra para lanzar a la cabeza del atacante. La linterna ilumino a todos lados como un estroboscopio. Por un instante enfocó a una cabra montesa y a sus crías que cruzaron saltando el sendero delante de ella.

Joana apenas pudo volver a ponerse en pie, pero debía seguir. Solo le quedaban pocos minutos. Dirigió el foco a unos metros por delante de sus pies y empezó a correr hacia la torre.

No se daba cuenta por donde pisaba, ni cómo el camino describía un ángulo recto. Seguía corriendo, el terreno se inclinó y perdió el equilibrio. Intento amortiguar la caída, giró hacia su lado izquierdo, dio una voltereta y cayó contra un arbusto. Al menos los vaqueros y el suéter le protegieron de heridas, pero aun así el dolor era infernal.

Trató de levantarse con la ayuda de una rama. Se quebró y cayó de espaldas causando una nueva ola de dolor. Se dio la vuelta, permaneció de rodillas por un momento mientras se limpiaba las lágrimas de la cara con el dorso de la mano. Se puso a cuatro patas y gateó unos cuantos metros.

Faltaba un minuto para las tres.

La linterna... ¿Dónde estaba la linterna?

La perdió al caerse. No podía verla por ningún lado.

Parece que se había apagado, ¡no!

—La necesito para hacer las señales, ¡Madre mía!, —lamentó mirando al cielo—. Esto no puede estar pasando. Pero te tranquilizarás, buscarás la linterna, correrás hasta la torre y liberarás a Carmen. —Dijo con valentía.

Pasados cinco minutos de la hora acordada, seguía escudriñando el oscuro terreno en busca de una linterna de color negro.

«¿Y si no la encuentro?»

—No pienses en eso y concéntrate en la búsqueda —se amonestó.

Zoco maldijo. En ese momento Joana debería estar dando la señal de luz en la torre. Eran las 3:00 en punto, así que ¿dónde diablos se metía esa maldita zorra? ¿Le estaba tomando el pelo? Zoco se inclinó sobre el casco de goma y abandonó la lucha contra su rebelde cena. «¿Acaso era una trampa?», se preguntó mientras vomitaba e intentaba mantener el equilibrio. ¿Estaría la Guardia Civil por allí arriba? ¿O por aquí abajo los Guardacostas?

Zoco escupió al mar una última vez fijándose después en el horizonte. Temía ver lanchas patrulleras acercarse con las luces de posición apagadas, pero todo parecía estar tranquilo. Aunque esta calma le resultaba engañosa. «¿Quizás estaban escondidos tras los acantilados? Deberías haber pensado en un plan mejor, ¡idiota!»

Zoco arrancó el motor fuera borda y puso la mano en el acelerador. No podía creer que Joana llegara tarde. Algo iba mal, ¡muy mal! Si tirara de la palanca, en veinte metros el sedal con una resistencia a la rotura de cien kilos se tensaría y haría que la silla se volteara.

Si la Guardia Civil estuviera a punto de llegar no encontrarían nada, y no tomarían en consideración la loca historia de Joana.

Zoco acarició la palanca y la apretó ligeramente.

El barco se puso en marcha lentamente.

«Por otro lado, si me largo ahora, me quedaré sin el dinero», pensó Zoco. «Además, me perdería la caída de Joana sobre el sedal tensado y su salto de trampolín de cien metros de altura».

Soltó el acelerador. Existía el riesgo de que Joana le engañara, pero decidió esperar un poco más.

¿Pero, cuánto tiempo?

«Te doy diez minutos, cariño. Si para entonces no veo la señal, me voy de aquí con tu hermana a remolque», decidió.

Joana pensó en su Smartphone, en el que había descargado una App de linterna en Múnich por puro aburrimiento. Se lo había dejado olvidado en el coche y se maldijo a sí misma por ello.

Se arrastró por el suelo rocoso y espinoso, sin prestar atención al dolor de sus rodillas, apartó maleza y fregó la rocalla con sus manos hasta que finalmente encontró la linterna. Apretó el botón, ¡nada! lo intentó unas cuantas veces más, pero la linterna parecía haberse roto al caer. No podía ser cierto, ¡joder! Había luchado tanto para conseguir el dinero, y ahora todo se le volvía en contra.

"Cinco minutos más, y tu hermanita practicará salto de trampolín", amenazó.

Joana agitó la lámpara en vano y estaba a punto de estamparla contra el suelo, cuando parpadeó brevemente. La golpeó en la palma de su mano hasta que volvió a funcionar durante unos segundos. Así que no estaba rota por completo. Solo podía esperar que cumpliera su propósito. Si es que no era ya demasiado tarde para eso.

Perdió de vista el sendero y corrió zigzagueando por el áspero terreno hasta alcanzar la torre. Más allá, la tierra descendía en picado antes de terminar a cien metros sobre el nivel del mar en un saliente de roca por encima del abismo.

—¿CARMEN? —llamó con el sonido de las olas chocando contra las rocas amortiguando su voz. No hubo respuesta. Sacudió la linterna esperando que se encendiera al menos durante algunos segundos.

—¿CARMEN? —gritó de nuevo.

No oyó nada más que el embate del mar.

Pero, ¿qué fue eso? ¿El motor de un barco?

La linterna se encendió. Para no interrumpir el frágil contacto trazó un círculo en el aire cuidadosamente, ¡la señal exigida!

Instantáneamente el motor del barco se paró. Joana giró e iluminó la pendiente. Lo que apenas pudo reconocer al final de la tenue zona iluminada, hizo parar el latido de su corazón por un instante.

¡Ahí estaba Carmen!

Atada a una silla.

De espaldas a ella.

Su melena ondeaba con el viento a un metro del abismo.

Joana quiso gritar, llorar, reír, pero no le salió ni un pío. Quería llegar lo antes posible, sacarla de allí y llevarla a casa.

Comenzó a descender por la pendiente.

Una luz parpadeó.

Casi olvidaba las reglas que el secuestrador le impuso: "Un centelleo significa alto".

—Juuana...

¿No era esa la débil voz de Carmen distorsionada por el viento?

Joana solo produjo un graznido.

—Haz lo que dice el hombre. Tira el... mar. ¡Por favor!

La voz de Carmen se perdía tras el rugir de las olas.

—Tengo tanto miedo, Juuana —dijo sollozando.

Joana lanzó la bolsa al abismo.

La linterna se apagó por el movimiento.

Ya daba igual. Solo le quedaba esperar a la señal y...

—¡ESTARÉ CONTIGO ENSEGUIDA! —gritó contra el viento, pero solo recibió un sollozo por respuesta. Casi se vuelve loca de pena y emoción.

—¡Dame la señal de aprobación y lárgate con el maldito dinero! Pero no llegó. En su lugar, el sonido del motor del barco arrancando resonó desde el fondo del acantilado.

—¡*NOOO*! —gritó Joana al darse cuenta, de que lo peor estaba a punto de ocurrir. Tenía el dinero, ¿por qué quería arriesgarse?

Pero en ese momento una luz parpadeó dos veces desde abajo.

Eso significa todo en orden. «¡Puedo llevarme a Carmen!»

Se apresuró sin prestar atención al peligro de resbalarse. Según el ruido estridente del motor, temió que aumentara las revoluciones, y se dio aún más prisa. La silla estaba conectada con un sedal al barco. Tenía que cortarlo o sujetar a Carmen tan fuerte que el sedal se soltara. Estaba en el punto más empinado de la ladera, entre la torre y el saliente del acantilado cuando se enredó el pie en algo, cayendo de bruces contra el suelo.

Deslizándose por la rocalla, sintió el sabor a polvo y sangre en su boca. Trató de voltearse, de agarrarse con los talones, los codos o los dedos. En vano. Se resbalaba cada vez más rápido hacia el abismo. Ese era su final. Ya no podría ayudar a Carmen. Su último pensamiento lo dedico a Xavier y a Kilian.

Su pie chocó contra algo duro. El impacto la remolinó y ralentizó su deslizamiento. La roca o el tronco de madera contra el que se estrelló se desplazó por el impacto, cayendo al mar desde el saliente de roca.

Joana se detuvo boca abajo en una estrecha meseta. Su cabeza quedó expuesta al abismo mientras veía caer lo que le acababa de salvar la vida. Pero no era una roca o un tronco.

Pasaron unos segundos hasta que se estrelló en el agua y una enorme fuente emergió del mar revuelto. Solo en ese momento se dio cuenta de que estaba tumbada ocupando exactamente el mismo sitio que su hermana atada a la silla.

Había empujado a su hermana al abismo.

CAPÍTULO VEINTICINCO

Carlos Roig se rellenó la copa por tercera vez con Lagavulin de dieciocho años. El sabor ahumado del whisky le ayudó a aliviar la tensión de los últimos días. Satisfecho, recordó el interrogatorio de la Guardia Civil. Qué farsa. En realidad, solo se lo llevaron por encontrar un móvil idéntico al de Baena, Roca y Molina... y desafortunadamente también en su casa. Debería haberse deshecho de él a tiempo. ¿Pero, por qué iban a colgarle el sambenito? ¿Por tener un teléfono móvil de prepago? Por lo demás, no tenían ninguna prueba contra él, y su abogado logró sacarlo de ese ridículo espectáculo en un tiempo récord de noventa minutos. Tan solo tuvo que admitir que a veces había jugado al póquer en el cuarto trasero del bar portuario. Aunque eso también estaba prohibido de alguna manera, pero la Guardia Civil de momento tenía otros problemas más graves.

Las preocupaciones de los agentes parecían esfumarse, al igual que sus temores de convertirse en la próxima víctima del vengador misterioso. El arresto del hombre africano era ahora de dominio público, ¿quizás era uno de los supervivientes de las pateras preparadas? Entonces habría tenido un motivo. ¿Pero cómo demonios consiguió toda la información de las víctimas y sus trasfondos? Que más daba. No era su tarea averiguarlo.

Así que, ¿para qué seguir preocupándose del asunto? Lo principal era que el hombre ya se encontraba entre rejas y él podría enfocarse en sus demás problemas, que giraban en torno a cómo sacar adelante su cártel de drogas, ¿siendo él su único miembro con vida? Sería el momento adecuado de reclutar nuevas caras, aunque resultara peligroso. Habrá agentes ejecutivos y altos cargos en las autoridades que aún no hayan sucumbido a la atracción del dinero, pero seguro que son pocos.

Lo mejor era tomar un descanso hasta que la situación se relajara. Quizás unas vacaciones en algún exótico lugar. El último negocio salió bien al final y fue el más lucrativo de todos hasta el momento. No quedaba nadie con quien compartir el pastel. Mirando la situación desde ese ángulo, la suerte estaba de su lado en las últimas semanas. Disfrutó de esa sensación de felicidad y se sirvió más whisky.

En ese momento sonó el timbre de la puerta de entrada sobresaltándolo.

En su Rolex Yacht Master dorado eran las 23:37 p.m.

¿Quién demonios se atrevía a molestarle a esas horas? Pensó en ignorarlo, pero el chalet estaba iluminado como el Corte Ingles por Navidad. ¿Quizás otra vez esos idiotas de la Guardia Civil? Si el asesino no estuviera encarcelado, se jiñaría de miedo.

Suspiró al reconocer al tío que le mostraba la pantalla del intercomunicador. Carlos apretó el botón de hablar.

—¿Qué quieres, Zoco?

—Hablar contigo.

—No hay nada de qué hablar, ¡adiós!

—Es que pensé que como algunas personas han fallecido últimamente, ¿te vendría bien mi ayuda de nuevo?

Estaba a punto de decirle que se largara, cuando este argumento le hizo vacilar. Tal vez Zoco podría volver a serle útil bajo las nuevas circunstancias. Había sido su intermediario con los marroquíes hasta que exigió un porcentaje mayor y lo tuvo que echar. Pero ahora le faltaba personal.

Carlos abrió la puerta y lo dejó entrar.

Se dieron la mano, incluso su visitante nocturno lo abrazó como si fueran colegas. Qué extraño. La última vez que se vieron, el cabrón le había insultado y maldecido.

—¡Pues siéntate! —Carlos señaló el sofá de piel de cebra y se sentó enfrente, en un sillón de cuero.

—Gracias. Vaya casa, Carlos. ¿Sigues yendo a África por la caza mayor?

Hizo un gesto con la mano y dijo:

—Pasa de conversaciones banales y ve al grano.

—Por supuesto. Bueno, me imaginé...

Zoco se detuvo fijándose en la botella de whisky.

—¿Te apetece una copa?

—La verdad es que me vendría bien, gracias.

Carlos fue a la cocina y cogió un vaso. Después esnifó algo de coca del escondite. De vuelta en el salón, sirvió a Zoco con moderación para que no se acomodara demasiado en su casa, y dio una buena recarga a su vaso. Le dio el whisky en la mano, y brindaron sin mirarse a los ojos.

Entonces Zoco empezó a hablar.

Lo que le propuso no sonaba tan mal. ¿Posiblemente subestimó a ese tipo? Llegó a un punto en que no pudo seguirlo y quiso preguntar, pero su voz le falló. Sonaba extrañamente monótona y distante. Carlos aclaró la garganta, lo intentó de nuevo, hizo un gesto con la mano y se limitó a escuchar.

¿Cuál era la idea de Zoco?

Le resultaba cada vez más difícil de concentrarse. La próxima vez intentaría dosificar con más cuidado... ¿O fue el Lagavulin lo que de repente le dio tanto sueño? Se le cerraron los ojos, pero Zoco siguió hablando. Necesitaba acostarse de inmediato, pero primero tenía que echar a su molesta visita.

Quiso levantarse y cayó de costado al suelo. Carlos logró abrir los ojos empañados una vez más. La última frase que escuchó antes de perder el conocimiento fue:

—Aun así, soy compasivo contigo, Carlos. No sufrirás mucho gracias al sedante knock-out.

Kilian estaba sentado en la terraza por encima del resplandor nocturno de La Herradura. Trataba de no reflexionar sobre los sucesos acontecidos, cosa que ni siquiera le salió bien con el apoyo de una botella y media de vino tinto. Joana llevaba horas durmiendo con la ayuda de tranquilizantes y somníferos. Al lado de la segunda botella de vino estaba el intercomunicador de bebés. De vez en cuando salía el sonido del reposo de Xavier. Las luces del interior del chalet estaban apagadas, al igual que las del balcón. Quería permanecer en la oscuridad.

Su mirada se perdió en el extremo sur del cabo Cerro Gordo donde se había producido el dramático desenlace. Pero, ¿Qué drama? ¿Uno de verdad, o uno que Joana imaginó causado por la ingesta de tantas pastillas? Pobre Joana. Casi se vuelve loco de preocupación cuando no regresó a la hora acordada ni contesto al móvil aquella noche. Le hubiera gustado ir a buscarla, pero no podía dejar solo a Xavier. Arañada, ensangrentada y apenas sin poder expresarse entró a las cinco de la mañana en el cuartel de la Guardia Civil, afirmando haber empujado a Carmen por los acantilados. Una ambulancia la llevó al hospital Santa Ana de Motril. Aunque probablemente hubieran preferido llevarla a una clínica psiquiátrica, porque su historia era difícil de digerir. Todo lo que tendría que haber hecho para demostrar a los agentes que su mujer no era ninguna loca, era enseñarles las dos pruebas que conservaba en el congelador...

Aunque eso no habría ayudado precisamente a su recuperación.

Sea como fuere, la macabra bufonería parecía haber terminado. Una psicóloga clasificó la historia de Joana como trastorno delirante, causado por una situación de estrés psicológico persistente. Le recetó medicamentos, en cuyo prospecto leyó entre otras cosas preocupantes la palabra "esquizofrenia".

¿Y qué es lo que él creía?

Leyó el chat de la presunta Rocío Campos, y era consciente de los dedos amputados. Aun así, creía que la chica de la noche de la entrega no se trataba de Carmen.

Si es que había una Carmen.

Los dedos podrían ser de cualquier otra mujer. Tendría que haber ido a la Guardia Civil para una prueba de ADN, pero no lo hizo, no quería que Joana se enterara.

Además, tuvo que cuidar de Xavier, y no le gustó la idea de tener que ir a la Guardia Civil con dos dedos congelados en el bolsillo acompañado de su hijo para explicar durante horas cómo llegaron a su poder. Sus anteriores experiencias con la Guardia Civil no habían sido buenas. Hace tres años sospecharon de él como el causante del envenenamiento de su hermano. Si ahora volvieran a sacar conclusiones erróneas, tendría que estar obligado a dar explicaciones.

Así que los dedos se quedaron donde estaban. Dos veces estuvo a punto de inspeccionarlos, pero se horrorizó solo de pensarlo. El corazón le latía más rápido. ¿Quizás ahora pueda?

Con el vino ingerido, su estómago no aguantaría la tarea. Pero era el momento idóneo, Joana y Xavier dormían y no se enterarían.

Para ganar tiempo antes de dedicarse a la macabra tarea, quiso retomar el pensamiento anterior. En realidad, creía más en las palabras de la psicóloga que en las afirmaciones de Joana. Ella no se había cansado de rogar a la Guardia Civil que mandaran buzos a recuperar el cuerpo de Carmen de las aguas del Cerro Gordo. Pero su petición fue denegada. En su lugar, mandaron dos agentes a inspeccionar los acantilados. Donde no encontraron nada, excepto "grandes cantidades de cagarrutas de cabra". Pero ninguna evidencia de que su mujer contara la verdad.

Kilian tomó un sorbo de vino y pensó en cómo había defendido a su mujer, cruzando ligeramente el límite del desacato a la autoridad. Pero el cuento de terror ya había terminado. Alargó la mano para coger nuevamente el vaso y se le cayó. El resto del vino se derramó sobre sus vaqueros, y el vaso se estrelló contra el suelo haciéndose añicos. —No pasa nada —balbuceó—. No pasa absolutameeente nada.

Lo que sucedió aquella noche, con o sin Carmen, y hasta qué nivel interfirió la psique dañada de Joana, probablemente nunca se sabría. El dinero estaba perdido, por supuesto, pero tal vez, ese era el precio que tuvieron que pagar para seguir viviendo en paz. —No pasa naaada...

Pasado mañana volverían a Múnich. Joana seguiría confusa y

anímicamente inestable por la cantidad de tranquilizantes que le habían dado, pero era fuerte y lo superaría. Con un poco de suerte, sus heridas mentales se curarían antes de Navidad.

Kilian notó que la curva de puntos del monitor del bebé se movía, y lo apretó contra la oreja como un móvil.

Aparte de un suspiro, el cuarto de Xavier permanecía en silencio.

Kilian cogió la botella de vino tinto y se la puso en la boca como si fuera una lata de cerveza. Se detuvo y pensó: «hay límites, suficiente por hoy».

No dio ni un paso cuando escuchó un ruido procedente del chalet colindante. La puerta corredera que daba al jardín del vecino se abrió. La luz del salón iluminó la terraza y el jardín de Carlos; el agua de la piscina brillaba bajo la luz de la luna.

Entre las copas de los cipreses distinguió a un hombre que miraba a todos lados, pero no pareció detectar la figura de Kilian observando sus movimientos desde la oscuridad de su terraza.

¿Qué hacía un hombre en el jardín de Carlos a esas horas de la noche?

¿A lo mejor se trataba de un ladrón? Tonterías. Los ladrones de viviendas no suelen trabajar con ropa tan elegante. El hombre, que a pesar de las canas solo parecía unos años mayor que él, volvió al interior del chalet de Carlos. Kilian recogió los cristales del suelo, se levantó, perdió el equilibrio y chocó contra la puerta del porche. Hacía mucho tiempo que no tomaba más de dos copas de vino, así que los tragos de alcohol le afectaron más de lo esperado.

El hombre regresó al jardín. Esta vez acompañado de Carlos.

Ambos también parecían llevar unas cuantas copas de más. Carlos apenas podía mantenerse en pie, y su amigo lo sostenía. Juntos se tambaleaban hacia la piscina. Kilian sonrió. El serio director del "Costa Tropical Palace" que conoció en su primera visita a Almuñécar no se parecía en nada al de ahora.

¿Pero qué demonios estaban haciendo?

Parecían querer tomar una medida drástica contra la borrachera. Kilian se había bañado en la piscina varias veces durante su estancia. La temperatura del agua era de apenas dieciséis grados. En una tarde soleada era un agradable refresco, ¿pero por la noche?

Estaban en el borde de la piscina. Carlos se inclinó como si quisiera vomitar y su compañero de copas lo agarró por la cadera, tirando algo al agua con la mano libre. Kilian decidió quedarse un rato más observando. Su curiosidad se despertó.

El hombre que no parecía tan borracho como Carlos, giró sobre su propio eje y soltó a su amigo en el borde de la piscina. Carlos cayó al agua sin mostrar reflejos. Pero en vez de intentar salir resoplando, se quedó flotando boca arriba con los brazos extendidos sin moverse, como si quisiera meditar.

Tenía que estar completamente colocado...

Por fin su amigo se arrodilló para sacar a Carlos del agua. Se acercó, le cogió un brazo y tiró de él para acercarlo al borde, pero en vez de agarrarlo por las axilas y subirlo, empujó su cabeza sumergiéndola bajo el agua. Carlos se cansó del extraño juego y empezó a bracear desesperadamente. El hombre, que obviamente *no* era amigo de Carlos, lo soltó cuando este dejó de moverse. Después se alejó entrando al chalet con total parsimonia.

En ese momento Kilian se dio cuenta de que acababa de presenciar un asesinato.

CAPÍTULO VEINTISÉIS

Kilian tuvo que seguir esperando en la silla de teca. El jardín de Carlos estaba iluminado por focos halógenos. Agentes uniformados, forenses con mono blanco e investigadores civiles, estaban dispersos como en una fiesta donde las bebidas se hubieran agotado. Eran las tres y media de la madrugada, Kilian ya estaba medio sobrio y quería acostarse, pero parecía haber disparidad de opiniones entre los agentes sobre quién lo tenía que interrogar. Hasta ahora había tenido que relatar en dos ocasiones a distintos agentes lo que había ocurrido tres horas antes. Después le dijeron que tenía que esperar a dos compañeros del Departamento de Homicidios, una tal señora Cienfuegos y su compañero Rubén de Freitas que tenían que llegar desde Granada. Algunos agentes se fijaron en él descaradamente, y un uniformado le señaló con el dedo mientras cuchicheaba con otros.

Kilian preguntó si podía hablar con Paco, la persona con la que tuvo más contacto en la Guardia Civil en aquel entonces, y le dijeron que ya estaba en jubilación anticipada.

—¿Y el jefe de Paco en ese momento?, teniente... ¿Cómo se llamaba?

—¿Se refiere al teniente Lozano? Fue trasladado al norte hace tres años, tras una serie de asesinatos sin resolver. A un pueblucho cerca de Bilbao.

¿Tras una serie de asesinatos sin resolver? Así que aún no tenían ni idea de lo que realmente sucedió entonces.

A diferencia de él...

Kilian no quería esperar más. Preguntó a un uniformado que siempre andaba cerca de él como si tuviera que vigilarlo si ya podía irse a casa a descansar.

—Me temo que eso no será posible.

Estaba cansado y molesto.

—¿Disculpe? He descrito al detalle al asesino y explicado el desarrollo de los hechos dos veces. Además, ya tienen mis datos personales. Vivo ahí arriba... —dijo, señalando la casa de al lado —. Mañana iré al cuartel de la Guardia Civil. Entonces podremos hacer un retrato robot, y echaré un vistazo a sus fichas de delincuentes. Kilian había mejorado su español con la ayuda de varios cursos de adultos y practicado con Joana hasta un nivel en el que ya podía comunicarse sin problemas.

En vez de responderle, el agente llamó a un hombre de mono blanco para que se acercara, susurrándole una orden. El forense asintió a Kilian y se quitó la máscara.

—Sígame al salón y quítese toda su ropa —dijo el técnico.

¿Qué significaba eso? ¿Quitarse hasta los calzoncillos? El forense metió la ropa en una bolsa, después agarró su mano y raspó debajo de las uñas algo de suciedad que introdujo en una bolsita de evidencias. ¿De qué iba esa mierda?

Tenía que luchar por no perder la compostura. ¡Por supuesto que bajo sus uñas se encontraba tierra del jardín de Carlos! No es de extrañar: había saltado al jardín desde la primera planta, se abrió paso a través del seto de cipreses, sacó a Carlos de la piscina y trató de reanimarlo por unos minutos. En el salón de la víctima también encontrarían sus huellas por todas partes, ya que entró a buscar un teléfono fijo para llamar al 112.

—¿Podría explicarme de qué va esto? ¿Están sospechando de mí?

El uniformado se puso la gorra y se cruzó de brazos.

—*Sospechar* puede que no sea la palabra adecuada, hablaremos por el momento de *casualidades*. Durante su última estancia en Almuñécar varias personas fueron asesinadas en circunstancias misteriosas en el mismo hotel donde usted se alojaba. El caso aún no se ha resuelto, y en aquel momento se sospechó de usted, pero no se pudo probar nada en su contra. Carlos Roig era entonces el director de ese hotel, y tan pronto como usted se volvió a Alemania, la serie de crímenes terminó. Vaya *casualidad*, ¿no? Tres años más tarde, el misterioso Señor Huber vuelve y se alquila un chalet en la Punta de la Mona. Días después, su vecino, a quien conoció por *pura casualidad* en su primera visita a Almuñécar, muere ahogado. Hablamos de la misma persona que hace tres años le denigró, lo que llevó a su breve detención. ¿No le parecen demasiadas coincidencias, señor Huber? —concluyó exhalando su aliento de tabaco.

Kilian no sabía si reír o argumentar en contra de estas agilipolladas imputaciones. Pero el agente aún no había terminado:

—Y esos cuentos de fantasmas, señor Huber... Primero usted y su esposa sacan de quicio a la Guardia Civil con la hermana de su esposa, quien de repente, después de años, aparece en las garras de un maníaco que la tiene secuestrada. Luego vienen con ese cuento chino horripilante de una entrega de rescate en el Cerro Gordo. Y esta noche usted, vuelve a ver a un fantasma. Un fantasma que ahogó a su vecino en la piscina antes de que, el valiente héroe de Múnich, dejara escapar al misterioso asesino. Después luchó, desgraciadamente para nada, por la vida de la víctima. A pesar de la oscuridad, nos describe a ese fantasma dos veces al detalle, pero, incurriendo en contradicciones. Señor Huber, ¿usted cree que tenemos pocas luces, a que sí?

El espantoso sobre con los dedos cortados, Joana traumatizada, presenciar el asesinato y un profundo cansancio... hicieron mella en él, logrando desestabilizarlo. Gritando sacudió al agente por el cuello hasta que su gorra cayó al suelo. Poco después, estaba tumbado boca abajo sobre una alfombra de piel de cebra, sintiendo las rodillas de dos guardias civiles en la espalda y escuchando cómo le ponían las esposas.

Maite no podía creer la tontería que se tenía que tragar. Había asistido a cursos de todo tipo, pero este cursillo prematrimonial al que les condenó el cura, era el pico más álgido de la estupidez. Rafa estaba sentado a su lado, pero ausente, dedicándose en exclusiva a su iPhone en lugar de interesarse en los diez mandamientos de un matrimonio ejemplar.

Al menos ya iban por la tercera de un total de cuatro reuniones, y por supuesto otra vez sin aprender nada. ¿Cómo iba a hacerlo? ¿Un sacerdote abstinente explicando cómo comportarse dentro de un matrimonio? Le hubiera gustado preguntarle cómo impedir que Rafael se fuera de putas dentro de algunos años, cuando ya no sintiera interés por su esposa. ¿Cómo mantener la autoestima alta si llegado el momento Rafa sólo la piropeara por su arte culinario, apenas le hablara, y mantuvieran sexo nada más que los sábados por puro sentido del deber?

No obstante, el cura no se ocupaba de estos temas esenciales.

Solo la ilusión por la fiesta de compromiso le hacía esta comedia algo más llevadera. Aparte de ellos, otras catorce parejas participaban en el cursillo, pero Rafael y Maite eran sin duda la pareja más deslumbrante. Su futuro marido tenía una reunión de negocios justo después, y por lo tanto se puso tan elegante que parecía el día de la boda. Ella en cambio, con un sexy y ceñido vestido rojo, hizo que el párroco le dedicara la mayor atención. Sus gafas, gruesas como lupas, agrandaban su impura mirada, que se perdía en su escote con demasiada frecuencia.

Los otros candidatos al matrimonio entraron en la categoría "no saben en lo que se meten": jóvenes de veintitantos años que habían perdido la virginidad juntos, y que el día de la boda se mudarían de la casa de sus padres directamente al piso recién comprado por trescientas sesenta cuotas de hipoteca. Donde en el día a día llegarían a conocer, y a odiar, las rarezas de su pareja. Algunos de ellos hasta tomaban apuntes con entusiasmo de lo que el cura iba explicando:

—¿Qué entendemos nosotros los cristianos por ternura, amor y sexualidad, y cómo debemos expresarlas? Jesucristo enseña cómo mostrar el verdadero amor. Ilustró el amor de Dios por la humanidad. Se sacrificó por todos nosotros demostrando así su amor. Dio la vida por el bienestar de los demás. ¡Eso es amor verdadero! Y ahora os pregunto: ¿Qué significa el amor verdadero para todos vosotros? Imagínense que son invitados en un programa de debates sobre el amor y el matrimonio. Cómo responderían a la pregunta: "¿Qué es el amor verdadero?" ¿Señorita Hernández?

Maite deliberó un rato antes de elegir una comedida respuesta:

—El verdadero amor es como con Papá Noel de niña, cuanto mayor eres, menos crees en él. Una gran prueba de amor sería, que mi Rafa renunciara al "Clásico" para en vez de eso dedicarse a mí. Que me haga el *amor verdadero* en vez de ver al Real Madrid contra el Barça, por así decirlo. Pero antes de que eso ocurra, Papá Noel me traerá diez pares de Manolo Blahniks.

Risas y aplausos de tres muchachas que aparentemente ya habían escuchado hablar del famoso diseñador español de calzado. Rafa hubiera preferido enviarse a sí mismo lo más lejos posible como archivo adjunto por el correo electrónico de su iPhone. El sacerdote esperó a que volviera la paz.

—Gracias por esta versión diferente del amor verdadero, señorita Hernández. Ya que estamos en ello, ¿podría por favor compartir con todos nosotros la importancia que el sacramento del matrimonio tiene para usted personalmente? ¿Es por los regalos? ¿Están esos zapatos de Manuel Blandig en su lista de bodas, o asocia con el enlace matrimonial tal vez también algunos motivos menos profanos?

De repente, Rafael se retiró al baño urgentemente, y Maite recogió el guante que el cura le había lanzado:

—¡Ay, Dios mío! Hoy en día eso hay que verlo de otro modo. El matrimonio es solo un formulario rellenado más en la vida. Si dura, qué bien, pero si no funciona... ¡No pasa nada! Llevo soñando desde la niñez con una boda de blanco... aunque sin embargo con un príncipe. Si dentro de quince años no dejáramos de gritarnos el uno al otro, y Rafa no parara de babear detrás de niñatas, sería mejor tirar del freno de emergencia antes de que fuera demasiado tarde y terminara pareciendo una arpía arrugada con daños de granizo por el culo en la que ningún tío en condiciones se fijara, ¿verdad?

Todos se rieron a carcajadas excepto el sacerdote, que movía la cabeza a modo de negación mientras ordenaba sus papeles.

—Creo que hemos aprendido bastante sobre el sagrado sacramento del matrimonio por hoy. Os veré el próximo sábado a las 17:00 horas. Que Dios os bendiga, sobre todo a la señorita Hernández que lo necesita urgentemente.

CAPÍTULO VEINTISIETE

Kilian ató a Xavier a la sillita del coche, le dio un beso en el moflete y se sentó al volante. Joana se pintó los labios mirándose en el espejo del copiloto. Les hubiera gustado regresar a Múnich la semana pasada, pero con el pasaporte retenido y la condición de no salir del país, les fue imposible. Solo esta mañana, tras su intervención en la Guardia Civil, le devolvieron su pasaporte.

La situación en la noche del asesinato mejoró con la llegada del jefe de investigación Rubén de Freitas. Se disculpó por sus compañeros botafuegos, hizo que le quitaran las esposas, y al rato lo mandó a casa para dormir.

A la mañana siguiente fue "consultado" y no "interrogado". En el transcurso de la conversación, en ocasiones sospechó que el teniente tenía algunas dudas sobre su versión, pero se mantuvo fiel a la verdad sobre los acontecimientos. Le contó a Rubén de Freitas los motivos por los que él y su familia estaban en Almuñécar. Cuando el teniente le preguntó sobre los hechos de hace tres años, respondió de manera objetiva y concisa, sin liarse en contradicciones. De cualquier otra manera hubiera sido perjudicial para Joana y Maite.

No fue hasta después de eso que hablaron del asesinato de su vecino. Describir a la persona que tiró a Carlos a la piscina y lo ahogó bajo el agua no fue tarea fácil: "El jardín solo estaba iluminado por el suave resplandor que salía de las ventanas del salón". Incluso a la pregunta sobre la ropa del autor, no pudo responderla de manera concisa.

Tuvo que ojear ficheros de delincuentes. Dos de los hombres creyó que podrían parecerse al asesino, si tuvieran el pelo o la barba diferente. Pero eso no fue suficiente para hacer una identificación.

Tras tres horas en el cuartel de la Guardia Civil le permitieron volver con su familia, pero tuvieron que cancelar el vuelo de regreso a Múnich para el siguiente día. Un coñazo.

A pesar de todo, iban de camino a la fiesta de compromiso de Maite y Rafael. Nunca antes sintió un menor deseo de celebrar algo. A Joana ciertamente se le podría aplicar lo mismo, pero les serviría de distracción para no pensar en otras cosas durante unas horas...

Su estado psicológico se había estabilizado sorprendentemente bien en los últimos días, gracias a las charlas con un terapeuta. Al contrario de antes de la fatal noche en el Cerro Gordo, ahora estaba más abierta al diálogo con él.

Trató de recordarle a su mujer lo felices que eran antes de que esa maldita "Rocío Campos" entrara en sus vidas a través de Facebook, cuando ya hacía tiempo que tenía superada la muerte de Carmen, por lo que para Joana no debería de haber cambiado nada, fundamentalmente porque Carmen seguía muerta o murió de nuevo, o como quiera uno interpretarlo. Al menos esa era la lógica de él. De alguna manera tendría que olvidarse de las últimas semanas y volver al modo de familia feliz.

Sabía que era mucho pedir, pero parecía que ponía de su parte en ello y estaba progresando. Maite también la apoyó durante estos días difíciles. Iba a visitarla diariamente al hospital, y después de darle el alta se llegaba asiduamente a su casa. Kilian valoraba de Maite que evitara el tema de Carmen y las hipótesis que rodearon su muerte, y por tratar de animar a Joana con su lengua suelta.

Lo demás lo resolvió la fuerte medicación: Joana tuvo que tomar tranquilizantes, pastillas para dormir e incluso antidepresivos para hacer frente a los sucesos. Cuando regresaran a

Múnich, lejos de este lugar cargado de oscuras memorias, su mujer se recuperaría pronto, se intentó convencer.

La celebración tuvo lugar en el mesón "El Gallinero", situado cerca de La Herradura, en la Carretera N340 y que, según Maite, este jueves lo abrieron solo para sus invitados y algunos clientes habituales.

Xavier se había quedado dormido en la sillita, y Joana no dijo ni una palabra durante el trayecto. Llevaba en su regazo los regalos para los prometidos: una pulsera de cristales Swarovski para la futura novia y un whisky Balvenie de dieciocho años para Rafael. A diferencia de él, Joana conocía al futuro esposo de Maite, como conocía a casi todos los residentes de Almuñécar.

Kilian aparcó frente al restaurante. Cogió a Xavier en brazos, quien se despertó con el movimiento, y siguió a Joana al mesón. Lucía un vestido color azafrán que terminaba por encima de sus bien proporcionadas pantorrillas. Su melena, que solo unas pocas mujeres podían lucir en un negro tan profundo sin el uso de química, caía ondulado por su espalda casi hasta la perfecta curvatura de su trasero, dejando entrever un precioso cinturón de seda.

Kilian suspiró. Su vida amorosa había sufrido bajo las circunstancias de estas semanas. Intento recordar cuándo fue la última vez que habían... Joana se dio la vuelta, sonriéndole por primera vez desde hacía mucho tiempo. —¿Vienes?

Estaba discretamente maquillada, y de perfil destacaban sus pechos, que habían ganado dos tallas de copa a lo largo del embarazo sin haber sufrido por ello.

—¿Qué te pasa? —Joana sonrió y se balanceó coqueta.

«Vaya mujer que tengo», pensó Kilian. —¿Qué es lo que me pasa? Ya que nuestro hijo está escuchando, te contaré la versión censurada de mis pensamientos: estaba reflexionando sobre lo que su mamá y su papá a veces hacían porque se quieren chifladamente, pero que por desgracia ya no hacen desde hace mucho tiempo.

Joana enroscó un rizo en su dedo. —¿Es que todavía me quieres *chifladamente*?

Kilian sonrió. Por supuesto sabía que no le gustaba cuando

empezaba con su "Jerga de salchicha blanca", porque en su opinión el alemán ya era bastante difícil, y decía que no tenía por qué dominar también el dialecto bávaro. Aun así, a veces se burlaba de ella con eso. Joana hablaba con Xavier en español y Kilian en alemán estándar. Pero cuando estaba a solas con él y a escondidas, le hablaba en bávaro.

—¡Chifladísimo! —le aseguró.

—Yo también... Veamos qué nos depara la noche.

Le guiñó el ojo y pisó los escalones.

En ese momento sonó un fuerte ruido que no pudo clasificar. Con el sistema nervioso al límite, Joana se asustó tanto que dejó caer los regalos. Al subir los escalones, otro "Kikeriiikiii" sonó.

Una barrera de luz reproducía el canto del gallo. A Xavier le pareció tan gracioso, a diferencia de su mamá, que Kilian tuvo que cruzar la barrera tres veces con él en brazos, imitando con entusiasmo el sonido.

—¡Dios mío!, que susto me he dado —exclamó Joana y recogió los regalos del suelo. Menos mal que la botella de whisky permanecía intacta.

En el interior del restaurante todo el diseño jugaba entorno a un gallinero. De las vigas de madera que corrían bajo el techo colgaban falsos pollos, nidos, alpacas de paja y cartones grises de huevos. Las paredes estaban decoradas con rastrillos de madera, trillos y otros utensilios agrícolas antiguos. Las mesas estaban alineadas para formar una única mesa de diez metros de largo. Se notaba que varias generaciones ya habían dado más de un brindis a los futuros novios.

Maite les vino saludando embutida en un corto vestido de volantes color amarillo mostaza. —¡Hombre, por fin estáis aquí! Les dije a mi gente, que por cierto tienen bastante aguante para la bebida, que ni un solo corcho saltara hasta que mis invitados de honor aparecieran, pero por desgracia, aparte de mi abuela, ¡nadie me ha hecho caso!

Joana justificó su retraso con la siesta de mediodía de Xavier, pero Maite negó con la mano.

—Os voy a presentar a algunos invitados: empezamos con

esta señora de pelo cardado, que parece como si el secador se le hubiera caído en la bañera. Es mi futura suegra, Esperanza. Esperanza lleva su nombre con razón, pues incluso después de dos nueras fallidas no ha perdido la esperanza de que la mismísima Maite sea ahora la esposa adecuada para su primogénito.

Joana y Kilian estrecharon la mano de la mujer, que obviamente sabía cómo tratar con el extraño humor de su futura nuera.

Con la atención de todos, Maite estaba en su elemento y con la lengua suelta:

—Este hombre, cuya cara está más arrugada que su campo de diez hectáreas en Jaén, debe sus arrugas no al trabajo diario en el soleado olivar, sino a las preocupaciones por su hija Maite. De mi madre te acuerdas de antes, y a diferencia de mi padre, que hoy ha visto el mar por primera vez en su vida, le gusta visitar a su hija de vez en cuando en la costa.

El padre, con alegría desbordante por la cerveza, protestó y objetó que hace algunos años si había pasado un fin de semana en Almuñécar para visitar a su hija.

—Ese bombón de mujercita que hay allí —continuó Maite — es mi prima Tamara. La única que ha logrado algo en nuestra familia: el año pasado quedó tercera en el concurso "Miss Linares" de la discoteca del pueblo.

Todos los que estaban en la mesa aplaudieron, y una chica con rizos de sacacorchos, laborioso maquillaje e impecable figura de una joven de veinte años, les estrechó la mano avergonzada.

—Y Kilian, por si acaso te preguntas... no, la silla de al lado de ella no está libre. Su novio está en la barra, tratando de convencer a mi Rafa de que no se case.

Hubo risas, carcajadas, y todos vitorearon: "Rafa-Rafa-Rafa".

Dos hombres con gin tonic en las manos se acercaron. Uno, del tipo rompe y rasga con abono anual en el gimnasio, se sentó al lado de la llamativa prima de Maite.

El hombre más maduro, con chaqueta azul marino, pañuelo de adorno, pelo entrecano hasta los hombros y barba recortada, se acercó con los brazos abiertos y una amplia sonrisa.

Con su distinguida apariencia no lograba encajar del todo en ese ambiente. A Kilian le resultó vagamente familiar. «¿Pero de dónde? ¿De qué?», se preguntó.

Rafael abrazó a Joana, le dedicó algunos piropos, y le expresó la profunda alegría de que la mejor amiga de su futura esposa estuviera presente en un día tan importante para él. Maite soltó otro comentario jocoso, y los invitados volvieron a reírse. Pero Kilian no prestó atención. Su cerebro intentaba conectar la cara de Rafael con un lugar...

Cuando logró recordar de qué conocía a ese hombre, se quedó perplejo.

—Kilian... te presento a mi futuro esposo, Rafael... —escuchó a Maite decir como en la lejanía.

Cuando se estrecharon la mano y se miraron a los ojos, desapareció la última duda. Solo quedaba un lugar donde había visto a Rafael antes: aquella noche, en el jardín de su vecino Carlos.

Se enfrentaba a un asesino.

CAPÍTULO VEINTIOCHO

Rubén y Lucía cenaron en el restaurante "Lute y Jesús" cerca del mercado municipal de Almuñécar. Se sentaron en sillas de plástico dispuestas en la acera, frente a mesas cojas cubiertas con manteles de papel, por debajo de las cuales vagaban gatos callejeros. Pero el restaurante era tan popular entre residentes y turistas, que tuvieron que esperar un rato para ocupar una mesa libre. Pidieron vino y varias raciones: gambas a la crema, pulpo a la gallega, mejillones a la marinera y salmón en salsa de almendras. Rubén sacó la botella de vino blanco del cubo de hielo y llenó sus vasos.

Brindaron sin mirarse a los ojos.

Desde aquella noche en el velero predominaba entre ellos una rígida separación entre lo privado y lo profesional. Los dos eran conscientes de que esa noche no podía ser superada. Que después todo iría cuesta abajo. Los celos, los reproches y el sexo rápido, harían que la magia de esa noche desapareciera gradualmente. Hasta que solo quedaran los roces cotidianos entre un hombre de cuarenta y pico años, con pocas ganas de comprometerse, soñando en emigrar al caribe, y una madre soltera con inclinaciones bisexuales. Estaba tan claro para ambos, que no tenían que tematizarlo.

Desde esa noche en Marina del Este, su relación se limitó

exclusivamente a las investigaciones, lo que para Rubén parecía ser más fácil de cumplir que para ella.

—Esa podría ser tu hija —Lucía le regañó porque en su opinión Rubén se fijaba demasiado en la camarera de la falda corta.

Negó con la mano y marinó la ensalada de aguacate.

Lucía bebió un sorbo de vino blanco. Hoy Rubén dormiría solo en su velero, y ella pasaría la noche en el hotel. Por la noche del día siguiente se encontraría con Teresa, e intentaría salvar su frágil relación.

Para su sorpresa, Teresa respondió al WhatsApp que le envió a causa del embrollo emocional con Rubén, y aceptó la cita con un simple "de acuerdo".

Pero primero había que aclarar cómo proceder después de la puesta en libertad del principal sospechoso. Tras el asesinato de Carlos Roig, en cuya piscina encontraron una gamba blanca, no podían retener al callado africano por más tiempo. Tenía la mejor coartada posible. Por la mañana sería expulsado a Nigeria, y a ellos, no les quedaba otra que empezar desde cero.

La camarera sirvió el primer plato, y Rubén repartió el pulpo rebanado y marinado en aceite de oliva y pimentón.

—¿No ha dicho nada más tu amigo? —preguntó Lucia.

Después de que el africano permaneciera mucho tiempo en silencio, por fin había soltado algunas palabras durante el interrogatorio concluyente.

—No pude sacarle mucho. Solo que es de Nigeria y quiere volver allí.

—¿No contó nada sobre cómo y cuándo entró en España?

Rubén bebió un sorbo de vino, se metió un trozo de tierno pulpo en la boca y agitó la cabeza.

—¿O qué estaba haciendo en la finca de Salvador Molina?

—No, solo dijo disparates, mitad en inglés y mitad en español. Pero ya no importa...

—¿Qué es lo que dijo exactamente? —Lucía quería saber de su compañero, que se estaba comportando extrañamente sibilino con respecto al interrogatorio del hombre.

Al no ser un interrogatorio de aspecto oficial, durante el cual el detenido rompió su silencio, no había sido grabado. Solo Rubén conocía lo que el nigeriano reveló, pero apenas lo comentó.

—Habló de Dios y de que él se llama "el escuchado por Dios". Lo busqué en Google. Es el significado del nombre de Samuel, que por cierto es muy común en Nigeria. No dijo mucho más, y todo fue bastante confuso, ya te lo dije. Mañana Samuel, "el escuchado por Dios", estará en el avión de regreso a su tierra. Creo que se muere de ganas. Supongo que no le fue muy bien en España, y será mejor que nos demos por satisfechos con el tema —decidió Rubén. La camarera puso las gambas a la crema en la mesa sonriendo a Rubén. La joven parecía particularmente atenta al cliente de aura exótica, mientras que en otras mesas sostenían en vano los vasos vacíos en alto.

«Bueno, muchacha, estos tipos calientes sí que son atrayentes, pero el peligro de quemarse es enorme. Ya aprenderás eso», pensó Lucía, y pinchó una gamba con el tenedor.

Joana se acercó a Kilian, que acababa de estrechar la mano al prometido de Maite, quedándose paralizado como una figura de cera.

—Es él —susurró.

—¿Qué te pasa? ¿Rafael es *quién*?

—Vámonos, ¡salgamos de aquí! —decidió Kilian en español, y se oyó un murmullo entre los invitados. Nunca antes había visto así a su marido. Tampoco conocía esa expresión en su rostro. Como si se le hubiera reventado el apéndice.

Todas las miradas se dirigieron a ellos. Incluso Margarita, la casera suiza de unos sesenta años con cabellos rubios y gafas de lectura, que estaba anotando pedidos de bebidas, se detuvo con el lápiz en la mano. Joana intentó retenerlo por la chaqueta de cuero de camino a la salida, pero se soltó.

—¿Qué diablos te pasa? —le gritó Joana a su espalda. Guardar la compostura era lo último que le parecía importante en esos momentos.

—Te lo diré afuera, ¡ahora salgamos de una vez!

Pero no lo dejó ir y lo agarró de nuevo.

Kilian señaló a Rafael con el dedo. Entonces habló en voz tan baja que solo ella y la curiosa casera pudieron oírlo:

—No voy a celebrar nada junto a un asesino. Era él... ¡yo lo vi! Ese hombre ahogó a Carlos en la piscina. Es un asesino. Y eso es exactamente lo que ahora voy a comunicar a la Guardia Civil.

Joana tuvo que aferrarse a un alféizar.

—No, eso no puede ser verdad, ¡seguro que confundiste a Rafael con otra persona!

El hermano del prometido preguntó a la casera suiza sobre el motivo de la repentina partida del alemán, y ella le tradujo lo que afirmó Kilian. La escandalosa acusación se extendió como un reguero de pólvora, hasta que llegó al otro extremo de la fila de mesas, donde estaba sentado Rafael.

A algunos de los presentes se les escaparon risas apagadas pensando en una broma pesada del alemán. Hasta ahora era todo tan divertido. Pero cuando las lágrimas de Joana comenzaron a fluir y su hijo empezó a chillar, la confusión estalló.

Las señoras mayores lamentaban en sus pañuelos de tela, y los caballeros, rojos de ira, sobre todo el padre de Rafael, clavaban la vista en el acusado, esperando su declaración ante tal infame acusación. Incluso Maite perdió el habla por primera vez. Con la boca abierta, su mirada oscilaba entre Kilian y su prometido.

Rafael se desprendió de su altiva rigidez con una reacción que nadie se esperaba: se fue derecho hacia Kilian y levantó la mano, pero no para pegarle, sino para darle un abrazo amistoso.

—Oye, hombre... ¿Pero de qué estás hablando? Ni siquiera nos conocemos, ¡así que debes haberme confundido con alguien! Ahora relájate y tómate una cerveza con nosotros.

Kilian sacudió la mano de Rafael de su hombro y le echó una bronca en español:

—¡No me toques, joder! Fuiste tú. Asesinaste a Carlos. Esa noche yo estaba en la terraza de la casa de al lado y lo vi todo.

A Joana se le cayó la cara de vergüenza. La casera del mesón agitó sus brazos con movimientos rápidos, como el dueño de una taberna en el salvaje Oeste temiendo que unos cuantos vaqueros borrachos peleándose demolieran su inventario.

—¡Vete de aquí, capullo! —espetó Rafael.

A la madre de Maite se le pusieron los ojos en blanco y se resbaló de la silla. La tía de Maite sacó su abanico con motivos flamencos del bolso y le abanicó la cara, pero no ayudó.

La madre de Rafael estaba mucho más resoluta: con la ayuda del bastón se dirigió hacia Kilian y le propinó una sonora bofetada.

—¡Mi hijo no es un asesino! —gritó y escupió delante de los pies de Kilian, antes de apartarse de él.

Ahora a los hombres más jóvenes nada podía retenerles. Los que estaban sentados por el lado de la ventana y no podían abrirse paso lo suficientemente rápido entre los demás familiares indignados, volcaron las mesas y asaltaron a Kilian como si fuera un linchamiento.

«Dios mío, Kilian, ¿en qué lío te has metido?», pensó Joana, cubriendo la cara de su hijo para que no tuviera que ver lo inevitable.

—¡Walter, Eddy, Andreas! —gritó la casera a una habitación contigua del bar, donde todos los jueves un grupo de austriacos celebraban un encuentro. Segundos más tarde, seis tipos, la mayoría de ellos con el físico de un lanzador de martillo invadían el comedor, agarrando cada uno por el cuello a dos muchachos.

Kilian se abrió paso entre la turba y cogió a su hijo en brazos. Le ofreció la mano a Joana, pero a ella no solo le faltaba la fuerza, sino también la voluntad de agarrar la mano de su marido. Agitó la cabeza, buscando con ojos mojados la mirada de Kilian. Se acaba de cortar una cinta invisible entre ellos.

Kilian le volvió la espalda, dio las gracias a los austriacos subiendo el dedo pulgar, y abandonó el mesón "El Gallinero".

Joana ni siquiera sabía por qué se quedó en el restaurante.

¿Porque no quería volver a casa con Kilian? ¿O en su función de madrina de boda quería poner al mal tiempo buena cara?

Cuando el jaleo de los hombres y los lamentos de las mujeres se disiparon, y Margarita recogió los cristales de vasos rotos, Joana se disculpó por el comportamiento de su marido. No se le ocurrió nada mejor que afirmar que Kilian sufría de fiebre alta en los últimos días, pero sin embargo quiso acudir a la fiesta.

—Es la única manera en que puedo explicar este desatino —defendió a su esposo como un abogado que hace un alegato por inimputabilidad de su cliente.

Aunque sabía perfectamente que Kilian estaba en plena posesión de sus poderes intelectuales.

¿Podría ser que...? No, ¡totalmente imposible!

Rafael era un hombre apreciado en Almuñécar. Desde hace muchos años dirigía una tienda en el casco antiguo. Vendía sobre todo mercancías importadas de Marruecos. Debía su apodo al nombre de su tienda, que se llamaba "El Zoco", como le explicó Maite: "Todo el mundo llama a Rafael solo "Zoco". Aparte de ser un empresario respectado, era concejal del ayuntamiento y se implicaba en asuntos sociales.

Tan pronto como Rafael se ajustó la corbata y sacudió su chaqueta, el incidente pareció haber terminado para él. Solo la cantidad de gin tónics señalaban que la fatal entrada en escena de Kilian, no le había dejado del todo indiferente. Alguien lanzó un acalorado comentario del "maldito alemán", y él hizo un gesto de mal gusto con la mano, indicando que no quería hablar más de ese lamentable malentendido. Con razón, porque ¿cómo podría comentar este incidente? ¿Llamando la atención al sonido de una cuchara golpeando un vaso, diciendo: "Queridos padres, queridos amigos y querida Maite... Lo que este señor acaba de decir no es cierto. No soy ningún asesino. ¡Os juro que no! Además, tengo una buena coartada. Y ahora brindemos"?

Maite parecía estar perdida en sus pensamientos. Antes, abrazó a Joana consolándola, aunque era ella la que necesitaba su apoyo. A su manera habitual intentó reanimar la fiesta, pero su humor cayó en vacío. Nadie sentía las más mínimas ganas de cachondeo. Ahora estaba sentada junto a su prometido, pensativa, bebiendo agua y sin decir palabra.

¿En qué pensaría? La boda era dentro de pocas semanas, y además Rafael era el padre de su hijo, lo que en esta sala solo ella y la madre de Maite sabían. Rafael todavía no tenía ni idea de su paternidad.

El resto de amigos, familiares y conocidos de Maite, no se enterarían hasta el día de la boda el dieciséis de diciembre. Este se supone que debería ser un día feliz para Maite, aunque en ese momento estaba deprimida al lado de Rafael, quien le dio unas repentinas palmaditas en la espalda diciéndole: "Venga, vuelve a sonreír". A lo que ella contestó con un amargo movimiento de comisura de labios.

Joana quería irse a casa. No podía soportar más este fiasco y pensó en esfumarse sin decir adiós.

¿Con qué palabras podría despedirse?: "Adiós, fue un verdadero placer compartir esta inolvidable y divertida celebración. Pero tengo que irme a casa a cuidar de mi marido, al que últimamente le ha dado por acusar a ciudadanos honestos de asesinato..."

Joana hizo señas de despedida a Maite y Rafael, lanzó un breve "Adiós" por la sala y se encaminó de prisa hacia la salida.

—¡Espera un minuto! —gritó Rafael. Se levantó vacilando.

La cantidad de copas que había ingerido le empezaron a hacer efecto. Los invitados contuvieron el aliento esperando el escándalo final.

—¿Cómo vas a ir a casa? —le preguntó.

—A pie. Adiós a todos y lo siento de nuevo...

—¡Tonterías, te llevaré yo!

—No, que va, me gusta caminar. No está lejos y...

Pero Rafael no se dejó disuadir tan fácilmente. La agarró del brazo y la llevó afuera.

—Escúchame Rafa, de verdad que no hace falta...

Al momento siguiente la empujaba intentando sentarla en el asiento copiloto de su Mercedes.

Es lo último que quería. Hubiera preferido escapar de la vergüenza por una vez y no ser llevada a casa por el colocado prometido de Maite. Rafael cogió la N340, acelerando a ciento setenta en la corta recta hasta la entrada de La Herradura.

Afortunadamente el semáforo se puso en rojo y después tuvieron que ir detrás de un camión que atravesaba el pueblo. Se sintió obligada a terminar con el desagradable silencio, disculpándose nuevamente:

—Rafa... Kilian se ha comportado como un imbécil. No sé qué le pasó. Tenía fiebre y estoy segura de que... Uhm, no, tendríamos que haber cogido el desvío de la izquierda. Vivimos en el Camino del Moro.

Rafael la ignoró y siguió conduciendo recto hacia el faro. No había dicho ni una palabra desde que salieron del restaurante. El interior del coche apestaba a alcohol, tabaco y aftershave.

A Joana le entraron ganas de vomitar. —Puedes dejarme por aquí, ¡el resto ya lo haré a pie!

La única reacción de Rafael fue pisar el acelerador a fondo, para frenar quinientos metros después abruptamente doblando en un pinar. Qué demonios...

Joana tiró de la manija de la puerta. Estaba cerrada. Los chinos golpeaban los bajos del coche. Paró frente a una hilera de pinos, volviéndose hacia ella. Joana apretó la espalda contra la puerta y contuvo la respiración.

«¿No estará pensando en manosear a la madrina de su novia?», se preguntó Joana.

Pero la mano de Rafael se metió en el bolsillo de su chaqueta.

Sacó un paquete de cigarrillos, encendió uno, y le sopló el humo a la cara, diciendo:

—Cariño, ahora tú y yo vamos a hablar sin rodeos.

CAPÍTULO VEINTINUEVE

—Lo que vamos a discutir, es confidencial. No hablarás con Kilian, ni con Maite, ni con nadie más de esto. ¿Queda claro?

Joana estaba tan consternada que solo pudo asentir.

—En primer lugar, ¡gracias por el dinero! —dijo Rafael.

«¿Cómo? ¿Qué dinero? ¿Estaba completamente pirado?»

—Ahora escúchame *tú*, Rafa. Estás borracho y quiero irme a casa ahora mismo, ¡así que ábreme la maldita puerta!

Sonrió a la ceniza ardiente de su cigarrillo.

—Estoy seguro de que nuestra charla te parecerá interesante. ¿Por cierto, que te pareció mi pequeño show en el Cerro Gordo?

No sabía lo que pretendía, solo sabía que quería salir de allí. Espera... ¿Acaba de decir "Cerro Gordo"? Poco a poco, el significado de sus palabras se filtró en su cerebro. Dinero. Cerro Gordo. Apretó los puños contra la boca.

—Ah ¡por fin te estás enterando! De lo contrario, tendría más pistas para ti: Facebook, Rocío Campos, 150 000 euros...

A Joana le entraron náuseas. Apretó el elevalunas, pero no se accionó.

¡Eso no podía ser verdad! ¿El que mató a su hermana, era justamente el futuro esposo de Maite?

¿Al final era cierta la afirmación de Kilian?

—Di que no es verdad. Admite que estás borracho y que me haces pagar por lo de Kilian, ¡DIMELO! —le gritó.

Se rio. —Vaya... la misma sangre caliente que Maite. ¿De dónde crees que pude haber sacado esa información? Pero, en fin, no quiero perder mi credibilidad por falta de pruebas.

Sacó su móvil del bolsillo, abrió la carpeta de imágenes, pinchó en una foto, y le ensenó la pantalla.

¡Por dios! La cara estaba muy maquillada y llevaba una peluca rubia, pero era Carmen. Su cuerpo flaco estaba vestido con ropa íntima provocativa. «¿Qué es lo que han hecho a mi pobre hermana?»

La foto sugería que Carmen era víctima de una red de tráfico de muchachas.

—Si todavía no estas convencida... podría enseñarte un vídeo de nosotros. No es apto para menores, pero...

Joana se desabrochó el cinturón de seguridad lanzándose sobre Rafael. La pelea terminó en pocos minutos con Joana hecha un ovillo en el asiento y la ventanilla lateral pringada de sangre.

—Pagarás por esto, hijo de puta. ¡Tú mataste a Carmen! Maldito asesino. ¡Te pudrirás en la cárcel en vez de casarte con Maite, imbécil!

—Eres injusta, cielo. 150 000 euros a cambio de su vida no es nada, ¿no crees?

Jadeando se metió la camisa en los pantalones.

—¡Mi hermana ya no está viva! ¡Murió! Lo vi con mis propios ojos. ¡Se cayó al mar! ¡La empujé yo misma! —le chilló antes de que le viniera un ataque de llanto.

Rafael le dio una palmadita en la espalda.

—Anda, cálmate ya. Tenía, como dicen, otro muerto en el armario. Lo puse en la silla con una peluca en lugar de tu hermana.

«¿Otro muerto?», se preguntó Joana asombrada.

Maite estaba a punto de casarse con un asesino en serie...

—El hombre, cuyo fallecimiento por cierto no me dio pena, fue también el "donante de órganos" para el contenido del sobre. Por suerte, tenía unas manos tan delicadas que permitió ahorrar eso a Carmen. Solo tuve que hacerle la manicura de dos dedos y pintar las uñas de rojo.

«¿Qué dedos?» No tenía ni idea de que hablaba. «Dice que Carmen sigue viva, ¿será verdad? No puede ser, es solo palabrería...», pensó.

Fue una noche sin luz de luna y solo vio a su hermana por detrás. No era ningún muerto o muñeco. Carmen habló con ella. Pero la siguiente frase reavivó su esperanza:

—Si te preguntas cómo fue posible que Carmen te hablara, te diré que fue una grabación. El aparato lo dejé en el regazo del muerto, y un mando a distancia aseguró que el texto grabado previamente por Carmen, fuera reproducido tras tu señal de luz. Tu hermana se encuentra bien. ¿No estás contenta?

Joana agitó la cabeza. Quería creerlo, pero no podía. Aunque... Ahora que lo pensaba bien, recordó que la voz de Carmen había sonado extrañamente distorsionada y hueca. Pensaba que era debido al viento, el ruido de las olas, o sus nervios.

—Ya que hemos aclarado el tema, te diré mis nuevas condiciones: Quitarás a Kilian sus fantasías de la cabeza, y lo convencerás de que no acuda a la Guardia Civil para acusarme de asesinato. Insístele que vuelva a Múnich inmediatamente. Sería algo contraproducente si tuviera que ir a la cárcel por su culpa, aunque solo fuera por unas semanas de detención preventiva, ¿no es así? Piensa en ello: ¿Quién se ocuparía de Carmen en mi ausencia si yo soy el único que la cuida con pasión? ¡No hablarás con nadie de esto! Ni con tu marido, ni con la Guardia Civil, y mucho menos con tu amiga. Si Maite se entera de algo o la Guardia Civil me molesta, tu querida hermanita se pudrirá en su escondite. ¿He sido lo suficientemente claro? —dijo, tirando de su cabeza hacia él para que tuviera que mirarle a los ojos.

—Además, cualquiera que haya podido reunir 150 000 euros, puede hacerlo por segunda vez. Quiero la misma cantidad de nuevo, porque desde luego una boda en el "Albayzín del Mar" no es nada barata —dijo Rafael sonriendo. Mientras buscaba el paquete de tabaco, notó una marca de quemadura que el cigarrillo había causado en la pelea con Joana. —Esta era una camisa cara. Me temo que tendré que subir el precio con ciento ochenta euros más. Después soltaré a Carmen.

—Por supuesto. Sin problemas. Llévame al cajero más cercano y lo retiro. Después nos podemos encontrar en el Cerro Gordo de nuevo. ¿Tienes otro muerto en el armario? Ahora déjame salir, ¡no te creo ni una puta palabra!

Rafael se miró en el espejo retrovisor para arreglarse el pelo.

—Tengo que irme ya. Maite se estará impacientando. Mira cariño, de alguna manera puedo entender tu pérdida de confianza. Tal vez esto te convenza...

Se inclinó y palpó entre los pedales donde cayó su móvil durante la pelea. —Veamos... ¿bajo qué nombre guardé a Carmen, por si a la celosa de Maite le diera la idea de registrar mi teléfono? Ah sí, aquí la tenemos. Sabes, la semana pasada le compre un móvil. Sin saldo, por supuesto, pero se entretiene jugando un poco con él, y lo mejor de todo es que puede recibir llamadas.

Se escuchó la señal de marcado.

Eso solo podía ser una broma macabra...

—Hola Carmen, ¿cómo estás cariño? —dijo como si estuviera hablando con una amiga de toda la vida—. Estoy aquí con alguien que quiere hablar contigo...

Rafael le puso el móvil en la oreja.

Kilian, después del escándalo en la fiesta de compromiso, pasó el resto de la tarde en casa con su hijo. Pero su mente sin embargo, estaba en otro lugar. Repasaba una y otra vez la noche del asesinato, llegando siempre a la misma conclusión: ¡Había sido Rafael!

Si se hubiera producido el uno por ciento de riesgo residual de una confusión, habría causado la catástrofe interpersonal más grave posible. Nadie de los que estaban presentes le perdonaría jamás, quizás ni siquiera Joana.

Fuera ya estaba anocheciendo. Habían pasado horas desde que se fue del restaurante. ¿Dónde estaría Joana?

No podía creer que siguiera en la fiesta. ¿Se habrá ido a dormir a un hotel? Entendía que ella no quisiera admitir lo increíble de su historia, pero esto iba demasiado lejos. Nunca había dejado sin más a Xavier a solas con él tantas horas.

¿Pero qué se suponía que debería haber hecho él? ¿Mantener el pico cerrado toda la tarde? ¿Emborracharse con Rafael y partirse de risa con Maite? ¿Convencerse a sí mismo de que estaba equivocado porque el futuro marido de Maite no podía ser un asesino? Por el interés de todos tendría que haber tenido más tacto en su reacción, pero ya era demasiado tarde y no podía dar marcha atrás.

A pesar de ver a su hijo divertirse, empujando ladrillos de Lego por el suelo de mármol con una excavadora, a Kilian le entró un bajón mental que le resultó familiar. Habían pasado tres años desde que dejó de tomar sus antidepresivos. Fue en Almuñécar, cuando la misteriosa muerte de su hermano representó el punto culminante de una serie de tristes acontecimientos en su vida. Poco después, el amor por Joana hizo innecesaria cualquier píldora.

¿Y ahora qué? Kilian acarició la cabecita de Xavier. Sus ojos se llenaron de lágrimas.

—Esperemos que todo vuelva a estar bien pronto —le susurró a Xavier, quien le entregó un ladrillo para que papá lo colocara en la colorida construcción. Kilian estiró su tensa espalda y escuchó el sonido de una llave en la cerradura.

—Mamá está aquí —le dijo a su hijo cogiéndolo en brazos.

—Mami, mami —repitió la más importante de las cinco palabras de su corto vocabulario. Kilian abrió la puerta principal tan lentamente, como si el Juicio Final estuviera esperando detrás de ella.

—Por el amor de Dios... Joana, ¡qué aspecto tienes! ¿Qué te pasó?

Sin decir nada, le quitó a Xavier de los brazos, dejándolo boquiabierto en la entrada.

Kilian siguió a su esposa hasta el salón. Su maquillaje estaba corrido, un hilo de sangre seca salía de la comisura de su boca, y su cabello estaba desgreñado como si acabara de levantarse de la cama.

—¿Me quieres decir qué te pasó?

—Pues nada en particular. Que mi marido acusó al prometido de mi mejor amiga en su fiesta de compromiso de ser un asesino.

—¡Pero era él! Vi como ahogaba a Carlos, ¡estoy seguro!

—Lo único seguro es, que Maite y Rafael esa noche cenaron en un restaurante italiano y después durmieron juntos en el apartamento de Maite.

—¿Cómo... quieres decir...? —Kilian se dejó caer en el sofá.

Joana se plantó frente a él.

—Sí, a eso me refiero: ¡Tu "asesino" tiene una coartada! Y a ti, que te encantan las pelis policíacas, podrías haber considerado esa posibilidad *antes* de etiquetar a Rafa de asesino delante de toda su gente.

Kilian ya no entendía nada. Hace un momento estaba tan seguro de que era Rafael a quien había visto, y ahora parece...

—En cuanto a tu facultad perceptiva, ¿sabes lo que tuve que quitar de la mesa de la terraza a la mañana siguiente de tu "observación"?

Kilian sabía a dónde quería llegar.

—¡Dos botellas de vino tinto! Una estaba vacía, y en la otra quedaba esto... —dijo, levantando los dedos corazón e índice con poca distancia entre ellos—. Si tomaste tanto, de lejos y siendo de noche, no pudiste distinguir un elefante de un rinoceronte.

Los eslabones de su cadena de argumentación, de la cual su mujer tiró con fuerza, se agrietaron y finalmente estallaron.

—¿Rafael estuvo con Maite toda esa noche?

—Exactamente. Así que no pudo haber sido él, aparte del hecho de que tu acusación sería ridícula incluso sin coartada, porque Rafael es un hombre muy estimado en todas partes.

Kilian apretó sus manos contra las orejas. El latido de su corazón resonó en las palmas.

¿Cómo pudo ser tan gilipollas? ¿Fue por la tensión de los últimos días? ¿O tenía razón Joana y el vino afectó sus capacidades? ¿Tal vez fue una mezcla de todo, más el shock de observar un asesinato, que había plantado este simulacro en su cerebro?

—Joana... Yo... ¡Lo siento! De verdad, no sé qué...

—Conmigo no tienes que disculparte. Jodiste la celebración de Maite y Rafael y a sus cuarenta invitados. Es a ellos a quien deberías pedir perdón.

—Tienes razón. La llamaré. ¿Me das su número?

—No estoy nada segura de que Maite quiera hablar contigo. Solo empeorarías las cosas.

—Joana, por favor...

Sacó su móvil del bolso, marcó el número y se lo pasó.

—Hola, Joana —contestó Maite tras el sexto tono de llamada.

—Hola, Maite. Soy yo, Kilian. Quería disculparme con vosotros. No puedes imaginar cuánto lo siento...

El tono de ocupado resonó en su oído. Devolvió el móvil a Joana.

—¿Ha colgado?

Kilian asintió.

La última vez que lloró, fue en el nacimiento de Xavier. En aquel entonces de pura felicidad. Ahora tampoco pudo reprimir las lágrimas.

—No quería eso... No quería eso... —repetía una y otra vez. Joana se sentó a su lado acariciándole el pelo. Sus ojos también se llenaron de lágrimas. Xavier estaba demasiado ocupado con sus ladrillos Lego para darse cuenta del estado de ánimo de sus padres.

—Lo sé cariño. Todo ese follón ha sido demasiado para los dos. Quiero descansar unos días más, pero no tienes que quedarte aquí conmigo. Te espera mucho trabajo en Múnich y... Bueno, tampoco te hiciste muchos amigos por aquí...

«¡La has cagado, desconsiderado, insensible idiota!», se regañó.

—Además separarnos por un tiempo, nos vendría bien a los dos —agregó.

—¡Olvídalo! ¿Crees que te dejaría sola en el extranjero?

¿*Extranjero*? Era ridículo.

Joana lo miró a los ojos fijamente. En otras circunstancias se habría reído por su tonto comentario, pero no lo hizo.

—Estaré bien —dijo sin ironía—. Por favor, Kilian... créeme, es lo mejor para nosotros.

Quiso contradecirla, pero se mordió la lengua y se conformó.

Su matrimonio había sufrido un pinchazo a toda velocidad, y ahora iba de culo y cuesta abajo. Sin decir palabra, se sentó delante del portátil de Joana y reservó un vuelo a Múnich para la mañana siguiente.

CAPÍTULO TREINTA

Joana le puso una chaqueta a Xavier, lo sentó en el carrito y salieron a la calle. Quería caminar, bajando desde Punta de la Mona hasta Marina del Este. Dos horas antes, Kilian había tomado un taxi al aeropuerto, tras un rápido beso de despedida, un abrazo poco entusiasta y un breve "hasta pronto".

«Ahora nos sobrevuela, alejándose de lo que una vez fue una familia feliz», pensó Joana, mientras pasaba por delante del hotel "Best Alcazar" y los bloques de pisos vacacionales. Xavier, tranquilo en su carrito, parecía disfrutar de la vista de la bahía de Almuñécar. Joana, por otro lado, absorta en su melancolía, apenas percibía el entorno.

Puse mi matrimonio en juego. Mentí a Kilian, inventándome la coartada de Rafael. Le convencí para que creyera que bebió demasiado. «¡Eres una desconsiderada, insensible idiota!», se regañó.

Al menos tenía una razón: no se le permitía decir la verdad a nadie, de lo contrario Rafael dejaría que su hermana muriera de hambre y sed. Lo mismo ocurriría si fuera arrestado por las acusaciones de Kilian. Nunca revelaría el paradero de Carmen. Tuvo que interpretar un papel tan perfecto, que su querido esposo desapareció del escenario lleno de remordimientos, sin sospechar lo destrozada que se sentía por sus justificadas mentiras.

—Solo espero que nuestro matrimonio supere este drama y que el amor prevalezca por encima de todo —susurró, notando lo patéticas que sonaban sus palabras. Ahora todo lo que tenía que hacer era callarse frente a Maite y no contarle nada del asunto. Si se lo revelaba a su amiga, asegurándole que su prometido retenía a Carmen y había matado a dos personas, pondría en peligro a su hermana. Si guardaba silencio sobre la verdadera identidad de Rafa, Maite se casaría dentro de pocas semanas con un secuestrador y asesino, y daría a luz a un hijo en común el próximo verano.

Pero ¿qué otra cosa podía hacer después de escuchar la viva voz de su hermana por teléfono sino seguir las reglas del juego de Rafael?

La conversación llorosa con Carmen terminó por disipar todas sus dudas. Ella estaba viva y Joana le prometió: "¡Te sacaré de ahí, te lo juro!". Antes de que Rafael le arrancara el móvil de la mano y le dijera: "Bueno cariño, más vale que cumplas tu promesa y consigas otros 150 000".

—Lo intentaré —respondió pensando: «¡Olvídalo! No voy a caer en la misma trampa dos veces, no soy tan ingenua. Podría pagarte millones y no la soltarías, ¡porque conoce tu cara! Ya descubriré dónde la tienes encerrada».

¿Pero cómo encontrarla? ¿Dónde buscar? Estas preguntas quería exprimirlas durante un ligero almuerzo, pero siendo las 12:30h era demasiado pronto para comer. Joana empujó el carrito con dificultad por la arena de la playa "Los Berengueles", que colinda con el puerto deportivo. Como tantos otros lugares de la Costa Tropical, la playa le trajo recuerdos melancólicos de tiempos pasados: las noches de San Juan solía celebrarlas en esta playa junto a su familia. Su padre montaba la tienda de campaña al mediodía, y pasaban el día bañándose y haciendo barbacoa hasta que la noche más corta del año se iluminaba con el resplandor de las numerosas hogueras. A medianoche la costumbre prescribía un baño en el mar. Supuestamente para preservar la belleza. Después bailaban y celebraban hasta altas horas de la madrugada.

Joana trató de capturar este alegre recuerdo, pero rápidamente se deflagró al pensar en la desgracia que sufrió su familia en los años siguientes.

Más de una década después, construía con su hijo un castillo en el mismo lugar. Cavó un agujero en la arena, formó una muralla y cuatro torres en las esquinas, y puso algunas piedritas a modo de caballeros. Pintó con los lápices de colores de Xavier dos piedrecitas blancas y las colocó en la plaza del castillo. La Reina y el Rey.

Después de eso, su distracción se acabó. Mientras Xavier conquistaba el castillo a gatas, se preguntó cómo poder librar a Carmen de las garras de su carcelero sin el apoyo de Kilian, sin la ayuda de Maite, sin la Guardia Civil y sin la posibilidad de volver a recaudar el montante exigido.

Salió con Xavier de la playa y entró en el puerto deportivo. El tiempo parecía haberse detenido desde que ella y Kilian estuvieran allí por última vez. Pensó en su primer desayuno juntos. «¿No fue el día antes de ir a Sevilla donde casi pierden la vida?»

Tuvo que enseñar a Kilian a preparar una tostada de tomate con aceite de oliva. Joana sonrió. Ese fue el momento del comienzo de su relación. Hoy había vuelto al mismo lugar... ¿Coincidía esta vez con el final de su tiempo juntos? ¿Vincularía Marina del Este con Kilian en el mapa de sus recuerdos melancólicos de ahí en adelante?

«Ya te echo de menos y espero que algún día puedas perdonarme», se dijo.

Joana saludó a Alfredo, el camarero de barba gris que parecía pertenecer al inventario del restaurante "El Barco".

—¡Ay mi Joana, cuanto tiempo sin verte! ¿Cómo estás?

—Muy bien. Muchas gracias, Alfredo —le mintió, pero cualquier otra respuesta no le parecía oportuna. Tenía que jugar su papel en la obra de Rafa, no solo frente a Kilian y Maite, sino también delante de conocidos. Charló un rato con Alfredo y le pidió que calentara un potito para Xavier y calamares fritos con ensalada para ella.

Se sentaron afuera, en la terraza. El sol era tan intenso a finales de octubre que tuvo que abrir la sombrilla del carricoche del niño. En la mesa de al lado, dos parejas de pensionistas norte europeos disfrutaban del pintoresco ambiente, brindaban con vino blanco y degustaban una parrillada de pescado, probablemente pensando, que la vida no podía ser mejor.

Justo cuando Alfredo llevaba el plato a Joana, un grupo de hombres salió del interior del restaurante. Uno era un guardia civil uniformado, otro lo reconoció como el ex alcalde, el tercero era un rico empresario de materiales de construcción, y del cuarto sabía que era un chantajista y un asesino, entre otras cosas. Rafael no hizo la vista gorda, todo lo contrario.

—Pero mira, ¡qué sorpresa más agradable! —exclamó.

—¿Os acordáis de esta bella joven? Sus camaradas asintieron, extendiendo la mano. Joana dudó un momento antes de estrecharlas. Rafael fue tan descarado en saludarla como una gran amiga, abrazándola y besándola en las mejillas. Se sintió como en un baile con un farol; petrificada, aguantó este infame ritual.

—Lo que aún no sabéis, es que será nuestra madrina de boda. Joana es la mejor amiga de Maite, y con su bendición nuestro matrimonio estará bajo buena estrella.

Por un momento pensó en teñir las canas de este imbécil con el potito de espagueti-boloñesa. O darle una patada a la parte donde más les duele a los hombres. O contarle a su amigo uniformado sus tejemanejes; pero todo esto podría significar la muerte de Carmen. Así que se controló y desempeñó su papel.

Cuando sus amigos se alejaron y retomaron su conversación, Rafael se quedó atrás, inclinándose sobre Xavier. Le pellizcó el moflete, diciendo:

—Que muñequito de niño que tienes. ¿Cómo va lo del dinero, cariño? Sería una pena que tu hijo sufriera el mismo destino que su tita Carmen...

—No pasa nada señora Benítez. Aplazamos la cita hasta el próximo miércoles a las cuatro —dijo Maite por teléfono a su clienta, que quería cambiar de día la pedicura. Como no tenía trabajo, se preguntó qué hacer.

¿Quedar con su amiga? No se habían visto desde que Kilian

jodió su fiesta. Sincerarse con Joana del asunto revoloteaba desde entonces en su agenda mental, junto a dos signos de exclamación rojos, pero lo iba posponiendo con el paso de los días. Las acusaciones de Kilian delante de sus amigos y familiares y el escándalo que hubo a continuación, fueron demasiado fuertes como para volver a la rutina sin más.

La noche en que Carlos fue asesinado, Rafa no estuvo con ella, y durmió solo en su piso, al menos eso esperaba. Así que no tenía coartada, y teóricamente podría ser el asesino de Carlos.

Pero si realmente se trataba de una serie de crímenes, Rafa debió cometer los otros también. Solo por si acaso, se puso a investigar en Internet y rodeó en la agenda las fechas de los demás asesinatos.

Poco después descubrió que, en las fechas de los dos primeros asesinatos, Rafael estaba en Marruecos comprando mercancía para su tienda. Y cuando ocurrió el tercer crimen, estaban juntos en la feria de cosmética de Madrid. «Rafael, ¿un asesino de sangre fría? ¡Menuda chorrada!», pensó Maite y salió de su piso que también albergaba el salón de belleza para realizar unas compras en el casco antiguo.

Al menos Kilian no causó ningún daño grave con su acusación, porque nadie en absoluto de los que estaban presentes en la fiesta parecía haber desperdiciado un solo pensamiento sobre si las sospechas de Kilian podían estar basadas en otra cosa que no fuera el alcohol, deficiencia visual o delirio febril.

Con esas tres posibles razones, Joana al menos intentó quitar importancia a la desfachatez de su marido, calmando un poco los ánimos. Mientras tanto el propio Kilian se había dado cuenta del revuelo que causó. Pero Maite no podía aceptar sus disculpas tan fácilmente, y le colgó el teléfono en medio de sus lamentaciones y disculpas.

«¡Pues yo también lo siento mucho, querido Kilian!», pensó Maite. «Siempre me has caído bien, pero necesito algo de tiempo. Tal vez pueda reírme de todo esto dentro de un año, pero de momento me escaqueo hasta de tu esposa», pensó para sus adentros.

La zona peatonal de Almuñécar era bulliciosa. "El Zoco"

estaba situado a menos de cien metros, en una calle transversal, pero no quería molestar a Rafa. Su tienda de joyas marroquíes, alfombras, candiles, lámparas de aceite, vajillas de té y demás artículos orientales estaría seguramente llena de turistas. «Para un beso rápido siempre hay tiempo», pensó y se acercó a la tienda. Una pareja japonesa contemplaba una tabla de ajedrez con figuras de piedra esculpidas a mano expuesta en el escaparate. Dentro, dos mochileras británicas se ataban un pañuelo alrededor de sus anchas caderas. Un tipo con barriga cervecera y pinta de alemán, que vestía una camiseta con la frase: "Donde antes estaba mi hígado, ahora está el minibar", preguntaba con un pésimo inglés el precio de un narguile a Bouchra, la dependienta.

No veía a Rafael por ninguna parte de la tienda. Abrió la puerta con el letrero: "prohibido el paso" que daba acceso a la oficina, pero estaba vacía. Maite esperó impaciente a que Bouchra terminara de explicar al alemán que no podía venderle el narguile por un tercio de su precio, que no estaban en un bazar de Estambul y se olvidara del regateo. La dependienta marroquí era la pesadilla personificada de cada mujer celosa. Maite hubiera preferido que Rafael no hubiera contratado precisamente a una chica que parecía una bailarina de la danza del vientre recién salida de un club nocturno. Bouchra no veía necesario ocultar su cuerpazo oriental más de lo absolutamente necesario.

"Maite, ¡no seas ridícula! Todavía es medio niña, además nunca se liaría con un hombre que no fuera musulmán": había sido la respuesta de Rafael a una de sus alusiones al tema.

"¿Ah sí? Entonces, ¿porque ronronea a tu alrededor como un gato callejero en Marrakech delante de un plato de sardinas? Además, con veintiún años ya no es precisamente ninguna niña, y menos en su país, donde se casan a los catorce": replicó ella.

El alemán salió de la tienda, y el narguile se quedó en su sitio.

—¿No está mi futuro esposo? —preguntó Maite a la empleada, marcando su territorio al mismo tiempo.

Bouchra no sospechaba de sus celos y la saludaba cariñosamente.

—No, llamó antes diciendo que no se encontraba bien y que prefería pasar la tarde en casa.

—¿En serio? ¡No sabía nada de eso! Bueno, voy a ver cómo está. Pobrecito mío. Adiós, Bouchra.

Maite aplazó sus compras.

Lo primero era cuidar de Rafa. ¿Necesitaría algo de la farmacia?

Maite se dirigió a su ático, unas cuantas calles más allá y tocó el timbre. Nada. Dejó el dedo pulsado un rato y esperó. Qué raro. Lo intentó de nuevo ininterrumpidamente por medio minuto. ¿Dormía tan profundamente como para no enterarse?

No podía ser.

¡Algo andaba mal!

Maite sacó la llave que él le entregó tras pasar la tercera noche juntos como prueba de lo en serio que se tomaba la relación. Nunca la había usado; la mayoría de las noches las pasaban en el apartamento de ella, aunque era la mitad de pequeño.

No tenía la llave del portal, pero aprovechó que una señora mayor salía con su perrito para acceder al interior.

Maite subió corriendo las escaleras hasta la tercera planta. Pegó el oído contra la puerta antes de meter la llave; su corazón latía desbocado no solo por los escalones. Términos como: "infarto", "derrame cerebral" y "viuda" le subieron la frecuencia cardíaca. Entró en el piso, decorado con los mismos abalorios marroquís que vendía en la tienda. Maite olfateó su perfume. No andaría lejos.

—¿Rafa?

No hubo respuesta. Registró los dos dormitorios, los baños y la habitación que le servía de oficina. Ningún Rafa. Ni vivo ni muerto.

Respiró hondo. ¿Qué significaba eso? Si le dijo a su dependienta que no se sentía bien y quería quedarse en casa.

¿Le mintió a Bouchra? Pero, ¿por qué motivo?

¿O era Bouchra quien no dijo la verdad?

Maite lo intentó llamándolo al móvil. Apagado o fuera de

cobertura, como tantas veces últimamente. ¿Y ahora qué? ¿Jugar a la futura esposa celosa y rebuscar entre sus cosas?

«No es mi estilo, pero debido a los últimos acontecimientos, creo que es absolutamente necesario y por lo tanto moralmente justificable», consideró. Su búsqueda no tuvo éxito en un principio. En ningún bolsillo de sus chaquetas y pantalones encontró una nota con el nombre de una mujer, número de teléfono ni nada por el estilo. El móvil lo llevaría él encima, así que solo le quedaba el ordenador.

Maite dudó. No quería dejar ningún rastro. ¿No estaba llegando demasiado lejos? Su curiosidad ganó y encendió el portátil que no estaba protegido con contraseña. Primero revisó el historial de las últimas páginas visitadas. Se asombró al no encontrar nada oscuro entre ellas, ni siquiera páginas pornográficas. Solo el Marca, apuestas de fútbol, lotería, El País digital y Banca Online. Hasta que vio una página que no vinculaba con Rafael en absoluto: Facebook. ¿Desde cuándo tenía cuenta en Facebook? Justamente él, que se burlaba de ella por compartir fotos con sus 827 mejores amigos virtuales, diciéndole que eso de "Me gusta" era una tontería infantil para gentes de poca autoestima.

¿Y ahora parece que también tenía un perfil allí?

Muy sospechoso. Sobre todo, por no comentarle nada, ni enviarle una solicitud de amistad.

Maite intentó acceder a la página de Facebook de Rafael, pero el sistema le pidió una contraseña. Intentó dos combinaciones en vano y lo dejó antes de que ese tal Mark Zuckerberg la desenmascarara como hacker. Pensó en otras posibilidades: se conectó a su propio perfil, escribió Rafael Prados Molina en la barra de búsqueda y registró una docena de entradas sin encontrarlo. ¿Quizás no tenía ningún perfil? ¿O estaba usando un seudónimo para coquetear a sus espaldas? Eso, sin duda, no sería tan absurdo como la variante de asesino en serie, pero tampoco lo creyó y finalmente se dio por satisfecha. Se desconectó del Facebook antes de querer abrir la cuenta de correo electrónico de Rafa, aunque eso sí sería un verdadero abuso de confianza.

Ella ciertamente no le dejaría un "Me gusta" si él registrara sus mails, pensó, y se sobresaltó al escuchar en el pasillo la puerta del ascensor abrirse. Apagó el ordenador, esperando que estuviera listo antes de que él entrara. Después se apresuró hasta el salón y se sentó en el sofá, fingiendo leer el periódico del día anterior. Respiró aliviada al escuchar una puerta cerrándose en el apartamento del vecino. Decidió que ya había husmeado lo suficiente y que su ausencia debía ser por una buena razón.

«Lo más probable es que esté en la farmacia, mientras yo pongo su piso patas arriba sin una orden de registro», pensó buscando su bolso que la esperaba en el escritorio sobre un montón de fotocopias, facturas y extractos de la tarjeta de crédito.

Hojeó brevemente los papeles sin poder corroborar su absurda sospecha. Hasta que encontró un recibo del Corte Inglés de Granada. Poco a poco se fue dando cuenta de lo que eso implicaba, y se dejó caer en la silla de la oficina. ¡Cabrón! Leyó los artículos listados una vez más. Solo podían apuntar a una cosa: Rafael la engañaba y eso a pocas semanas de la boda. El padre de su bebé estaba liado con otra, ¡consintiéndola como a una princesa! Hace una semana le había comprado ropa íntima, fragancias, pintalabios, delineadores, cremas y otros artículos de los departamentos de perfumería y lencería por un total de casi novecientos euros.

Carmen llevaba unos días con un estado de ánimo que nunca antes había conocido dentro de esos muros. Incluso pensó que recordaba la expresión correcta para ello: "Euforia". Esa mañana escribió una escueta carta a su hermana Joana, donde le decía lo mucho que la echaba de menos y que estaba deseando volver a verla. Cuando el hombre la visitara, le pediría que se la entregara a su hermana.

El hombre de pelo largo y canoso la tenía bien alimentada. Esto le daba fuerzas para caminar todo el día alrededor de la mesa en la que descansaba el teléfono móvil, cuyo sonido tanto anhelaba. Recordaba cada palabra de la conversación que mantuvo con Joana. Su memoria a corto plazo funcionaba bien, y sus recuerdos fugaces anteriores a su cautiverio comenzaron a aparecer con más frecuencia, lo que también contribuyó a su buen humor.

Tan pronto como recordaba algo, lo anotaba en su cuaderno. La última palabra que había escrito, era el nombre de una mujer: Inmaculada. Suponía que se trataba del nombre de su madre o de otra hermana, y que seguramente la estaría echando de menos. Por eso tenía que salir cuanto antes. ¡Joana le había prometido sacarla de allí! Pronto sería libre.

Terminó sus vueltas alrededor de la mesa y se tumbó en la cama, esperando en vano recibir recuerdos por fugaces que fueran para anotarlos. Se fijó en la esquina donde el estático hombre muerto se alojó durante una temporada. Había aprendido que no podía desenterrar recuerdos de diferentes cajones y disponer de ellos a voluntad, más bien todo lo contrario, los cajones se abrían y cerraban por sí mismos sin que pudiera influir en ellos. Aquellos con terribles recuerdos saltaban especialmente a menudo, sobre todo por las noches, convirtiéndose en pesadillas.

Una de esas pesadillas que se repetía era la de los dedos: cuando el hombre vino con los alicates y ella tuvo que cerrar los ojos mientras los ruidos la perturbaban: la pata de una silla arrastrando por el suelo, el plástico crujiendo... Cuando abrió los ojos, él estaba arrodillado frente al muerto cortándole un dedo que cayó al suelo junto a un meñique. Gritó y le dieron arcadas hasta vomitar. Pero él no se distrajo en su tarea; lavó los dedos en su cubo de agua y los secó con su toalla, la cual no volvió a utilizar desde entonces.

Pintó las uñas de los dos dedos con el mismo esmalte que ella siempre se aplicaba. ¿Por qué hizo eso? Metió los dedos en un sobre y se marchó, dejándola atrás con la sola compañía del cadáver. Del agujero en el plástico colgaba una mano con tres dedos, como si la saludara, y el olor nauseabundo que se escapaba inundando la celda le provocó otro recuerdo del pasado: el de una nevera portátil que contenía tres pececitos que pescó con un amigo. Al final del día se olvidó de ellos. Hasta que unas semanas después su madre, ¿Inmaculada?, y ella, abrieron la nevera para meter refrescos y bocadillos para ir a la playa.

Los días siguientes los pasó lo más lejos posible del cadáver, respirando a través de la almohada, hasta que se empapó del hedor y dejó de servirle como solución.

Por la tarde del tercer día, el hombre regresó.

Le suplicó que la dejara marchar como le prometió. "Pronto", dijo. Él tampoco fue capaz de soportar la peste. Se ató un pañuelo al cuello y se cubrió con él la boca y la nariz, arrastró el cuerpo hasta sacarlo de la estancia mientras maldecía. Al rato regresó, llevándose la peluca de melena negra, aunque era la que más le gustaba y la que más utilizaba Carmen desde que le rapó el pelo. Le preguntó por qué necesitaba la peluca: "Eso no es asunto tuyo", respondió, cerrando la puerta.

Pulverizó todo el frasco de perfume. Aun así, tardo varios días hasta que el hedor a cadáver dejó de penetrar en su nariz.

Carmen se concentró de nuevo en los recuerdos del pasado, pero el límite de su memoria eran los muros de esa mazmorra. Podía recordar todo lo sucedido dentro, lo que significaba que, aparte de la llamada de Joana, todo lo demás eran malos recuerdos. Estaba ansiosa por salir. Ansiosa por romper la barrera de su malograda memoria, y ansiosa por reencontrarse con sus seres queridos.

En ese momento, le vino el nombre de un muchacho a la mente que anotó inmediatamente en el cuaderno: Pedro. Lo asoció con sentimientos frescos y romanticismo juvenil. ¿Era el chico con el que estuvo pescando?

Trató de forzar imágenes, hasta que el sonido del móvil la sobresaltó.

CAPÍTULO TREINTA Y UNO

Rafael iba de camino a visitar a su joven y sumisa puta, que encima le salía gratis. O más bien todo lo contrario, ¡pronto cobraría otros 150 000 de los grandes por ella! Estaba seguro de que Joana había comprendido su sutil amenaza con Xavier en el puerto, y quien puede recaudar esa suma una vez, también puede hacerlo otra.

Mientras seguía la sinuosa carretera entre Almuñécar y Salobreña marcó el número de Carmen. «No es que vaya a verte y no estés en casa cariño», pensó riéndose. Tenía buenas razones de estar alegre. Los que anteriormente estuvieron al mando del tráfico de drogas de la costa estaban muertos, y pronto le tocaría a él llenarse los bolsillos de billetes.

Solo le quedaban unos cuantos meses más de espera hasta que la situación se calmara, a lo cual, la pasta de Joana le resultaría muy útil. El próximo verano ya podría empezar a enviar su primer cargamento vía maritima, contando con sus viejos contactos en Marruecos y algunos nuevos en España.

"¿Diga...?": contestó Carmen alborozada.

Zoco bajó el volumen de la radio, le anunció su inminente visita y le informó que se pasaría antes por el supermercado para comprarle algo de comer. Le dio orden de lavarse, maquillarse y ponerse lencería roja.

Con respecto a su prometida las cosas tampoco iban mal.

Sus problemitas con Maite estaban resueltos. Ella lo apoyó, y no creyó en ningún momento la grave acusación de Kilian. Incluso le comentó el intento de Kilian de disculparse por teléfono.

Era molesto que ese gilipollas lo hubiera visto. Pero Joana obviamente comprendió su amenaza en el coche el día de la fiesta, y pudo convencer a su marido de que volviera a Alemania al día siguiente. No tenía nada más que temer de ese tipo. Ni tampoco de la Guardia Civil.

Los únicos rastros que había dejado en el chalet de Carlos, eran las huellas dactilares en el vaso de whisky que se llevó después. Además, buscaban a un asesino en serie, y él era un mal candidato porque tenía coartadas para los otros casos.

Estaba orgulloso de lo bien que lo había arreglado todo. Al principio, buscó un sicario que eliminara a todos los miembros de la banda "Gamba Blanca" para poder convertirse en el jefe del cártel de droga. Más bien por casualidad, encontró a un hombre que tenía todas las razones para vengarse de Carlos y sus colegas, y a quien ni siquiera tendría que pagar por sus servicios, si lo hacía hábilmente.

El africano era una de las víctimas de la última operación. Junto a su familia se había embarcado en una patera en Marruecos. En medio del mar el motor falló por falta de combustible, tal como estaba planificado por esos cabrones. Perdió a su esposa y a sus dos niños pequeños. Desde entonces, el pobre había creído que ese era el castigo de Dios por haber puesto en peligro a su familia huyendo de África. Zoco le explicó, "no sin segundas intenciones", que el barco había sido preparado, y le describió el procedimiento exacto de la organización de la que había sido miembro. Unos cuantos refugiados muertos eran parte del plan, dijo, echando sal en la herida del africano, que se quitó las lágrimas de la cara con los puños apretados.

Con pocas palabras, convirtió al refugiado en un dócil sicario. El hombre solo le hizo una delicada pregunta: ¿cómo es que sabía todo eso? Él tenía su respuesta calculada de antemano: "Mi hijo murió por culpa de las malditas drogas que llegaron a España de esa manera. Puse al tanto a la Guardia Civil..." mintió, "pero no hizo nada al respecto, porque algunos de los altos rangos del cuerpo están involucrados". En el caso de Salvador Molina, eso era incluso cierto.

A partir de entonces le resultó fácil incitarlo contra los cerebros de la organización. En vez de dinero, le prometió que cumpliría su único deseo: Después de haber terminado su trabajo, le ayudaría a regresar a su tierra.

Zoco se hacía cargo de la planificación, y estudió los hábitos de los objetivos, y el nigeriano cumplía su parte llevando a cabo los asesinatos. Hasta que lo atraparon. Mala suerte, pero como leyó en la prensa, no pudieron sacar ni una palabra de él. Aunque si hubiera cantado, ¿a quién habrían creído? ¿A un inmigrante ilegal, o a un ciudadano español ejemplar, empresario, contribuyente y concejal?

El único problema era que el cabecilla de la banda aún estaba vivo, y se tuvo que encargar el mismo de eliminar a Carlos antes de que reconstruyera el cártel. Como su ángel vengador negro estaba entre rejas, tuvo que ensuciarse las manos planificando este acto meticulosamente. La cuestión decisiva era si debía vincular el último asesinato con los tres anteriores. Al final decidió despistar a la Guardia Civil con una sola gamba blanca.

Con viajes de negocios a Marruecos, logró proporcionarse coartadas para los dos primeros asesinatos. Cuando sucedió el trágico fallecimiento de Salvador Molina, paseaba con Maite por los pabellones de una feria de cosméticos en Madrid. Con la gamba de la piscina de Carlos incluso alivió al africano que, difícilmente podría ser el asesino en serie estando detenido. Gracias al traje de buceo que compró en un rastrillo, la Guardia Civil no encontró pistas ni huellas que apuntaran a él.

El teniente Ricardo Palacios, con quien jugaba a menudo al pádel, le informó de manera confidencial de la expulsión del africano. «Incluso para ti ha habido un final feliz, amigo mío», pensó. «Menos mal que tuviste buena suerte, porque por supuesto yo no te hubiera ayudado a volver a tu miserable tierra. Te habría delatado después del último asesinato», pensó para sus adentros.

La Guardia Civil buscaría desesperadamente a un asesino en

serie durante unos meses sin éxito, hasta que el expediente del misterioso caso se llenara de polvo en el sótano del cuartel.

De tantas palmaditas mentales en la espalda por su refinamiento, casi se olvida comprar la comida. Se dirigió al Mercadona de Salobreña, llenando el carrito con cola, pasteles, patatas fritas, chorizo, pan de molde y otras bombas calóricas para que se le hincharan las tetas. En el pasillo de las verduras se decidió por una mazorca de maíz del tamaño adecuado. Aun no estaba madura, pero tampoco es que estuviera pensado precisamente en comérsela.

Guardó las bolsas en el maletero y salió del aparcamiento, excitado por lo que iba a hacer con Carmen. No pensaba mirar por el espejo retrovisor ni una sola vez hasta llegar a la finca negra.

Maite terminó con su metamorfosis. En una tienda china se había comprado unas zapatillas de deporte, un chándal gris, una gorra de béisbol y unas enormes gafas de sol. ¡Perfecto! Con esta pinta, sin tacones, quince centímetros más baja, con el moño, sin maquillar y camuflada, ni siquiera su madre la reconocería. La primera parte de su misión "Cómo observar a mi pareja si falta dinero para un detective privado", fue todo un éxito.

Antes de comenzar a ser la sombra de Rafa, hizo la prueba de camuflaje en el bar "El Templo" a la vuelta de la esquina. Maite se movió entre caras conocidas, pero nadie pareció reconocerla. Ni si quiera Ramón, el larguirucho camarero que no paraba de intentar llevársela a la cama de nuevo desde su chapucero debut hace un año.

Salió del bar y se subió al Seat rojo que pidió prestado a una amiga. Poco después aparcó frente al edificio de Rafael. Eran las cuatro de la tarde, y suponía que se dejaría ver después de la siesta. Por la mañana llamó a la tienda, habló con él y le dio luz verde para su partido fuera de casa, fingiendo hacer una inesperada visita a su familia de Jaén y pasar allí la noche. «Debería sentirse libre e incontrolado», pensó la astuta Maite.

El día anterior le propuso una cena en el hotel "Casablanca", pero ella no aceptó, excusándose con razones poco convincentes. No podía volver a verle hasta que no tuviera la certeza de que le era infiel. Le hubiera gustado restregarle el recibo encontrado por la cara, pero se aguantó las ganas; mejor hacer las cosas con calma, no era el momento de ser visceral. Ya experimentaron algo por el estilo cuando estuvo en la tienda de vestidos de novia en Granada...

¿Tal vez la ropa íntima, el perfume, las cremas y los productos de maquillaje se trataban de un regalo para ella? Entonces sería súper embarazoso confrontarle con el recibo, y se daría cuenta de que había puesto su piso patas arriba rebuscando. Por otro lado, ella ya tenía el doble o el triple de todo lo que él compró, y él lo sabía perfectamente. El último regalo fue por su cumpleaños: un Kindle para leer libros electrónicos.

Su objetivo casi se le escapa antes de empezar con la vigilancia. No apartó la vista ni por un segundo de la puerta de entrada al edificio, oculta tras un ejemplar del "Cosmopolitan". Sin embargo, Rafa salió con el Mercedes del garaje subterráneo, y ella no se dio cuenta hasta que paró delante de un cruce peatonal. Maite tiró la revista al asiento trasero, se puso nerviosa y tardó tanto en salir del aparcamiento e incorporarse a la vía, que el coche de Rafael se perdió doblando el cruce al final de la calle. Por fin logró salir, forzando a un ciclista con maillot amarillo a dar un frenazo en seco. A lo lejos vio el Mercedes pasar el semáforo en verde y entrar en la N340 dirección Almería. Maite le dio un buen acelerón al Seat, antes de ponérsele el semáforo en rojo. Como era una emergencia y un detective es casi tan importante como la Guardia Civil, que pueden saltarse los semáforos, no se lo pensó dos veces.

A falta de una sirena bajo la ventanilla, haciendo gestos con la mano al tráfico. Su conducción demasiado brusca causó frenazos, bocinazos y un fuerte: "¡Idiota!"

Desde luego nada que ver con una persecución discreta. Consiguió acortar distancia, entre ellos había ahora tres coches y un camión. Los latidos de su corazón se calmaron un poco, pero sus pensamientos empezaron a galopar: «¿Por qué no iba a la tienda? ¿Iba a Salobreña? ¿O quizás seguiría hasta Granada?» Poco a poco se adaptó a su rol detectivesco. Podía mantener la distancia constante. Rafael no parecía tener prisa. En Salobreña se desvió de la carretera principal y le siguió dos manzanas, hasta que desapareció en el aparcamiento del Mercadona.

«Rafael vive a doscientos metros del Mercadona de Almuñécar, ¿por qué se va de compras al pueblo vecino?», caviló Maite, decidiendo que era demasiado peligroso seguirlo dentro del supermercado. En algún momento tendría que salir.

Encontró un aparcamiento en la calle desde donde podía observar la salida del garaje de Mercadona. Su instinto detectivesco llegó a las conclusiones más audaces, ni una sola siendo buena, antes de que su sospechoso prometido volviera a pasar por delante de ella. Maite contó hasta veinte y luego lo siguió, cogiendo de nuevo la N340. Unos kilómetros más tarde se desvió dirección Motril.

Ahora solo quedaba un coche entre ellos. Antes de llegar a la ciudad, giró en una carretera secundaria. «¿Está tratando de dejarme atrás?», se preguntó. Le siguió en esa dirección. Tras varias curvas perdió el Mercedes de vista. Podría ser una ventaja... o un inconveniente, se dio cuenta en la siguiente bifurcación. ¿Qué camino tomó? La calle asfaltada giraba a la izquierda en una curva cerrada, y a la derecha un camino de grava subía a las colinas que se elevaban al norte de Motril. Una nube de polvo reciente le indicó el camino a seguir. ¿Habría tomado Rafa esa dirección? Maite siguió su instinto, del cual un buen detective privado tiene que fiarse, y subió por un camino lleno de baches al interior. Cruzó el polvo arremolinado lo más rápidamente posible. Rafa no andaría muy lejos, y con el denso polvo que levantaban sus neumáticos no podría verla por el espejo retrovisor. Condiciones perfectas para su misión.

Cinco minutos más tarde llegó a otro cruce. La nube polvorienta indicaba que tenía que girar a la derecha. Aun así, se detuvo. El camino de la izquierda llevaba a Almuñécar y el de la derecha subía a...

¿Habría alguna explicación simple para todo eso? En las primeras semanas de relación, Rafael la sorprendió en varias ocasiones con un picnic al aire libre con magníficas vistas de toda la Costa Tropical. Fueron desde Almuñécar por el camino de grava, que en este punto se unía al camino de Motril y luego continuaba subiendo hacia las montañas. Hicieron el picnic entre pinares, por encima de un barrancal, cerca de la finca de uno de los amigos de Rafa. ¿Cómo se llamaba? ¿Sergio? Según Rafael, era un tío solitario que casi nunca salía de su casa.

Al parecer, Rafa se dirigía al mismo sitio donde habían hecho el amor unas cuantas veces al aire libre. Maite miró fijamente la bifurcación. Calculó unos diez minutos hasta llegar allí arriba. ¿Qué estaba tramando? ¿Sus planes serían un picnic con otra con postre incluido? ¿O solo estaba visitando a ese amigo raro?

Maite siguió conduciendo y aparcó el Seat rebozado de polvo al borde del camino, a una distancia prudencial de la finca. Se obligó a esperar diez minutos antes de acercarse a hurtadillas entre los arbustos. El lugar habitual donde hacían picnic estaba abandonado. Subió la colina hasta la finca. El coche de Rafa estaba aparcado frente a la finca ennegrecida de hollín. ¿En realidad solo visitaba a un amigo? ¿A uno que no invitó a la fiesta de compromiso y que nunca le había presentado? Rondó la finca bajo la protección de los arbustos, acercándose por la parte trasera de la casa.

Pegó la oreja a la pared.

¿Aquel rumor eran voces?

Se asomó a la vuelta de la esquina donde encontró una ventana abierta.

Por allí las voces se escuchaban mejor. Aunque ahí dentro... no estaban hablando. A Maite le parecieron más bien lamentos, sonidos íntimos que se filtraban por el suelo y no por la ventana.

¡Vete a la mierda Rafa!

Escuchó los gemidos de su prometido, ¡de su ex-prometido!, y pensó en aporrear la puerta formando un espectáculo.

Pero le faltaron fuerzas.

Ni siquiera quiso saber a quién se estaba follando.

Humillada y sollozando se marchó.

CAPÍTULO TREINTA Y DOS

Joana se sirvió una copa de vino tinto en la cocina, aunque se suponía que no debía mezclar pastillas con alcohol. Colocó la copa en una bandeja junto a un vaso de agua para su amiga embarazada y la llevo al balcón donde Maite estaba apoyada en la balaustrada.

Eran las nueve y media. Xavier se quedó dormido profundamente después de una impresionante puesta de sol que se fue desvaneciendo con rayos de luz crepusculares. Le agradó que Maite fuera a visitarla. Desde la partida de Kilian se sentía sola, impotente y desesperada.

Pero la conversación no sería fácil. Nunca antes había visto a Maite tan taciturna. Suponía que todavía estaría rencorosa por lo de Kilian, y ella tendría que morderse la lengua y no contar nada sobre Carmen y las amenazas de Rafa. Para ella algo casi imposible.

Maite se sentó a su lado. Parecía que luchaba contra las lágrimas. Empezó con una banal conversación, pero poco después hizo un gesto despectivo con la mano y fue directamente al grano:

—¡Este grandísimo hijo de puta me la está pegando con otra!

—¿Cómo? Quieres decir que, ¿Rafa...?

Maite asintió.

—¿Estás segura?

—Sí, ¡los pillé!

«No sabes cuánto me alegro por ti Maite», pensó Joana. «Ojalá pudiera explicártelo, ¡esto es lo mejor que te pudo haber pasado!»

Pero no se permitió pronunciarlo.

—¿Y ahora qué?

—¡Eché a ese cabrón a patadas! Metí sus cosas en una bolsa de basura y la dejé fuera en el pasillo. He estado ignorando sus llamadas hasta que vino y encontró su ropa. Tocó a la puerta y quiso saber qué me pasaba. No lo dejé entrar, ni si quiera le abrí, le grité a través de la puerta que sabía todo y que se largara para siempre.

—¿Cómo lo averiguaste?

—Es una larga historia. Eso ahora no importa. Lo importante es que lo seguí y los pillé en plena faena.

A Maite le temblaba la espalda del llanto y Joana la abrazó. Le hubiera gustado saber más, pero no quería meter el dedo en la llaga.

—¡Y yo embarazada de él! ¿Qué hago ahora con un bebé? Estaba tan ilusionada, y ahora esto. Tal vez debería habérselo dicho hace tiempo, y quizás no lo habría hecho... Pero quería sorprenderlo.

La cabeza de Maite reposaba sobre el regazo de Joana con varios mechones de pelo adheridos a sus mejillas por el llanto. Le inquietaba ver a su amiga sufrir tanto, y por mucho que se resistió, no pudo guardar silencio ni un minuto más. Necesitaba contárselo:

—¿Sabes la verdadera razón por la que vinimos a España?

Maite la miró, agitando la cabeza.

—¡Porque mi hermana Carmen está viva!

Maite se enderezó.

—Pero, ¿de qué estás hablando?

En un momento, las palabras reprimidas de Joana y las lágrimas acumuladas salieron a flote. Se lo contó todo, empezando por el contacto en Facebook de una tal Rocío Campos, las fotos y el vídeo de Carmen, la entrega del rescate en Cerro

Gordo, hasta llegar a la amenaza de Rafael de no hablar con nadie, lo cual fue el detonante por el que persuadió a Kilian de volverse a Múnich, aunque no cabía duda que Rafa era el asesino de Carlos.

Maite no la interrumpió hasta que Joana terminó de contar todo ese horroroso cuento. Entonces se levantó mirándola con desprecio.

—He venido a desahogarme contigo porque mi prometido se está tirando a otra y lo eché a la calle. A lo mejor me esperaba un poco de consuelo por tu parte, pero en vez de eso... No sé qué os pasa a ti y a Kilian ¿Qué estáis fumando para que tengáis esas fantasías? Engañarme con otra mujer es una cosa, pero tachar a alguien, con quien quería casarme hace apenas unos días y que es el padre de mi bebé, de asesino, secuestrador y chantajista es la hostia. Una no puede estar tan equivocada y ciega sobre alguien. O tal vez sí, pensando en nuestra amistad. Creo que deberías hacer lo mismo que Kilian y regresar a Alemania —le recomendó Maite, y se fue.

Los dos días después del conflicto con Maite, Joana se revolcó en la autocompasión. No salió de casa, apagó el móvil y el portátil sin importarle que Kilian no pudiera contactarla. Se dejó el pijama puesto todo el tiempo y comió solo lo que sobraba del potito de Xavier. Fingió estar de buen humor para su hijo, pero no tuvo éxito porque refunfuñó y lloró más de lo normal.

¿Quién podría culpar a Maite por darle la espalda? Uno solo cree lo que quiere creer, y que el futuro esposo y padre de su hijo sea un asesino es difícil de asumir. Si alguien hubiera dicho todo eso sobre Kilian, hubiera reaccionado igual. Su problema era que había violado las reglas de Rafa contándoselo todo a Maite porque la creía de su lado.

Su situación se volvió cada vez más desesperada. ¿Se lo habrá contado a Rafa? Si fuera así, ya podía ir cogiendo el avión destino Múnich, tal como Maite le aconsejó. Entonces no habría esperanzas para Carmen. ¿Pero no era ese el caso de todos modos? ¿Cómo podría liberarla ahora? ¿Sin dinero y sin el apoyo de su marido o de Maite? Ya que había ignorado las amenazas de Rafael una vez, ¿debería arriesgarse y volver a hacerlo acudiendo a la Guardia Civil? ¿Dónde la mitad eran amigos de Rafa y la otra mitad, tras el incidente en el Cerro Gordo la consideraban una histérica chiflada que no podía lidiar con la desaparición de su hermana?

Incluso si la Guardia Civil arrestara a Rafa, ¿revelaría éste el lugar donde estaba retenida Carmen admitiendo su culpa al mismo tiempo? ¡Seguro que no! No tuvo más remedio que tirar su autocompasión por el desagüe mediante una ducha caliente y tomar la decisión de liberar a Carmen con sus propios medios.

Le vino una idea de cómo llevarlo a cabo. Sin embargo, tendría que contar con la ayuda de Maite, sabiendo que su apoyo no era nada seguro. Joana encendió el portátil. La única manera de ponerse en contacto con esa bestia era a través de Facebook, dejando un mensaje a Rocío Campos:

"¡Tengo el dinero! Entrega en la ermita de la Punta de la Mona. Encontrarás el dinero a medianoche en una bolsa dentro del cubo de basura que hay junto a la capilla. Llevaras a Carmen contigo en el maletero del coche. Tan pronto como tengas el dinero, la dejas salir y te vas", escribió.

Pasó dos largas horas jugando en el suelo con su hijo a poca distancia del portátil, hasta que llegó la respuesta:

"De acuerdo. Mañana a medianoche. ¡Sin trucos!"

Joana golpeó con el puño la palma de la otra mano.

«¡Sí señor, se tragó el cebo! Esta vez tengo yo la sartén por el mango», pensó emocionada.

Ahora era el momento de los preparativos.

CAPÍTULO TREINTA Y TRES

—No vendrá, ya verás. ¿Qué estamos haciendo aquí? Esto es una locura, ¡te lo dije! —se quejó Maite, fijándose en la esfera luminosa de su reloj Breitling, que compró en la playa por sesenta euros tras duras negociaciones. Eran las 00:20 horas.

—¡Que si vendrá! —susurró Joana, que estaba tumbada bocabajo a su lado.

Maite solo se apuntó porque Joana había conseguido poner un huevo de duda en su cabeza, el cual empolló toda la noche, hasta que Rafa eclosionó como un monstruo en sus pesadillas. Además, Joana le dijo por la mañana que podía presentar pruebas de que todo era cierto, pero que necesitaba su ayuda para hacerlo. Así que ante la duda se dejó llevar por su amiga. Estaban escondidas entre arbustos, echadas sobre el lecho picoso de un pinar cerca de la ermita esperando a que él llegara, ¡con Carmen en el maletero!

Se suponía que Carmen llevaba muerta mucho tiempo, como se enteró de primera mano tres años atrás durante su interrogatorio un tanto particular. Según Joana, su hermana había resucitado de entre los muertos, lo que significaba que Rafa la mantenía cautiva durante todo este periodo. ¿Pero dónde? ¿Y cómo podía compaginarlo con sus múltiples viajes a Marruecos?

¿Quién cuidaba de Carmen mientras tanto? ¿Un cómplice? Era demasiado absurdo.

—Estamos perdiendo el tiempo, guapa, y la tarifa nocturna de tu niñera no es precisamente barata. Encima no le puedes pagar con recortes de periódicos como a tu chantajista fantasma.

—¡Shhh! —hizo Joana.

Maite no logró enfadarse por mucho tiempo con Joana. Estaba segura de que su amiga solo intentaba distraerla de la aventura de Rafa con este horripilante cuentito. ¿O tenía que preocuparse seriamente por ella por sufrir pérdida de la realidad? Últimamente tomaba grandes cantidades de pastillas, que encima mezclaba con vino...

De todos modos, no quería reprocharle a Joana. Por eso se había vuelto a poner su traje de detective.

—Deberías aprovechar mejor tus fantasías al estilo Hitchcock, escribiendo una novela negra. Así podrías dar rienda suelta a todas esas ideas confusas que tienes en tu cabeza.

Maite enmudeció de repente. Unos focos iluminaban el pinar y los chalets adyacentes.

—Si es el, ¡ni una palabra hasta que te dé la señal! —susurró Joana.

Se escuchó el ruido de un motor. ¿Un Mercedes? Si hasta ahora había ridiculizado el plan por no haber creído en que Rafa apareciera, de repente se dio cuenta de la seriedad de la situación: era una cuestión delicada. No solo para Carmen, sino también para el feto que albergaba en su vientre. Si se separaba de Rafa, se quedaría con el bebé, eso ya lo tenía claro. «Que se folle todo lo que pueda, ya me da igual. Encontraré a otro hombre que me quiera y me respete de verdad. Y si lo desea, podrá pasarse cada quince días para ver a su hijo o hija», fue su conclusión.

Pero, ¿y si su prometido aparecía en esos momentos delatándose como un criminal confeso? No podría criar a un niño de tremendo monstruo.

Por eso Maite envió una plegaria al cielo: "Por favor, no dejes que sea Rafa quien aparque delante de mis narices y corra a la ermita en busca de la bolsa y la tire con rabia por el acantilado porque solo hay recortes de periódico en ella".

El coche se aproximaba. Se arrastraron hasta quedar más cerca la una de la otra. Maite se preguntaba si sus pensamientos no eran un tanto egoístas. ¿No debería esperar que las sospechas de Joana fueran ciertas y que la liberación tuviera éxito por absurda que fuera? Ella había sido la última persona cinco años atrás en ver a la hermana de Joana con vida, cuando Carmen pasó por la recepción después de la boda de su prima. Después de eso, todo rastro de ella se perdió. Hasta que un empleado del hotel confesó con la ayuda de ciertos medios de presión ser el responsable de la muerte de Carmen. Incluso describió al detalle cómo sucedieron los hechos. ¿Eso fue una mentira?, pero ¿por qué? ¿Estaba Carmen realmente viva?

Lo deseaba tanto por Joana, que decidió poner sus propios intereses en segundo plano.

En ese momento, una limusina entró en el parking.

Los focos se apagaron. Maite miró entre los arbustos. ¿Era él? No se veía en la oscuridad.

Escuchó su corazón latir tan fuerte en los oídos, que temía que el sonido pudiera traicionarla.

La puerta del conductor se abrió, y la luz del interior iluminó un marcado perfil: ¡Rafael!

A Maite le entraron ganas de vomitar. Apretó los puños contra la boca. Rafa cerró la puerta del conductor y siguió el camino hasta la capilla. Tras unos metros se giró como si hubiera olvidado algo. Pulsó la llave y siguió adelante. Las puertas del Mercedes se cerraron con un clac.

—¿Estás lista? —susurró Joana.

—Por supuesto, vámonos antes de que se me metan más hormigas entre las tetas —bromeó Maite para apaciguar sus nervios.

—De acuerdo, ¡sígueme!

Joana saltó con las llaves de reserva del coche de Rafa en mano que Maite sustrajo de su piso por la mañana y corrió seguida de su amiga hasta el Mercedes. Pulsó el abrepuertas, e inmediatamente cuatro luces intermitentes advirtieron al dueño que a cien metros de distancia le estaban robando el coche.

Joana abrió la puerta y saltó sobre el asiento como una posesa. Ni ella ni Maite habían conducido nunca un coche automático, pero Joana en previsión, vio algunos videos demostrativos por la mañana en YouTube. Le temblaban tantos las manos por culpa de los nervios, que tardó unos eternos segundos en poder introducir la llave en el contacto. ¡Cálmate! Se dijo a sí misma. Y ahora: "gira la llave, pisa el freno, pulsa el botón de la palanca de cambios y tira de P a R. Luego pisa el pedal del acelerador, sal del aparcamiento, cambia de R a D y lárgate", recitó Joana de memoria. Aun así, algo iba mal.

El vehículo no quiso moverse ni un metro en el modo R, protestando con una señal roja de aviso.

—¿Qué le pasa al puto coche? —gritó Joana.

—¿Quizás el freno de mano? —sospechó Maite.

Joana buscó el freno entre los asientos, como con el coche de alquiler o en su coche de Múnich, pero no encontró ninguna palanca similar. Tanteó a ciegas a la izquierda de su asiento, encontró una manija, pero solo logró ajustar la posición del asiento.

Maite chillaba, Rafael se acercaba corriendo iluminado por la luz de los faros. Aunque se acababan de cerrar las puertas automáticamente, Rafael tenía su llave y la estaba pulsando. De nuevo las luces naranjas parpadearon y las puertas se abrieron con un clac.

—¡Vamos ya! —exclamó Maite alterada.

Joana tanteó una palanca debajo del lado izquierdo del salpicadero y tiró de ella. La señal roja se apagó y Joana pisó el acelerador a fondo.

El coche salió desbocado, entraron en la calle de la urbanización, giró el volante hacia la derecha y puso el coche en la dirección de la marcha. Rafael corría hacia ellas a una distancia de treinta metros. Ahora debería poner la palanca en la posición D. Joana tiró de ella con fuerza, pero no se podía ajustar, el coche se deslizó lentamente hacia atrás en la posición R.

—¡Pisa el freno! ¡EL FREEENO! —gritó Maite.

Joana pisó el pedal izquierdo y movió la palanca de cambio bajándola a D justo cuando Rafa intentaba abrir la puerta de Maite. Joana pisó el acelerador hasta alcanzar los ochenta kilómetros por hora antes de frenar en seco. Sin cinturón de seguridad puesto, las dos chocaron contra el salpicadero.

—Yo manejaría mejor un jumbo que tu un coche automático —criticó Maite.

Joana quitó el pie del "embrague", que en este coche resultó ser el freno, y siguió adelante.

¿Habría cumplido Rafa su palabra y estaría Carmen dentro del maletero? Sin embargo, después de pensar en el farol que se marcó en el Cerro Gordo, era poco probable que esta vez hubiera cumplido con su parte del trato.

Tras unos kilómetros, Joana no pudo soportar más la incertidumbre y paró el coche empujando la palanca en P. Quitó la llave y miró a Maite.

—¿Quieres que ojeemos el maletero? —preguntó Maite.

Joana asintió y salió del coche.

Sus rodillas temblaban como antes lo hacían sus manos.

¿Terminaría de una vez la maldita pesadilla y podría abrazar a su hermana? Tal vez...

Joana se apoyó en el maletero. ¿Escuchó algo dentro?

¿Un sonido? ¿Un lloriqueo? ¿O fue solo su imaginación? Pulsó el botón correspondiente en la llave. La tapa se abrió.

Cuando Joana se subió al coche, Maite se guardó cualquier comentario. Apretó la frente contra el volante y su amiga le acarició la espalda.

—¡Ese maldito hijo de puta! Lo siento mucho, Joana. Pero mira lo que encontré aquí.

Maite levantó la tapa de la consola central y sacó el móvil de Rafael. El mismo con el que llamó a Carmen el día de la fiesta de compromiso.

Pero primero tenían que salir de allí y esconder el coche, por si acaso la Guardia Civil lo buscara.

Joana se secó las lágrimas y siguió adelante. Veinte minutos más tarde metió el Mercedes sin más incidentes en el cobertizo de un cortijo que pertenecía a un amigo de Maite.

—¿Primero el móvil o el navegador? —preguntó Maite, después de que Joana apagara el motor.

—El móvil, por favor. ¿Tu fiesta fue el cuatro de noviembre?

Maite asintió, y Joana se desplazó por la lista de llamadas salientes.

—¡Aquí esta! Debió de haber sido sobre las seis de la tarde, y a esa hora solo está registrada una llamada a las 17:48 horas a un tal Roberto. ¿Tiene un amigo que se llama así?

—Puede ser, pero a lo mejor es solo un alias, ¡inténtalo!

Joana respiró hondo, sintiéndose como si tuviera un saco de cemento encima del pecho. Pulso la tecla de llamada y esperó. Pasó un rato antes de que sonara el tono de marcado. Una vez. Dos veces. Tres veces. «Por favor, por favor, ¡contesta!», pensó Joana. «Necesito que me digas dónde te tiene escondida». Cuatro veces. Cinco veces. «¡Vamos!»

—¿Sí...? —apenas era audible, sin embargo esa palabra corta expresaba todo el sufrimiento de los últimos años.

—Hola Carmen, ¡soy tu hermana... Joana! Voy a buscarte, pero necesito que me expliques exactamente dónde te retienen.

Por un momento todo lo que se oyó fue un sorber de mocos.

—No tenemos mucho tiempo, Carmen. Dime, ¿dónde estás?

—¿V-vienes a buscarme...? Eso es genial... ¿C-cuándo?

Joana trató de reprimir el llanto.

—Enseguida estoy contigo. Pero necesito que me ayudes. Tienes que describirme tu entorno para que pueda encontrarte.

Carmen respondió algo, pero había mala cobertura.

—No entendí nada. ¿Dónde estás?

Joana agarró el teléfono tan fuerte, que sus nudillos se pusieron blancos.

—En un sótano. Los muros son sucios, hay una mesa y una...

—No, ¿qué hay *fuera* de esos muros? ¿Cómo llegaste a donde estás ahora? ¿Sabes cómo se llama la calle o el pueblo? ¿Estás en Almuñécar?

—No lo sé...

—¡Tienes que darme una pista! Un detalle, lo que sea... ¡por favor!

—Una vez casi logro escapar. Llegué hasta el exterior de la casa antes de que el hombre volviera y...

—¿Qué viste allí afuera cariño?

—El cielo. El sol. Árboles. También había pajarillos y...

Beep, beep, beep, beep.

—¡NO, NO, NO! —gritó Joana al móvil golpeando el salpicadero. Marcó el número de nuevo escuchando una frase familiar: el número marcado no existe o está fuera de cobertura.

CAPÍTULO TREINTA Y CUATRO

«¡Van a pagar por esto!», pensó Zoco no por primera vez, llegando a casa tras una caminata de hora y media. Al principio no pudo creer lo que había pasado: en la ermita no se dirigió directamente al cubo de basura que se suponía contenía el dinero, porque detrás de cada pino, un Guardia Civil podría estar acechando, lo que lo habría puesto en una delicada situación teniendo que dar explicaciones.

Así que primero revisó cuidadosamente los alrededores, y solo cuando estuvo seguro de estar solo, se acercó al cubo en el que Joana había depositado el dinero. «Debe estar muy apegada a Carmen», pensó sacando la bolsa. Él no hubiera invertido ni cien euros por la vida de su propia hermana.

Zoco llenó un vaso de whisky para ahogar su frustración. Todavía podía oír el crujido del periódico en sus oídos. Esa maldita perra le había tomado el pelo. No la habría creído capaz de eso, sobre todo sabiendo que la vida de Carmen estaba en sus manos y bajo la amenaza de que su hermana moriría si se andaba con trucos sucios. Eso no fue todo: cuando de repente parpadearon unas luces naranjas y temió haber caído en una trampa de la Guardia Civil, como precaución tiró la bolsa por el acantilado detrás de la capilla. Hasta que finalmente se dio cuenta de que era su Mercedes que estaba a punto de ser robado.

Bajó corriendo hacia el coche y por un pelo no pudo abrir la puerta del pasajero. Su asombro se desbordó al darse cuenta de quién estaba dentro de él, ¡Maite y Joana!

Joana al volante pisó el acelerador a fondo pasando por encima de su pie.

Ciertamente podría olvidarse de la boda, lo que era el menor de sus males. Ya que el interés en casarse con Maite no iba más allá de guardar apariencias y dar una imagen de normalidad a su vida. Aunque faltaran las miradas envidiosas de otros hombres al tener a su lado a una mujer tan guapa y mucho más joven que él, podría vivir sin eso... Ahora su temor más urgente era que no le soplaran nada a la Guardia Civil.

Por lo tanto debía tomar precauciones. Se bebió el whisky de un trago. Ricardo ya estaría dormido, pero el tema no tenía espera. El número privado de su amigo estaba guardado en el teléfono móvil, y para empeorar las cosas, se lo había dejado en el interior del coche. Esa fue la razón por la que no pudo llamar a un taxi y tuvo que volver cojeando hasta su casa.

Pero su móvil estaba sincronizado con el Outlook. Encendió el ordenador y rellenó el vaso de whisky. Se inventó un cuento antes de marcar en el teléfono fijo el número de su compañero de pádel y amigo íntimo Ricardo Palacios, teniente de la Guardia Civil.

Minutos después colgó, quedando muy satisfecho. Acababa de difamar a Maite y a Joana hasta un punto en que la Guardia Civil las tomaría tan en serio como a una confusa anciana senil.

«De esas dos chifladas ya no tengo que temer nada», pensó.

Pero su buen humor no duró mucho. Caliente por el whisky ahumado, volvió su rabia hacia las dos amiguitas que se creían muy listas.

Su tarea ahora era decidir sobre las medidas de represalia.

Carmen al parecer, ya no le servía para nada. ¿Tenía sentido seguir alimentándola? ¿Qué beneficio obtendría de ella en adelante? El incentivo sexual ya no le interesaba después de algunos lamentables polvos. Incluso su tabla de planchar era más apasionada. Además, con la pasta de Joana podría volver a pagar a prostitutas, que al menos sabían fingir como si lo disfrutaran.

Seguramente sería peligroso conducir hasta la finca una y

otra vez solo para darle de comer a esa maldita mocosa. Tomó una rápida decisión... Tenía que llevar a cabo su amenaza abandonando a Carmen a su suerte y que muriera entre esos muros.

Zoco se sirvió la tercera copa. Solo con la muerte de Carmen, su venganza se quedaría corta. Las dos fueron demasiado audaces y necesitaban una lección. El whisky mostró efecto aportándole la creativa idea de cómo aumentar significativamente la sentencia para Joana.

———

Aparcó el coche de alquiler frente al cuartel de la Guardia Civil de Almuñécar.

—¿Seguro que quieres que entremos? —preguntó Joana a Maite.

—Después de robar el coche de mi ex para nada, me temo que no nos queda otra.

Eso era cierto, sin embargo. Joana esperaba de alguna manera poder llegar a Carmen a través del coche. Con el móvil de Rafa casi tuvieron éxito, hasta que el teléfono de Carmen se quedó sin batería.

La última posibilidad la había llevado literalmente a ningún destino. Tras hablar con su hermana necesitó un rato para calmarse, mientras Maite revisaba en el menú del navegador del Mercedes la lista de los últimos destinos de Rafa, con la esperanza de encontrar una dirección que las llevara al escondite de Carmen. Pero Maite conocía la mayoría de los lugares porque habían ido allí juntos. Los otros llevaban al terminal del ferry de Algeciras, a un Mesón de Granada, o a un hotel de cinco estrellas en Marbella.

—Pero amenazó con dejar de cuidar a Carmen si acudía a la Guardia Civil. Además, si lo arrestan y no revela el escondite, ¿entonces cómo...?

—¡Se lo sacarán! Piensa que hemos robado su sagrado coche delante de sus narices, y le hemos cabreado con una bolsa llena de recortes de periódico. Así que ya no importa si vamos o no a la Guardia Civil.

Joana se dejó convencer y sentó a Xavier en el carrito. Maite le abrió la puerta, encargándose de explicar el asunto a dos uniformados en la recepción:

—Buenos días, señores. Hemos venido a presentar una denuncia por: secuestro, chantaje, detención ilegal, coacción y al menos dos asesinatos.

Los agentes se fijaron en Joana, parecieron recordarla del incidente en Cerro Gordo.

—Vaya, ¿algo más? —preguntó uno de los dos agentes, cuya nariz grande y roja delataba el gusto por el alcohol.

—¿Qué quiere decir con "algo más"?

—Bueno, sabemos por aquí que tenéis mucha fantasía. Así que tal vez queráis denunciar también algo como: ¿un robo de un banco?, ¿un incendio provocado? o tal vez, ¿un intento de violación?, para que vuestra visita valga la pena. Su colega sonrió tontamente.

—¡Ahora escúchenme! Yo también sé algo de vosotros: que sois unos... —saltó Maite, pero Joana la hizo a un lado. Así no llegarían a ninguna parte. De la manera más tranquila posible, intentó ofrecer una plausible explicación de los hechos. Por supuesto, sin mencionar el Mercedes de Rafa que habían tomado prestado para su investigación sin aún haberlo devuelto. En medio del relato, uno de los agentes se levantó murmurando:

—Voy a por el jefe y que se trague él esta tontería.

Tres minutos más tarde estaban dentro de una oficina, donde el único cambio desde los años setenta parecía ser el ordenador. Joana reconoció al hombre inmediatamente.

«Mierda, nos ha tocado la persona menos adecuada», pensó.

Era uno de los amigos que estaban en Marina del Este con Rafael cuando se encontró con él por casualidad. El hombre las invitó a sentarse en dos sillas de madera frente al escritorio y se inclinó hacia adelante para saludarlas formalmente. Incluso guiñó un ojo a Xavier, que estaba entretenido arrancando trozos de papel de su libro de colorear para después tirarlos al suelo.

—¿Qué puedo hacer por las señoras? —preguntó el hombre que se había presentado como Ricardo Palacios. Su uniforme indicaba el rango de teniente.

—¡Debe arrestar a Rafael Prados lo antes posible! ¡Ha cometido un montón de delitos graves, comenzando por...

Joana dio un disimulado rodillazo a Maite. Sus exaltadas difamaciones estaban fuera de lugar, así que tomó la palabra de nuevo, e informó al agente algo más apacible.

—Y eso, señor, ¡es la prueba de que Rafael Prados tiene cautiva a mi hermana Carmen en alguna parte! —concluyó diez minutos más tarde un monólogo que no fue interrumpido ni una sola vez para hacerle preguntas. Tras lo cual, la oficina quedó en silencio. Solo el rotulador de Xavier chirriaba coloreando a Mickey Mouse con devoción sin prestar atención a las molestas líneas de los bordes.

El teniente Palacios llevaba el cabello rayado con fijador. Su rostro anguloso estaba meticulosamente afeitado, y si hubiera vestido un traje en esos momentos, uno podría pensar que estaba sentado frente a un asesor financiero de un banco.

—Estáis haciendo acusaciones muy graves, ¿lo sabéis?

Maite aplaudió, haciendo tintinear una veintena de brazaletes. —¿Qué podemos hacer si ese hijo de puta...?

El teniente interrumpió a Maite con un movimiento de mano, con el que se pide a un conductor reducir la velocidad.

—En su opinión, ¿qué cree que debemos hacer, señora Hernández? ¿Arrestarlo y preguntarle dónde tiene encerrada a Carmen? Asumiendo que, el señor Prados tuviera algo que ver con la desaparición de Carmen, lo cual es realmente absurdo, ¿por qué lo admitiría? Al fin y al cabo, no hay pruebas de ello.

Maite se inclinó sobre el escritorio del teniente.

—Supongo que tendréis métodos de interrogación adecuados. De lo contrario lo podéis hacer a lo americano: ¡con el waterboarding!

—¿Waterboarding?

—Exactamente, todo lo que hace falta es una tabla resistente, una cuerda para atarlo y un cubo de agua. ¡Estaré encantada de ayudaros!

—Señora Hernández, mejor dejo esta idea sin comentar. ¿No es cierto que quería casarse con el señor Prados dentro de unas semanas? ¿No lo acusa de tener una aventura con otra mujer? y, por lo tanto, ¿no podría ser que haga estas infames acusaciones solo por su ofendido orgullo?

Maite comenzó con una vehemente objeción, pero el teniente tenía suficiente autoridad para hacerla callar con una señal en stop de su mano.

—¿No es también cierto que usted y su amiga le han robado su Mercedes? El señor Prados, con quien por cierto tengo el privilegio de mantener una buena amistad, de ahí mis conocimientos internos, tiene la amabilidad de abstenerse en presentar cargos contra ustedes por las buenas intenciones y el aprecio que les sigue manteniendo. Sin embargo, yo en vuestro lugar, devolvería el coche inmediatamente, ¡robo de vehículos no es una peccata minuta!

Con eso el teniente concluyó con Maite, dirigiéndose a Joana:

—En cuanto a usted, créame que lamentamos sinceramente no tener rastro de su hermana después de todos estos años.

—¡Pero ahora tienen una pista! Le acabo de explicar que tenemos el número del móvil de mi hermana. Seguramente se pueda rastrear y si...

Joana no llegó más lejos, el teniente tamborileó en el escritorio, se levantó y se dirigió a la puerta. Allí se volvió y comenzó su discurso final:

—Me trasladaron a Almuñécar hace tan solo dos años, pero me comentaron agentes que sirvieron en este cuartel por períodos más largos, que usted, ya una vez impidió la resolución de una serie de asesinatos al robarnos el tiempo con extrañas sospechas. Desafortunadamente en la actualidad su comportamiento parece repetirse: hace dos semanas en mitad de la noche, entró de sopetón hablándonos de un cadáver disfrazado de su hermana y atado a una silla en el Cerro Gordo. El muerto le había hablado con la voz de Carmen, y por eso tiró una bolsa con 150 000 euros por los acantilados. Luego empujó el cuerpo al mar sin querer. Seamos honestos: ¿no le suena increíble? Aun así, enviemos a varios compañeros al lugar en cuestión, pero, vaya sorpresa, no encontraron nada sospechoso.

El teniente abrió la puerta.

—Ahora, ¿si me disculpan? Estoy seguro de que habrán oído hablar de los asesinatos en la zona. Por cierto, una de las víctimas era uno de los nuestros. Mi enfoque en estos crímenes *reales*, desafortunadamente me impide atender sus problemas de pareja y alucinaciones por más tiempo. Seguramente habrá terapias adecuadas o psicólogos especializados para sus casos.

CAPÍTULO TREINTA Y CINCO

Carmen llevaba tres días sin tener nada que llevarse a la boca. Desde la llamada de Joana que fue interrumpida al quedarse el teléfono sin batería no había vuelto a tener noticias. Le prometió que pronto iría en su busca, pero aún no había ido. Al igual que el hombre de pelo canoso que siempre le llevaba de comer y beber. ¿Estaría cansado de sus súplicas y lloriqueos?

Carmen bebió un pequeño sorbo de agua de la última botella. Quedaba algo menos de la mitad. ¿Qué pasaría si Joana no iba o si el hombre no regresaba? Ahora que podía recordar tantos detalles del pasado, no quería morir. Quería volver a hablar con su hermana, tocarla, abrazarla, quería ver de nuevo el cielo, pasear bajo el sol, ¡quería ser libre!

Durante años, esos muros mohosos habían sido su único horizonte. Su olor se incrustó a su piel tanto, que incluso después de lavarse con los nuevos jabones, no podía desprenderse de él. Caminó los tres pasos que había de distancia hasta la cama, se dejó caer y cerró los ojos. Tenía hambre. Y sed.

Pero no se permitió tomar más agua.

«Me tiene que durar hasta que Joana venga a salvarme», pensó.

Desde que podía acordarse de algunas cosas de su pasado, también recordaba que existía un Dios misericordioso en el cielo al que se le podía orar cuando uno estaba necesitado.

Pero al no acordarse de ninguna oración, se dirigía a él siempre con la misma petición hasta quedarse dormida de cansancio: "Por favor Dios, haz que mi hermana venga pronto a liberarme".

Maite estaba tumbada en el sofá en ropa interior observando fijamente su vientre. Acarició su ombligo apretando suavemente, esperando obtener algún movimiento. «¿A partir de cuántos meses se podrá sentir a un feto?», se preguntó. No lo sabía.

Solo sabía que le quedaban dos semanas para tomar una decisión, pensó tomando un sorbo de té de frutas. Según el doctor Ratinov, su ginecólogo, estaba en la décima semana de embarazo, siendo posible practicar un aborto hasta la duodécima semana.

Maite decidió posponer esa decisión una vez más. Cogió su móvil. Para retardar la delicada llamada pensó en Joana, en la desastrosa visita al puesto de la Guardia Civil, y en la seria conversación que mantendría con Joana más tarde.

Ya no había vuelta atrás.

Maite respiró hondo y marcó el número fijo de Rafa.

Descolgó de inmediato.

—Hola Rafa... soy yo, Maite.

Por un momento solo se escuchó su respiración y la televisión de fondo. Pensó que le colgaría.

—Vaya, ¿eres tan caradura que te atreves incluso a llamarme?

—L-lo... lo sé —tartamudeó. ¡Lo siento mucho! No sé cómo...

—Ajá, ¿así que te lamentas? ¿Sabes qué?, también yo lamento mucho que tú y tu amiga chiflada me robarais el coche y me denigrarais ante la Guardia Civil.

—Cariño... tu coche está aparcado justo delante de tu puerta. La llave la encontrarás en el buzón. Incluso lo lavé.

Maite escuchó arrastrar una silla y los pasos de Rafael alejarse. Tuvo que esperar un minuto antes de que se volviera a poner al teléfono.

—Así es, ya lo vi. ¿De dónde viene ese repentino cambio de opinión?

—Cometí un terrible error, Rafa —dijo con voz llorosa—. No debería haber escuchado a Joana. Ella... ya no es como antes. Está enferma, ¡enferma mental! Sufre de esquizofrenia, y yo... no sabes lo avergonzada que estoy, pero no me di cuenta hasta que fue demasiado tarde. Incluso acudimos a la Guardia Civil por culpa de sus fantasías. Joana te acusó de las peores cosas que puedas imaginar, llegó incluso a afirmar que su hermana Carmen seguía viva, y que tú la tenías... De todos modos, el teniente nos echó de inmediato. Aconsejó a Joana que buscara ayuda psicológica. Ayer le dio un ataque de ansiedad y tuvo que recogerla una ambulancia. En el hospital fue examinada por un terapeuta que le diagnosticó psicosis esquizofrénica. Se supone que el factor desencadenante fue, el no superar nunca la muerte de Carmen. Era mucho más joven que Joana, la protegía y cuidaba siempre como a una hija mientras su madre trabajaba en un chiringuito, mucho antes de que abrieran el hotel y se incorporara como limpiadora. En sus alucinaciones acusa a casi todo el mundo de haber secuestrado a Carmen, pero eso no es nada nuevo para ti. Solo faltan extraterrestres o vampiros... ¡Si te lo digo yo! Es muy fuerte, y lo más probable es, que tengan que internar a Joana en una institución psiquiátrica. Lo siento mucho por todo, mi amor, sé que te hice daño, pero ya no puedo deshacerlo.

La línea permaneció en silencio.

—¿Sigues ahí?

—Es trágico lo de Joana, por supuesto, pero...

—¿Crees que podrás perdonar mi estupidez, Rafa? Lo juro, nunca pensé que tu pudieras hacer algo así. ¡Ni por un segundo!

—Te lo creo, ¡y ahora deja la llorera! Aun así, las cosas no están nada bien entre nosotros últimamente, ¿no crees? Después de todo, me robaste el coche, fuiste a la Guardia...

—Tomado prestado, Rafa, ¡no robado! Joana me convenció de esa gilipollez y acabo de pedirte perdón por ello. Dijo que podía demostrar que tú... Pero no hablemos más de eso. Solo quiero que entre nosotros todo vuelva a ser como antes. Sé que pido mucho, pero ¿qué tal si lo intentamos? ¿Por qué no nos vemos el domingo donde solíamos hacer picnic, digamos a las seis?

—¿Quieres decir en los altos de Motril? ¿En la "Finca Negra"?

—Exactamente. Allí nos desahogaremos, ¿de acuerdo?

No hubo respuesta, solo se escuchaba la tele de Rafa.

—Llevaré cosas finas de comer y tu vino preferido, además de una manta para el numerito de reconciliación —incrementó Maite la oferta, socavando la resistencia de Rafael.

—De acuerdo. Como te apetezca. ¿Quieres que te recoja?

—El domingo tengo cosas que hacer en Motril, cuando termine subiré yo misma. ¡Entonces, hasta pronto, cariño!

Rubén de Freitas y Lucía Cienfuegos estaban en la sala de reuniones con los agentes que les asignaron del puesto de la Guardia Civil de Almuñécar. El teniente Ricardo Palacios tenía la palabra. Rubén no lo soportaba. El sentimiento era mutuo.

—Cuatro asesinatos en menos de dos semanas, y desde entonces todo tranquilo. ¿Tal vez sea el final de la serie? Pasó lo mismo hace tres años: después de cuatro muertos, todos relacionados con el hotel, se acabó. Aunque ahora hay que sumarle una última víctima, el ex director del hotel. ¿Tal vez haya una conexión entre las dos series de asesinatos? —especuló y miró provocadoramente a Rubén.

«Ya está empezando de nuevo con eso», pensó Rubén, estando familiarizado con los asesinatos sin resolver de hace tres años. Como resultado, algunas cabezas habían rodado, o habían sido desterradas al norte, tanto en Almuñécar como en el Departamento de Homicidios de Granada.

Tras el traslado de dos superiores y la jubilación de un tercero, los misteriosos casos le habían ayudado a subir en el escalafón hasta alcanzar el puesto de jefe de Homicidios, un salto de carrera al que no había aspirado y que nunca había creído posible.

Oficialmente, el viejo caso seguía abierto, pero las posibilidades de éxito en la investigación eran tan remotas que nadie se tomó la molestia de intentarlo. Además, en vista de los recientes asesinatos, no había tiempo para desempolvar antiguos archivos. Y ahora el teniente Palacios, con cierto afán de protagonismo, le estaba fastidiando con la teoría de que las dos series podrían estar conectadas. Rubén, sin embargo, lo descartó por una buena razón: él sabía más que ninguno de los presentes...

Aun así, Rubén asignó a un cabo con el coeficiente intelectual de una prensa de ajos, para que revisara los antiguos archivos y comprobara si guardaban conexiones con los nuevos casos. Luego, con gran esfuerzo, asintió benévolamente al teniente y miró la hora en su reloj de forma descarada.

—Supongo que eso es todo por el momento. Nos reuniremos de nuevo a las seis de la tarde.

Salieron todos los agentes de la sala, menos Lucía que no se movió del sitio. Estuvo absorta en otro lugar durante toda la reunión; apenas pidió la palabra. Ahora dibujaba círculos bajo las pocas notas que tomó.

Rubén sospechó de una borrasca en su vida privada, proviniendo de una de las tres posibles direcciones del viento: Teresa, Damián o él mismo.

Esta vez pudo descartarse, porque no había pasado nada entre ellos desde aquella noche en el velero; y las últimas llamadas de Teresa y Lucía que tuvo que presenciar en el coche, sonaron amables.

Solo quedaba su hijo de dieciséis años, Damián. Rubén ordenó los documentos, rodeó la mesa y se sentó al lado de Lucía.

—¿Es por Damián?

Lucía asintió.

—¿Sigue queriendo ir a vivir con su padre a Barcelona?

—Sí, y yo también estoy empezando a querer que se vaya. He perdido el control, Rubén. Ya no puedo más...

—¿Qué gamberrada ha hecho ahora? Lucía negó con la mano, como si quisiera guardársela para sí misma, metiendo sus apuntes y el iPad en el bolso.

—Vamos, ¡dímelo!

Lucía luchó contra las lágrimas, hablando con voz débil:

—Se ganó una denuncia de "Electrodomésticos Sánchez".

Rubén conocía la tienda. Hace años compró una lavadora allí que aún funcionaba.

—¿Robó un CD?

—¡Ojalá! Lo denunciaron por escándalo público, ¿te lo puedes imaginar?

Rubén reprimió una carcajada. Había conseguido lo mismo a esa edad, por bañarse desnudo a las cuatro de la madrugada en la fuente de la Plaza Bib-Rambla, en el centro de Granada.

—¿Y eso?

—Pues verás, todos los televisores expuestos allí tienen WLAN, parece ser fácil si tienes algunas nociones de informática, como mi hijo anarquista y su amiguete hacker...

Lucía sacó su iPad del bolso y se lo mostró.

—Se conectaron a la red de la tienda con algo así, y cambiaron el programa de televisión de docenas de pantallas al mismo tiempo... En lugar del documental matutino sobre animales, los clientes de la tienda vieron porno. Les pillaron porque eran los únicos que se desternillaron de risa.

Rubén también se partió de risa.

—¿Te parece gracioso o qué?

Se imaginó la escena y realmente le pareció graciosa. Justo en el momento en que Rubén, que no era exactamente la persona adecuada para hablar sobre temas educativos, estaba pensando en qué consejo podría dar a su desbordada compañera, escuchó un golpe afuera, como si alguien hubiera lanzado una silla contra la puerta.

Rubén salió a comprobar qué provocó ese golpe.

¿Qué demonios estaba pasando? Dos agentes sujetaban a una mujer que gritaba. Daba palos de ciego con manos y pies, y lo más seguro es que fuera la autora del lanzamiento de silla. Dos hombres corrieron en apoyo a sus compañeros, logrando juntos reducir a la salvaje mujer en el suelo. Su desgreñada melena tapaba su rostro. Se le subió la falda y un zapato de tacón alto voló hasta caer bajo la mesa de recepción.

—¿Quién es esa mujer? —preguntó Rubén al teniente Palacios, quien observaba el espectáculo desde una prudencial distancia.

—Se llama Joana Soto. Es nuestra habitual "clienta". Si me pregunta a mí, pienso que hace tiempo que debería estar internada... —El teniente puso el dedo índice sobre su frente moviéndolo en semicírculo.

—Pero, ¿qué es lo que quiere? —quiso saber Rubén, obteniendo la respuesta de primera mano, aunque con el alboroto solo pudo entender dos palabras:

—Terrible... sucedió... —gritó Joana, perdiendo el conocimiento en brazos de un sargento.

CAPÍTULO TREINTA Y SEIS

Kilian se bajó del tren urbano en Feldkirchen. Atravesó el paso subterráneo y caminó los metros que faltaban hasta su apartamento extremadamente despacio. Por un lado, porque estaba agotado, y por el otro, porque nadie lo esperaba en casa. Eran las nueve de la noche. La cafetería de su edificio estaba a punto de cerrar y sopesó tomarse una cerveza en el pub de enfrente. Las triviales conversaciones le servirían para alejar sus tormentosos pensamientos. Decidió no hacerlo. Su estado de ánimo no era el apropiado. Esa noche prefería desconectar en solitario viendo la tele.

Entró en el piso, colgó la chaqueta de cuero y se dirigió a la cocina. Sacó una salchicha, queso, paté y un pepino de la nevera. Puso pan del día anterior, mostaza y un cuchillo junto a una botella de cerveza de trigo en una bandeja, llevando su cena estilo solterón al salón.

Llevaba tres días sin poder ponerse en contacto con Joana. Su móvil estaba siempre apagado y no le llegaban sus llamadas, ni wasap ni mails. ¿Le habría pasado algo?

Estaba preocupado y la echaba de menos, al igual que a su hijo. El martes estuvo a punto de volar a España para convencer a su mujer de que volviera con él a casa. Justo cuando estaba rellenando el formulario de reserva de vuelo en Internet, recibió una llamada de una cadena minorista suprarregional. El director general quería formalizar la cooperación con su empresa coupon24 invitándolo a firmar un contrato en Berlín el jueves, motivo por el cual tuvo que aplazar el viaje a España. Ahora tenía un pez gordo en su cartera de clientes, pero una enorme preocupación por su familia.

Al menos hoy podía reservar un vuelo para pasado mañana. ¿Y si Joana no quería perdonarle la tremenda metedura de pata en la fiesta y lo dejaba por eso? ¿Y si estas desconsoladas noches se convirtieran en su nueva rutina? Aunque regresara con él a Múnich como tanto deseaba, ¿su relación alguna vez volvería a ser la misma de antes?

Kilian zapeó la programación, se tomó otra cerveza y eructó; no encontraba ninguna razón en particular para cumplir con las reglas de etiqueta, se estiró en el sofá y se durmió casi instantáneamente.

A las dos de la madrugada se despertó sobresaltado. En la tele, una mujer estadounidense nerviosa y un gurú de fitness elogiaban un exprimidor de zumo. Kilian pulsó el botón rojo del mando e ignoró el desorden en la mesa, pensando que a nadie le importaría si limpiaba en otro momento. Cogió el móvil y se dirigió a la cama. Puso la alarma a las seis de la mañana del sábado. Antes de volver a España, le quedaba mucho que hacer en la oficina.

Kilian apagó la lamparita esperando caer de nuevo en un profundo sueño. Pensamientos deprimentes le impidieron quedarse dormido. Buscó a tientas el móvil encima de la mesita de noche para tratar de localizar por quincuagésima vez a Joana. Pero su móvil seguía apagado.

Con la vaga esperanza de que le hubiera escrito un mensaje mientras estuvo dormido en el sofá, descargó sus correos electrónicos. Solo encontró spam e información de la página www.infocostatropical.com, a la que se habían suscrito por tener noticias de vez en cuando de la patria de Joana.

Kilian leyó por encima los titulares: "El Ayuntamiento saca a licitación la construcción de la nueva Jefatura de la Policía Local de Motril". "La catedrática Carmen Calero, recibe el reconocimiento de Almuñécar por sus estudios históricos sobre el hundimiento de la Armada Española en la bahía de La Herradura". "La búsqueda de un niño desaparecido permanece hasta ahora sin resultados..."

Kilian suspiró. «¿Un niño desaparecido? ¡Terrible!», pensó.

No podía imaginarse si Xavier de repente... Hizo clic en el titular y leyó el artículo: "*La Herradura. Todavía no hay rastro del niño desaparecido el miércoles de madrugada. La madre, J.S. de Almuñécar, en declaraciones a la Guardia Civil, dijo que su hijo X.H, de catorce meses, no estaba en su cuna por la mañana...*"

Un escalofrío le paralizó el cuerpo y el móvil cayó de su mano. Temblando encendió la luz, mirando el teléfono como si fuera una granada de mano.

«¿J.S. de Almuñécar? ¡Pero si Joana Soto lleva viviendo tres años en Múnich! ¿Y qué hay de La Herradura? ¿Esa colina no se llama Punta de la Mona y forma parte de Almuñécar? En la página de alquileres vacacionales la vivienda estaba anunciada bajo la sección de Almuñécar». Sintió como se iba mareando. Su hijo Xavier Huber tenía catorce meses. ¿O ya eran quince? Se tiró de los pelos calculando la edad exacta de Xavier. No le salían las cuentas y tuvo que contar los meses con los dedos, «¡son catorce! ¡Son coincidencias! ¡Nada más que coincidencias!», intentó convencerse. Kilian cogió el móvil. Tenía que terminar de leer el artículo. Seguramente encontraría algo más que le aliviara y descartara a su hijo...

"La Guardia Civil asume que se trata de un caso de secuestro. El incidente ocurrió en la urbanización Punta de la Mona, cerca de La Herradura. Equipos de búsqueda registraron la zona, sin..."

Se le escapó un aullido que solo era comparable a los del recinto de fauna salvaje del zoológico de Múnich. Ese no podía ser su hijo. ¿Cómo iba a desaparecer de repente de la cuna?

Marcó de nuevo el número de Joana.

«¡Coge el móvil y dime que es un malentendido! Joana, ¡vamos!» "*El número marcado no existe o está fuera de...*"

Kilian resistió el impulso de lanzar el móvil contra la pared, abriendo el Internet Explorer en su lugar. Puso: "Teléfono Guardia Civil Almuñécar" en la barra de búsqueda. Estaba tan alterado que le llevó un rato encontrar el número e introducirlo en el móvil. «La pesadilla está a punto de terminar», pensó.

—Guardia Civil de Almuñécar, buenas noches.

Se calmó y explicó la razón de su llamada.

—Entiendo, pero tendrá que llamar mañana, cuando los agentes al cargo de...

Kilian le dijo que eso era imposible. ¿Esperar hasta mañana para averiguar si era su hijo el que había desaparecido?

—Me temo que no estoy autorizado a darle esa información por teléfono...

Perdió el control y se puso a gritar por el teléfono. No paró hasta que su cuerpo apoyado en la pared se deslizó cayendo al suelo, sufriendo un ataque de llanto. El móvil había caído a su lado, y la voz del guardia civil, que a pesar de los insultos no interrumpió la conexión se dejó escuchar:

—¿Usted es realmente el señor Huber?

Cogió el teléfono sin fuerzas y se lo llevó a la oreja.

—Sí.

—Lamento informarle que el nombre del niño desaparecido es Xavier Huber.

CAPÍTULO TREINTA Y SIETE

Rafael seguía las noticias por televisión. El tema principal de Canal Sur era el secuestro de un niño en La Herradura. Las escenas variaban de una unidad canina peinando el interior, a entrevistas con vecinos consternados y helicópteros equipados con cámaras termográficas.

Eso no era parte del plan. ¿Y si en la búsqueda del mocoso encontraran a Carmen? Seguramente seguía viva y lo reconocería, siendo la razón por la que jamás podría soltarla, por mucho dinero que su hermana le pagara por ella.

Tenía que actuar. Ya que Aurelio, Diego, Salvador y Carlos habían estirado la pata, cediéndoles el puesto de líder del cártel, necesitaba enfocarse en reclutar nuevo personal.

Pensó en el teniente Palacios. Un tío cojonudo, pero por desgracia en el lado equivocado. Tomando una cerveza juntos tras el próximo partido de pádel, intentaría averiguar si el teniente con su miserable salario estaría interesado en embolsarse un sueldo extra. Siendo jefe tenía que pensar como tal. Sobre todo, tenía que tener la cabeza libre para nuevas tareas.

Zoco se fijó de nuevo en la pantalla. Las noticias terminaron con el informe de que la Guardia Civil iba a ampliar el área de búsqueda.

«Si llegaran hasta la finca, los perros podrían detectar algo, o la cámara termográfica registrar un punto sospechoso», reflexionó.

Recordó la sorprendente llamada de Maite. La tía sentimental quería hacer las paces, y reunirse con él en el mismo sitio donde habían echado algunos polvos al aire libre al principio de su relación.

«Si supiera que a menos de doscientos metros de distancia...», pensó.

Se suponía que se encontraría con ella a las seis. Si saliera de inmediato, no tendría que subir dos veces a la finca, pudiendo resolver el problema antes de la cita con Maite...

Apagó la tele y se dirigió a la cocina. Carmen moriría de todos modos, pero lentamente por inanición, no sería una muerte digna.

Sacó varios cuchillos del bloque de madera y se decidió por el de trinchar, con una hoja de veintiséis centímetros de largo. Luego buscó con los dedos el punto anatómicamente correcto en su pecho. «Una puñalada precisa entre las costillas directa al corazón, y Carmen sufrirá tan poco como con una bala en la cabeza», pensó.

Al no tener un arma más adecuada, no le quedaba otra opción.

Rafael agarró el cuchillo y se puso en camino.

Kilian recorrió a toda hostia la autovía desde el aeropuerto de Málaga hasta La Herradura y aparcó delante de la casa de vacaciones. Tras la funesta noticia de por la noche, estuvo a punto de subirse al coche y conducir desde Múnich a España. Pero eso le habría llevado mucho más tiempo que coger el primer avión a Málaga, además, tantos kilómetros al volante en su lamentable estado podrían haber terminado en tragedia.

Joana seguía sin estar localizable por teléfono y no veía su coche de alquiler por ningún lado. Afortunadamente, al regresar a Múnich tan a prisa, se llevó sin querer la segunda llave de la casa.

Por la noche, el guardia civil le dio pocos detalles por teléfono: que su hijo no amaneció en su cuna el miércoles por la mañana y que las pesquisas de las huellas indicaban que el autor o autores del secuestro habían entrado en la casa por la ventana abierta del baño.

El letargo nocturno a la espera en un banco del aeropuerto de Múnich fue terrible, un abanico de posibilidades cruzó por su mente como una película de terror sin fin: una banda de traficantes de niños, un pederasta, una mujer desesperada que no podía tener hijos...

Sus remordimientos fueron tan fuertes que sintió dolor físico en el pecho: "Si no los hubiera dejado en España... Si no hubiera perdido tiempo con esa maldita firma de contrato podría haber estado con Xavier el martes, y probablemente no habría sido secuestrado el miércoles".

Kilian giró la llave y abrió la puerta.

—¿JOANAAA? —gritó tres veces, ni siquiera recibió su propio eco como respuesta.

Primero entró en la habitación de Xavier, mirando consternado la cunita. Joana trajo desde Múnich las sábanas y fundas de almohada con los motivos de Winnie the Pooh que ahora yacían arrugadas a los pies de la cuna.

Se acercó y olfateó la almohadita. El olor desencadenó el recuerdo vívido de Xavier dando sus primeros pasos, gorjeando de orgullo con los brazos extendidos hasta caer en su propio trasero acolchado del pañal. Kilian apretó la almohada contra su cara como si quisiera ahogarse con ella.

¿Y si Xavier hubiera desaparecido para siempre?

¿Y si ya estaba enterrado en algún pinar?

Kilian sintió un desvanecimiento a consecuencia del estrés y cansancio acumulado. Se incorporó, quería buscar a su hijo. Registró todos los rincones de la casa, a sabiendas que era una tontería le daba la sensación de hacer algo útil. En el salón encontró el motivo por el cual no podía comunicarse con su mujer. Bajo una muesca en la pared, su teléfono móvil dividido en tres partes yacía sobre el frío suelo de mármol.

«Pobre Joana. Debe de estar pasando un infierno culpándose por dejar la ventana abierta», pensó consternado.

El siguiente paso tenía que ser acudir a la Guardia Civil. Tal vez tuvieran ya alguna pista, y lo más probable es que Joana estuviera allí.

Kilian entró en la cocina a tomar un vaso de agua, encontrándose un impreso de ordenador en la encimera. ¿Un mensaje para él? ¡Tonterías! Joana no sabía que él había vuelto a España.

La primera frase lo dejó helado: "*Si quieres volver a ver a tu hijo con vida...*"

¡Puta mierda! La mano le tembló tanto que tuvo que soltar la nota de chantaje encima de la mesa de la cocina. Se dejó caer en una silla y se obligó a leer hasta la última frase: "*¡Si no, tu hijo morirá!*"

Kilian cogió la nota que tenía adjuntada una impresión de Google Maps y salió corriendo de la casa.

No le quedaba mucho tiempo para salvar a su hijo.

Rafael paró el coche donde se suponía que había quedado con Maite a las seis de la tarde: el romántico lugar con vistas a la bahía de Motril. Pronto se pondría el sol y haría demasiado frío para un polvo de reconciliación. Se preguntó de nuevo por qué Maite querría quedar precisamente allí con él y no en un bar. Condujo por las últimas curvas hasta la "Finca Negra". Al aparcar en el vertedero improvisado cercano a la casa, se dio cuenta de inmediato que algo no estaba como debería...

Se quedó tan consternado, que durante un tiempo no pudo apartar la vista de la puerta de madera. Sus pensamientos giraban en torno a su última visita: «¿Cuándo fue eso? ¿Hace una semana? ¿Podría haberme olvidado de cerrar la puerta?», no creía que fuese así. Cogió el cuchillo, saltó del coche y se acercó sigilosamente hasta la puerta de entrada que estaba abierta de par en par dejando a la vista el mugriento interior.

«¿Carmen escapó? ¿Pero cómo demonios se supone que pudo hacerlo? ¿Le ayudaría alguien?», se preguntó.

Comprobó la puerta de madera quemada, sin encontrar ninguna señal que indicara que había sido forzada.

Rafael entró de puntillas en la casa. La adrenalina le hizo aumentar las pulsaciones. En la sala de estar todo permanecía igual: en la mesa había botellas vacías, utensilios para drogas, un platillo con coca y un cuenco sopero lleno de colillas. El sofá, del que salía gomaespuma y sobre el que Sergio exhaló el último respiro de su deprimente vida, seguía en el mismo lugar.

Una de las dos pequeñas ventanas, a través de las cuales la escasa luz penetraba en la sucia covacha estaba hecha añicos, pero así era como la recordaba. Por lo demás, no encontró ni escuchó nada raro. Todo habría sido normal, si la puerta no hubiera estado abierta...

Primero, quiso comprobar si Carmen aún seguía encerrada. Cuidadoso en no hacer ruido, bajó las escaleras hasta el sótano. Se abrió camino a través del desordenado almacén. Gracias a Dios, la puerta de hierro aún estaba cerrada. Para estar seguro, sacó la llave y abrió. Carmen estaba hecha un ovillo en una esquina de la cama y aparentaba estar dormida. Cuando entró, se volvió hacia él y lo miró sin decir palabra, antes de bajar la mirada al cuchillo. Rafael también lo miró.

«¿Debería terminarlo de una vez?», se preguntó.

No, primero tenía que revisar las otras habitaciones de la casa, asegurándose de que no le esperaban más sorpresas desagradables. Volvió a cerrar la puerta y subió de puntillas las escaleras. Pegada al salón estaba la cocina. Al entrar se llevó un sobresalto. No por el olor y el moho que proliferaba de unas latas medio vacías, sino por la rata que acababa de alimentarse de ellas y salió huyendo por la ventana agrietada de la cocina, volcando a su paso un vaso de pasta verdosa que hace unas semanas fue leche.

Zoco cerró la puerta y respiró profundamente.

En la parte trasera de la casa había tres habitaciones más. La de la izquierda parecía ser el antiguo dormitorio de los padres de Sergio. Imágenes de santos colgaban de las paredes entre arcaicas telarañas. El suelo de piedra estaba cubierto de yeso caído del techo. Las mesitas de noche y la cómoda colmadas de una cubierta de polvo, hacían imposible adivinar el color de la madera. Tras la puerta de al lado, un baño con retrete. Se alegró de que estuviera tan oscuro como para no distinguir detalles.

Rafael se volvió hacia la última puerta. Parecía cerrada con llave. No debería ser el caso.

La puerta daba paso al dormitorio de Sergio, y no estaba cerrada con llave, sino más bien... bloqueada.

Rafael empujó con fuerza. El espacio entre el marco y la puerta se abrió unos centímetros. Dentro, algo impedía abrirla. La empujó con todas sus fuerzas, y al instante se cerró de un portazo.

¡Alguien empujaba la puerta desde dentro!

«Pero, ¿quién? ¿Un vagabundo buscando refugio?», se preguntó.

Se limpió el sudor de las manos en los pantalones. Miró el cuchillo que temblaba en su puño y trató de pensar con claridad. «¿Quién podría esconderse detrás de esa puerta? Los vecinos evitan la "Finca Negra" como al mismo diablo. ¿Cómo entró esa persona sin llave? ¿Por la ventana trasera del dormitorio? ¿Qué debería de hacer ahora? ¿Salir de allí como si no tuviera nada que ver con eso?», se preguntó. Con las huellas que había ido dejando, no era una buena opción. Antes de tomar medidas, decidió averiguar quién se ocultaba tras la puerta.

Se retiró, rodeó a hurtadillas y pegado a la pared el exterior de la vivienda hasta llegar a la ventana del dormitorio de Sergio. Su camisa se puso negra y olía a hollín. Deslizó lentamente la cabeza por el marco desmoronado y se asomó. El cristal estaba tan sucio que no pudo ver nada. Humedeció un dedo y trató de limpiar la esquina inferior, pero la suciedad estaba adherida a ambos lados. Se acercó todo lo que pudo pegando las cejas al cristal. No distinguía más que una oscura silueta.

Dentro, había alguien de pie, en medio del cuarto sin moverse.

«¿Ahora qué?», se preguntó. En treinta minutos se encontraría con Maite no muy lejos de allí, y para entonces quería tener liquidada a Carmen. Mientras pensaba en sus problemas le pareció escuchar el ruido lejano de un helicóptero. «Cámaras de visión térmicas...», pensó.

Quienquiera que se escondiera en la habitación estaba bien jodido. Después de todo portaba un cuchillo y no le gustaba dejar testigos. Sin embargo, quería saber de quién se trataba, y sin pensarlo más golpeó la ventana.

—¿Hola? —dijo en voz baja. No hubo respuesta. De nuevo se inclinó hacia adelante intentando ver algo. La sombra se había desplazado hasta un rincón y permanecía tan inmóvil como antes.

—¿Hay alguien ahí? —dijo subiendo el tono de voz, pensando que en otras circunstancias esta habría sido una estúpida pregunta. De nuevo no hubo reacción... ¿o sí? Le pareció ver que la sombra del interior movía un brazo. Se escondió bajo la ventana temiendo un disparo.

¿Acaso el intruso estaba armado?

Eso no era de esperar. La provincia de Granada no era Texas donde cualquier chiflado disponía de un arsenal de armas.

Tenía una ventaja sobre la figura misteriosa del interior.

¡Y la usaría de inmediato!

Volvió al interior de la vivienda y, como si la situación no fuera lo suficientemente preocupante, escuchó un ruido tras la puerta del dormitorio, al cual no le habría dado importancia tratándose de cualquier otro entorno. Allí le hizo estremecerse, porque significaba que algo iba bastante mal. ¿Qué estaba pasando ahí dentro, joder?

Tras tirarse de hombros contra la puerta varias veces, rompió la resistencia que alguien oponía. Tropezó y cayó al suelo de la habitación, registrando en su caída el interior como si lo viera a cámara rápida: moho y telarañas en las paredes, un armario tumbado que probablemente era el causante de la resistencia, el póster de una rubia desnuda lavando una Harley, paquetes de tabaco, botellas de cerveza, además de juguetes, pañales, potitos y un niño pequeño llorando en la cama.

Alguien le asaltó por detrás, golpeándolo en la cabeza con un objeto contundente. Se mareó por un momento, pero permaneció consciente. Una fina mano con las uñas pintadas se arrodilló en el polvoriento suelo junto a su cabeza.

«Esa mano también estaba fuera de lugar», pensó.

Era la misma en cuyo dedo puso un anillo caro hace semanas.

Maite.

Ella lo golpeó de nuevo en la cabeza. No tenía tiempo para pensamientos o conclusiones. El cuchillo se le había deslizado debajo de la cama. Tenía que recuperarlo.

El siguiente golpe le dio en el antebrazo. Rafael intentó rodar, y en la pelea se las arregló para liberarse. Maite cayó en su espalda. Se giró y la alejó con una certera patada en la barriga. Se arrastró hasta llegar a la cama. Justo cuando estaba sacando el cuchillo de debajo Maite se tiró sobre él. La mirada de ella, llena de odio de hace solo un momento cambió a la de asombro. Casi como la noche en que le pidió matrimonio.

Maite cayó, quedando tumbada con la hoja del cuchillo clavada en el vientre. Su mano temblaba al intentar llegar al mango. A mitad de camino se aflojó, resbalando al suelo donde la sangre de su abdomen formó un pequeño charco. Los chillidos del niño alcanzaron nuevas alturas.

Rafael se puso en pie. Ni siquiera se preguntó qué hacía Maite allí. Ya le daría vueltas más tarde. En primer lugar tenía que controlar la situación. Cerró la puerta de la casa con llave para evitar más sorpresas y se dirigió al sótano, dándose la vuelta a mitad de la escalera. Había olvidado algo importante. Sacó a Maite el cuchillo de la barriga. Su cabeza estaba girada hacia un lado y la boca entreabierta. Rafael le dio una patada en la cintura. No hubo reacción ni respuesta. Maite estaba muerta. «Podríamos haber tenido una buena vida juntos», pensó, antes de bajar de prisa las escaleras y abrir la puerta de la mazmorra de Carmen.

Seguía acostada en la cama entre penumbras y parecía no haber notado nada del estrépito de arriba. Apestaba a moho y excrementos. No gritó ni retrocedió lo que le permitía la pared a su espalda, aunque a diferencia de antes, la hoja estaba manchada de sangre. «Debe estar demasiado débil para moverse», pensó. Era hora de liberarla de su sufrimiento. Después, todo lo que tenía que hacer era prender fuego a la finca y desaparecer.

Sin decir palabra, se acercó a Carmen.

No se consideraba un frío asesino.

Unas semanas antes, Sergio fue su primera víctima. Cuando terminara el trabajo pendiente y estuviera todo en llamas incluyendo al niño gritón, sumarían cinco cadáveres de los que era responsable, pero de los que nadie iba a poder considerarlo responsable. Eso era todo lo que le importaba en esos momentos.

—No te resistas, y no sufrirás —le dijo.

Rafael se arrodilló a su lado y puso la punta del cuchillo en el lugar correcto entre dos costillas. Carmen dejó que pasara. «Cuenta hasta cinco y le das una puñalada», pensó. Carmen le miró tan fijamente a los ojos, que él tuvo que apartar la mirada.

No era un psicópata de los que se recrean con el miedo de las víctimas. Uno... dos... tres...

Al momento siguiente escuchó un ruido proveniente del exterior. Como las ruedas de un coche patinando sobre grava. «¿Será la Guardia Civil?», se preguntó.

Se concentró en los diferentes sonidos: pasos apresurados, alguien martilleando la puerta, el niño gritando tras un breve descanso, un retumbar como si alguien se lanzara contra la puerta, pasos de nuevo, el motor del coche zumbando. Poco después cayó yeso de décadas de antigüedad del techo acompañado de un jaleo entre vidrio estallando, madera reventando y metal.

Rafael se olvidó de Carmen. Se abrió paso por el almacén y subió las escaleras. Arriba no podía creer quién estaba entrando por la puerta reventada.

No perdió el tiempo: entró al dormitorio, pasó sobre el cuerpo de Maite, resbaló en el charco de sangre, sacó al niño de la cuna y lo apretó contra su pecho.

Chillaba y pataleaba golpeándole con sus pequeños puños los hombros. Con su párvulo rehén y el cuchillo se enfrentó al nuevo adversario.

Su cabeza retumbaba como el programa de centrifugado de una vieja lavadora. Kilian intentó ignorar todas las preguntas de su cabeza concentrándose en el impreso de Google Maps. Cerca de Motril se desvió de la N340 y adelantó a un camión en la carretera hacia el centro de la ciudad, obligando al conductor a dar un volantazo, tocar la bocina y hacerle la peseta.

Pasó por una zona comercial y después de varios cruces llegó a un camino de grava. ¿Iba en la dirección correcta? Se detuvo y observó el mapa. El polvo se arremolinó, entrando por la ventanilla abierta. En el impreso el camino serpenteaba como una línea discontinua hacia las montañas. El final del recorrido terminaba señalado con una cruz. Su objetivo.

Kilian pisó el acelerador a fondo. Esta vez no se llevó el coche de alquiler más barato, sino que pidió el modelo con el motor más potente para recorrer la distancia desde el aeropuerto de Málaga a Almuñécar lo más rápidamente posible. Ahora conducía al estilo rallye París-Dakar con un Jaguar pulido, por un camino lleno de hoyos y baches de gran tamaño. La maleza arañó el lateral del coche. A su izquierda caía en picado una peligrosa pendiente. El camino pasaba por diferentes casitas y ruinas de techos derrumbados. En ninguna de ellas la fachada estaba ennegrecida por el fuego, la característica distintiva mencionada en la nota de chantaje.

Kilian se despistó por un instante al intentar recordar las instrucciones de la extraña nota, saliéndose del camino. Afortunadamente en un giro a la izquierda. El Jaguar cortó un arbusto seco y chocó lateralmente contra un olivo. Pisó el acelerador, traqueteó por encima de una roca que dañó gravemente la parte inferior del vehículo, y volvió al camino. Después de algunas curvas llegó a un llano. Un Mercedes oscuro estaba aparcado en una finca de aspecto abandonado y ennegrecida por el hollín.

Kilian saltó del coche corriendo hacia la puerta, ¡cerrada!

La casa y la puerta de entrada parecían aún robustas a pesar de los daños causados por el fuego. Martilleó la madera hasta escuchar un grito que distinguiría entre miles de niños: ¡Xavier!

Se lanzó contra la puerta hasta que apenas pudo levantar el brazo por el dolor en el hombro. «¿De quién será ese Mercedes?

¿Del secuestrador? ¿Por qué no está la Guardia Civil? ¡Deberían estar informados!», pensó.

«Por otra parte, el secuestrador amenazó en la carta con que, en caso de que la Guardia Civil estuviera involucrada, Xavier...»

Ni siquiera quería pensar en ello. Se centró en intentar sacar a su hijo de allí.

Kilian corrió alrededor de la finca buscando otra entrada, pero las ventanas estaban enrejadas o eran demasiado pequeñas para poder colarse por ellas. Volvió al Jaguar. Los muros parecían demasiado gruesos, por lo que la puerta de madera medio quemada era el punto débil contra la cual debería chocar en el ángulo correcto. Echó marcha atrás, se abrochó el cinturón de seguridad en el último momento y aceleró, impactando contra la puerta con el faro izquierdo. Notó como si el cinturón le cortara la parte superior del cuerpo por la mitad. El airbag y el polvo levantado le impedían ver nada. Ignorando el dolor, saltó del coche y, ¡sí!, la madera había estallado en mil pedazos.

—¡Papá estará contigo enseguida! —gritó.

Se abrió paso a través de los restos de la puerta, deteniéndose en seco como si hubiera chocado contra un cristal.

Alguien tenía agarrado a Xavier.

¡Rafael!

Tenía un cuchillo ensangrentado en la mano.

Después de la explosión, el hombre canoso la dejó y salió corriendo. Carmen sabía quién había causado ese estruendo. Tuvo que ser Joana. Se lo prometió por teléfono y cumplió su palabra.

Carmen se dio cuenta que el hombre había olvidado cerrar la puerta. Se empujó hasta el borde de la cama y puso sus pies en el suelo. Se enderezó con el codo respirando hondo. Al tercer intento consiguió levantarse. Después de tantos días sin comer ni moverse le costó mucho quedarse de pie, pero lo logró, y tambaleante llegó hasta la puerta. Una vez allí, se apoyó en el marco esperando que su mareo aflojase.

Un niño lloró, y un hombre gritó algo incomprensible. Carmen cruzó el almacén agarrándose a las baldas de una estantería.

Subió algunos peldaños y se agazapó. Desde allí podía distinguir los hombros y el cogote del hombre de pelo gris. Con una mano agarraba a un bebé que lloraba desconsoladamente. La miró con ojos grandes, su llanto cesó por un momento. En la otra mano, portaba el cuchillo con el que quiso matarla.

«Si Joana está ahí arriba, ¡entonces está en peligro!», se dijo.

Carmen retrocedió y cogió una botella de vino vacía y polvorienta de la estantería, y subió gateando los escalones que la separaban de la planta de arriba apoyándose con la mano libre.

El hombre seguía dándole la espalda. Frente a él, un desconocido. «Pero ¿dónde está mi hermana?», se preguntó.

Carmen salvó el último escalón y consiguió ponerse en pie. Levantó la botella, se acercó al hombre del cuchillo y le pegó en la cabeza. Pero no lo suficientemente fuerte. No logró más que asustarle. Al darse la vuelta, le propinó un codazo en la cabeza.

Carmen cayó al suelo, perdiendo el conocimiento.

«Así que no habían sido alucinaciones. Tenía toda la razón cuando acusé a Rafael», pensó Kilian en el momento en que vio al novio de Maite con Xavier en una mano y un cuchillo en la otra.

«Este hombre es el asesino de Carlos, y ahora tiene a Xavier en su poder. ¿Hasta dónde será capaz de llegar? Asesinar a un adulto por codicia, celos o lo que sea, es diferente a matar a un inocente niño ante los ojos de su padre. ¿O es que es un hombre con tan pocos escrúpulos que no diferencia?», se preguntó. Estaba a cinco pasos de él y decidió no desafiar la respuesta a esa pregunta con un ataque precipitado. Sus confusas muecas, el parpadeo nervioso de un ojo y la mano temblorosa con el cuchillo manchado de sangre le hicieron temer lo peor. Kilian apostó por intentar calmar la situación.

—Venga, relájate Rafa... ¡Dame a mi hijo, y todo saldrá bien! La Guardia Civil aún no lo sabe, así que no es tarde para acabar esto pacíficamente.

Como respuesta, Rafael se alteró y se puso a insultarle. Kilian solo entendió: "Hijo de puta, gilipollas y pedazo de cabrón".

Quedaba claro que con la diplomacia no llegaría a ningún sitio. «¿Pero de qué otra manera?», se preguntó.

Cuando estaba a punto de involucrarle en una conversación para así despistarlo antes del ataque, vio como alguien subía las escaleras justo detrás de Rafael.

En el momento en que pasó de la penumbra a la franja de luz que entraba por la puerta iluminando su rostro, reconoció a la joven. «Ese parecido... Pero Carmen estaba muerta, ¿no?», pensó.

Por primera vez en su vida, creyó seriamente en las apariciones del más allá, una figura proyectada en la finca a causa del miedo y el cansancio.

Con una botella en la mano se acercó a Rafa golpeándole en la cabeza. Sin embargo, la criatura le pegó tan débilmente que en vez de caer al suelo se dio media vuelta, desplomando a la chica de un codazo certero en la cabeza.

Por muy surrealista que fuera, ¡esta era su oportunidad!

Kilian se lanzó encima de Rafa. Ambos cayeron al suelo. Agarró la mano en la que tenía el cuchillo dándole un puñetazo con la otra en la barbilla. Para defenderse, necesitaba la mano con la que sujetaba a Xavier. Lo soltó y boxeó a Kilian. Xavier gateó hacia su padre buscando protección. Este se distrajo por un instante en el que Rafael aprovechó para liberar su mano con el cuchillo. Kilian rodó rápidamente hacia un lado, alejándose de su hijo. Rafa le siguió, lanzándose encima de él. Kilian logró interceptar el brazo de Rafael antes de que lo apuñalara. Solo quedaban unos pocos centímetros entre la punta de la hoja y su pecho. Rafa empujaba el mango con todas sus fuerzas desde arriba, mientras que Kilian empujaba la muñeca de Rafa desde abajo.

Milímetro a milímetro, la hoja se fue acercando al corazón

de Kilian. «Si tomo un respiro ahora, todo habrá terminado», pensó.

Nunca antes había caído en una trifulca, ni siquiera en la escuela. Normalmente había ejercido de mediador, de pacifista y, en situaciones críticas, solía escurrir el bulto; pero a esta lucha tuvo que enfrentarse. Desplazó su peso hacia un lado y se inclinó consiguiendo que Rafa perdiera el equilibrio. Después levantó la pierna clavándole la rodilla en el abdomen. Eso le quitó la respiración y Kilian le pudo empujar el cuchillo de la mano, que se fue deslizando por el suelo de piedra y paró en el primer peldaño de la escalera.

Siguió una lucha de varios minutos. Como en la última ronda de un combate de boxeo, los golpes se volvieron cada vez más imprecisos e impotentes. Con una patada al pecho de Kilian, Rafa se liberó, arrastrándose en busca del arma. Kilian tambaleó tras él tirándole del pelo. Demasiado tarde. Rafa agarró el cuchillo, se levantó con media vuelta y le clavó la hoja en la ingle. Debido a la adrenalina, el dolor era apenas peor que una picadura de avispa. El verdadero dolor y mucho más cruel, era asumir que estaba a punto de morir delante de su querido hijo.

Rafa lo agarró y sacó el cuchillo para volver a apuñalarlo. Kilian dio un paso adelante pisándole un pie y lo empujó con sus últimas fuerzas. Rafa perdió el equilibrio. Intentó apoyarse dando un paso hacia atrás con el otro pie y entró en el vacío por encima del borde del escalón superior. Los reflejos le hicieron agarrarse a la camisa ensangrentada de Kilian. Que quedó inclinado hacia delante tras propinarle el empujón, y ahora Rafa se aferraba a él para evitar su caída.

En estas fracciones de segundo Kilian se desestabilizó, no pudiendo evitar la caída. Desbalanceados, se agarraron y giraron hasta caer por la casi vertical escalera de piedra.

Impactó la mitad de los escalones con Rafa encima de él, rodando el resto de escalones ya sin consciencia.

Rafael gritó de dolor: ¡Ese maldito imbécil! Afortunadamente había caído sobre Kilian, por lo tanto, no se había roto todos los huesos como ese idiota, del que aún no sabía lo que había ido a hacer por allí.

«De todos modos, ya no tengo que temer nada de él», pensó Rafa, levantándose a duras penas. La sangre le goteaba por los ojos, y el pecho le dolía tanto que solo podía respirar superficialmente. No podía apoyar un pie. Aun así, tenía que largarse de allí lo más rápidamente posible, pero antes era necesario eliminar pistas.

Tenía que llegar al coche. En el maletero estaba el bidón de gasolina. Cojeando y de espaldas subió las escaleras.

CAPÍTULO TREINTA Y OCHO

El escuchado por Dios usó la protección de la noche para moverse. El ascenso por la ladera sur a la luz de la luna resultó duro. Pero durante el día podría haberse cruzado con alguien: aldeanos tratando de ganarse la vida en las áridas tierras, grupos de turistas subiendo las montañas en jeeps con pegatinas de “Nigeria Adventure” que disfrutan de las vistas desde la meseta, o incluso deportistas extremos de Europa o de los Estados Unidos escalando la cara norte vertical de ciento setenta metros de altura.

Tras la muerte de su mujer, no quería pronunciar ni que pronunciaran su nombre. Tanisha lo había llamado siempre Samuel. Escuchar su nombre, incluso de su propia boca, habría producido recuerdos dolorosos de ella. Por eso adoptó en España el significado bíblico de su nombre: “El escuchado por Dios”.

Después de convertirse en un asesino, perdió el derecho de mencionar a Dios y volvió a ser Samuel, tal como su padre lo bautizó. Cuando era niño solían subir juntos hasta arriba; conocía muy bien la zona. Se había criado al pie de la montaña.

También había estado allí arriba con Tanisha el día que le pidió matrimonio. Fue también allí donde, tras largas horas de reflexionar, decidió arriesgar la huida a Europa. Ese viaje, ese maldito viaje donde murieron su esposa, su hija Alake y su hijo pequeño Kayin.

El recuerdo hizo que sus fuerzas flaquearan. Se apoyó en un árbol apretando su mejilla contra la corteza rugosa hasta que le dolió. La semana pasada, otros seis jóvenes aldeanos partieron uniéndose a un grupo de Camerún, rumbo a Europa sin papeles. Allí, donde tendrían tan poco futuro como en su tierra, con la diferencia de que en Nigeria no eran proscritos como inmigrantes ilegales. Uno de los que partió fue su sobrino Ndulu. Le preguntó si quería irse con ellos, ya había ganado experiencia en Europa. "¿Experiencia? Maté a dos personas allí. Esa fue mi única experiencia", quiso decirle. "Soy un asesino, y aunque lo hice bajo el pretexto de la venganza eso no me exime de mi culpa".

Se apartó del árbol y continuó su ascenso.

Para no seguir pensando en el pasado, trató de asignar los diferentes sonidos de animales que percibía; pero no lo logró. Un chisporroteo ensuciaba los sonidos, como si el aire estuviera bajo alta tensión.

Media hora más tarde estaba en la meseta.

Desde allí el camino continuaba plano hacia la cara norte.

Samuel pensó en el tiempo que estuvo retenido en España.

No dijo ni una palabra en mucho tiempo.

¿Para qué? ¿Cómo podría haber justificado sus crímenes?

Solo cuando le comunicaron que sería liberado se soltó contándoselo todo al hombre de la Guardia Civil como si fuera un confesor que pudiera redimirlo de sus pecados: El viaje agotador por África, el motor del barco que falló, los pasajeros a la deriva durante días, de cómo pensó que la muerte de sus seres queridos era un castigo de Dios por ponerlos en peligro. Le contó también la fuga del campo de refugiados de Cádiz y cómo se tuvo que alimentar de los cubos de basura antes de trabajar en un invernadero en El Ejido, donde, al igual que otros ochenta mil compatriotas en la provincia de Almería, inhalaba aire contaminado con pesticidas durante doce horas al día a cuarenta grados, por un salario diario de veinticuatro euros, cómo habitó junto a la plantación en una Chabola de tablas de madera y restos de plástico del invernadero como techo, sin electricidad ni agua y con un asiento de coche como único mobiliario. Cómo escapó de una turba de linchamiento en el último segundo porque un marroquí demente había asesinado a una joven española, siendo perseguido con piedras y palos, y cómo al final llegó a Almuñécar, encontrándose con un hombre que le incitó a vengarse de los culpables de la muerte de su familia.

Tras su confesión, estaba seguro que se anularía su puesta en libertad, pero a pesar de admitir dos asesinatos, este hombre de la Guardia Civil lo dejó marchar. Se ocupó incluso del regreso a su patria. No tenía ni idea por qué lo hizo. ¿Quizás por lástima? No merecía compasión, ¡merecía un duro castigo!

Samuel levantó la vista y observó las estrellas. Cuando era adolescente se pasaba las noches mirando los astros. En aquel entonces, pensaba que el cielo brillaba con la misma intensidad en todo el mundo. En España nunca levantó su humillada cabeza por la noche. Las estrellas eran demasiado pálidas para eso. Ahora la estrella polar le mostraba el camino.

Hace unas semanas, cuando lo expulsaron de España, bajó del avión y le recibieron las mismas bocanadas de aire sofocante que había respirado durante toda su vida; pensó que podía ser un nuevo comienzo. Intentó conseguir trabajo y conexión social. Sin embargo, en Nigeria muchas cosas cambiaron durante su larga ausencia. Parecía que ya no encajaba en su tierra.

Los padres de Tanisha vivían en su mismo poblado. Le culpaban de la muerte de su hija y nietos por el temerario viaje a Europa. Sus padres también le dieron la espalda, después de un largo período de ausencia ni siquiera le abrieron la puerta de la casa donde había crecido.

La sensación de ser un leproso, de todas las miradas acusatorias que se clavaban en él, y de tener que estar ocultándose todo el rato, le hacían sentir despreciable y no ayudaba en nada en vencer a los demonios de su cabeza.

Samuel rodeó una roca alta llegando a su destino.

Ante el acantilado de la cara norte se sentó en una piedra.

Sacó la única foto que le quedaba de su mujer y los niños. No podía ver nada en la oscuridad, pero no era necesario, porque cada detalle estaba grabado en su memoria. Había sido tomada frente a la iglesia del pueblo el día del bautismo de su hijo. Ataviados con túnicas tradicionales sonreían a la cámara creyendo que esa felicidad perduraría para siempre, como la instantánea en papel fotográfico. Pero nada es permanente.

Samuel cerró los ojos y rezó durante mucho tiempo. Pidió perdón por sus pecados. Luego se puso de pie y dio unos pasos. Apretó la foto contra el pecho y no sintió miedo. Miró a las estrellas una vez más. Y saltó al vacío.

CAPÍTULO TREINTA Y NUEVE

La enfermera con el nombre de Dolores, que no era muy prometedor para su trabajo, dijo:

—¡Tienes que comer más, cariño! Esta acaba de llegar, ¡recién impresa! —soltando la revista "Diez Minutos" encima de la manta—. Página siete —añadió, recogiendo la bandeja del almuerzo compuesta de sopa de picadillo a medio comer, y merluza con arroz apenas sin probar. Maite hojeó la revista de prensa rosa hasta encontrar la entrevista que buscaba:

"Motril. Tras la muerte de Rafael P., conocido como el "Asesino de la gamba blanca", y la resolución por parte de la Guardia Civil de los casos de secuestro y una serie de asesinatos, hablamos hoy con la señorita Maite Hernández, ex prometida del susodicho Rafael P. Quien, en una remota finca de una fatídica tarde, se enfrentó a su novio armado con un cuchillo para liberar a los retenidos: Carmen S., secuestrada hace años, y Xavier H., de catorce meses de edad. En una pelea a muerte, Rafael P. la hirió de gravedad. Los médicos lucharon durante días por la vida de Maite Hernández. Ahora se encuentra en vías de recuperación y recibe a "Diez Minutos" como uno de los primeros medios de comunicación para una entrevista en exclusiva en su habitación del hospital Santa Ana de Motril.

Diez Minutos: En primer lugar, ¿cómo está usted, señorita Hernández?

Maite H.: Mejorando poco a poco, gracias por preguntar. Pero por favor, no me llames de usted ¡llámame Maite!

Diez Minutos: De acuerdo, Maite. Estás siendo reconocida en todo el país como una heroína, ¿cómo te hace sentir eso?

Maite H.: Mis médicos sí que son unos héroes, ¡a ellos les debo la vida!

Diez Minutos: El caso se considera resuelto por la Guardia Civil, pero apenas se conocen detalles. ¿Podrías contarles a nuestros lectores con tus propias palabras cómo desenmascaraste a tu entonces prometido como el secuestrador de Carmen S. y el pequeño Xavier H.?

Maite H.: Joana (madre del niño secuestrado, nota del editor) me llamó totalmente fuera de sí tras recibir una carta de chantaje y...

Diez Minutos: ¿Tu amiga se puso en contacto contigo, pero no informó a la Guardia Civil?

Maite H.: Exactamente, porque en la nota ponía que no volvería a ver a su hijo si llamaba a la Guardia Civil. Así que fui a ver a mi amiga para apoyarla, y Joana me enseñó esa carta...

Diez Minutos: ¿Cómo pudiste saber mediante la impresión de un ordenador que fue tu prometido quien redactó esa carta de chantaje?

Maite H.: Eché un vistazo de cerca al papel, y me di cuenta que una nota mía se había calcado en ella.

Diez Minutos: ¿A qué te refieres?

Maite H.: La última vez que estuve en casa de Rafael, una clienta me llamó al móvil para concertar una cita para un maquillaje permanente. Así que fui a buscar un lápiz y un papel a su oficina de casa. Cogí un bolígrafo de su escritorio, pero no pude encontrar un papelito para anotar, así que saqué algunos folios de la impresora. Escribí la fecha de la cita y algunos comentarios en la hoja superior y volví a colocar el resto en la impresora. El boli no funcionaba bien y apreté fuerte la escritura, de manera que mis apuntes se calcaron en el papel subyacente. Al parecer, Rafael imprimió la carta de chantaje en ese folio.

Diez Minutos: ¿Qué sentiste al enterarte por esa vía que tu futuro esposo era un secuestrador?"

Maite soltó la revista, incorporándose en la cama con la ayuda de una agarradera. Aguantó la respiración, pero el dolor en el vientre no desapareció, llenando sus ojos de lágrimas.

«¿Qué sentí al darme cuenta que estaba prometida con un monstruo?», se preguntó. No era una pregunta fácil de responder. Se subió el camisón, se rascó el vendaje, volvió a coger la revista y leyó:

"Maite H.: Bueno, estaba a pocas semanas de la boda y de repente me entero de que mi amor es un secuestrador y un asesino. No es exactamente un sentimiento de pura felicidad, te lo puedo asegurar.

Diez Minutos: ¿Previamente a los hechos no tenías ni idea?

Maite H.: (Niega con la cabeza). Mi amiga Joana lo sabía, pero la Guardia Civil no la tomó en serio.

Diez Minutos: Como la Guardia Civil no creyó a Joana, ¿decidiste por tu cuenta tomar las riendas de la liberación de su hijo y hermana secuestrados?

Maite H.: (Asiente con la cabeza).

Diez Minutos: ¿Cómo supusiste que los dos estaban retenidos en una casa conocida con el nombre de la "Finca Negra"?

Maite H.: Era el lugar de encuentro indicado en la nota donde se debía entregar el rescate.

Diez Minutos: Sin el dinero exigido y a sabiendas de la peligrosidad de tu prometido, ¿cuál era tu plan?

Maite H.: A pesar de la sospechosa nota, me costaba creer que el fuera el responsable de los secuestros. Quería pedir cuentas a Rafael, no pensé en ningún momento que mi vida correría peligro.

Diez Minutos: Toda España especula sobre el trasfondo de estos crímenes...

Maite H.: Me pasa lo mismo, tampoco sé por qué lo hizo.

Diez Minutos: Vayamos a esa tarde de domingo en la finca... ¿Qué pasó allí desde tu punto de vista?

Maite H.: Conduje hasta la finca, delante de la cual ya estaba aparcado su Mercedes. Dentro gritaba un niño, así que llamé a la puerta. Rafa abrió, y como esperaba a Joana con el rescate se quedó atónito al verme. Traté de persuadirlo asegurándole que un derramamiento de sangre no llevaría a ninguna parte. No me hizo ni caso. Me increpó y me dijo que no me metiera en sus asuntos, que me largara de allí. Pero no podía irme sin liberar al hijo de mi amiga, le insistí. De repente se puso furioso y me agredió con un cuchillo. Del resto no me acuerdo, ni tampoco de que Kilian (el padre del niño raptado, nota del editor) se presentara en la finca.

Diez Minutos: Hubo una lucha encarnizada entre los dos hombres, en la que Rafael P., perdió la vida al caer por la escalera de un sótano. ¿Qué opinión tienes en estos momentos de la muerte de la persona con la que hace poco te ibas a casar?

Maite H.: ¡Que la muerte de ese repugnante ser, debería de haber sido más lenta y dolorosa!

Diez Minutos: ¿Cómo te afecta el destino de Kilian H.?

Maite H.: Por supuesto que esto es muy trágico, pero no quiero hablar de ello.

Diez Minutos: ¿Se rumorea que estás embarazada de Rafael P.?

Maite H.: No se puede creer todo lo que dice la prensa rosa.

Diez Minutos: Entonces, ¿no es verdad?

Maite H.: Por suerte, era estéril.

Diez Minutos: ¿Cuáles son tus planes para el futuro?

Maite H.: (Se encoge de hombros). Planes tengo un montón, pero, antes que nada, desnudarme para la revista "Interviú" y embolsarme los veinte mil euros que me han ofrecido.

Diez Minutos: Nuestros lectores masculinos estarán encantados.

Maite H.: (Se ríe, embelleciendo su rostro) ¡Era solo una broma! Por veinte mil, no me quitaría ni el vendaje de la barriga.

Diez Minutos: Te agradezco la entrevista y te deseo una pronta recuperación."

Maite cerró la revista y la puso encima de otras tantas. Miró por la ventana. «La semana que viene me darán de alta... ¿Y luego qué?»

Aún no había dedicado tiempo a pensar en ello. La primera semana la pasó en la UCI, sin percatarse de cómo los médicos luchaban por su vida. Después fue trasladada a planta e interrogada cada dos por tres por la Guardia Civil. Y más tarde las visitas de la prensa, encumbrándola como a una heroína de la noche a la mañana. Así que Maite Hernández, propietaria de un pequeño salón de belleza, se convirtió en la mujer valiente que había contribuido en liberar a un niño pequeño y a una joven desaparecida durante años de las garras de un secuestrador y asesino. El hecho de que dicho hombre fuera su prometido, hizo que los titulares fueran cada vez más golosos y las ventas se dispararan.

Su habitación de hospital fue asediada por maquilladores, fotógrafos y periodistas con micrófono en mano. Después del segundo día, su doctor desistió de intentar mantener a la paciente tranquila, echando a la prensa solo para la visita médica y reconocimientos. Maite se recostó de un lado, pero en su estado no aguantó la posición más de un minuto. Fijó la mirada en el montón de revistas, y pensó en que todas habían hecho de su historia algo sensacionalista. Además, tenía invitaciones de varios programas de televisión en las semanas posteriores a su alta médica.

Así que toda España la conocían, a ella y a su historia.

Aunque... lo segundo no era del todo cierto.

Ni la prensa ni la Guardia Civil sabían toda la verdad. Si lo supieran, probablemente iría a la cárcel tras su recuperación, en lugar de asistir a los programas de la tele.

No, solo ella y Joana conocían toda la verdad.

Llamaron a la puerta y entró el tremendo doble de Lenny Kravitz.

—¿Cómo estás hoy Maite? —le pregunto Rubén.

—Eso depende del motivo de tu visita. ¿Pero no puedes volver en media hora, porfi? Me pillas en un mal momento.

—¿Por qué?, ¿qué te pasa?

—Todavía no me he maquillado —dijo, parpadeando sin rímel.

Rubén sonrió y puso una caja de bombones encima de las

revistas. Normalmente, no le atraían nada los agentes del orden público, pero este tío le gustaba. La cantidad de interrogatorios a los que se había sometido, crearon un vínculo de confianza entre ellos. Aunque Maite a veces tenía la impresión de que no le creía algunos detalles, agradeció que no le insistiera como si fuera un contrainterrogatorio, siendo un alivio para su situación particular.

—Por cierto, ¿dónde está tu compañera Lucía?

—Tiene cosas que hacer en Granada. Yo tampoco estoy aquí por motivos profesionales, solo quería ver cómo está mejorando mi famosa principal testigo.

«¿Y para eso viniste desde Granada? Vaya, eso tiene pinta de ligoteo», pensó Maite para sí misma.

Rubén señaló a la pila de revistas.

—¿Cómo piensas aprovechar tu fama recién adquirida? ¿Cazando un futbolista o un torero?

—Tonterías —dijo, guiñando un ojo a Rubén, que vestía una camiseta verde ajustada con la inscripción "St. Vincent and the Grenadines" marcando sus pectorales—. En primer lugar, estoy un poco harta de los hombres. Si recuerdas, acabo de salir de una relación un pelín traumática... Además, a los futbolistas no les gustan las mujeres más allá de los treinta años y con una cicatriz horrible en la barriga.

Rubén protestó y tontearon un rato antes de cambiar el semblante, encauzando la conversación hacia una vía delicada:

—Hay una última incoherencia, quizás puedas ayudarme para que podamos cerrar el expediente de Rafael Prados.

Se estremeció al escuchar el nombre de la persona con la que estuvo a punto de casarse. Ahora estaba muerto, y casi la arrastra con él al más allá.

«¡Me quitaste a mi bebé!», pensó. A pesar de que su padre era un monstruo, le hubiera gustado tenerlo. «¿Y si no puedo volver a quedarme embarazada nunca más?», se preguntó.

—Maite... ¿Me estás escuchando?

—Sí, perdona, ¿qué dijiste?

—Dije que esta vez vine sin mi compañera Lucía porque quería mantener una conversación confidencial contigo.

—Eso suena súper misterioso. Aunque, pedirle a una cotilla como yo que guarde un secreto, es equivalente a publicarlo en Facebook.

Rubén sonrió. Pero después de explicarle la problemática del asunto, Maite era consciente de que no se le podía permitir hablar con nadie sobre ello. En ese momento de plena confianza, estuvo a punto de contarle toda la verdad. Pero, aunque parecía un poco friki, seguía siendo teniente de la Guardia Civil, y no podía arriesgarse a que usara su confesión en su contra.

—Trato hecho, ¡ni una palabra a nadie! Le prometió Maite, justo cuando el doctor entraba para la visita médica, pidiendo a Rubén que saliera de la habitación.

Rubén se levantó. —Hemos terminado de todos modos —dijo y le dio un beso de despedida en la mejilla.

«¿Qué hemos terminado?, no te lo crees ni tú», pensó Maite.

—Si esto fuera una película policíaca, este sería el momento justo en el que me entregarías tu tarjeta de visita diciéndome: "Si se te ocurre o recuerdas algo más, puedes llamarme cuando quieras a este número".

Rubén sacó un bolígrafo y cogió la mano de Maite, apuntando el número 062 encima de su línea de la vida.

—¿Qué coño estás haciendo?

—Tarjeta no tengo, pero este es el número de emergencias de la Guardia Civil.

—Así que para emergencias... Estaba pensando más bien en un número que poder marcar en caso de una emergencia, pero hormonal.

Reaccionó con una simpática y socarrona sonrisa que parecía prometedora.

—Por casualidad mi número de móvil también termina así —dijo Rubén, anotando seis dígitos por delante del 062.

CAPÍTULO CUARENTA

Dos semanas más tarde, Rubén y Lucía esperaban en la terraza de un restaurante de la plaza de toros de Granada la llegada del comandante de la Guardia Civil y su esposa. Como muestra de agradecimiento por la resolución de la última serie de asesinatos, el jefe, un gran aficionado a las corridas de toros, se había sentido obligado a desperdiciar el cupo de entradas gratuitas de la Guardia Civil con ellos, sin saber que no les hizo ninguna gracia:

«Después de estar lidiando con la muerte a diario, lo último que me apetece es ver más matanzas gratuitas en mi tiempo libre», opinó Lucía.

Sin embargo, para una vez que el comandante se mostraba generoso, no quisieron ofenderlo con falsas excusas.

El programa del día incluía a El Fandi, matador granadino; El Cordobés, parte indispensable de la prensa rosa, y un tercero, aun no muy conocido, con el físico de un jinete de caballos. «¿Este quiere enfrentarse a un toro de 500 kilos?», pensó Rubén bebiendo de su cerveza.

Sacó un porro de la cajetilla de cigarrillos y dio unas cuantas caladas, sacando a Lucía de quicio:

—¡Guarda esa maldita cosa, Rubén! Hay miles de personas dando vueltas por aquí. Como teniente tienes que dar ejemplo. Además, el jefe puede aparecer en cualquier momento.

Sabiendo que discutir con ella no tenía sentido, apagó el porro con los dedos y volvió a guárdalo. Llevaban un rato en silencio, hasta que el móvil de Rubén sonó. Leyó el WhatsApp con sonrisa bobalicona y se puso a contestarlo.

—No estarás enamorado de ella, ¿verdad?

Lucía no podría adivinar que se estaba acercando a la verdad más que él mismo podía reconocer.

—No estarás celosa de ella, ¿verdad? —replicó Rubén, a quien no le gustaba hablar de emociones.

—Es taaan conmovedora la frecuencia con la que la estás visitando en el hospital, ¡después de que el caso esté cerrado! Apuesto a que no estuviste en el lecho de muerte de tu madre tan a menudo.

«Vaya... Eso sí que fue un golpe bajo», pensó rubén.

—A eso lo llamaría yo, establecer una relación de confianza con una testigo importante —replicó.

Lucía se rio artificialmente.

—Nuestro asesino está muerto, y somos tan apreciados por parte del comandante, que incluso nos lleva a los toros en domingo. Así que, ¡si te preocupas tanto por una testigo tetona, es solo porque te la quieres follar!

Aunque había una chispa de verdad en esa teoría, no le gustaba ser provocado, especialmente no si estaba gratamente colocado. Por eso no pudo resistirse a mencionar lo que no debía contar. Aunque tuviera que buscarse un nuevo curro después. Solo Maite lo sabía, pero en una de sus últimas visitas habían acordado no revelar las discrepancias en la biografía de su difunto prometido.

—Ajá, y... ¿cómo lo sabes?

—¿Saber qué?

—¿Que el caso está resuelto y nuestro asesino ha muerto?

Lucía lo miró fijamente como si hubiera dicho que quería dejar su trabajo para convertirse en un torero.

—Rubén... ¿a dónde quieres llegar?

—Oh, olvídalo —dijo, negando con la mano.

—¿Me estás ocultando algo? ¿De qué iba ese comentario?

—Deberías haberte dado cuenta tú misma, cuando registramos el piso de Rafael Prados para averiguar el motivo de sus delitos.

—No me entero de nada de lo que estás hablando.

—Incluso hojeaste su pasaporte.

Lucía asintió con la cabeza, aun sin saber a dónde llevaría eso.

—Tu comentario fue algo por el estilo: "Fíjate en todos estos sellos. Cuántas veces ha estado en Marruecos, ¡seguramente no solo para comprar baratijas!" Mientras tanto, hemos resuelto los antecedentes de los asesinatos: Aurelio Baena, Diego Roca y Salvador Molina pertenecían al cartel de la droga, cuyo capo era Carlos Roig. Rafael Prados quería vengarse porque lo echaron, soñando en crear su propia red de narcotraficantes. Pero pasaste por alto la pista decisiva, y ese fue tu primer gran error desde que empecé a trabajar contigo.

Lucía lo miró boquiabierta. Rubén sabía que se perdería por abrir el pico de más, pero ya no había vuelta atrás:

—Mediante los sellos de entrada y salida a Marruecos de su pasaporte, uno puede darse cuenta fácilmente de que el caso no está tan cerrado como todos creen. Cuando ocurrieron el primer y segundo homicidio, nuestro "asesino en serie" estaba en Marruecos, así que no pudo haber sido responsable de la muerte de Baena y Roca.

Ya lo había soltado. Aparte de él y Maite, ahora lo sabía Lucía. Para los demás compañeros de la Guardia Civil, el caso se había considerado resuelto antes del entierro del autor.

—Pero... ¡no puede ser! Es solo otra de tus estúpidas bromas.

Lucía movía la cabeza, pero Rubén no le dedicó la traviesa sonrisa que solía mostrar habitualmente tras tomarle el pelo.

—¡Di que no hablas en serio! Admite que no... ¡Menuda tontería! No te creo nada. Quiero ver ese pasaporte, si no...

—Lo hice desaparecer.

—¿Cómooo?

—El caso está resuelto, así que, ¿cuál es el problema?

—Rubén, si lo que dices es cierto y Prados estaba en

Marruecos en el momento de los dos primeros asesinatos, ¿por qué te has tomado unas vacaciones, te colocas con tus hierbas y visitas a tu nueva amiguita en el hospital mientras aún hay un asesino suelto por España? Eso es totalmente...

—En España no, en Nigeria, para ser más precisos.

En media hora comenzaría la corrida, y la multitud ya se arremolinaba entorno a las mesas, esperando que abrieran las puertas de entrada. Fue debido a esta circunstancia que Lucía no le salto al cuello.

—No estarás insinuando que el africano mudo fue el asesino después de todo —susurro Lucía, inclinándose sobre la mesa.

—Bueno, al menos de Baena y Roca. Molina murió oficialmente de un infarto y Roig fue asesinado por Prados.

—No puedo creerlo. ¿Cómo de repente llegas a esa conclusión mucho después de dejar en libertad al nigeriano?

—Lo supe antes de que lo soltáramos, descubrirlo fue bastante fácil... ¡me lo dijo el!

Lucía abrió los ojos de par en par, sus cejas se estiraron como arcos causando arrugas en toda la frente que Rubén nunca antes había visto.

—¿De verdad has...?

—Sí, lo hice. Puse en libertad a un doble autor de homicidio tras confesarme sus crímenes.

La barbilla de Lucía temblaba. Con voz entrecortada dijo:

—Eres... Eres tan... ¿Cómo piensas que puedo volver a trabajar contigo, si te follas la ley como a tus ligues? ¡Unas veces por delante y otras por detrás!

Rubén pensó que era hora de exponer el asunto desde su punto de vista. Después, su compañera podría dejar las cosas como están o delatarlo.

—Tienes razón. Según la justicia, el africano debería haber entrado en prisión de por vida. Pero no habría sido *justo.* El ya pagó su deuda por adelantado. Perdió a su esposa y a sus dos hijos en alta mar. En una zódiac manipulada por la banda de narcotraficantes que encabezaba Carlos Roig. Otras dieciséis personas también perecieron inhumanamente a consecuencia de esa patera. Además de docenas de africanos en otros barcos por ser utilizados como contrabandistas, transportando droga sin ser conscientes de ello. Samuel no lo supo hasta que Rafael Prados se le acercó y le contó los motivos por los qué su familia falleció. Prados lo incitó de tal manera, que lo utilizó como sicario para quitar de en medio a los miembros del cártel y allanarle el camino, para así poder tomar el mando del comercio de drogas en la costa. Sin embargo, Samuel sintió remordimientos cuando vio a los nietos de Molina y no pudo terminar lo empezado. Salió huyendo, pero fue detenido al poco rato por casualidad. Durante los interrogatorios permaneció en silencio, siendo la suerte de Rafael Prados. A este, le faltaba eliminar la cabeza de la banda. Pero tras un nuevo homicidio, encontrando una sola gamba blanca en la piscina de Carlos Roig, descartamos al africano como autor material de los demás asesinatos. Yo también lo creía, pero en el último interrogatorio antes de su puesta en libertad, empezó a confesarse como si yo fuese un cura. Me lo guardé para mí como debe hacer un cura, lo absolví de sus pecados y lo mandé a su patria como penitencia. Lo volvería a hacer igual, no me arrepiento en absoluto.

Sonó el móvil de Lucía. Era su jefe. Respiró hondo y contestó a la llamada. No duró ni medio minuto.

—Dice el Comandante que ya deberíamos entrar e ir cogiendo asiento. Tu discurso ha sido entretenido, pero vendrán pronto. Probablemente su mujer aún se esté pintando... —Lucía intentó sonreír.

—En cuanto llegue, podrás presentarle el nuevo giro del caso... —dijo Rubén tras un incómodo silencio, volviendo a sacar el porro.

—¿Y de qué serviría? ¿Cómo podríamos traer de vuelta a Samuel del que no sabemos nada más que su nombre de pila y que es de Nigeria? No, se queda tal cual: Prados asesinó a los cuatro del cártel y al dueño de la finca, mantuvo a una muchacha cautiva durante años y secuestró a un niño pequeño. Nuestra suerte es que ya no puede afirmar lo contrario. ¿Algo más que debería saber?

Rubén negó con la cabeza y Lucía llamo al camarero.

—Entonces ni una palabra a nadie, ¡reverendo padre!

Rubén apretó la mano de Lucía. —Gracias.

—Ahora guárdate el porro o llamaré a la Guardia Civil — dijo Lucía, acostumbrada a tener siempre la última palabra.

EPÍLOGO

—Pero, ¿qué coño pasa ahora? ¡Maldito ordenador!

Kilian estaba sentado en su silla de ruedas frente al escritorio. Tenía una pequeña oficina montada en casa desde su regreso de la clínica de rehabilitación. Xavier estaba en la guardería. Carmen, que vivía con ellos, en un curso de alemán; y Joana había salido a comprar el árbol de Navidad. El programa PowerPoint se quedaba colgado y no arrancaba. Tenía que desarrollar urgentemente un concepto para un nuevo cliente. Lo intentó de nuevo y se rindió. Se acordó del viejo portátil de Joana, que debería tener instalado el mismo programa.

Rodó hasta la estantería en su busca, se lo puso en el regazo y volvió al escritorio girando el volante de mano. Inició el portátil que ella apenas utilizaba: renunció al mundo virtual desde que una tal Rocío Campos quiso ser su amiga en Facebook.

El PowerPoint se abrió fácilmente y se puso a trabajar. Una hora más tarde, el concepto básico estaba listo y lo envió por e-mail a su cliente. Su ambiciosa empresa startup www.coupon24.de, tuvo que cerrar tras meses de baja médica. Todavía no estaba dado de alta, sin embargo, algunos viejos clientes de vez en cuando lo contrataban como consultor externo. Se envió una copia de archivo a sí mismo y luego lo borró. Al tratarse de datos sensibles, le pareció oportuno abrir la papelera y borrarlo allí también, era su costumbre. Mandando el archivo al más allá virtual, se sorprendió al leer el nombre de otro fichero borrado unas líneas más abajo: Rocío Campos.doc.

«¿Rocío Campos? ¿No era ese el seudónimo que Rafael usó en su día para comunicarse con Joana?», se preguntó.

Abrió la información del fichero con el botón derecho del ratón: 47,6 KB. Creado el 16 de noviembre del año pasado. Fue borrado el mismo día. «¿El 16 de noviembre? Eso fue cinco días antes de...», pensó inquieto.

Kilian rodó hacia atrás, como si así pudiera alejarse del pasado. No quería recordar aquel día de noviembre, cuando intentó liberar a su hijo de las manos de un psicópata, asesino en serie y secuestrador. No quería pensar en las muchas preguntas a las que solo Rafael podría responder, si hubiera sobrevivido a la simultánea caída por la escalera de piedra.

Después de que responsabilizaran a Kilian de la muerte de su madre años atrás, pagando con varios meses de cárcel, Rafael había sido su segunda víctima. Aunque la caída mortal causada por el empujón que le propinó, fue reconocida como defensa propia y las autoridades no presentaron cargos en su contra.

Kilian se acercó al escritorio. Rocío Campos.doc... ¿Qué habría en ese archivo creado por Joana? Pensó en la polvorienta carta que encontró hace años por casualidad en su antiguo apartamento. Leerla fue totalmente esclarecedor para él, ya que veía la muerte de su hermano bajo una luz totalmente diferente.

«¿Ahora qué? ¿Debería borrar el archivo creado por Joana cinco días antes del fatídico día en la finca negra para siempre?», se preguntó. Se rascó la cicatriz que le picaba en el cuello y pulsó el botón derecho del ratón, seleccionando la opción "Restaurar". Comenzó a leer: "*Si queréis volver a ver a vuestro hijo vivo...*"

El zumbido en su cabeza instalado desde la caída, aumentó varios grados de sonido, como si Carlos Santana estuviera tocando la cuerda más aguda de su guitarra. Era la misma carta de chantaje que encontró en la cocina de la casa de La Herradura, la misma con la que Rafael le atrajo hasta la finca. «Pero ¿cómo se metió en el portátil de Joana?», se preguntó inquieto.

Kilian golpeó su sien con la palma de la mano. Como eso no

ayudó, se metió los dedos índices en los oídos moviendo la cabeza, hasta que Carlos tocó notas más suaves y pudo continuar leyendo. Aunque todavía podía recordar cada palabra de esa carta. Solo después de la última frase: "*De lo contrario, ¡vuestro hijo morirá!*", se formó una conclusión que le habría tumbado si no hubiera estado en una silla de ruedas.

«No, ¡eso no puede ser!», se dijo.

«Rafael le envió a Joana la carta por e-mail, ella la imprimió y luego borró el archivo. Tiene que ser así», intentó convencerse.

«Pero no pudo haber sido así, porque...», reflexionó.

Kilian volvió a abrir los datos del fichero:

Creado el 16 de noviembre...

Con el ordenador de Joana...

Carlos Santana tocó un memorable solo de guitarra mientras Kilian buscaba otras explicaciones, pero no encontraba ninguna coherente.

No fue Rafael quien redactó la carta de chantaje.

Había sido su propia esposa Joana, ¡la madre de Xavier!

Joana se abrió paso entre la multitud del centro comercial. Por fin había terminado de hacer la compra para abastecer el frigorífico el fin de semana. Ahora le faltaba el árbol de Navidad y un regalo para Carmen. Decidió tomarse un café mientras pensaba en qué regalarle. «¿Quizás un vestido bonito?», se preguntó.

Increíble lo dura que era Carmen. Tras el largo cautiverio bajo las peores condiciones y heridas en la cabeza no tratadas, que le causaron amnesia, solo le tomó tres meses de terapia conseguir estar preparada para comenzar una nueva vida con ellos en Múnich. Cada vez sufría menos terrores nocturnos y había logrado subir diez kilos de peso. Entretanto, sus recuerdos de la infancia se iban aclarando cada vez más. Y aprendió tan rápido alemán, que podría empezar en primavera a recuperar el bachillerato. Además, se le notaba ilusionada tonteando con un chico. «Sí, un vestido será lo ideal. Para que lo luzca cuando quede con Daniel», pensó Joana, observando el ajetreo en los pasillos y relajándose con la música navideña, hasta que el enervante sonido de su móvil interrumpió la agradable melodía.

—Hola, mi amor. Ya casi he terminado, me falta solo...

—No. Ven a casa, ¡ahora mismo!

«¿Y ese tono de voz?», se preguntó preocupada.

—Kilian... ¿Está todo bien?

—Por teléfono no, ¡vuelve a casa!

—Sí, pronto, me falta todavía el árbol, y para Carmen...

—¡Enseguida!

Kilian oyó meter la llave en la cerradura de la puerta de entrada. «Llegó la hora de la verdad», pensó. Pero cualquiera que fuera el resultado de la siguiente conversación, una cosa ya era segura: al igual que la carta de hace años, nunca debería haber leído ese archivo del portátil de Joana. Significaba una ruptura de la mutua confianza. Había fisgado en el ordenador de su mujer, y ella le había ocultado de nuevo toda la verdad. Se sintió peor que si hubiera descubierto una carta de amor a un secreto amante.

¡Se trataba de su hijo!

¿Por qué Joana escribiría la carta de chantaje?, fue solo la primera de las tantas preguntas que le vinieron a la mente en la última media hora. De las respuestas de ella, dependía el futuro de su matrimonio.

Joana irrumpió en su oficina.

—¡Pues, aquí estoy! ¿Me puedes decir de una vez, que...?

Como respuesta, giró el portátil hacia ella.

Su mujer se acercó, se apoyó en el respaldo de la silla de ruedas y se inclinó hacia adelante para leer el documento. Enseguida se enderezó respaldándose contra el armario de la oficina y se cubrió la cara con la melena como si pudiera ocultarse tras ella.

—¿De dónde sacaste eso? Pensé que lo había borrado —dijo en un tono tan bajo que apenas pudo oírlo por el zumbido en su cabeza.

—¿Realmente importa eso Joana? —Kilian giró la silla de ruedas levantando la mirada a su esposa—. La carta, Joana. ¿Por qué escribiste una carta de chantaje dirigida a nosotros, cuando fue *Rafael* quien secuestró a Xavier a través de una ventana abierta en el cuarto de baño? ¿Podrías explicarme eso, por favor?

Joana se peinó el pelo hacia atrás evitando su mirada. Susurró algo que él no entendió.

—¿Disculpa?

—Rafa no era el secuestrador de Xavier —respondió un poco más alto.

—¿Qué? ¿Pero de qué estás hablando? Él estaba con nuestro hijo en esa finca de mala muerte cuando llegué.

—Sí, ya, pero no fue planificado así.

—¿¡Planificado por quién!? —preguntó en un grito audible hasta en el exterior de la vivienda.

—Por Maite. Ella secuestró a Xavier.

—¿Maite? ¡Por supuesto que sí! Ahora escúchame bien: después de lo mal que lo pasamos... —Kilian dio un puñetazo al brazo de la silla de ruedas—. Te pido que no me mientas. Si aún te importa nuestro matrimonio, dime qué pasó en realidad. ¿Había algo entre Rafael y tú? ¿Estaba enamorado de ti y pasaste de él? Por eso se vengó haciendo desaparecer a...

—¡Ya basta de tonterías! —chilló Joana—. Te estoy diciendo la verdad. Fue idea de Maite y mía fingir el secuestro de Xavier. Queríamos presionar a la Guardia Civil que no había movido ni un dedo por Carmen porque pensaban que yo era una loca histérica. De lo contrario, nunca podríamos haber liberado a Carmen.

—¡No entiendo nada! ¿No se suponía que Carmen estaba muerta? Tú misma la empujaste por los acantilados sin querer. ¿O fue también una mentira? Porque todavía no comprendo cómo Carmen pudo llevar a cabo su resurrección en esa finca, y eso que estudié la biblia durante años en el seminario. Te pregunté tantas veces sin recibir una respuesta razonable.

—Al principio también pensé que era Carmen quien...

Kilian la interrumpió con un gesto de la mano.

—No me lo puedo creer. ¿Cómo podré fiarme de ti algún

día con la cantidad de disparates que me estás contando? Has arriesgado la vida de tu familia sin más... ¿Y cómo cuadra Rafael en todo esto si no tuvo nada que ver con el secuestro?

—Hombre, Kilian... ¡Jamás habría puesto a Xavier en peligro! Algo salió terriblemente mal. ¿Cómo iba a saber yo, que tras leer las noticias en Múnich volarías a España, encontrarías la carta y aparecerías en la finca como un puto Rambo?

—¿Quieres decir que las dos habéis *montado* todo este follón? ¡Explícamelo desde el principio!

Joana se sentó en la silla de oficina de Kilian, a la que le faltaba una rueda desde hacía meses.

—Bueno, te lo contaré todo. Pero no voy a justificarme, porque creo que la vida de mi hermana debería ser motivo suficiente. Sí, Maite y yo hicimos lo adecuado el año pasado ¿volveríamos a hacerlo igual?, lo dudo mucho. A retrospectiva uno siempre es más listo. De los errores se aprende, pero ¿realmente importa eso, como dijiste antes tan sabio?

«El hecho de que tú y tu amiga engañarais a la Guardia Civil, a la prensa española y a tu marido, no se puede dejar de lado encogiéndose de hombros», pensó, haciéndole un gesto de mano para que continuara.

Joana le relató lo que pasó en la fiesta de compromiso después de que él se marchara: cómo Rafael insistió en llevarla a casa en su coche, enterándose así, de lo que realmente ocurrió la noche del Cerro Gordo. Describió el emocional momento en que habló con Carmen por teléfono por primera vez. Y le contó la amenaza de Rafael.

—Tuve que convencerte de que estabas equivocado, que tus acusaciones no eran ciertas, que estabas siendo injusto con Rafa, aun siendo consciente que él era el autor. Me rompió el corazón verte sufrir, pero no vi otra manera de convencerte para que regresaras a Múnich. Cualquier otra opción hubiera sido demasiado arriesgada. Sin embargo, te necesitaba tanto a mi lado. Justo cuando más me hacía falta tu apoyo...

Joana no pudo contener las lágrimas. Kilian podía entender cada vez mejor el dilema por el que pasó su mujer.

Rodó un poco acercándose a ella.

—Así que te fuiste, y me quedé sola con Xavier. No tenía ni idea de cómo llegar hasta Carmen. Ni siquiera pude hablar con Maite sobre ello. Hasta que un día se desahogó conmigo. Me contó que Rafa le estaba poniendo los cuernos unas semanas antes de la boda. Al decirme eso, ya no pude guardar silencio y le conté toda la verdad sobre su prometido. Al principio no me creyó. Solo después de ponerle un cebo y caer en la trampa, Maite se convenció. Nosotras...

—¿Una trampa? ¿Secuestrando a Xavier...?

—Qué va. Primero fingimos pagar un rescate por Carmen con una bolsa llena de periódicos y le robamos su Mercedes, esperando que mi hermana estuviera oculta en el maletero. Como no fue así, se nos ocurrió buscar una pista de su paradero a través del navegador o del móvil. No tuvimos suerte. Pero al menos conseguí que Maite se posicionara de mi lado, ya que Rafael se delató solito al acudir al lugar del rescate. Maite me convenció de que denunciara, pero no nos tomaron en serio. El teniente, justamente amigo de Rafael, nos aconsejó que fuéramos a consultar a un psicólogo. Dijo que el señor Prados era un ciudadano de buena reputación, y que no tenían tiempo para perseguir quimeras, que estaban enfocados en la búsqueda del asesino en serie. Así que decidimos coger las riendas del asunto y aumentar la presión sobre las autoridades.

—Ah sí, ¿utilizando a nuestro hijo, que por casualidad acabó en manos de un criminal armado?

Joana tardó un rato en recuperarse de ese golpe bajo y se sonó los mocos con un pañuelo antes de continuar:

—Entonces tuvimos la idea de llevar a la Guardia Civil tras la pista de Rafa mediante un secuestro fingido... Maite todavía guardaba la llave de su piso. Entró y recogió material que contuviera su ADN: pelos de un peine, botellas vacías, ropa y zapatos usados. Ensuciemos las suelas de barro, me calcé los zapatos y anduve con ellos desde la ventana del cuarto de baño hasta la habitación de Xavier y viceversa. Luego los devolvimos al armario de Rafael. Cogimos los dos primeros folios de un taco que ya contendrían su ADN al colocarlos en la impresora. Maite anotó una cita ficticia apretando tan fuerte, que se pudiera reconocer en el folio de abajo. Imprimimos la nota de rescate en esa hoja, creando así una prueba fundamental y perfecta para incriminarlo. El resto del material lo llevamos a la finca, donde más tarde...

—Pero, ¿por qué justamente a esa ruina media quemada? ¿Cómo supisteis que Carmen estaba encerrada allí?

—No lo sabíamos, fue pura coincidencia.

—¡Para ya, tales coincidencias no existen!

Joana se dio la vuelta intentando hacerse la ofendida, aunque realmente, solo era para echar un vistazo al reloj de pared.

—Si quieres que termine de contarte la historia, no me interrumpas más, tengo que recoger a Xavier de la guardería.

«Pues claro, la rutina diaria debe continuar. Además, solo hablamos de nimiedades. Como si estuviéramos discutiendo lo que vamos a almorzar», pensó Kilian.

—Lo de la finca fue idea de Maite. Creyó que era el sitio idóneo. Ella siguió a Rafa días antes hasta allí, sospechando que la engañaba con otra. Del interior salían ruidos íntimos y estaba segura de que él había establecido en ese lugar un nidito de amor, no pudiendo imaginar que era Carmen la que... Maite encontró una llave de la finca en el piso de Rafa e hizo una copia. Quería dármela para que pudiera llevar a Xavier, pero no llegamos tan lejos.

—¿Tú? ¿Pero dónde estuvo Xavier todo ese tiempo?

—En el piso de Maite, en Jaén. La prima de Maite, la muchacha guapa de la fiesta de compromiso cuidó de él mientras preparábamos la trampa. Era la única que estaba al corriente.

Esto se volvió cada vez más confuso...

—El plan era el siguiente: Maite tenía que devolverle el coche a Rafa, asegurándole por teléfono lo arrepentida que estaba de haberse dejado influenciar por "Joana la loca". Disculparse y pedirle un encuentro íntimo para sincerarse. Insistió en las 18:00 horas cerca de la "Finca Negra" donde ya habían estado en otras ocasiones. Eso nos dejaba suficiente margen para dejar "evidencias". Con la copia de la llave entró en la finca y puso pañales, juguetes y potitos para que pareciera que Xavier estaba allí retenido. Xavier estaba con ella, debía acostumbrarse a esa habitación jugando con su excavadora. Yo mientras tanto me situé en la colina detrás de la finca entre los arbustos. Maite me tenía que traer a Xavier antes de encontrarse con Rafa para "hacer las paces". Mientras estaban juntos, yo tendría que haber llamado a su prima con su móvil, quien le habría dado una pista anónima del paradero de Xavier a la Guardia Civil. Como pudiste comprobar, solo un camino de grava serpenteante lleva hasta allí. Si en Motril los coches patrulla hubieran girado y entrado en el camino, yo los habría visto perfectamente desde mí posición entre los arbustos. A partir de ese momento, yo habría tenido unos siete minutos de tiempo para llevar a Xavier a la finca, entrar con la llave de Maite, dejarlo en la habitación y esconderme de nuevo. Cinco minutos más tarde, la Guardia Civil lo tendría que haber "liberado" de la habitación preparada con pruebas falsas de Rafa. Pero nada salió como lo planeado.

«De verdad pensaban salirse con la suya con eso», pensó Kilian, tocándose la frente con el brazo que aún podía mover.

Al final de alguna forma lo habían logrado: Maite, la "heroína de Almuñécar", que se enfrentó valientemente a un asesino en serie, salió un par de veces en la tele tras su alta en el hospital. Ahora estaba liada con ese teniente Rubén de Freitas que se encargó de interrogarla. Los dos querían visitarlos en Múnich por Navidad. Pero después de la confesión de Joana, ¿cómo iba a poder fingir delante de ellos que no sabía nada?

—¿Pensásteis en que Rafa habría negado el secuestro de Xavier? —Las pruebas hubieran sido contundentes. Pensamos que no le hubiera quedado más remedio que admitir dónde tenía cautiva a Carmen. Ese era nuestro plan... que fracasó. Justo en el momento en que Maite iba salir de la finca con Xavier, llegó Rafa y la cogió por sorpresa. No imaginábamos que a Rafa le quedaba algo terrible que hacer en el sótano de la finca antes de reunirse con ella en el lugar romántico que acordaron. Probablemente tenía miedo de que el equipo de búsqueda encontrara a Carmen, y quiso eliminarla antes. Cuando Maite lo vio llegar, se atrincheró con Xavier en el dormitorio. Bueno, y un poco más tarde entraste tú en escena. Cuando escuché la reyerta desde mi escondite me alarmé, avisé a la Guardia Civil y corrí a la finca, pero ya era demasiado tarde. Lo siento mucho Kilian. Debería habértelo contado antes. Enredamos tantas mentiras frente a las autoridades, que durante tu rehabilitación no quise confrontarte con ello, y después, simplemente no encontré el momento oportuno.

Joana se levantó de la silla giratoria.

—¿Esa es toda la verdad?

—Sí, ¡te lo juro!

Kilian miró a su esposa. Se encontraba a un metro frente a él, sin embargo, la distancia parecía casi insuperable.

—Luché con Rafael a ultranza, ¡matándole al propinarle un empujón y caer por las escaleras! Aunque era un asesino y yo actué en defensa propia, tendré que lidiar con ello el resto de mi vida.

—¡No tienes que hacerlo! —dijo Carmen entrando de repente en el despacho sorprendiéndolos. Desde que le volvió a crecer el pelo y ganó peso, era un fiel retrato de su hermana mayor. Joana miró a Carmen tan desconcertada como él—. Tú no lo mataste, ¡fui yo! —añadió Carmen, soltando sus libros de alemán en el escritorio.

—¿Tú? —preguntaron los dos al unísono. Es imposible...

Cuando Kilian despertó del estado de inconciencia, Rafael yacía muerto a su lado. Seguramente Carmen seguía traumatizada y no era consciente de lo que pasó realmente. No era precisamente bueno para su psique estar presente en esa conversación.

—Carmen, por favor, tu hermana y yo tenemos algo que discutir. Sé tan amable y espera mientras tanto en el salón.

—El hombre no murió cuando cayó contigo por las escaleras. Volvió a subir después a la sala de estar —afirmó Carmen.

Joana abrazó a su hermana.

—El hombre murió en la caída, y no deberíamos hablar de ello después de tu terapia, como aconsejó tu psicóloga. Cuéntame, ¿cómo te fue hoy en la academia de alemán? —preguntó intentando cambiar el tema.

Carmen insistió:

—Me quedé aturdida por un momento porque me caí. Me di cuenta de que el hombre estaba subiendo y logré levantarme. No pudo verme porque iba subiendo los escalones cojeando y de espaldas. Se habría dañado en la caída. Cuando llegó arriba, le di un empujón. No con firmeza, porque me faltaba la fuerza. Aun así, perdió el equilibrio, cayendo por las escaleras por segunda vez.

—¿Pero por qué no se lo contaste a nadie? Deberías haberle contado a la Guardia Civil que...

Joana se interrumpió, y él pudo leer su mente:

«Porque Carmen tenía miedo de ir a la cárcel por ello. Había estado encerrada durante tanto tiempo, que temió que volvieran a...»

Con lágrimas, Carmen confirmó su sospecha.

—No fue mi intención callar, ¡de verdad! Pero pensé que...

—Shh. No te preocupes cariño. Ahora vente conmigo.

Joana sacó a su hermana de la oficina, dejando a Kilian solo con sus pensamientos:

«Al final, fue Carmen quien empujó a Rafael a su muerte. ¿Quién sabe qué más hubiera sido capaz de hacer ese tío si no le paran los pies? Xavier estaba en la finca. Probablemente Carmen salvó la vida de mi hijo y la mía. Sin embargo, todo eso no habría pasado si Maite y Joana no hubieran fingido el secuestro».

Intentó verlo desde la perspectiva de su mujer y ponerse en su lugar. Aunque no aprobaba las acciones de Maite y Joana, sí podía entenderlas. Se trataba de liberar a Carmen y lo habían logrado, aunque con algunos daños colaterales.

«¿Debería perdonarla tan fácilmente? ¿Podríamos continuar con nuestras vidas como antes al estilo: "Cariño, tengo que recoger a Xavier de la guardería, ¿qué quieres almorzar"? ¿Cuál sería la alternativa? ¿Una separación?», no quería ni imaginárselo.

Joana volvió sola, y Kilian trató de sonreír.

—¡Estáis locas, tú y Maite! ¿Lo sabes?

—Hay que ser un poco loco para estar a tu lado, ¡y ahora saca tu culo de una vez de esa silla de ruedas!

Kilian se rio y giró hacia el portátil, enviando el delicado archivo al nirvana virtual con un clic de ratón. Después se puso en pie ayudándose con la mano derecha. A ella no le gustaba que aún usara la silla de ruedas en lugar de la silla de oficina coja. En realidad, no la necesitaba desde su alta en la clínica de rehabilitación. Apenas podía usar su mano izquierda, pero eso mejoraría con el tiempo, así como el zumbido en su cabeza, le aseguró el doctor.

Abrazó a su mujer con la derecha adhiriéndose a su cuello. Olía a lavanda, canela y Adviento. Amor, estabilidad, anhelo y mucho más.

—Yo opino que olvidemos lo que sucedió...

Incluso Carlos Santana dejó la guitarra a un lado, deseando un final feliz.

—Lo hice hace un año cariño. Tengo que recoger a Xavier de la guardería, ¿qué quieres almorzar? ¿Tal vez algo español?

FIN

¡MUCHISIMAS GRACIAS!

Es un gran honor para mí que haya leído mi libro.

¡Pero la historia no termina aquí!

"Finca negra" es la segunda parte de mi trilogía andaluza, compuesta por los thrillers: "Pata negra", "Finca negra" y "Costa negra".

Sinopsis de mi tercera novela con el título "Costa negra", disponible en español a partir de junio 2020:

En una inmersión en las aguas cristalinas de la Costa Tropical, el teniente Rubén de Freitas descubre documentos que han estado ocultos en las profundidades durante más de 450 años... desde el hundimiento de la Armada Española en la bahía de La Herradura.

Tras hablar sobre el hallazgo con una profesora de universidad de Granada, esta aparece muerta, y el apartamento de Rubén forzado y registrado. ¿Hay una conexión con su aparentemente insignificante hallazgo?

Rubén no tiene ni idea de que los documentos podrían cambiar el transcurso de la historia española y que alguien quiere impedirlo a toda costa, eliminando si es preciso a todos los que conocen el explosivo contenido de los históricos papeles.

AGRADECIMIENTOS

Mis novelas no existirían en español sin la gran ayuda de Sandra Martín, ya que me cuesta imaginar a otra persona invirtiendo tanta paciencia, dedicación y cariño en la edición y corrección de la versión española de "Finca negra".

Vivo hace más de veinticinco años en este fantástico país, aun así, mi español está lejos de ser perfecto. Lo mismo pasa con mi propia traducción del manuscrito del alemán al español. Por eso te agradezco que hayas dedicado tantas semanas en pulir cada frase del libro, logrando que quede incluso mejor que la versión original. ¡Muchísimas Gracias por tu gran esfuerzo e ingenio en la redacción de "Finca negra", Sandrita!

A mis lectores les invito a seguirme en Amazon para estar informados sobre las próximas publicaciones de "Costa negra" y mis demás novelas, que próximamente se traducirán al español.

¿Cuánto le ha gustado "Finca negra"? Estoy a la espera de cualquier tipo de comentarios a: info@freundlinger.com

O a: www.facebook.com/EduardFreundlinger.Autor

Eduard Freundlinger

www.freundlinger.com

SOBRE EL AUTOR

Nací en Plainfeld, un pequeño pueblo cerca de Salzburgo en Austria que, a pesar de su belleza, dejé hace más de veinticinco años para explorar el mundo y realizar los viajes que tanto había soñado de joven. De un viaje que inicialmente estaba planificado que durara tres meses, surgieron viajes llenos de aventura de bajo presupuesto en más de sesenta países y algunos años de navegación en un velero en América del Sur y el Caribe.

Desde hace más de veinticinco años estoy viviendo en Almuñécar, en la provincia de Granada, donde al principio me dediqué a diversas actividades: (una escuela de buceo, una empresa de energía solar y una inmobiliaria) antes de encontrar mi verdadera vocación, ser escritor.

Después de las primeras cinco páginas escritas, tenía muy claro que llegaría bastante lejos con mi nueva vida de glamuroso autor. Por lo menos, figuraría en el primer lugar de la lista de los libros más vendidos en la revista "Der Spiegel", mis novelas serían traducidas en más de veinticinco idiomas, hasta en mongol, y mis libros llegarían a la gran pantalla. Por supuesto no en los Bavaria Film Estudios en Múnich, si no directamente en Hollywood. Por desgracia, la realidad se presentaba algo diferente...

Cuando por fin terminé mi primer manuscrito, cayeron docenas de rechazos de editoriales. Hasta que la pequeña, pero agradable editorial Allitera, en Múnich, tuvo compasión con el autor, Eduard Freundlinger, que aterrizó de vuelta a la realidad y publicó finalmente su primera novela "Pata negra". Mi editor no tenía grandes expectativas respecto al trabajo de su futuro autor estrella, y habría sido feliz si su participación no finalizara en un desastre financiero, pero "Pata negra" se convirtió en un sorprendente éxito y fue el libro más vendido en la historia de aquella pequeña editorial.

Mientras tanto, he publicado dos novelas de suspense más en la prestigiosa editorial Piper: "Finca negra" y "Costa negra". Las tres novelas forman mi trilogía andaluza de suspense sobre los investigadores poco comunes: Rubén de Freitas y Lucia Cienfuegos. Las novelas se plantean una sobre otra, pero son historias acabadas.

Después de finalizar mi trilogía, me centré en un género diferente. Con el libro: "Como dejé el camino para no perder mi rumbo", en proceso de traducción, he creado una mezcla de novela peregrina y autobiografía, con un toque de humor y moraleja o, como dijo una lectora: "Una novela profunda sobre momentos de oscuridad y comprensiones iluminadoras, sobre el amor, la felicidad, sueños, cambios, y las señales borrosas que da la vida. Un libro, como un amigo sabio que estimula de manera enternecedora y humorística, y de quien uno cree al final de la lectura hay que despedirse."

Las enormes reacciones positivas de mis libros que, por cierto, me gusta responder personalmente, son mi motivación para continuar escribiendo y traduciendo mis libros al español. Me encanta apasionar a mis lectores con mis novelas, y sería un gran honor si mis siguientes novelas también encontrasen un hueco en su estantería.

Printed in Poland
by Amazon Fulfillment
Poland Sp. z o.o., Wrocław

41091512R00190